증편 한국구비문학대계

3-6

# 충청북도 음성군

이 저서는 2014년 대한민국 교육부와 한국학중앙연구원(한국학진흥사업단)의 구술자료 아카이브 구축사업의 지원을 받아 수행된 연구임(AKS-2014-OHA-1240001)

# 증편 한국구비문학대계
## 3-6
## 충청북도 음성군

이창식 · 최명환 · 장호순 · 김영선

한국학중앙연구원

역락

# 발간사

　민간의 이야기와 백성들의 노래는 민족의 문화적 자산이다. 삶의 현장에서 이러한 이야기와 노래를 창작하고 음미해 온 것은, 어떠한 권력이나 제도도, 넉넉한 금전적 자원도, 확실한 유통 체계도 가지지 못한 평범한 사람들이었다. 이야기와 노래들은 각각의 삶의 현장에서 공동체의 경험에 부합하였으며, 사람들의 정신과 기억 속에 각인되었다. 문자라는 기록 매체를 사용하지 못하였지만, 그 이야기와 노래가 이처럼 면면히 전승될 수 있었던 것은 그것이 바로 우리 민족의 유전형질의 일부분이 되었기 때문이며, 결국 이러한 이야기와 노래가 우리 민족을 하나의 공동체로 묶어 주고 있는 것이다.

　사회와 매체 환경의 급격한 변화 가운데서 이러한 민족 공동체의 DNA는 날로 희석되어 가고 있다. 사랑방의 이야기들은 대중매체의 내러티브로 대체되어 버렸고, 생활의 현장에서 구가되던 민요들은 기계화에 밀려 버리고 말았다. 기억에만 의존하여 구전되던 이야기와 노래는 점차 잊히고 있다. 한국학중앙연구원이 1970년대 말에 개원함과 동시에, 시급하고도 중요한 연구사업으로 한국구비문학대계의 편찬 사업을 채택한 것은 바로 이러한 시대적 상황에 대한 우려와 잊혀 가는 민족적 자산에 대한 안타까움 때문이었다.

　당시 전국의 거의 모든 구비문학 연구자들이 참여하였는데, 어려운 조사 환경에서도 80여 권의 자료집과 3권의 분류집을 출판한 것은 그들의 헌신적 활동에 기인한다. 당초 10년을 계획하고 추진하였으나 여러 사정으로 5년간만 추진되었으며, 결과적으로 한반도 남쪽의 삼분의 일에 해당

하는 부분만 조사하게 되었다. 그럼에도 불구하고 한국구비문학대계는 주관기관인 한국학중앙연구원의 대표 사업으로 각광 받았을 뿐 아니라, 해방 이후 한국의 국가적 문화 사업의 하나로 꼽히게 되었다.

21세기에 들어서면서 한국학중앙연구원에서는 미완성인 채로 남아 있는 구비문학대계의 마무리를 더 이상 미룰 수 없다는 생각으로 이를 증보하고 개정할 계획을 세웠다. 20년 전의 첫 조사 때보다 환경이 더 나빠졌고, 이야기와 노래를 기억하고 있는 제보자들이 점점 줄어들고 있었던 것이다. 때마침 한국학 진흥에 대한 한국 정부의 의지와 맞물려 구비문학대계의 개정·증보사업이 출범하게 되었다.

이번 조사사업에서도 전국의 구비문학 연구자들이 거의 다 참여하여 충분하지 않은 재정적 여건에서도 충실히 조사연구에 임해 주었다. 전국 각지의 제보자들은 우리의 취지에 동의하여 최선으로 조사에 응해 주었다. 그 결과로 조사사업의 결과물은 '구비누리'라는 이름의 데이터베이스에 탑재가 되었고, 또 조사자료의 텍스트와 음성 및 동영상까지 탑재 즉시 온라인으로 접근할 수 있는 시스템을 갖추었다. 특히 조사 단계부터 모든 과정을 디지털화함으로써 외국의 관련 학자와 기관의 선망의 대상이 되고 있다.

이제 조사사업의 결과물을 이처럼 책으로도 출판하게 된다. 당연히 1980년대의 일차 조사사업을 이어받음으로써 한편으로는 선배 연구자들의 업적을 계승하고, 한편으로는 민족문화사적으로 지고 있던 빚을 갚게 된 것이다. 이 사업의 연구책임자로서 현장조사단의 수고와 제보자의 고귀한 뜻에 감사를 표하지 않을 수 없다. 아울러 출판 기획과 편집을 담당한 한국학중앙연구원의 디지털편찬팀과 출판을 기꺼이 맡아준 역락출판사에 감사를 드린다.

2013년 10월 4일
한국구비문학대계 개정·증보사업 연구책임자 김병선

## 책머리에

　구비문학조사는 늦었다고 생각하는 지금이 가장 빠른 때이다. 왜냐하면 자료의 전승 환경이 나날이 달라지고 있기 때문이다. 전승 환경이 훨씬 좋은 시기에 구비문학 자료를 진작 조사하지 못한 것이 안타깝게 여겨질수록, 지금 바로 현지조사에 착수하는 것이 최상의 대안이자 최선의 실천이다. 실제로 30여 년 전 제1차 한국구비문학대계 사업을 하면서 더 이른 시기에 조사를 했더라면 하는 아쉬움이 컸는데, 이번에 개정·증보를 위한 2차 현장조사를 다시 시작하면서 아직도 늦지 않았다는 사실을 실감했다.

　구비문학 자료는 구비문학 연구와 함께 간다. 자료의 양과 질이 연구의 수준을 결정하고 연구수준에 따라 자료조사의 과학성이 결정되기 때문이다. 실제로 1차 조사사업 결과로 구비문학 연구가 눈에 띄게 성장했고, 그에 따라 조사방법도 크게 발전되었다. 그러나 연구의 수명과 유용성은 서로 반비례 관계를 이룬다. 구비문학 연구의 수명은 짧고 갈수록 빛이 바래지만, 자료의 수명은 매우 길 뿐 아니라 갈수록 그 가치는 더 빛난다. 그러므로 연구활동 못지않게 자료를 수집하고 보고하는 일이 긴요하다.

　교육부에서 구비문학조사 2차 사업을 새로 시작한 것은 구비문학이 문학작품이자 전승지식으로서 귀중한 문화유산일 뿐 아니라, 미래의 문화산업 자원이라는 사실을 실감한 까닭이다. 따라서 학계뿐만 아니라 문화계의 폭넓은 구비문학 자료 활용을 위하여 조사와 보고 방법도 인터넷 체제와 디지털 방식에 맞게 전환하였다. 조사환경은 많이 나빠졌지만 조사보고는 더 바람직하게 체계화함으로써 누구든지 쉽게 접속하여 이용할 수 있는 데이터베이스를 구축했다. 그러느라 조사결과를 보고서로 간행하는 일은 상대적으로 늦어지게 되었다.

2차 조사는 1차 사업에서 조사되지 않은 시군지역과 교포들이 거주하는 외국지역까지 포함하는 중장기 계획(2008~2018년)으로 진행되고 있다. 한국학중앙연구원 어문생활연구소와 안동대학교 민속학연구소가 공동으로 조사사업을 추진하되, 현장조사 및 보고 작업은 민속학연구소에서 담당하고 데이터베이스 구축 작업은 한국학중앙연구원에서 담당한다. 가장 중요한 일은 현장에서 발품 팔며 땀내 나는 조사활동을 벌인 조사자들의 몫이다. 마을에서 주민들과 날밤을 새우면서 자료를 조사하고 채록하여 보고서를 작성한 조사위원들과 조사원 여러분들의 수고를 기리지 않을 수 없다. 조사의 중요성을 알아차리고 적극 협력해 준 이야기꾼과 소리꾼 여러분께도 고마운 말씀을 올린다.

구비문학 조사를 전국적으로 실시하여 체계적으로 갈무리하고 방대한 분량으로 보고서를 간행한 업적은 아시아에서 유일하며 세계적으로도 그 보기를 찾기 힘든 일이다. 특히 2차 사업결과는 '구비누리'로 채록한 자료와 함께 원음도 청취할 수 있는 데이터베이스를 구축해서 세계에서 처음으로 인터넷과 스마트폰으로 이용할 수 있는 디지털 체계를 마련했다. '구슬이 서 말이라도 꿰어야 보배'인 것처럼, 아무리 귀한 자료를 모아두어도 이용하지 않으면 소용이 없다. 그러므로 이 보고서가 새로운 상상력과 문화적 창조력을 발휘하는 문화자산으로 널리 활용되기를 바란다. 한류의 신바람을 부추기는 노래방이자, 문화창조의 발상을 제공하는 이야기주머니가 바로 한국구비문학대계이다.

2013년 10월 4일
한국구비문학대계 개정·증보사업 현장조사단장 임재해

## 한국구비문학대계 개정·증보사업 참여자 (참여자 명단은 가나다 순)

**연구책임자**

　김병선

**공동연구원**

　강등학　강진옥　김익두　김헌선　나경수　박경수　박경신　송진한　신동흔
　이건식　이경엽　이인경　이창식　임재해　임철호　임치균　조현설　천혜숙
　허남춘　황인덕　황루시

**전임연구원**

　이균옥　최원오

**박사급연구원**

　강정식　권은영　김구한　김기옥　김월덕　김형근　노영근　서해숙　유명희
　이영식　이윤선　장노현　정규식　조정현　최명환　최자운　한미옥

**연구보조원**

　강소전　구미진　김보라　김성식　김영선　김옥숙　김유경　김은희　김자현
　김혜정　마소연　박동철　박양리　박은영　박지희　박현숙　박혜영　백계현
　백은철　변남섭　서은경　서정매　송기태　송정희　시지은　신정아　오세란
　오소현　오정아　유태웅　육은섭　이선호　이옥희　이원영　이홍우　이화영
　임세경　임　주　장호순　정다혜　정유원　정혜란　진　주　최수정　편성철
　편해문　한유진　허정주　황영태　황진현

**주관 연구기관** : 한국학중앙연구원 어문생활사연구소
**공동 연구기관** : 안동대학교 민속학연구소

# 일러두기

■ 『증편 한국구비문학대계』는 한국학중앙연구원과 안동대학교에서 3단계 10개년 계획으로 진행하는 "한국구비문학대계 개정·증보사업"의 조사 보고서이다.

■ 『증편 한국구비문학대계』는 시군별 조사자료를 각각 별권으로 간행하는 것을 원칙으로 한다. 서울 및 경기는 1-, 강원은 2-, 충북은 3-, 충남은 4-, 전북은 5-, 전남은 6-, 경북은 7-, 경남은 8-, 제주는 9-으로 고유번호를 정하고, -선 다음에는 1980년대 출판된『한국구비문학대계』의 지역 번호를 이어서 일련번호를 붙인다. 이에 따라『증편 한국구비문학대계』는 서울 및 경기는 1-10, 강원은 2-10, 충북은 3-5, 충남은 4-6, 전북은 5-8, 전남은 6-13, 경북은 7-19, 경남은 8-15, 제주는 9-4권부터 시작한다.

■ 각 권 서두에는 시군 개관을 수록해서, 해당 시·군의 역사적 유래, 사회·문화적 상황, 민속 및 구비 문학상의 특징 등을 제시한다.

■ 조사마을에 대한 설명은 읍면동 별로 모아서 가나다 순으로 수록한다. 행정상의 위치, 조사일시, 조사자 등을 밝힌 후, 마을의 역사적 유래, 사회·문화적 상황, 민속 및 구비문학상의 특징 등을 중심으로 설명하고, 마을 전경 사진을 첨부한다.

■ 제보자에 관한 설명은 읍면동 단위로 모아서 가나다 순으로 수록한다. 각 제보자의 성별, 태어난 해, 주소지, 제보일시, 조사자 등을 밝힌 후, 생애와 직업, 성격, 태도 등을 중심으로 서술하고, 제공 자료 목록과 사진을 함께 제시한다.

- 조사자료는 읍면동 단위로 모은 후 설화(FOT), 현대 구전설화(MPN), 민요(FOS), 근현대 구전민요(MFS), 무가(SRS), 기타(ETC) 순으로 수록한다. 각 조사자료는 제목, 자료코드, 조사장소, 조사일시, 조사자, 제보자, 구연상황, 줄거리(설화일 경우) 등을 먼저 밝히고, 본문을 제시한다. 자료코드는 대지역 번호, 소지역 번호, 자료 종류, 조사 연월일, 조사자 영문 이니셜, 제보자 영문 이니셜, 일련번호 등을 '_'로 구분하여 순서대로 나열한다.

- 자료 본문은 방언을 그대로 표기하되, 어려운 어휘나 구절은 ( ) 안에 풀이말을 넣고 복잡한 설명이 필요할 경우는 각주로 처리한다. 한자 병기나 조사자와 청중의 말 등도 ( ) 안에 기록한다.

- 구연이 시작된 다음에 일어난 상황 변화, 제보자의 동작과 태도, 억양 변화, 웃음 등은 [ ] 안에 기록한다.

- 잘 알아들을 수 없는 내용이 있을 경우, 청취 불능 음절수만큼 '○○○'와 같이 표시한다. 제보자의 이름 일부를 밝힐 수 없는 경우도 '홍길○'과 같이 표시한다.

- 『증편 한국구비문학대계』에 수록된 모든 자료는 웹(gubi.aks.ac.kr/web)과 모바일(mgubi.aks.ac.kr)에서 텍스트와 동기화된 실제 구연 음성파일을 들을 수 있다.

# 차례

## ● 설화

## ● 민요

## 3. 대소면

● 근현대 구전민요

## 4. 맹동면

▌조사마을

▌제보자

● 근현대 구전민요

## 5. 삼성면

▌조사마을

▌제보자

● 근현대 구전민요

## 7. 생극면

▌조사마을

▌제보자

# 음성군 개관

충북 음성군(陰城郡)은 동경 127°27'~127°48', 북위 36°50'~37°09'에 위치하고 있다. 동쪽은 충주시, 남서쪽은 진천군, 남쪽은 괴산군과 접하고 있으며, 북서쪽은 차령산맥을 경계로 경기도 여주군·이천시·안성시와 접한다. 전체 면적은 520.76km²이고, 경지면적은 밭이 69.13km², 논이 85.55km², 임야가 288.74km²이다. 인구는 31,810세대에 88,382명(남자 46,462명 여자 41,920명)이다. 음성군은 내륙에 위치하기 때문에 기온의 연교차가 심한 대륙성 기후를 나타낸다. 연평균기온은 11.2℃, 1월 평균기온은 −5.1℃, 8월 평균기온은 23.1℃이며, 연평균강수량은 1,360mm 이다.

설성(雪城)이라는 옛 지명처럼 인근지역보다 눈이 많이 내리는 지역이다. 북서쪽에는 차령산맥의 백족산(402m)·임오산(341m)·팔성산(378m)·마이산(472m)·덕성산 등이 남서로 뻗고, 북쪽 끝 오갑산(609m)에서 갈라진 노령산맥의 원통산(645m)·행덕산(448m)·수리산(606m)·수레의산(679m)·부용산(644m)·큰산(510m) 등 준봉이 남쪽으로 이어진다. 부용산을 기점으로 남사면에서 발원한 미호천이 남서방향으로 흐르면서 부윤천·초평천과, 동쪽 사면에서 발원한 음성천은 남쪽으로 흘러 갑산천·구안천과 각각 합류해 음성분지를 펼쳐 놓은 뒤, 다시 동쪽으로 흘러 괴산

음성군 전경

군에서 달천과 합류한다. 부용산 서쪽 사면에서 발원한 응천은 북류하면
서 하곡평야를 형성한 뒤 경기도 용인의 청미천과 합류해 남한강으로 흘
러든다. 이처럼 여러 하천이 발달하였으나 본군은 하천 상류에 속해 규모
와 수량이 적어 수자원개발에 불리한 편이다.

진한의 영토였던 음성군은 삼한시대에는 마한의 50여 국 가운데 지침
국에 속했다. 삼국시대 초기에는 백제의 영역이었으며, 고구려 장수왕에
게 정복된 뒤에는 잉홀현(仍忽縣)으로 불리다, 후에 금물노군에 소속되었
다. 553년(진흥왕 14)에는 신라의 영토가 되어 음성현으로 이름을 바꾸고
흑양군에 소속되었다. 661~680년(신라 문무왕) 서원경(지금의 청주)의 잉
홀현이 되었고, 757년(경덕왕 16)에 흑양군(지금의 진천군) 소속 음성현으
로 개칭하였다. 995년(고려 성종 14)에는 중원도 진천군 음성현이, 1356
년(공민왕 5)에는 양광도 충주부 음성현이 되었다. 1598년(조선 선조 31)

폐현되었다가 1618년(광해군 18) 음성현으로 복현되었다. 임진왜란 이후 한때 폐현되었다가 1618년(광해군 10) 부활하였으나 음성읍과 원남면을 관할하는 작은 현이었다. 1662년(현종 3) 괴산군에 병합 폐현되었다가 1663년(현종 4) 복현되었고, 1895년(고종 32) 현감제도를 폐지하고 음성 군이라 칭하였다.

1906년(광무 10) 지방 행정구역을 통폐합할 때 충주군에 속했던 금왕 면·생극면·대소면·맹동면·삼성면·감곡면 등 6개 면을 편입한 뒤 1912년 다시 소이면과 경기 일부지역을 흡수하였다. 1914년 3월, 부군면 이 폐합됨에 따라 충주군 소이면·금왕면·생극면·대소면·맹동면·삼 성면·감곡면을 편입, 9개 면이 되었다. 1956년 7월, 음성면이 읍으로 승 격(1읍 8면)한 뒤 1973년 3월, 생극면 도신리 일부를 금왕면에, 중원군 신 니면 광월리 무수마을 일부를 음성읍에, 괴산군 불정면 문등리를 소이면 에 편입하였다. 1973년 7월, 금왕면이 금왕읍으로 승격되었다. 현재 음성 읍·금왕읍과 소이면·맹동면·원남면·대소면·삼성면·생극면·감곡면 의 2읍 7면으로 이루어져 있다.

전통적인 농업 군으로, 비옥한 토질과 풍부한 수원을 바탕으로 예로부 터 양질의 농·특산물을 많이 생산하였다. 경지면적은 전면적의 33.6%를 차지하는 1만 7381ha로, 이 가운데 논이 57.5%를 차지한다. 식량작물은 미곡·두류·잡곡 등을 생산하는데, 미곡이 전체 생산량의 95.3%를 차지 한다. 채소류는 배추의 생산량이 채소류 생산량의 50.3%를 차지해 가장 많다. 고추의 주요 산지이지만, 감곡면은 복숭아 산지로 유명하다. 또한 인삼·수박·참외·포도·사과 등도 전국적인 지명도를 갖고 있다. 현재 는 유기농법을 이용한 무공해농산물 생산과 첨단시설을 이용하여 각종 채소를 생산, 농업경쟁력을 높이는 데 노력하고 있다. 특산물로는 인삼· 꽃·담배·신립초 등이 있고, 음성읍·금왕읍·대소면·삼성면·생극면· 감곡면에서 오일장이 열린다.

음성군 내에 37개의 광구가 있었지만 1990년부터 9개의 광구에서 지하자원이 생산될 뿐이다. 일제강점기에 개발된 무극금광은 한때 지역경제를 주도할 정도로 골드러시를 이루었으나 현재는 폐광되었다. 금왕읍에서 석회석·규석·은·금이 생산되고, 금왕산업단지가 가동 중이다. 중앙고속도로가 지나가는 음성군은 1987년부터 급격한 산업화가 이루어짐으로써 기계·화학·섬유 등의 공업이 발달하여 산업단지와 농공단지가 많다. 그 밖에 맹동면과 삼성면에 맹동국민임대산업단지가 조성되었다.

음성읍을 중심으로 36번 국도가 남북을, 금왕읍을 중심으로 21번 국도가 남북을 가로지르며, 군의 서부지역에는 중부고속도로가 통과한다. 또 보천·음성·소이역을 통과하는 충북선이 있어 청주·충주·괴산·장호원으로 통할 수 있다. 고속도로가 동서를 관통하며, 충북선 복선철도는 음성읍·원남면·소이면을 경유한다. 일반국도도 고속화되어 36번 국도(청주-충주)는 이미 4차선화 되었고, 3번 국도(충주-서울)도 현재 4차선 확장사업이 순조롭게 추진되고 있다. 북쪽 중부내륙고속도로, 건설 중인 경기도 평택시~강원도 삼척시 간 고속국도 등이 음성군을 경유할 예정이다.

문화재는 2003년 현재 보물 6점, 중요민속자료 2점 등 8점의 국가지정문화재와 유형문화재 9점, 기념물 4점, 민속자료 1점, 문화재자료 3점 등 17점의 도지정문화재가 있다. 문화 유적으로는, 감곡면 영하리 김주태가옥(중요민속자료 141)·서정우가옥(중요민속자료 143), 음성읍 읍내리 음성 5층 모전석탑(충북유형문화재 9), 소이면 미타사마애여래입상(충북유형문화재 130), 삼성면 용성리의 운곡서원, 원남면 조촌리의 태교사 등이 있다. 음성읍 읍내리에는 음성향교(충북유형문화재 104)가, 감곡면 오궁리에는 신후재영정(충북유형문화재 154)이, 생극면 방축리에는 조선시대 학자 양촌 권근 3대 묘소 및 신도비(충북기념물 32) 등이 있다.

관광지로는 음성군 향토민속자료전시관, 감곡성당, 매괴박물관, 김우재

전승기념관, 한독의약박물관, 철박물관, 심당짚공예연구소, 음성기록역사관, 미타사, 금왕읍 수레길, 6·25전쟁 때 최초로 공산군을 물리친 무극국민관광지, 금왕읍 삼형제저수지, 설성공원, 꽃동네, 통동저수지, 수레의산(679.4m) 등이 있다. 특히 수레의산은 1990년대 들어서면서 관광지로 개발되기 시작한 산으로서, 소백산맥에 등줄기를 대고 뻗은 차령산맥의 줄기와 도계를 이루고, 오갑산에서 분기한 노령산맥이 남으로 내달리면서 동부 산악지대를 형성하여 부용산·수리산과 연계된다. 원시림 그대로의 상태를 유지하고 있어 관광자원이 다른 지역보다 많지 않은 지역 여건으로 볼 때 군민의 많은 기대를 모으고 있는 산이다. 또한 반기문 UN사무총장 생가마을, 정크 나트 갤러리, 큰바위얼굴 조각공원, 봉학골 산림공원, 백야리 삼림욕장 등도 있다.

그 밖에 저수지가 많아 낚시동호인들이 즐겨 찾는다. 또 인근에는 괴산의 화양동과 충주호·수안보·앙성온천 등이 가까이 있어 이들과 연계한 관광 코스가 된다. 전통교육 기관으로는 조선시대의 음성향교와 운곡서원 등이 있었다. 근대교육 기관으로는 1911년 음성읍에 설립된 수봉초등학교가 있는데, 이 지역의 신교육 전파에 중요한 역할을 하였다. 1920년대 들어서는 무극·삼성·맹동·원남·소이초등학교 등도 설립되어 지역사회 일꾼을 많이 배출하였다. 음성의 옛 지명을 딴 설성(雪城)문화제는 매년 10월에 열리는 대표적인 문화행사로 민속행사·민속경기·경축행사 등 각종 전통 민속놀이가 펼쳐지며, 고추아가씨 및 미스터 고추 선발대회도 함께 열린다. 또 농민문학가 이무영(李無影)의 업적을 기리고 문학인의 저변확대를 위하여 매년 4월에는 무영제가 열린다. 이 밖에 매년 5월의 전국품바축제를 비롯해 감곡복숭아축제·맹동수박축제 등이 있다.

# 1. 감곡면

증편 한국구비문학대계 · 충청북도 음성군

# ▌조사마을

## 충청북도 음성군 감곡면 문촌리

조사일시 : 2010.2.28
조 사 자 : 이창식, 최명환, 장호순, 김영선

문촌리 전경

문촌리(文村里)는 문암리(文岩里)의 '문'자와 신촌리(新村里)의 '촌'자를
따서 지금의 이름이 되었다. 본래 충주군 거곡면(巨谷面) 지역이었으나
1906년에 음성군에 편입되었다. 1914년 행정구역 개편에 따라 상오리·
신촌리·장평리·판요리·문암리를 병합하여 문촌리라 하여 감곡면에 편
입되었다. 옥녀봉과 이진봉 등의 산이 있으며, 서쪽보다 동쪽 지대가 높
다. 동쪽 산에서 흘러온 물은 문천저수지로 모여 다시 사곡천(오갑천)으로

흐르면서 주변 농경지에 농업용수를 공급하고 있다. 문촌리는 감곡면 동북부에 있으며, 면적은 5.91km²이고, 309세대에 849명(남자 440명, 여자 409명)의 주민이 살고 있다. 동쪽은 충주시 앙성면, 서쪽은 상우리, 남쪽은 사곡리, 북쪽은 여주시 점동면·충주시 앙성면과 각각 접하고 있다. 주요 농산물로는 벼를 중심으로 복숭아 생산이 주 소득원이 되고 있으며, 이외에도 콩·고추·감자·고구마·참깨 재배와 시설하우스를 이용한 토마토 등이 생산되고 있다. 음성니트지방산업단지가 있으며, 문화 유적으로는 백련서재와 칠원윤씨 효자정려문, 옥산사 등이 있다. 자연마을로는 건너말·늘거리·문암·새목이·샛터·오갑·음달말·장평·점말·중간말 등이 있다. 칠원 윤씨의 동족 마을이다. 주요 도로로는 중부내륙고속국도가 지나며, 서쪽의 경기도 이천시 장호원읍에서 동쪽의 충주시 앙성면으로 연결된 국도 38호선이 있다. 이외에도 늘거리에서 이문고개로 연결된 지방도가 있다.


## 충청북도 음성군 감곡면 사곡리

조사일시 : 2010.1.28, 2010.2.28
조 사 자 : 이창식, 최명환, 장호순, 김영선

사곡리(沙谷里)는 하사리(下沙里)의 '사'자와 토곡리(土谷里)의 '곡'자를 따서 지금의 이름이 되었다. 본래 충주군 거곡면(居谷面) 지역이었으나 1906년 음성군에 편입되었고, 1914년 행정구역 개편에 따라 상사리·하사리·토곡리를 병합하여 사곡리가 되어 감곡면에 편입되었다. 남동쪽에 원통산(645m) 등 300~500m의 산이 있어 대체로 높은 편이다. 마을 앞으로 흐르는 물은 오궁교 근처에서 사곡천을 이루어 서쪽의 청미천으로 흘러들고 있다. 사곡리는 감곡면의 중동부에 있으며, 면적은 9.99km²,

107세대에 270명(남자 139명, 여자 131명)의 주민이 살고 있다. 동쪽은 충주시 앙성면, 서쪽은 오향리, 남쪽은 영산리, 북쪽은 문촌리와 각각 접하고 있다. 주요 농산물로는 벼농사와 복숭아를 재배하여 농가 소득을 올리고 있으며, 이외에도 고추·콩·감자·고구마 등이 생산되고 있다. 문화 유적으로는 금강암(관음사)과 왜가리 서식지가 있으며, 정월 대보름날에는 서낭당에 산신제를 지내고 있다. 자연마을로는 너른골·사장골·아래사장골·양달말·웃말·윗골·톡실 등이 있다. 주요 도로로는 면사무소위 근처에서 동쪽의 오궁리를 지나오고, 오궁교에서 윗사장골과 서쪽의 톡실까지 도로가 나 있으나 교통은 불편한 편이다.

사곡지 전경

## 충청북도 음성군 감곡면 오향리

조사일시 : 2010.1.28, 2010.7.1

조 사 자 : 이창식, 최명환, 장호순, 김영선

오향리 전경

　오향리(梧촘里)는 오근리(梧根里)의 '오'자와 행공리(촘公里)에서 '행'자
를 따서 지금의 이름이 되었다. 본래 충주군 거곡면(巨谷面) 지역이었으나
1906년에 음성군에 편입되었다. 1914년 행정구역 개편에 따라 신대리 ·
오근리 · 행공리 · 본리 · 익금리 · 장대리의 일부를 병합하여 오향리라 하
고 감곡면에 편입되었다. 100~300m 내외의 지형으로 이루어져 있으며,
서쪽에는 청미천이 있어 유역에 넓은 농경지가 형성되어 있다. 오향리는
감곡면 중서부에 있으며, 면적은 6.93km²이며, 총 1,651세대에 4,189명
(남자 2,128명, 여자 2,061명)의 주민이 살고 있다. 동쪽은 오궁리와 사곡
리, 서쪽은 경기도 이천시 장호원읍, 남쪽은 주천리, 북쪽은 오궁리와 각

각 접하고 있다. 주요 농산물로는 벼와 복숭아가 많이 생산되어 농가 소득의 주 작물이며, 이외에도 고추·콩·참깨·참외·감자·고구마 등이 생산되고 있다. 축산업으로는 품질 좋은 한우가 사육되고 있다. 감곡시장은 4일과 9일에 열려 활발한 거래가 이루어지고 있다. 주요 기관으로는 감곡초등학교, 감곡중학교, 감곡면사무소, 감곡파출소가 있다. 문화 유적으로는 거일에 선돌과 거곡면 터가 있으며, 자연마을로는 거일·건너말·과수원말·논가운데·동막골·살구나무쟁이·새말·신대말·안말·오근리·음달말·중말 등이 있다. 주요 도로로는 서쪽의 경기도 이천시 장호원읍을 지나 동쪽으로 연결된 국도 38호선이 동서 방향으로 지나고 있으며, 북쪽의 왕장리에서 남쪽의 면사무소를 지나 생극면으로 연결된 도로가 지나고 있다. 이외에도 북쪽 궁장에서 남쪽으로 이어진 도로도 있어 교통은 대체로 편리한 편이다.

## 충청북도 음성군 감곡면 왕장리

조사일시 : 2010.1.28, 2010.2.23
조 사 자 : 이창식, 최명환, 장호순, 김영선

왕장리(旺場里)는 왕대리(旺垈里)의 '왕'자와 장대리(場垈里)의 '장'자를 따서 지금의 이름이 되었다. 본래 충주군 거곡면(巨谷面) 지역이었으나, 1906년에 음성군에 편입되었다. 1914년 행정구역 개편에 따라 중동·마산리·내동·왕대리·장대리 일부와 경기도 음죽군 동서면 노평리 일부를 병합하여 왕장리라 하여 감곡면에 편입하였다. 남부에 매산(162m)과 북부에 산이 있으나 서쪽 청미천 유역에는 넓은 평야가 형성되어 있다. 청미천이 이 유역에 농업용수를 공급하고 있다. 왕장리는 감곡면 북서부에 있으며, 면적은 3.39km²이고, 809세대에 2,080명(남자 1,044명, 여자 1,036명)의 주민이 살고 있다. 동쪽은 상우리, 서쪽은 경기도 이천시 장호

왕장리 전경

원읍, 남쪽은 오향리, 북쪽은 단평리와 각각 접하고 있다. 주요 농산물로
는 복숭아 재배와 시설 하우스를 이용한 수박과 딸기 재배로 농가 소득을
올리고 있다. 이외에도 벼·콩·감자·고구마·고추 등이 재배되고 있다.
상우리와 왕장리 일대에는 감곡지방산업단지가 조성되었으며, 왕장3리를
중심으로 상가가 형성되어 있어 각종 학원, 음식점, 의원 등이 있다. 그리
고 4일과 9일에 열리는 오일장이 있어 농산물 거래도 활발하다.

### 충청북도 음성군 감곡면 주천리

조사일시 : 2010.7.2
조 사 자 : 이창식, 최명환, 장호순, 김영선

주천리(舟川里)는 청미천의 동남쪽 냇가에 있으므로 '주내' 또는 '주천'
이라고 하였다. 본래 충주군 감미곡면(甘味谷面) 지역이었으나, 1906년에

주천리 전경

음성군에 편입되었고, 1914년 행정구역 개편에 따라 내주리(內舟里)와 외주리(外舟里)를 병합하여 주천리라 하고 감곡면에 편입되었다. 주변의 지형은 대체로 낮으며, 괘월 동쪽에는 장군이 막은 것이라는 주천저수지가 있어 이 지역 농경지에 농업용수를 공급하고 있다. 주천리는 감곡면의 남서부에 있으며, 면적은 2.51km², 156세대에 410명(남자 216명, 여자 194명)의 주민이 살고 있다. 동쪽은 오향리와 영산리, 서쪽은 이천시 장호원읍, 남쪽은 원당리, 북쪽은 오향리와 각각 접하고 있다. 주요 농산물로는 복숭아가 농가의 주 소득원이 되고 있으며, 이외에도 벼·참깨·콩·고추·감자·고구마 등이 재배되고 있다. 전주 유씨의 동족 마을이다. 자연마을로는 괘월·골배내·구른들·대둔·두집매·주막거리·토촌 등이 있다. 주요 도로로는 북쪽의 오향리에서 남쪽의 생극면으로 이어진 도로가 마을을 남북 방향으로 지나고 있다. 이외에도 동쪽에 있는 영산리를 지나 상평리로 이어진 도로가 있다.

# ▌제보자

## 경재현, 남, 1942년생

주 소 지 : 충청북도 음성군 감곡면 오향4리 오근마을
제보일시 : 2010.7.1
조 사 자 : 이창식, 최명환, 장호순, 김영선

경재현은 감곡면 오향4리 오근마을에 거
주하고 있다. 오근마을은 오동나무가 많아
서 붙여진 이름이라고 한다. 조사자들이 갔
을 때 마을 입구에 있었으며, 조사자들에게
마을 지명과 관련한 이야기들을 들려주었다.
지명 유래는 어려서부터 마을 어르신들에게
들었다. 경재현 제보자는 오근마을 토박이
로 다른 곳에 나가서 산 적은 없으며, 논농
사를 주로 하였다고 한다.

제공 자료 목록
09_05_FOT_20100701_LCS_GJH_0036 오근마을 유래
09_05_FOT_20100701_LCS_GJH_0037 벼락바위 유래


## 김근태, 남, 1947년생

주 소 지 : 충청북도 음성군 감곡면 왕장3리
제보일시 : 2010.1.28, 2010.2.23
조 사 자 : 이창식, 최명환, 장호순, 김영선

김근태는 왕장3리에 거주하고 있다. 장호원이 고향으로 3세에 감곡으
로 이사 왔다. 농협에 근무하였고, 현재 감곡향토문화연구회 회장을 맡고

있으며, 인터넷카페를 운영하면서 감곡과 관련 향토사 자료들을 지역민들에게 소개하고 있다. 3남매(2남 1녀)를 두었다. 부부가 함께 풍물을 배우러 다니기도 하였으며, 민속예술경연대회에 참여하기도 하였다. 2008 년부터는 국사편찬위원회 음성군 사료조사 위원으로 위촉되었다.

제공 자료 목록
09_05_FOT_20100128_LCS_GGT_0001 망덕고개의 유래
09_05_FOT_20100128_LCS_GGT_0004 성묘를 할 수 없는 명당터
09_05_FOT_20100128_LCS_GGT_0011 강화돌로 만든 신구항 묘비
09_05_FOT_20100128_LCS_GGT_0015 망가리(亡家里)고개 유래
09_05_FOT_20100223_LCS_GGT_0008 잘못 쓴 김자점 아버지 묘


## 김동순, 남, 1941년생

주 소 지 : 충청북도 음성군 감곡면 사곡2리
제보일시 : 2010.1.28
조 사 자 : 이창식, 최명환, 장호순, 김영선

제보자 김동순은 감곡면 사곡2리에 거주하고 있다. 조사자들이 마을에 갔을 때 다른 마을 주민들과 함께 경로당에 있었다. 모심는 소리, 아라리 등을 제보자 신덕만과 함께 주고받으며 구연해 주었다. 마을에서 상이 났을 앞장서서 운상 하는 소리와 묘 다지는 소리를 한다. 조사하는 내내 북을 치면서 흥을 돋워 주었다.

제공 자료 목록

09_05_FOS_20100128_LCS_GDS_0034 운상 하는 소리
09_05_FOS_20100128_LCS_GDS_0036 아라리(1)
09_05_FOS_20100128_LCS_GDS_0040 아라리(2)


### 성운경, 남, 1937년생

주 소 지 : 충청북도 음성군 감곡면 사곡2리 톡실마을
제보일시 : 2010.1.28, 2010.2.28
조 사 자 : 이창식, 최명환, 장호순, 김영선

　성운경은 감곡면 사곡2리 톡실마을에 거
주하고 있다. 현재 사곡2리 노인회장을 맡
고 있다. 지역문화에 관심이 많으며, 개인적
으로 '사곡향토사', '산림육십년사' 등의 책
을 출판하기도 하였다. 감곡면 토박이로 농
사를 짓고 살았으며, 제대 후에는 재건국민
운동위원장을 맡기도 하였다. 16년 동안 마
을 이장 일을 하였다. 조사자들이 마을에 갔
을 때 마을 주민들에게 부탁하여 소리를 채록할 수 있게 준비해 주었다.

제공 자료 목록

09_05_FOS_20100128_LCS_SUG_0030 아라리
09_05_FOS_20100228_LCS_SUG_0010 축 읽는 소리


### 신덕만, 남, 1941년생

주 소 지 : 충청북도 음성군 감곡면 사곡2리 톡실마을
제보일시 : 2010.1.28
조 사 자 : 이창식, 최명환, 장호순, 김영선

신덕만은 감곡면 사곡2리에 거주하고 있
다. 조사자들이 마을에 갔을 때 다른 마을
주민들과 함께 경로당에 있었다. 처음에는
소리를 못한다고 하다가 제보자 성운경 등
의 요청으로 구연해 주었다. 모심는 소리,
아라리 등을 제보자 김동순과 함께 주고받
으며 불러 주었다.

제공 자료 목록
09_05_FOS_20100128_LCS_SDM_0031 엮음 아라리
09_05_FOS_20100128_LCS_SDM_0037 아라리(1)
09_05_FOS_20100128_LCS_SDM_0039 아라리(2)

## 신도식, 남, 1947년생

주 소 지 : 충청북도 음성군 감곡면 문촌3리 새목이마을
제보일시 : 2010.2.23
조 사 자 : 이창식, 최명환, 장호순, 김영선

신도식은 감곡면 문촌3리 새목이마을에
거주한다. 조사자들과는 왕장3리 제보자 김
근태 집에서 만났다. 본관은 평산으로 대대
로 감곡면에서 살고 있다. 음성군청 공무원
으로 근무하였으며, 감곡면사무소 지역개발
과에 근무할 때 '감곡소식지'를 만들기도
하였다. 지역문화에 관심이 많으며, 현재 감
곡향토문화연구회 회원으로 활동 중이다.
또한 문촌공소 회장을 맡고 있다.

제공 자료 목록

09_05_FOT_20100223_LCS_SDS_0004 산소를 잘못 파 망한 신씨네
09_05_FOT_20100223_LCS_SDS_0009 김자점 이름의 유래
09_05_FOT_20100223_LCS_SDS_0010 진주 삼킨 거위와 윤회

### 안옥분, 여, 1931년생

주 소 지 : 충청북도 음성군 감곡면 문촌2리 늘거리마을
제보일시 : 2010.2.28
조 사 자 : 이창식, 최명환, 장호순, 김영선

안옥분은 감곡면 문촌2리 늘거리마을에
거주하고 있다. 충주시 앙성면이 고향으로
23세에 늘거리마을로 시집을 왔다. 공출 때
문에 15세에 아들과 딸이 각각 한 명씩 있
는 집으로 시집을 갔다. 6·25한국전쟁에
시어머니가 돌아가시고, 남편이 군대에 가
서 전사해 재가하였다. 어머니가 와서 집으
로 데리고 왔다고 한다.

제공 자료 목록

09_05_FOS_20100228_LCS_AOB_0005 다리 뽑기 하는 소리

### 우홍명, 남, 1927년생

주 소 지 : 충청북도 음성군 감곡면 오향2리 행군이마을
제보일시 : 2010.7.1
조 사 자 : 이창식, 최명환, 장호순, 김영선

우홍명은 감곡면 오향2리 행군이마을에 거주하고 있다. 감곡면 향토사
학자로 감곡면 일대의 지역사에 대해서 잘 알고 있다. 조사자들은 제보자

김근태의 소개로 찾아가게 되었다. 감곡면
토박이로 7대째 현 자리에서 살고 있으며,
5남매(2남 3녀)를 두었다. 학교 가기 이전에
는 서당을 다녔으며, 보통학교를 졸업하였
다. 어려서부터 책을 많이 읽었다고 한다.

보통학교 졸업 후 서울에 가서 몇 년 생
활하였다. 해방 후 고향으로 돌아와 병원 징
수계에 근무하였다. 6·25한국전쟁 때 피난
나갔다가 돌아온 후 결혼하였다. 전쟁 중에 결혼해서 마을 사람들이 결혼
식이 진행되는 동안 지켜주기도 하였다. 이어서 5년 6개월 동안 군 생활
을 하였다. 제대 후에는 고향으로 돌아와 농사를 지었으며, 43년 동안 과
수원을 하였다. 현재 논은 기반공사에 주고, 고추 농사를 조금 짓는다. 역
사책을 많이 보았으며, 지명 유래는 서당 선생님과 어른들께 주로 들었다
고 한다

제공 자료 목록
09_05_FOT_20100701_LCS_UHM_0046 비문이 없는 거일리 변계량 무덤
09_05_FOT_20100701_LCS_UHM_0047 샘을 팔 수 없는 궁장리
09_05_FOT_20100701_LCS_UHM_0059 말마리에서 수학한 임경업장군
09_05_FOT_20100701_LCS_UHM_0060 선지교(善池橋)가 선죽교(善竹橋)로 바뀐 이유
09_05_FOT_20100701_LCS_UHM_0062 밀머리고개 유래
09_05_FOT_20100701_LCS_UHM_0064 벼락바위 유래
09_05_FOT_20100701_LCS_UHM_0065 뒤돌아 앉아 한양이 못 된 원통산
09_05_FOT_20100701_LCS_UHM_0066 권근 묘소와 수리산 연못
09_05_FOT_20100701_LCS_UHM_0067 신륵사에서 두부 못 하는 이유
09_05_FOT_20100701_LCS_UHM_0068 사대문 안에 개구리를 울지 못하게 만든 강
　　　　　　　　　　　　　　　　　　　　　　　감찬장군
09_05_FOT_20100701_LCS_UHM_0075 자점이보 유래
09_05_MPN_20100701_LCS_UHM_0073 장호원에서 명성왕후 환궁 시 생긴 일화

09_05_MPN_20100701_LCS_UHM_0074 명성왕후 죽음에 얽힌 이야기
09_05_MPN_20100701_LCS_UHM_0077 명성왕후 어린 시절 이야기


### 이부섭, 여, 1928년생

주 소 지 : 충청북도 음성군 감곡면 문촌2리 늘거리마을
제보일시 : 2010.2.28
조 사 자 : 이창식, 최명환, 장호순, 김영선

　이부섭은 감곡면 문촌2리 늘거리마을에
거주하고 있다. 본관은 전주이며, 늘거리가
고향으로, 다른 마을로 시집을 갔다가 다시
고향으로 돌아와 살고 있다. 일제강점기에
초등학교를 다녔으며, 현재 마을에 초등학
교 동창생 2명이 살고 있다. 어렸을 때 선
친께서 구장을 맡았었기 때문에 마을 등 마
을 행사에 대해서 잘 알고 있었다.

제공 자료 목록
09_05_FOT_20100228_LCS_IBS_0009 명당 발복해서 천석꾼이 된 권씨


### 조종길, 남, 1925년생

주 소 지 : 충청북도 음성군 감곡면 주천리
제보일시 : 2010.7.2
조 사 자 : 이창식, 최명환, 장호순, 김영선

　조종길은 주천리에 거주하고 있다. 조사자들이 7월 1일 마을에 가서 이
야기를 채록하려 하였으나, 녹음이 여의치 않아 다음 날 아침 일찍 집으
로 찾아갔다. 주천리 토박이로 구린들이라는 곳에서 태어났으나, 해방되

기 전 갑신년 장마로 마을이 떠내려가서 현재는 사람이 살고 있지 않다. 19세에 일본 북해도로 징용 가서 채탄부로 일하였으며, 21살 해방 된 해 12월에 집으로 돌아왔다. 징용 가서 다친 다리가 아직도 불편하다.

해방 후 6남매의 맏이로 혼자 벌어서 가족을 부양할 정도로 형편이 어려웠다. 25세에 결혼하였으며, 그다음 해에 6・25한국전쟁이 났다. 가까운 마을로 피난 갔다가 그 해 겨울에 제2국민병으로 군대에 입대하였으며, 소대장으로 기장군에서 근무하였다. 6・25한국전쟁 이후부터 목수로 일하였다. 주로 수리조합에서 하는 일에 참여하였으며, 목수로 남한 일대를 다니지 않은 곳이 없을 정도라고 한다. 6남매를 두었으며, 군대 가서 '이야기'로 훈련받지 않을 정도로 타고난 이야기꾼이다.

제공 자료 목록

09_05_FOT_20100702_LCS_JJG_0001 자점이보 유래
09_05_FOT_20100702_LCS_JJG_0002 남이장군 일화
09_05_FOT_20100702_LCS_JJG_0005 이끼 애(也)를 중간에 넣어 글 지은 김삿갓
09_05_FOT_20100702_LCS_JJG_0006 조기를 천장에 매달아 반찬 한 자린고비 조서방
09_05_FOT_20100702_LCS_JJG_0011 권영촌 묘 쓴 이야기

### 최필남, 여, 1933년생

주 소 지 : 충청북도 음성군 감곡면 사곡2리 톡실마을
제보일시 : 2010.1.28
조 사 자 : 이창식, 최명환, 장호순, 김영선

최필남은 사곡2리 톡실마을에 거주하고 있다. 8남매(아들 3명, 딸 5명)를 두었다. 시

어머니를 100세 가까이 모시고 살았으며, 아라리를 부르면서 시어머니를 모시면서 느꼈던 심정을 사실로 부르기도 하였다. 제보자 추정옥과 함께 주고받으면 소리를 구연해 주었다.

제공 자료 목록
09_05_FOS_20100128_LCS_CPN_0049 성님 성님 사촌 성님
09_05_FOS_20100128_LCS_CPN_0051 다리 뽑기 하는 소리
09_05_FOS_20100128_LCS_CPN_0054 아라리
09_05_FOS_20100128_LCS_CPN_0056 엮음 아라리

### 추정옥, 여, 1935년생

주 소 지 : 충청북도 음성군 감곡면 사곡2리 톡실마을
제보일시 : 2010.1.28
조 사 자 : 이창식, 최명환, 장호순, 김영선

제보자 추정옥은 사곡2리 톡실마을에 거주하고 있다. 아들이 충청북도 변호사협회 회장을 지냈다. 제보자 최필남과 함께 주고받으며 아라리를 구연해 주었다.

제공 자료 목록
09_05_FOS_20100128_LCS_CJO_0048 아라리(1)
09_05_FOS_20100128_LCS_CJO_0050 다리 뽑기 하는 소리
09_05_FOS_20100128_LCS_CJO_0053 아라리(2)
09_05_FOS_20100128_LCS_CJO_0055 아라리(3)

## 홍석철, 남, 1938년생

주 소 지 : 충청북도 음성군 감곡면 주천리
제보일시 : 2010.1.28
조 사 자 : 이창식, 최명환, 장호순, 김영선

홍석철은 주천리에 거주하고 있다. 조사
자들이 제보자 김근태와 함께 식사하러 갔
다가 우연히 만났다. 식사하는 자리에서 물
어보자 구연해 주었다. 학교에서 근무하였
으며, 퇴직한 이후에는 농사를 짓고 있다.

제공 자료 목록
09_05_FOT_20100128_LCS_HSC_0012 백족산 지
네의 서기(瑞氣)로 태어난 남이장군

# 오근마을 유래

자료코드 : 09_05_FOT_20100701_LCS_GJH_0036

조사장소 : 충청북도 음성군 감곡면 오향4리 음성로 2568번길 67 마을회관

조사일시 : 2010.7.1

조 사 자 : 이창식, 최명환, 장호순, 김영선

제 보 자 : 경재현, 남, 69세

구연상황 : 감곡면 오향4리 오근마을회관 앞 정자에서 제보자 경재현을 만났다. 마을 유래에 대해서 물어보자 구연해 주었다.

줄 거 리 : 오근마을은 오근(梧根)이라고 쓴다. 예전부터 오동나무가 많고 나무뿌리가 깊었다고 해서 불린 이름이다.

(조사자 : 오양사리를 부르는 옛 부락명이 있지 않나요, 오향사리를?)

오양사리는 오근이라고. 오 오(五) 자. 근 자. 뿌리 근(根) 자.

(조사자 : 오근, 오근.)

근, 근.

(조사자 : 오근 마을이었나요, 그러면 옛날에는?)

그렇지, 오근. 뿌리 근 자.

(조사자 : 뿌리 근 자, 오근마을, 숫자 오. 그 왜 오근이라고 부르죠, 여기를, 오근?)

거 왜 옛날 노인 양반들 내가 기억하기는 …….

(조사자 : 예.)

여기가 뭐 오동나무가 많았었다고 그래서.

(조사자 : 예.)

그래서 인제 오 자, 오동나무 오(梧).

(조사자 : 아 오동나무 오 자.)

그 뿌리, 그 해서 그 뿌리가 깊다고 그래서 그 오근이라고 그랬다고 노인 양반들이 그랬다는데. 그 잘 모르겠어요.

(조사자 : 아.)

오근마을

제보자 경재현의 구연상황

# 벼락바위 유래

자료코드 : 09_05_FOT_20100701_LCS_GJH_0037
조사장소 : 충청북도 음성군 감곡면 오향4리 오근마을 음성로 2568번길 67 마을회관
조사일시 : 2010.7.1
조 사 자 : 이창식, 최명환, 장호순, 김영선
제 보 자 : 경재현, 남, 69세

구연상황 : 오근마을 지명유래를 듣고 난 후, 이어서 조사자가 오근마을에서 이미 조사된
          벼락바위 이야기를 물어보자 제보자 경재현이 구연해 주었다.
줄 거 리 : 마을 뒷산 정상 부근에 벼락바위가 있다. 예전에 벼락바위보다 더 위쪽에 절
          이 있었는데, 그 절의 스님이 하루는 장을 담갔다. 그런데 그 장에 구렁이가
          빠졌다. 스님은 그 장을 버리기가 뭐해서 시장에 나가 장독채로 팔았다. 스님
          이 시장에서 장을 팔고 오다가 바위 위에서 쉬는데 '갑자기 하늘에서 검은 구
          름장이 튀더니' 벼락을 맞아 죽었다. 그래서 그 바위를 벼락바위라고 한다. 현
          재 벼락바위는 석수(石手)들이 많이 깨어 갔기 때문에 예전보다 크기가 반 이
          상 작아졌다고 한다.


(조사자 : 벼락바위는요?)

벼락바우라고 저 꼭대기에 있었는데.

(조사자 : 예.)

여기서 꽤 올라간다고.

(조사자 : 예, 어디로 올라가야 되죠?)

이, 이, 일로해서 그 저기로 직진을 하면 ……. 그 저, 석수쟁이, 돌쟁이
들이 옛날에 그 돌 쓰느냐고.

(조사자 : 예.)

반 이상 깨 가지고 옛날에는 컸었는데 지금은 쪼끄마해졌다고.

(조사자 : 그 바위는 왜 벼락바위라고 부릅니까?)

그 인제 노인양반들 말씀은 저기 옛날에 그 위에, 저 위에 절터가 있었
는데. 절에 중이라는 사람이 장을 담궜는데. 장에(장을) 담그고 난 뒤에
구렁이가 거기 빠졌대여. 그러니까 자기는 그, 그냥 쏟아내 비리기가(버리

기가) 뭘 해구. 인제 그러니까 시장에 그, 장독을 지구서래, 시장에 지구 가서 팔고 오다가 고기서 쉬는데. 냅다 별안간에 그냥 하늘에서 검은 구름장이 튀고 그러더니 죽었다고 그러더라고.

(조사자 : 아.)

그래서 그 벼락을 쳤다고 그라는 전설이 있는, 있어요, 있기는.

(조사자 : 그런데 왜 그 하필 구렁이가 빠졌는데.)

응.

(조사자 : 왜 벼락을 치죠? 그거 갖다 내다 팔았다고?)

아 저, 저, 저, 구렁이 빠진 거, 자기는 안 먹고 딴 사람을 인제 주니까.

(조사자 : 예.)

그 인제 그래서 그랬다고 그럴 테지, 뭐.

(조사자 : 아, 자기는 안 먹고.)

어, 어.

(조사자 : 그게 스님이었답니까, 그게?)

거, 옛날에 거기 절터라서 저, 저 중이라고 그러더라고.

(조사자 : 아, 그래요.)


## 망덕고개의 유래

자료코드 : 09_05_FOT_20100128_LCS_GGT_0001
조사장소 : 충청북도 음성군 감곡면 왕장3리 454-17번지
조사일시 : 2010.1.28
조 사 자 : 이창식, 최명환, 장호순, 김영선
제 보 자 : 김근태, 남, 64세
구연상황 : 감곡면 향토사학자인 김근태와 약속을 하고 만났다. 제보자 김근태는 음성군 감곡면 지역을 차로 돌아다니면서 조사자들에게 감곡면의 역사와 지명유래 이야기 등을 해 주었다. 대부분 차 안에서 채록하였다. 감곡면 단평리 대곡

(큰골)에 갔을 때 망덕고개의 유래가 있다면서 구연해 주었다.

줄 거 리 : 옛날에 양반 두 명이 조상 산소를 찾기 위해 대곡마을에 들렀다. 그런데 마
을 주민들이 그곳을 모른다고 하였다. 양반들은 결국 조상의 묘를 찾지 못하
고 울면서 되돌아갔다. 그래서 그곳을 망덕고개라고 부른다고 한다.

에, 때는 인지 어느 때 인지는 모르구. 그때는 잘 모르겠다구 그러는데.
옛날에 그 웬 양반들 둘이서 말을 타구서 자기네 조상 산소를 찾으러 왔
다 그래요.

(조사자 : 예.)

거 찾으러 왔는데, 동네 사람들이(동네 사람들에게 물어봄) 이제 대곡
을 물으니깐은.

"대곡은 모르고 대봉은 안다." 그래면서

"모른다."

고 그랬대요. 그러니깐은 찾지도 못하고 그냥 울구 갔다구. [조사자 웃
음] 크게 울구 갔다구. 그래서 망덕고개라고 했다는데 그 고개가 바로 고
고개인지. 그런 얘기가 전해 내려와요.


# 성묘를 할 수 없는 명당터

자료코드 : 09_05_FOT_20100128_LCS_GGT_0004
조사장소 : 충청북도 음성군 감곡면 왕장3리 454-17번지
조사일시 : 2010.1.28
조 사 자 : 이창식, 최명환, 장호순, 김영선
제 보 자 : 김근태, 남, 64세
구연상황 : 감곡면 단평리 단양군이 마을에 있는 고인돌을 확인 후 전해지는 이야기가
있는지 조사자가 묻자 제보자 김근태는 고인돌에는 없다고 하였다. 그러면서
단양군이 마을 외곽에 큰 바위가 있는데 성묘를 할 수 없는 명당터 이야기가
전한다면서 구연해 주었다.

줄 거 리 : 단양군이 마을 외곽을 흐르는 청미천 주변에 삼각형의 큰 바위가 있다. 이 바

위 위에는 묘를 쓸 정도의 조그만 땅이 있는데 그 곳에 묘를 쓰면 부자가 된다고 한다. 그런데 거기에 묘를 쓰는 사람은 바위귀신이 잡아먹기 때문에 그 곳에 갈 수 없다. 그래서 아무도 묘를 쓰지 않았다. 어느 날 가난한 젊은 부부가 아버지가 돌아가시자, 그곳에 묘를 쓰고 야반도주를 하였다. 그 부부는 결국 부자가 되었는데 성묘는 하지 못하고 멀리서 아버지 묘를 바라만 보았다고 한다.

(조사자 : 마을 주민이 저 바위하고 관련해서 얘기하는 건 전혀 없나요?)

저 바위에 대해서는 전해 내려오는 이야기가 없구. 저 위에 인제 지금 또 가는 바위 거기는, 바위가 이렇게 삼각형으로다 그렇게 둘러, 축대 싸듯이 쌓여져 있어요. 쌓여져 있는데, 그 위에 인제 산소가 쪼끄만 게 있는데. 그 위에다가 산소를 쓰면 부자가 된대요.

(조사자 : 발복터구나.)

성묘를 할 수 없는 명당터

예. 그런데 그, 거기다 그 부자가 되는 대신, 쓰는 사람은 그 나중에 성묘를 오거나 뭐 해면 바위귀신이 잡아먹는다고. 그래 가지구 못 온대. 그래 사람들이 겁이 나가지고 산소를 못 썼데요. 그리구 인제 또 동네 사람들이 말리구. 쓰지 말라고. 그 어떤 그 젊은 부부가 하두 부모 모시고 사는데. 가난하게 사시는데, 사는데 부자가 되고 싶어 가지고. 아버지가 돌아가니까 거다 산소로 썼대요. 쓰고나 가지고 인제 동네 사람들한테 들키면 뭐 그럴까봐 야반도주를 해 가지고 멀리 가 사는데. 부자가 되긴 됐대요. 근데 와서 성묘는 못 해구. 멀리서 쳐다만 보구 가고 쳐다만 보구 가고. [웃음]

# 강화돌로 만든 신항구 묘비

자료코드 : 09_05_FOT_20100128_LCS_GGT_0011
조사장소 : 충청북도 음성군 감곡면 왕장3리 454-17번지
조사일시 : 2010.1.28
조 사 자 : 이창식, 최명환, 장호순, 김영선
제 보 자 : 김근태, 남, 64세
구연상황 : 감곡면 오궁리에서 신후재영정을 확인한 후, 문촌리와 오갑리 등을 답사하였다. 상우리 입구에 들어서면서 제보자 김근태는 신후재 선생이 강화에서 가지고 온 강화돌로 아버지인 신항구의 묘비를 세웠다면서 구연해 주었다.
줄 거 리 : 신후재의 아버지 신항구의 묘에 비석이 있는데 신후재가 강화부사로 있을 때, 가져온 돌로 만든 것이라고 한다. 처음에 세 개를 가지고 강화에서 뱃길로 남한강을 따라 왔는데 장마를 만나 두 개를 잃어버렸다. 후에 한 개를 찾아 신항구의 묘에 세웠다고 한다.

그리구 인저 아까 거 뱀산모랭이 그 저 산소 저 잘 썼다 그랬잖아요 거기. 신항구(신후재의 아버지)선생 그 묘소, 그 비석이 돌이, 강화돌이여, 강화돌. 강화돌인데. 에 저 신후재선생이 강화부사루 가 있을 때. 여기 저

할라고 세 개를 돌을, 거 강화에서 뱃길로 해 가지고 남한강. 요 바로 넘어니까, 남한강이니까. 남한강 강가로다가 해가지구 오다가 장마를 만내가지구. 두 개를 잊어버리구 하나만 갖다가 고거 해놨는데, 두 개를 나중에 찾아 가지구, 하나는 나중에 찾아 가지구 나중에 올리고. 그래 가지구 이 쪽으루 넘어왔어요.

(조사자 : 하나는 못 찾았구나.)


# 망가리(亡家里)고개 유래

자료코드 : 09_05_FOT_20100128_LCS_GGT_0015
조사장소 : 충청북도 음성군 감곡면 왕장3리 454-17번지
조사일시 : 2010.1.28
조 사 자 : 이창식, 최명환, 장호순, 김영선
제 보 자 : 김근태, 남, 64세
구연상황 : 제보자 김근태와 점심을 먹은 후 다시 감곡면 지역을 답사하였다. 오향2리 고개를 넘어가면서 제보자가 이곳이 망가리고개라며 유래를 구연해 주었다. 이 고개를 명성황후가 지나갔었다고도 한다.
줄 거 리 : 오향2리에서 영산리로 넘어가는 고개를 '망가리고개'라고 한다. 예전에 부모를 모시고 사는 젊은 부부가 있었다. 어느 날 호랑이가 나타나 부인을 잡아갔다. 그래서 남편이 호랑이를 잡으러 돌아다니게 되었고, 집안을 건사할 사람이 없어 그 집이 망했다고 한다. 그래서 그 고개를 망가리고개라고 부른다.

근데 망가리(亡家里) 고개 전설은 또 따로 있고.

(조사자 : 아, 어떤 전설이 있어요?)

고거는 인제 에, 젊은 사람이 인제 어버이도 모시고, 부모 모시고 같이 그래 사는데, 사는데. 어디 일을 갔다 오다가 보니깐은, 호랑이가 나타나 가지고 그 저 그 안식구를 잡아갔대요. 그래 가지고 호랑이를 이제 잡으러 동이, 돌아다니드래 가지고 집을 나가고. 그 바람에 이제 젊은 가장이

집을 나가니까 건사할 사람이 없잖아요. 그래서 집안이 홀딱 망해 가지고. 그래서 망가(亡家). 망, 집안이 망했다 그래서 망가리고개라고…….

(조사자 : 음.)

그래 옛날에 아마 호랑이가 여까지 침범을 하고 그랬던 모냥이여. 그러니까 망가리고개, 망가리고개.

망가리고개

## 잘못 쓴 김자점 아버지 묘

자료코드 : 09_05_FOT_20100223_LCS_GGT_0008
조사장소 : 충청북도 음성군 감곡면 왕장3리 454-17번지
조사일시 : 2010.2.23
조 사 자 : 이창식, 최명환, 장호순, 김영선
제 보 자 : 김근태, 남, 64세

구연상황 : 제보자 김근태의 집에서 제보자 신도식과 함께 이야기하던 도중 김자점 이
        야기가 나왔다. 이야기 도중 김근태가 자신이 알고 있는 이야기라면서 구연해
        주었다.
줄 거 리 : 김자점이 아버지 묘를 쓰기 위해서 명당자리를 찾았다. 그 명당에는 시신을
        거꾸로 묻으면 용이 되는 곳이다. 그래서 김자점이 지관을 시켜 아버지 시신
        을 거꾸로 묻으라고 하였다. 그러나 지관은 김자점이 역모를 일으킬 것을 미
        리 알고 김자점의 아버지 시신을 바로 묻었고 결국 김자점은 역모에 실패하
        였다. 후에 김자점의 아버지 묘를 파 보니 용은 되었으나 땅으로 들어가지 못
        하였다고 한다.

(보조 제보자 : 그 지금 이거 저, 이거 물을 역으로 흐르게 핼라고 그러
다가 자점이보지. 역으로 흐르게 …….)

아니여, 저기, 저기 보를 막았어. 보를 막아 가지고…….

(보조 제보자 : 역으로 흐르게 핼라고 했다메. 저쪽 저, 뭐 저쪽으로 저,
경기도 그 쪽으로.)

역으로 흐르는 게 아니고, 그 아버지 산소를 쓰면은 그 저, 아버지를 …….
그, 지 인저 거가 용, 모이(묘)자리가 상당히 좋은 덴데. 용은 되면 땅속으
로 들어가잖어. 그래 가지구 용을 땅속으로다 까꾸로(거꾸로) 묻어야 되는
데. 지관이 가만히 보니깐은 역모를 헬 거 같으니깐은 이게 김자점이가
시킨대로 안 하고 똑바로 썼단 말이여.

(보조 제보자 : 나중에 김자점이가 인제 역모로다 몰려가지고 ……. 그
김자점이가 저기 …….)

역모로 인제 들켜났지. 그래 가지고 와 가지고 모이(묘)를 파보니까는
그 아버지가 용이 돼가지고 막 들어갈라고 그러잖어. 그래 가지고 이게
까꾸로(거꾸로) 됐으면은 벌써 밑으로 파고 들어갔을 텐데. 근데 전국에
다니면서 보면은 자점이보가 여러 군데가 있어. (보조 제보자 : 또 있어?)
어, 그럼. 많어 자점이보가. 근데 그런 걸로 봐 가지고는 김자점이가, 이
사람이 수리시설에는 능통한 사람이여.

(보조 제보자 : 근데 그 임경업이 저기 핸 사람 아니여?)

그렇지. 임경업이를 인제 역모로 몰아 가지고 핸건데. 그래도 역모로다 겨우 그, 그런데는 그런데로다가 역모로 몰았더라 해더라도. 김자점이는 딱 보믄 이, 우리가 인제 농사꾼 입장으로 봐 가지고는 수리시설이 능해 가지고. 농사짓기, 그 저, 이 농경에는 많이 도움을 준 사람이여. 그 사람이.

(보조 제보자 : 그 아주 그런데 그 저, 족이 멸했지 아마.)


# 산소를 잘못 파 망한 신씨네

자료코드 : 09_05_FOT_20100223_LCS_SDS_0004
조사장소 : 충청북도 음성군 감곡면 왕장3리 454-17번지
조사일시 : 2010.2.23
조 사 자 : 이창식, 최명환, 장호순, 김영선
제 보 자 : 신도식, 남, 64세
구연상황 : 제보자 신도식과 연락 후 감곡면 왕장리의 김근태 집에서 만났다. 신도식은 감곡면 문촌리에 살고 있으며 김근태와 함께 음성향토문화회의 회원으로 활동하고 있다. 조사자가 문촌리에 전승되는 이야기를 물어보자 자신의 선조 이야기가 있다면서 구연해 주었다. 신도식은 그 외에도 문촌리 주변의 다양한 지명 유래를 알고 있었다.
줄 거 리 : 벼슬을 하다 낙향한 신씨 할아버지가 있었다. 그 할아버지가 국가로부터 하사 받은 땅과 재물이 있어서 지나가는 과객들이 많이 찾았다. 신씨 할아버지가 죽은 후에도 과객들이 줄지 않았다. 그래서 그 집 아녀자들은 손이 마를 새가 없었다. 하루는 시주를 온 스님에게 손님이 오지 않게 하는 방법을 물어보자 그 스님은 장정 열 명만 구해 달라고 하였다. 스님은 장정들을 데리고 신씨 할아버지 묘로 갔다. 스님은 장정들을 시켜 묘 언저리를 파게 하였는데 갑자기 피가 솟구쳤다. 스님과 장정들은 모두 도망을 가고, 그 후 집안사람들이 죽고 여자들만 남게 되었다. 그래서 과객들도 점점 줄고 결국 집은 폐가가 되었다고 한다.

그 저기 뭐야. 그 저 뭐야 그러니깐 시골에 저 그 뭐야 국가의 녹을 먹다가 낙향을 하니까. 그 인저 지, 뭐, 나라로부터 좀 하사 받은 땅도 있고……. 인저 그러다 보니까 저 뭐 사랑 쓰고 그러니까. 지나가는 과객 뭐, 지나가는 뭐 길손들이 그냥 무조건 많이 들어오는 겨 그냥. 맘이 착하니깐 만날 재워 보내기도 해고 밥도 해 주는 거야. 그러다가 보니까 삼백육십오 일 이, 안집 아주머니들은 손이 마를 날이 없는 거야. 아주 지겹거던. 그래 하루는 저 그 뭐거 그 저기 그 책에 있는 대로, 그 뭐 중이 시주를 왔는데. 시주는 좀 넉넉히 핼 테니까 저기 뭐야 우리 손님 좀 들(덜)오게 해다구. 조금만 들오게 해다구 핸 게. 그 저기, 간절하게 뭐, 뭐, 간절히라게 보다도 그냥 꽤 부탁 좀 심도 있게 했나 봐.

(조사자 : 예, 예.)

그러니까는 여, 그 중이 그러면 장정 열 명만 달, 저기 얻어 달라고 그러더래. 그러더니 열 명을 어떻게 해 가지고 수소문해서 얻어 줬겠지. 주니깐 그 산소로 가더니 그 밑을 언저리를 이렇게 서서보더니 어디쯤 파나가라고 그러더라는 거야. 근데 중간쯤 파니까 뭐 어디쯤 파니까, 중간쯤 파니까. 뭐 그냥 냅다 피가 그냥 솟구쳐 올르더래요. 그러니까 뭐 일꾼들도 혼비백산하고 중은 뭐 벌, 벌써 알고 있었겠지. 그냥 날랐더라는 겨. 그 질(길)로 거 우리 그 집안이 쇠퇴해 가지고. 아이고 뭐, 사람들이 자꾸 죽고, 남자가 죽으니까 손님이 오겠어요? 그래서 과부들만 들먹들먹했대요. 그래 가지구 그렇게 좀 뭐 폐가까, 뭐 폐가까지라고는 말할 건 없겠지만은 쇠퇴한 걸루다가 나락으로 떨어졌다. 이렇게…….

(조사자 : 아까 그 팠다는 산소는 누구의 산소인가요?)

우리 구대조 할아버지.

(조사자 : 아 구대조 할아버지의 산소를 팠답니까? 집안에서 전해져 내려오는 이야기인가요?)

예, 그렇죠.

# 김자점 이름의 유래

자료코드 : 09_05_FOT_20100223_LCS_SDS_0009
조사장소 : 충청북도 음성군 감곡면 왕장3리 454-17번지
조사일시 : 2010.2.23
조 사 자 : 이창식, 최명환, 장호순, 김영선
제 보 자 : 신도식, 남, 64세
구연상황 : 제보자 김근태의 김자점 이야기에 이어서 제보자 신도식도 김자점 이야기를
　　　　　구연해 주었다.
줄 거 리 : 김자점의 이름은 붉은 자(滋) 자에 점 점(點) 자를 쓴다. 그 이유는 기왓장 밑
　　　　　에 숨어 있는 지네를 죽였을 때, 지네의 피가 튀어서 김자점에게 붙었기 때문
　　　　　이다.

　　그, 붉을 자(滋) 자(字)에 점 자(점(點) 자를 말한 듯 보인다) 자여. 그
저, 지네가 뭐 저기, 맨날 그. 그 알아? 명주실. 고, 고, 여기 잘 아네. 명
주실 끌고 나가 가지고 딱 가보니까는 저 기왓장 밑에 있드라잖어. 지네
가. 이만, 큰 말도 못한 게. 그걸 잡아, 잡았는데. 그걸 잡으니깐은 거기서
피가 튀어 가지고 그 자점인가 그 놈 난 ……. 그 자점이한테서 와 붙었
다는 거야. 그래 가지고 크게, 나중에 크게 ……. 그 나중에 그 뭐야.

제보자 신도식의 구연상황

# 진주 삼킨 거위와 윤회

자료코드 : 09_05_FOT_20100223_LCS_SDS_0010
조사장소 : 충청북도 음성군 감곡면 왕장3리 454-17번지
조사일시 : 2010.2.23
조 사 자 : 이창식, 최명환, 장호순, 김영선
제 보 자 : 신도식, 남, 64세
구연상황 : 조사자가 제보자 신도식에게 진주 삼킨 거위 이야기를 들려 달라고 요청하
였다. 신도식은 전에 자신이 『감골소식지』라는 책에 쓴 적이 있다면서 구연해
주었다. 처음에는 자신이 편집했다는 『감골소식지』를 보면서 이야기를 시작
하였다.
줄 거 리 : 조선 세종 때 명신인 윤회가 고향으로 내려가는 길에 감곡면 왕장리 주막에
머물게 되었다. 그날 저녁 주막의 아이들이 갖고 놀던 구슬이 없어졌다. 주막
주인은 윤회를 도둑이라고 생각해서 관가로 끌고 가려고 하였다. 그러자 윤회
가 거위와 함께 자신을 묶어 두라고 하였고 다음 날 거위의 똥에서 구슬이
나왔다. 주막 주인이 왜 진작 말하지 않았느냐고 하자 윤회는 죄 없는 거위의
목숨을 살리기 위해 그랬다고 하였다.

어, 세종 때 명신이던 윤회선생은 무송 윤씨며, 어, 대제학까지 이루고
뭐, 팔도지리지까지 편찬하신 참 유명하셨던 인물이며, 술도 되게 좋았다
고 합니다. 그는 옛날에 어려서 고향으로 내려가는 길에 에, 어느 주막에
들렀다고 합니다. 그러나 주인은 윤회의 행, 행색을 보고 아, 재워주려고
싶은 생각이 없어서 거절하다가, 거절했었는데. 묵고가기를 하도 청해서
그냥 응, 뜰 앞에도 좋으니까 달라고 그래서 그걸 허락을 했던 모양입니
다. 그래 해는 뉘엿뉘엿 지고 어, 안에서 고, 아이들의 웃음, 울, 웃음소리
와 떠들고 노는 소리가 들렸길래 쳐다보았더니. 그 마당가에는 거, 참 탐
스러운 구슬이 하나 있었는데. 구슬 목걸이가 있었는데. 구슬 꾸러미라
그럴까요?

(조사자 : 예. 구슬꾸러미요.)

어, 그거를 아이들이 갖고 놀다가, 그 집 아이들이 갖고 놀다가 아, 놓

쳤는 모양입니다. 땅바닥에 떨어진 것을 어, 지나던 거위가 냅다 삼켜버리고. 먹을 건 줄 알고 삼켜 버렸습니다. 근데 어느 쯤 때 인제 저녁 지나고 밤이 되서 자려고 드니까 안에서 온통 난리가 난겁니다. 어, 거, 저, 귀중한 보배. 구슬을, 꾸러미를 잊어버렸다고 야단법석입니다. 그래 인제, 훔쳐갈 사람은 딴 사람도 없고 들어온 사람도 없고. 어, 주인이 지, 지목하기를 윤회를 지목했던 모양입니다. 윤회를 당장 관가에 끌르고 갈라고 했는데 윤회의 말 하기를,

"가는 건 내일도 좋지만은 저 거위만은 내 젙(곁)에 묶어 둬 주십시오."

거위와 밤을 새우고 나고 보니까 아침에 거위 똥에서 그 구슬이 어제 삼켰던 구슬이 나왔다고 합니다. 그 구슬을 주인에게 전해 주었더니 참 민망해 하면서 왜 어제 진작 말씀을 안 하셨습니까 했더니. 어제 말씀을 드렸으면 저, 죄 없는 거위는 죽음으로 뿐이 더 갔겠습니까. 했던 모양입니다. 옛날에 큰 어른들은 마음 씀씀이조차도 대단했던 것 같습니다. 우리가 이 얘기는 ……. 우리 저 이 얘기는 우리 지금 감곡면 왕장리 주막에서 있었다고 해는 얘긴데. 이 이야기는 제가 즉설적으로 하는 것도 아니고 옛날에 향토사학자 윤병준 선생님으로부터 들었던 얘기입니다.


## 비문이 없는 거일리 변계량 무덤

자료코드 : 09_05_FOT_20100701_LCS_UHM_0045
조사장소 : 충청북도 음성군 감곡면 오향2리 행군이길 168-3
조사일시 : 2010.7.1
조 사 자 : 이창식, 최명환, 장호순, 김영선
제 보 자 : 우홍명, 여, 84세
구연상황 : 감곡면 오향2리 행군이마을에서 제보자 우홍명을 만났다. 우홍명은 오향리 토박이로 감곡면 주변의 다양한 이야기들을 알고 있었다. 마을에 전승되는 이야기를 물어보자 오향2리 거일에 있는 큰 묘에 대한 이야기를 구연해 주었다.

줄 거 리 : 감곡면 오향이2리 거일마을에 큰 묘가 있다. 이 묘는 변계량의 묘로 추측된
다고 한다. 그 이유는 마을에서 그 묘와 관련된 다음과 같은 전설이 내려오기
때문이다. 변계량은 조선시대 사람인데 과부들이 재가(再嫁)하지 못하는 법을
만들었다. 그래서 변계량이 망했다고 한다. 현재 묘 앞에는 좌대는 있는데 비
가 없다고 한다.

아니 거일에요.

(조사자 : 거일은?)

예. 변안지라는 거기 있고, 거 뒤에 가면은 큰 묘가 하나 있는데요.

(조사자 : 예.)

그게 꼭두 변(卞) 자, 변씨네 묘예요. 그런데 이 비 바탕, 좌대는 있는데
비가 없어요.

(조사자 : 아 그래요?)

좌대 때려 부순 모양이에요. 그래 가지구 인제 그, 저, 아조 때 변계량
이라고 있었다고.

(조사자 : 예.)

변계량이가 그, 그, 상부당한 여자들을 개가 못 하는 ……. 가계 수절해
다 죽으라는 법을 맨들었다잖아요. 변계량이가.

(조사자 : 예 맞습니다.)

그래서 각 상부된 이들이 어떻게 그 변계량이 몹쓸 사람이라고 하도
그래 가지고 변계량이가 그래서 망했다.

(조사자 : 예.)

그런 전설이 내려오고 있어요. 그래서 그 비문은 없으니까. 지가 가 봐
도 묘만 있지 비문은 없어요.

(조사자 : 예.)

그래서 그렇다는 말이 내려오고 있어요.

(조사자 : 아 그러면 "그게 변계량의 묘다."라고 하는 이야기인가요, 그

러면은?)

　그렇죠. 변계량의 묘일 거다. 이렇게 보는 거죠. 그게 변계량의 묘일 거
다. 묘일 거다.

　(조사자 : 그런 이야기가 요 마을에 예전부터 있었습니까?)

　거 예전부터 있었어요.

　(조사자 : 아, 거일에요?) 예.

제보자 우흥명의 구연상황

# 샘을 팔 수 없는 궁장리

자료코드 : 09_05_FOT_20100701_LCS_UHM_0047
조사장소 : 충청북도 음성군 감곡면 오향2리 행군이길 168-3
조사일시 : 2010.7.1
조 사 자 : 이창식, 최명환, 장호순, 김영선
제 보 자 : 우흥명, 여, 84세
구연상황 : 조사자가 마을에서 내려오는 이야기를 요청하자 제보자 우흥명이 구연해 주
　　　　　었다.
줄 거 리 : 감곡면 궁장리에서는 예전부터 샘을 팔 수가 없었다고 한다. 이유는 그곳이
　　　　　배 형국이기 때문이다. 배에 구멍을 내면 물이 올라와서 가라앉듯이 샘을 파
　　　　　놓으면 좋지 않은 일이 생긴다고 한다.

그래구 인저, 여기 거일까지만 지나면 궁장리라는 데가 있어요, 궁장. (조사자 : 궁장.)

예. 거기는 오향리 저, 농협협동조합 거기 분소가 될 거여. 그, 하치장 인제 비닐팔고 이러는데. 거기는 예전부터 말이 있는데. 뭔 말이 있느냐면, 거기는 샘을 못 판답니다.

(조사자 : 아.)

왜? 거가 배형국이래요.

(조사자 : 음.)

그래 그러니까 상선으로다가 바닥에 터진 물이 올라오면 가라앉잖아요.

(조사자 : 예, 예, 예.)

그래가 샘, 거기다 샘을 파 놓으면 자꾸 무슨 좋지 못한 일이 나고.

(조사자 : 예.)

이래서 예전부터 내려오는 말이, 그 동네에 샘을 못 파고 흘러가는 자연수, 그걸 그때 구해서 ……. 지금은 모르겠습니다. 지금은 뭐 지하수 팠겠죠.

# 말마리에서 수학한 임경업장군

자료코드 : 09_05_FOT_20100701_LCS_UHM_0059
조사장소 : 충청북도 음성군 감곡면 오향2리 행군이길 168-3
조사일시 : 2010.7.1
조 사 자 : 이창식, 최명환, 장호순, 김영선
제 보 자 : 우홍명, 여, 84세
구연상황 : 조사자와 이야기를 하는 도중 제보자 우홍명이 임경업장군 이야기가 있다면서 구연해 주었다.
줄 거 리 : 임경업장군이 충주에서 생극면 팔성리 말마리마을까지 걸어 다니면서 수학을 하였다. 임경업장군은 천기를 못 봐서 죽었다고 한다.

충주에서 그 저 누굽니까. 그, 저, 저, 임경업장군.

(조사자 : 임경업장군, 예.)

그 냥반이 걸어서 여기 생극면 말머리(생극면 팔성1리 말마리). 이거 우리 면이 아니에요.

(조사자 : 예 예.)

생극면 말머리래는 대루 댕기면서 수학을 하셨다 그런 얘기를 ……

(조사자 : 말머리.)

거기는 김해 김씨네가 아주 대성(大姓)으로 사는 데예요. 저 양촌도 그랬답니다.

(조사자 : 안성에 가니까.)

예.

(조사자 : 충주에서 또 임경업장군이 안성까지, 안성까지 다니면서 수학을 했다는 마을이 있더라구요.)

거기도 있어요?

(조사자 : 예, 거기도 있습니다.)

여기는 생극면 일, 일인데. 근데 그 양반이 천기를 못 봐서 돌아가셨다고 그러잖아요. 천기를.

(조사자 : 예.)


## 선지교(善池橋)가 선죽교(善竹橋)로 바뀐 이유

자료코드 : 09_05_FOT_20100701_LCS_UHM_0060
조사장소 : 충청북도 음성군 감곡면 오향2리 행군이길 168-3
조사일시 : 2010.7.1
조 사 자 : 이창식, 최명환, 장호순, 김영선
제 보 자 : 우홍명, 여, 84세

구연상황 : 제보자 우홍명이 임경업장군 이야기를 마치고, 이어서 포은선생과 선죽교 이
　　　　야기를 구연해 주었다.
줄 거 리 : 평양 선죽교는 원래 이름이 선지교(善池橋)였다. 포은선생이 그곳에서 조영규
　　　　에게 죽임을 당한 이후 혈죽이 났다고 해서 이름을 선죽교(善竹橋)로 고쳤다
　　　　고 한다.

이건 조영규는 포은선생 같은데.

(조사자 : 예, 예, 맞습니다.)

이제 그 저, 포은선생이 ……. 조영규가 그 한양 조. 저, 저, 평양 조씨
거든요.

(조사자 : 평양 조씨죠, 예.)

평양 조씬데. 그 포은선생 그 양반 돌아가게 시켜 ……. 그 전에 거, 제
가 그 책을 보니까. 에, 선지교 썼더라고요, 그게. 착할 선(善) 자하고, 못
지(池) 자. 선지교(善池橋)를 썼는데. 저 포은선생 돌아가시고 혈죽이 났다
고 그래서 대 죽(竹) 자로 고쳤더라고요.

(조사자 : 예, 예.)

그, 그때 그렇게 됐더라고요.


# 밀머리고개 유래

자료코드 : 09_05_FOT_20100701_LCS_UHM_0062
조사장소 : 충청북도 음성군 감곡면 오향2리 행군이길 168-3
조사일시 : 2010.7.1
조 사 자 : 이창식, 최명환, 장호순, 김영선
제 보 자 : 우홍명, 여, 84세
구연상황 : 조사자가 밀머리고개라는 감곡면의 지명에 대해 물어보자 제보자 우홍명이
　　　　구연해 주었다.
줄 거 리 : 감곡면 단평리에 밀머리고개가 있다. 문촌리 웃오갑 곡산 안씨, 칠원 윤씨, 단
　　　　평리 황씨가 친하게 지냈다. 밤이 새도록 놀다가 황씨가 간다고 하면 칠원 윤

씨가 배웅 하였다. 그러면 황씨도 윤씨가 배웅을 했기 때문에 다시 윤씨를 배웅해 주었다. 안씨도 마찬가지였다. 그렇게 밤새도록 서로 배웅하면서 고개를 넘어서 '밀머리고개'라고 한다.

(조사자 : 밀고개라고 하는 데가 있습니까, 밀고개?)

아, 밀고개 있어요.

(조사자 : 예, 거, 거기도 이야기가 있던데요.)

얘기가 있지요. 밀고개가 어떻게 됐느냐면 이게 고개라고 가정하면, 이게 고개라고 해요, 고개면. 아까 말씀드린 여기 칠원 윤씨네가 살죠.

(조사자 : 예.)

여기 곡산 안씨네가 살죠.

(조사자 : 예.)

여기는 황씨네, 황씨네가 사는데. 그러면 그 세 분이, 곡산 안씨하고, 칠원 윤씨하고, 저기 단평리 황씨하고 아주 절친했던가 봐요. 그래 세 분덜이 저녁이면 저녁마다 와서, 여구 와서 바둑두 두구 장기두 두고 시두 짓구 이래다가. 밤에 이제 가는 거여. 요 가면 밀머리고개인데. 인저 줄곧 이, 웃오갑 그, 칠원 윤씨네가 그 황씨네가 간다고 그러면 배양(배웅)을 하는 거야, 여까지. 쭉 배양을.

"아 자네가 여꺼지 배양을 했으니까 난도 또 배양을 ……."

또 오는 거야. 그래 서로 밤새도록 미루는 거여. 단평리 와서.

(조사자 : 아.)

서로 미루다가 보면 날이 새는 거여.

(조사자 : 예, 예, 예.)

"자네가 여꺼징 마냥(마중) 나왔으니 나도 자네 배양해 줘야지."

그래 서로다 미루다 고만 갔다 왔다 그래서 밀머리고개.

(조사자 : 아 그래서 밀고개.)

여기서 얼마 안 됩니다.

(조사자 : 예, 예.)

거길, 밀머리고개.

(조사자 : 밀머리고개요?)

예, 밀머리고개라고 그래요.

(조사자 : 근데.)

글자로는 제가 모르구요.

(조사자 : 예, 예.)

그냥 여기서 들은 것뿐인데, 밀머리고개, 밀머리고개 그러니까. 밀머리고개로.

(조사자 : 밀머리고개로, 아.)

그래 그, 삼, 삼성이 서로 봐야 ……. 이쪽으로 바앙(배양)했으면 난도 배양을 받았으니까 또 배양을 ……. 왔다 갔다 하다가. 밤새 이렇게 하다 보면 날이 ……. 서로 미루다가, 서로 미루다가 땡기고 잡아 댕기고, 서로 미루다가 밀머리고개.

(조사자 : 밀머리고개.)


# 벼락바위 유래

자료코드 : 09_05_FOT_20100701_LCS_UHM_0064
조사장소 : 충청북도 음성군 감곡면 오향2리 행군이길 168-3
조사일시 : 2010.7.1
조 사 자 : 이창식, 최명환, 장호순, 김영선
제 보 자 : 우홍명, 여, 84세
구연상황 : 조사자가 오근마을의 벼락바위 이야기를 요청하자 제보자 우홍명이 구연해 주었다.
줄 거 리 : 오향2리 오근마을에 벼락바위가 있다. 벼락바위 위쪽 금강암에 스님이 살았는데 장독이 많았다. 스님이 장을 담가놓고 가 보니 큰 이무기—또는 뱀—이

빠져 죽어 있었다. 스님은 먹지 않고 없는 사람을 불러 장을 주었다. 그 후 스님이 탁발하러 갔다 금강암으로 돌아오는 길에 바위에 앉아서 쉬는데 벼락이 쳤다. 그래서 바위가 쪼개졌는데 그것이 벼락바위다. 벼락바위는 현재도 있지만 금강암은 없어졌다고 한다.

(조사자 : 저기 오근에 보면 벼락바위가 있다라고 하더라구요.)

예, 벼락바위 있습니다.

(조사자 : 거기도 뭐, 절터였다고.)

거기는.

(조사자 : 예.)

저기 올라가면 금강암이라고요.

(조사자 : 예, 예.)

금강암이라고 있는데. 그 절에 중이 살았는데, 장독이 많았었대요. 그 절에. 많았었는데, 장을 담가 놓구서 가 보니까, 큰 뭐 이무기라나 뱀이 빠져 죽었드래는 거여, 장에.

(조사자 : 예, 예.)

그 없는 사람을 불러가 준 자긴 안 먹고 그 사람들을 준 거에요. 그 사람이. 거 줬는데, 인제 중이 탁벌(탁발)을 하러 나갔다가 오다가 그 베락바위(벼락바위)예요, 거기가. 벼락바우에 앉아 쉬는데 베락(벼락)을 쳐 버린 거야, 그냥.

(조사자 : 아.)

그래서 그 바우가 쪼개진 게 지금도 벼락바위라고 있습니다.

(조사자 : 그 금강암이라고 하는 절은 지금도 있습니까?)

없습니다. 금강암이래는 ……. 그래구선 인제 질, 절도 망해 놓으니까.

# 뒤돌아 앉아 한양이 못 된 원통산

자료코드 : 09_05_FOT_20100701_LCS_UHM_0065
조사장소 : 충청북도 음성군 감곡면 오향2리 행군이길 168-3
조사일시 : 2010.7.1
조 사 자 : 이창식, 최명환, 장호순, 김영선
제 보 자 : 우홍명, 여, 84세
구연상황 : 앞의 이야기에 이어서 제보자 우홍명이 감곡리 주변에서 전해지는 이야기를 구연해 주었다.
줄 거 리 : 무학대사가 감곡면 영산리 잿말에 한양 터를 잡기 위해 왔었다. 그러나 뒤에 있는 산이 반대로, 곧 지금의 서울 쪽이 아닌 충주시 노은면 쪽을 바라보고 있어서 한양 터로 잡지 않았다. 그래서 그 산 때문에 원통하다고 원통산이라고 부르게 되었다

그래고 거기 한양 터는 이 영산리 잿말.

(조사자 : 영산리 잿말.)

거기 잡을라고 무학이 왔었다는 이야기 들으셨어요?

(조사자 : 예, 그 이야기 있습니다.)

그랬다가 저쪽에 원통산이라고 있죠?

(조사자 : 예, 예.)

원통산. 그 산이 저 충주 노은면 쪽으로 돌아앉아 가지고

"원통해다."

그래서. 그때 그 유래가 내려 와 가지고 지금 그, 원통산이 된 거예요.

(조사자 : 그, 왜, 왜 원통하다고 하죠, 그쪽으로 돌았다고?)

어, 이, 이 서울 쪽을 바래보고 돌아앉았으면 산이 ……. 아 충주 쪽으로 돌아앉았단 이거요. 그래서 산이 돌아앉았기 때문에 원통해다고. 한양 터를 잡을 건데 그래서 한양 터가 안 된다 이 말이야.

(조사자 : 아, 무학대사가.)

네, 무학대사가.

(조사자 : 예, 이제 조선을 건국하고 나서.)

네, 네.

(조사자 : 한양 터를 잡으려고 여길 왔었는데.)

네, 왔었는데.

(조사자 : 산이 원통산이.)

네.

(조사자 : 한양 쪽을 바라보고 있으며는 잡아도 되는데 반대로, 뒤 돌아서 가지고.)

충주쪽으로 그쪽으로 돌아앉았다.

(조사자 : 아.)

그래 원통하다 그래 가지고.

(조사자 : 그래서 원통산.)

네.

(조사자 : 아.)


# 권근 묘소와 수리산 연못

자료코드 : 09_05_FOT_20100701_LCS_UHM_0066
조사장소 : 충청북도 음성군 감곡면 오향2리 행군이길 168-3
조사일시 : 2010.7.1
조 사 자 : 이창식, 최명환, 장호순, 김영선
제 보 자 : 우홍명, 여, 84세
구연상황 : 제보자 우홍명이 생극면 방축리에서 전해지는 이야기라면서 구연해 주었다.
줄 거 리 : 생극면 방축리에 권씨 3대 묘소가 있다. 양촌 권근의 묘를 쓸 때 지나가던 스님이 목이 마르니 물을 좀 달라고 하였다. 산소를 모시려는데 무슨 물이냐고 하자 갑자기 그곳에서 물이 솟았다. 스님은 물을 마시고 그 자리에 묘를 쓸 것이라는 말을 듣고 동쪽에 있는 수리산 정상을 파라고 하였다. 권근의 묘소 자리에 왕겨를 뿌리고 스님의 말대로 수리산 꼭대기를 파니 수리산 꼭대

기로 그 왕겨가 딸려 나오면서 물이 솟았다고 한다.

그리구 인저 그, 감곡면에 저 수리산이라는 이야기 들어보셨어요?

(조사자 : 수리산 못 들어 봤습니다.)

그게, 그거 모르세요? 그리고 그 저, 생, 여, 생극면 방추리(방축리) 거기 가면은. 저, 저, 권, 무슨 권양촌, 권람 거 3대 묘가 있잖아요.

(조사자 : 예, 예.)

근데 그 지가 가 봐도 거기는 아주 진흙 구덩이에요, 거기는. 근데 이 권양촌 산소를 모실라고 이 땅을 파는데. 상좌 중하고, 스님하고 지나가다 목이 마르니까. 이 표주박을 주면서 저 가서 물 좀 얻어오라고. 그래서,

"우리 스님이 좀 물 좀 달라는데요." 그러니까.

"아 여기 이 권양촌 산소 모실라고 산 지금 정비하는데 무슨 물이냐."

고. 아 글쎄 얻어오라고 거야. 그러니까 본시 있는 물이 콸콸 나오는 거예요. 그, 권양촌 산소 ……. 그러니까 물 아주 그냥 맑은 물이 촤악 나오니까. 거 줬어요. 그러니 잘 먹었다 그래요. 그 대사가 거 가서 하는 말이

"여기 물 나죠."

여기 뭐 할 거냐고 그러니까 권양촌 산소 쓸 거라고. 그러냐고. 그러면 거기서 저 동쪽으로 가면은 수리산이 있어요. 수리산. 수리산 꼭대기에 가서 웅덩이를 파 봐라 이거여. 산꼭대기여, 아주. 파니까 냅다 수리산에 물이 쑥 올라오는데. 권양촌 산소 쓸라고 그러는데 쌀 껍데기 왕겨여. 왕겨를 갖다 부어봐라 이거예요. 거기다가 물이 솟아올라 오는데, 그 수백 메다(metar)되는 그 높은 산에 올라, 왕겨가 글로 나오더라는 거여.

(조사자 : 아.)

그래서 거기다 산소 썼다는 거여. 그래서 수리산 그게 그래서 지금도,

지금도 저, 권씨네가 지금 관리를 해요. 해마덤 그 청소하고 둘레에는 그 씻어내고.

(조사자 : 예, 예. 근데 일반적으로 물이 나면은 산소로 안 쓰지 않습니까?)

그러니까 거기에 못이 생겼으니까 여기는 물이 안 나는 거죠.

(조사자 : 아.)

여 왱겨(왕겨)를 부니까, 왱겨(왕겨)가 수리산 꼭대기 물 올라오는 곳으로, 그 수압에 따라올라간 거야.

(조사자 : 따라올라 가고.)

응, 따라올라, 거기 못이 생기고 여길 쓴 거예요.

(조사자 : 여깄는 물이 글로 다 올라간 거네요.)

그렇죠, 그 산꼭두배기로 …….

(조사자 : 그래서 여기는 산소를 쓸 수 있게 됐다.)

예. 거기 가 보니까, 그 비석을 하나 세웠는데요. 아이구, 그 비석을 그거 어떻게 운반했는지나 모르겠다구요.

(조사자 : 규모가 꽤 큰가 봅니다 비석이.)


# 신륵사에서 두부 못 하는 이유

자료코드 : 09_05_FOT_20100701_LCS_UHM_0067
조사장소 : 충청북도 음성군 감곡면 오향2리 행군이길 168-3
조사일시 : 2010.7.1
조 사 자 : 이창식, 최명환, 장호순, 김영선
제 보 자 : 우홍명, 여, 84세
구연상황 : 앞의 이야기에 이어서 제보자 우홍명이 무학대사 이야기라며 구연해 주었다.
줄 거 리 : 무학대사가 음성군 감곡면을 지난 후 여주 신륵사에 들러 쉬게 되었다. 그때 신륵사 스님들이 두부를 만들어 먹었는데, 무학대사에게는 주지를 않았다. 무

학대사가 괘씸하게 여겨 소지를 써서 버렸다. 그 후 신륵사에서는 콩을 갈아
서 간수를 넣어도 두부가 되지 않는다고 한다.

무학대사가 여기 지내다가 여주 신륵사에 가 쉬게 되었드래요. 쉬게 됐
는데, 그래 두부를 해 가지고는 상좌중하고 중, 스님들만 먹지 무학대사
하나도 안 주더라네요. 먹고는 싶은데 주지를 않는 거야, 저만 먹고. 그
두, 저, 스, 중들이 뭐 잘 만드냐, 두부를 잘 맨들고 약과를 잘 맨들잖아
요. 강정, 그런 거 중들이 맨드는 거예요. 안 먹드래는 거예요. 에이, 뭐,
저, 저, 두부 못 해 먹게 맨든다고. 이걸 써 가지고 소지를 버렸대는 거예
요. 그 후로 안 된다는 거예요.

(조사자 : 아.)

그 무학대사가 못 됐……. 지금도 두부를 갈아 가지고 간수를 해도 엥
기질 않는 거야.

(조사자 : 아.)

그게 여주 신륵사에요.

(조사자 : 예, 예.)

그 절에선 두부를 못 해 먹어요. 사다나 먹지, 그 절에선 두부가 안 돼
요.[제보자 웃음]


# 사대문 안에 개구리를 울지 못하게 만든 강감찬장군

자료코드 : 09_05_FOT_20100701_LCS_UHM_0068
조사장소 : 충청북도 음성군 감곡면 오향2리 행군이길 168-3
조사일시 : 2010.7.1
조 사 자 : 이창식, 최명환, 장호순, 김영선
제 보 자 : 우홍명, 여, 84세
구연상황 : 강감찬과 관련된 이야기를 아느냐는 조사자의 요청에 제보자 우홍명이 구연
해 주었다.

줄 거 리 : 강감찬장군이 한양성 안에 개구리를 못 울게 했다고 한다.

(조사자 : 강감찬하고 관련된 이야기 혹시?)

강감찬이요?

(조사자 : 예, 예.)

강감찬 얘기가, 서울 한양성 안에 개구리 못 울게 핸 이 아니에요.

(조사자 : 예, 예, 예. 그, 그 이야기를 좀 해 주시죠. 강)

글쎄 그 강감, 그 진주 강씨네들은 그 편안 강(康) 자 강씨가 있고, 진주 강(姜)씨가 있는데. 편안, 저, 제비 강 자 강씨는 주로 그이들은 문관이더라고 직업이. 그저, 그이네 그 세계(世系)를 좀 한 번 좀 들다봤는데. 보니까 문관이더라구 ……. 그, 강감찬장군에 대해서는 그, 저, 사대문 안에 그 저, 개구리 못 울게 했대는 얘기 말고 다른 거는 그 이상은 모릅니다. (조사자 : 그 어떻게 개구리를 못 울게 만들었대요?)

못 울게 그이가 맨들었대요, 강감찬장군이.

(조사자 : 강감찬강감찬장군이, 어.)

강감찬장군이 그렇게 맨들었다고 …….


# 자점이보 유래

자료코드 : 09_05_FOT_20100701_LCS_UHM_0075
조사장소 : 우홍명 자택 / 충청북도 음성군 감곡면 오향2리 행군이길 168-3
조사일시 : 2010.7.1
조 사 자 : 이창식, 최명환, 장호순, 김영선
제 보 자 : 우홍명, 여, 84세
구연상황 : 조사자가 자점이보 이야기를 요청하자 제보자 우홍명이 구연해 주었다.
줄 거 리 : 감곡면 주천리 앞 백족산 아래에 자점이보가 있다. 자점이보는 김자점이 막은 것이다. 그 보 위에 김자점이 아버지 묘를 썼다. 그 묘를 쓸 때 지관이 신체를 거꾸로 묻으라고 했는데, 거꾸로 묻지 않아서 김자점이 난을 일으켰다가

실패한 것이라고 한다. 만약 신체를 거꾸로 묻었으면 김자점 아버지는 바로 자점이보로 들어가서 용이 되어 등천을 했었을 것이다.

(조사자 : 그다음에 어르신 여기 자점보라고 하는 게 있다면서요, 자점보?)

예? 자점이보.

(조사자 : 자점보. 예, 예.)

자점이보 아니에요, 보.

(조사자 : 예, 보.)

있어요.

(조사자 : 예, 그 무, 김자점하고 어떤 게 있다고 하더라구요, 이야기가?) 그게 김자점이가 막은 거에요.

(조사자 : 아 보를요?)

어, 어. 왜 막었느냐. 김자점이가 어디 분이냐 하면은, 여 충주 가면 용원(충주시 신니면 용원)이라고 있죠.

(조사자 : 예, 예.)

용원분이에요.

(조사자 : 아.)

근데 그 양반은 여기다 인제 보를 막아 놓은 거에요. 보를 막아놓고. 식견에 쭉 나가니까, 여기 보가 있으면 여기 쭉 하니 서리가 내리는 거예요, 이렇게. 쭉 하니 몇 백 메타(meter). 그래 거기다 말뚝을 딱 하니간은, 보또랑을 냈어요. 지금도 거기 있잖아요. 자점이보가 지금 다 멕이고 없어요. 지금은 자점이보가, 자점이. 근데 이게 그 백족산이라고 아까 말씀 드렸잖아요.

(조사자 : 예, 예.)

거기 갔다가 김자점이 아버지 묘를 쓰면은 ……. 쓰는데 신체를 까꾸로

(거꾸로) 묻어라 이거여.

(조사자 : 예, 예, 예.)

지관이 말이여, 지관이 까꾸로 묻어라. 왜 까꾸로 묻느냐. 인저 바로 묻으면은 산이 여기면 이렇게 까꾸로 묻으란 걸 바로 묻었다 이거여. 어떻게 까꾸로 ……. 그라고 여 자점이보를 팠는데. 그 신이 여기서 한 바꾸 도는 시간이 있는 거야. 돌어. 돌아야 들어가니까.

(조사자 : 예.)

까꾸로 묻었어야 되는데 바로 묻어 가지고 ……. 김자점이 그, 난 인제 이렇게 났잖아.

(조사자 : 예, 예.)

그러니까 묘를 파 보니까 신체가 반이 돌어온 거여, 반이. 반, 까꾸로만 묻었으면 김자, 자점이보로 와 가지고선 바로 물에 들어가서 용이 돼 올라가는 건데.

(조사자 : 예, 예.)

용이 돼서 등천을 하는 건데. 도는 순간에 이거, 난이 일어나 가지고 모이(묘)를 가 파보니까 신체가 반 밲에(밖에) 못 돌어온 거여. 한 이렇게 반, 고대로 반을 돌아야 요기 내려 올 거 아니에요.

(조사자 : 예, 예.)

그래서 자점이보가 있어야지. 그래서 그렇게 된 거에요. 그래 인제 그, 그게 한 구렁이여. 서리가 하얗게 있는데 거기다 죄 파해 놓고 수로 내고. 그래 지금은 다 메였어요.


# 명당 발복해서 천석꾼이 된 권씨

자료코드 : 09_05_FOT_20100228_LCS_IBS_0009

조사장소 : 충청북도 음성군 감곡면 문촌2리 중간말길 21-5 늘거리경로당
조사일시 : 2010.2.28
조 사 자 : 이창식, 최명환, 장호순, 김영선
제 보 자 : 이부섭, 여, 83세
구연상황 : 마을에서 전해지는 이야기를 요청하자 제보자 이부섭이 옆 마을에서 들은 이
　　　　　야기라면서 구연해 주었다.
줄 거 리 : 충주 동량면에 명당 발복해서 천석꾼이 된 권아무개씨 모자(母子) 이야기가
　　　　　전한다. 충주 동량면에 두 모자가 살았는데 아들이 장가를 못 들고 떠꺼머리
　　　　　총각으로 늙었다. 어느 날 총각이 일하고 있는데 지나가던 중이 일을 하는 그
　　　　　자리가 명당자리라고 하였다. 모자는 바로 그곳에 움 구덩이를 파고 살았다.
　　　　　그 후 천석꾼이 되었다고 한다.

(조사자 : 여기는 명당 그 발복해, 발복해 가지고 부자 된 얘기는 전해
오는 게 없습니까, 마을에?)

여기는 그런 거 없어요.

(보조 제보자 : 그런 건 없어요.)

저기 저 충주 저기 그, 권모씨여. 그 사람은 어릴 직에(적에) 모녀가 아
주 장가를 못 들구. 떠꺼머리총각, 들에서 일을 해는 데. 지나가는 중이
하는 소리가

"아우 거기가 명당자리라구."

그러더래요.

(조사자 : 음.)

그래 그 소릴 들어 봤다, 그 모자가 거기다 움 구덩이를 파고서러메 살
았는데. 저, 동량면 천석꾼이 부자가 됐데요. 그, 그 터가. 그것도 상근 움
구덩이가 있었다는데, 뭐. 있은 지 이름도 잊어버렸어. 권 모씨인데, 이름
도 잊어버렸어.

(조사자 : 음.)

여 충주 가니까, 그게 아주 뭐, 야단들이라고.

(조사자 : 그 천석꾼 이야기는 그래서 그, 후손이 혹시 살고 있습니까?)

어?

(조사자 : 후손이 살고 있어요?)

어디?

(조사자 : 후손이, 임, 후손이 살고 있어요?)

(보조 제보자 : 아 거기 살고 있겠죠, 거기에.)

있는지 없는지 모르지 나도. 충준데 뭐, 동량면은.

(조사자 : 예.)

그 움 구덩이는 사뭇 있었대. 그, 저기 자기 부자가 되도록.

(조사자 : 예.)


# 자점이보 유래

자료코드 : 09_05_FOT_20100702_LCS_JJG_0001

조사장소 : 충청북도 음성군 감곡면 주천리 음성로 2318번길 5-4

조사일시 : 2010.7.2

조 사 자 : 이창식, 최명환, 장호순, 김영선

제 보 자 : 조종길, 남, 86세

구연상황 : 조사자들은 제보자 조종길과 약속한 후 아침 일찍 집을 찾았다. 조종길은 주
천리 마을에서 어릴 적에 들었던 이야기들이라면서 자점이보, 남이장군 이야
기 등을 구연해 주었다.

줄 거 리 : 주천리 앞에 자점이보가 있다. 자점이보는 김자점이 만들었다고 하는데 김자
점의 가족과 관련된 이야기가 전한다. 김자점은 아버지의 말이라면 항상 반대
로 하였다. 김자점 아버지는 시신을 거꾸로 묻어야 발복하는 명당을 잡았다.
그는 자신이 죽은 후 시신을 거꾸로 묻게 하려고 김자점에게 바로 묻으라고
하였다. 그런데 김자점은 아버지 유언을 따라서 바로 묻었다. 그래서 삼년이
면 얻을 수 있는 운이 육년이 지나야 얻는 운으로 바뀌었다. 김자점의 누이는
천기를 볼 줄 알았으나 김자점은 천기를 읽지 못했다. 누이는 김자점이 군에
간다고 했을 때 아직 때가 이르다고 만류하였지만, 김자점이 고집을 부렸다.
누이는 군량뜰 벼 한 섬에 쌀 한 섬이 나오면 가라고 하였다. 그러자 김자점

은 실제로 농사를 지어 벼 한 섬에 쌀 한 섬이 나오게 하였다. 그러자 누이가 내기를 제안했다. 자신은 죽산에 성을 쌓을 테니 김자점은 보를 쌓으라는 것이었다. 누이는 산성 옆에 샘을 파서 김자점이 일하는 것을 지켜보며 성을 쌓았다. 김자점이 보를 거의 쌓을 무렵 어머니가 팥죽을 쒀서 죽산에 와서 먹으라고 하였다. 그리고 누이에게는 식은 죽을 주고 김자점에게는 뜨거운 죽을 주었다. 결국 내기에서 누이가 이겼다. 그러나 김자점은 몇 해 후 군대에 나갔고 패하였다고 한다.

(조사자 : 어르신, 요 앞에도 보가 있던데 이거는 공사 안 하셨어요? 요 앞에 보는?)

저 자점이보? 저거는 내가 한 게 아냐. 난 다시 할 적에 한 거고, 몇 해 전에. 나, 나 집에 들어오고서 했구나 저거는. 그 전에 그 자점이보라고, 그 보고. 물문이(물 나가는 문을 의미함) 저짝 거 가 봤어?

(조사자 : 예.)

저 짝으로 물문이 있지 이렇게 왜.

(조사자 : 예, 예.)

거기서 보가 그렇게 된 거가 아니라 그전에는 물문이 있으면 이렇게 막았어. 삐다락하게(삐딱하게) 이렇게.

(조사자 : 아.)

그게 자점이보여. 옛날 김자점이가 막았다는 거여.

(조사자 : 아 삐따락하게 이런식으로요.)

어, 이렇다가, 이렇게 있던 거를 뜯어내고 이렇게 막었지. 그 옛날 이렇게 있는 보에는, 그 옛날 자점이보라는 것은 한 반도막 되고 반도막은 이 수풍(숲을), 건 머시기가 있어서 그런데. 그것이 터져 가지고 그리 막었지, 여기서들. 막았는데 장마지면 그 김자점이가 막은 보는 안 터져 절대. 이쪽 꺼, 임의루 막은 건 터져도 그건 안 터져. 뭐야 그 진천 보리골다리인가. 진천이면 그 무슨 다리지? 저기 저, 초평서 내려온 데 거. 아이구 그걸 이름을 잊어버렸네. 그 옛날에 놓은 다리 있잖아. 왜 그거.

(조사자 : 농다리.)

응?

(조사자 : 농다리.)

농다리, 그것이 안 터진다잖어. 그거 똑같은 식이었어, 이것도.

(조사자 : 그런 식으로 석판을 이렇게 놓고 지은 거예요, 그럼?)

아 거기는 근저 돌 쌓은 거죠, 이것두. 근데 안 터져. 근데 인제 이걸 뜯어내고 새루 이렇게 ……

(조사자 : 그럼 이거 보 놓은 지는 얼마 안 됐네요?)

이거 한지는 얼마 안 돼요. 그래구 지금 다리 건너가는데 거기가 얼마나 짚은지(깊은지) 명주 한 꾸리가 풀린다는 거여. 그래 그 짚어 아주 용이돼서 올라갔다는 거여.

(조사자 : 근데 왜 저길 자점이보라고 합니까, 자점이보?)

내 그니까 그 얘기를 어제 한다구 그런니까, 거기서.

(조사자 : 예.)

옛날에 노인네한테 들은 건데. 이 장호원에 지방에 김자점이라는 사람이 있었어. 자점이. 김자점이가 자점이여, 자점이. 김자점이가 있었는데, 그 사람이 어머니 아버지하고 누이하구 저 하구 네 식구였었는데. 나이가 이십대가 넘어 가지구 몸집이 크게 해 가지구 장군감이었다 이거여.

(조사자 : 예.)

근데 그 사람이 아버지 말이라면 아주 친절히 반대해.

(조사자 : 아버지 말이라면?)

아버지가 뭐,

"너 저기 갔다 오라."면,

"예."

그러면 이리 가지 않구 이리 가구.

"너 이거 가, 이거 이거 좀 갖다 저 갖다 두어라"

그러면 여기 갖다 되로 다 갖다 놓구. 절대 말해 가지구 절대 반대로 했어. 김자점이란 사람이. 그래 가지구 따서 이저 이놈에 김자점이가 다 크구. 이놈은 보면 일반 국민이 아니고 장군감이다. 이거여, 아버지가 볼 적에. 이놈이 꼭 나면 내가 죽고 나더니 없으면, 죽었다면 어디가 군에 가서 장군 노릇할 놈인데. 이놈은 누가 꼭 내가 죽는 자리를 묘이(묘) 자를 잡아놨단 말이야, 자기가. 묘이 자리를 잡아 놨는데. 거기다가 꼭 시체를, 산이 이렇게 있으면 이놈은 꼭 여기가 머리면 이렇게 묻어야 되잖아, 산에, 그지?

(조사자 : 예, 예, 예.)

이놈은 꼭 거꾸로 묻어야 되겠는데. 내가 저 놈한테 거꾸로 묻으라면 바로 묻을꺼다 이 말이여. 그니까 내가 저걸 바로 묻으라 그러면 거꾸로 묻을 것이다. 왜 그려면(왜 그러냐면) 땅 지운이(기운이) 돌아야 삼 년 만에 다 운이 돌아야. 이 지운이(기운이) 돌아야 시체가 거꾸로 묻어야 다 삼년 만에 여 원자리로 들어설 거 같은데. 이놈은 거꾸로 묻으라면 바로 묻을 꺼라 이 말이여. 이놈 성질이. 꼭 반대로 하는 놈이니까.

(조사자 : 아버지 생각에?)

아버지 생각, 아버지 생각에 그럴께 아녀.

(조사자 : 예.)

그러니까 그때 가 가지곤.

"내가 거 자리 본 데 알지."

"예 압니다."

"나를 갖다 빤듯이(반듯이) 뉘라(뉘어라)."

고 시킨 겨. 그래, 아버지는 내가 죽고 빤듯이 묻으라면 이놈이 꼭 거꾸로 묻을 것이다. 생각을 하구 빤듯이(반듯이) 묻으라고 한 거여. 그래 가지구선 자점이가 지 아부지 죽은 시체를 가지구 가 묻을려고 가만히 생각을 하니까. 내가 생전에 아버지 명을 한 번도 들어 준 게 없는데. 돌어

가실 젠 마지막 얘기니까 한 번 들어 드려야겠다. 빤듯이(반듯이) 묻은 거여. 그러니깐 삼 년 만에 거꾸로 되고 또 삼년이 있어야 빤듯이 될 꺼 아녀. 그래 육년 간을 그냥 기다려야 될 꺼 아녀 육 년 이상을. 그렇잖어? (조사자 : 예, 예.)

삼 년이면 될 꺼를. 그래 육 년이 걸리는데 갖다 빤듯이 묻은 거여. 그런 담에 이제 지금 어무이하고 여동생만 있으니까.

"나 나가겠소." 그런 거야.

"어딜 가겠느냐."

"나도 나가서 남자답게 좀 살아야겠다."

고 말이야, 군대라도 가서. 그러니까 그 누이는 천기를 봐. 하늘의 천기를 보지만 자점이는 천기를 못 봐. 그게 어두워.

(조사자 : 누이는 보는데.)

누이는 천기를 보는 겨. 그래 가만히 따지면 앞날에 몇 년에 뭐가 어떻게 이렇구나 대개 판결을 하는데 자점이는 천기를 못 본단 말이여. 그러니까 아 나 하루는 동생이 간다고 뒷, 동지목을 대는 겨. 간다고.

"안 된다, 가지 말아라."

"니가 가면 군령을 많이 거느릴 거 아니여, 몇 천 명을 거느를 텐데."

"그 군령을 가서 멕일 양식을 준비해야 될 거 아니냐."

"그 우뚷게(어떻게) 하느냐."

하니까. 여 장호원 여, 여긴 저기 거 이천 가는 거 저 쪽으로 들 넓지, 거기.

(조사자 : 예, 예.)

그것이 명색이 군량뜰이여.

(조사자 : 군량뜰.)

어, 그 동 들 이름이 군량뜰이여. 그래 가지구선 누이가 하는 말이,

"이 군량뜰 양식이, 쌀이 베(벼) 한 섬에 쌀 한 섬이 나오거든 너 가

거라.”

거 나올 수 없는 이야기 아녀.

(조사자 : 그쵸, 예.)

베 한 섬에 쌀 한 섬이 나온다는 거는.

(조사자 : 그렇죠, 예.)

응. 그러니까 그 임마 어떤 논으로 하는데 여기 논, 요 논을. 그래 논을 한 자리 해 가지고 농사짓고 쌀 한 섬, 베 한 섬에 쌀 한 섬이 나오거든 가거라. 아 그 이듬해 농사지으니까 베 한 섬에 쌀 한 섬에 나온다 이거여. 그래 간다고 막 날뛰는 거여. 그래 가지구 안직은 못 간다. 더 있다 나하고 경주나 한번 하자. 그게 무슨 경주를 하느냐고. 나는 딴 데 가서 하고, 너는 여기 자점이보를 막아라.

(조사자 : 아.)

보를 막고, 나는 저 죽산. 거, 죽산 가 봤어?

(조사자 : 예, 가 봤습니다.)

죽산 거기 보면 성이 있지 산에.

(조사자 : 예, 예.)

죽산성이라고 있어.

(조사자 : 죽산산성 있습니다.)

산성 거 있지, 동그랗게.

(조사자 : 안성에, 예.)

안성 가니까 죽산이라고 있잖아, 이죽. 그 죽산성은 내가 쌓구 너는 이 거를, 자점이보를 막아라.

(조사자 : 아.)

그래 누이가 가서 자죽, 자, 저 죽산성을 쌓기로 하고 자점이는 이 보를 막게 하고.

(조사자 : 예.)

근데 거기 갈 적에 가서 그 누이가 샘을 판 게 있어. 거 지금도 있다고 보존 돼 있다고 그러더라고.

(조사자 : 샘 있습니다.)

샘 있데 거 산성 옆에. 그 샘에서 이렇게 보면 자점이보에서 일하는 게 죄 보인다 이거여. 거기 비쳐 가지고, 누이가 파 놓은 샘에. 그러니까 지 동생이 일을 지금 어느 정도 하고 있는가 알고 그러니까 더 하고 덜 하고 그 거기에 맞춰 가지고 하는데. 그래 가지고 얼추얼추 끝나고 그래 가지고 나도 인제 어머니보고 그래 나도 인제 내일이면 끝날 것 같다고. 자점이가 그러거든. 그러나 그럼 내일 점심은 죽산으로 가져갈 테니 너 그리로 오너라. 그러니 축지법 하니까 금방 오고 금방 갔다 오는 겨.

(조사자 : 어머니도?)

응, 어머니가 인저 그러니까 그 이튿날 팥죽을 해 가지곤 따끈따끈한 저, 시알심이를 이렇게 얹혀 놓으면 왜. 그러니까 시알심이가 뜨거우면 여간 뜨거워 입안에 쩍 쩍 붙어 뜨겁거든.

(조사자 : 그렇죠.)

그래 해 가지고 딱 가지구선 거기 가선 자점이를 부른 거여. 근데 자점이는 이제 마지막. 마지막 얹을 돌을 하러 갈려고 가는 길인데 지 어머니가 빨리 오라니까 쫓아간 거야. 쫓아가니까, 가니까 그저 누이는 들어가는 문 위에 얹을 돌. 그것만 얹으면 다 되는 거여. 그거를 가서 캐 가지고 이구서 막 오는데 지 어머니가 와서 내려오는 거여. 저 안 보이는 데다. 내려놓고 와 가지곤 하는데 누이니까 먼저 준다고 누이는 우에 식은 죽을 떠 주고, 팥죽을. 그 동생 자점이에게는 뜨거운 팥죽을 퍼주니까, 그 시알심이가 뜨거우니까 얼른 먹지를 못하지. 어 식은 팥죽 먹기는 쉽지만 뜨거운 팥죽은 못 먹을 꺼 아녀.

(조사자 : 그렇죠.) [아는 사람이 찾아오면서 8초 정도 이야기가 끊김]

먹다보니까 자점이가 진 거여. 에 그같이 먹고 떠난 거여. 떠났는데 자점이 누이는 그거 문설주 해 놓은 걸 갖다가 덜렁 얹고 나니까 여기 온 거여. 그래 갖고 갔다 바로 오니까 자점이는 갔다 와서 그제서 돌을 마지막 돌을 갖다가 딱 얹는데 지 누이는 벌써 얹고 왔다 이거여.

(조사자 : 아.)

그래 누이한테 진 거지. 그래 가지구선 말을 들으라 그래도 안 듣고 있다 전장에 나가지구선 뭐 어떻게 해 가지고선 몰렸다는 거지.

(조사자 : 김자점이 졌는데도 또 나갔다는 거네요?)

그래 그 몇 해 후에 인제 군에를 나가 가지구선 거서 했는데, 이기질 못하고 졌다는 거지.

(조사자 : 아, 그래서 그 보를 자점이 보라고 했어요?)

그래 그래 이름을 따 가지구 자점이보라고 했어요. 거, 자점이요 김자점.

(조사자 : 그 이야기를 어려서 들으셨어요, 그거를?)

한 이십 세 돼서 들었지.

(조사자 : 마을 어르신들한테?)

예.

자점이보

# 남이장군 일화

자료코드 : 09_05_FOT_20100702_LCS_JJG_0002
조사장소 : 충청북도 음성군 감곡면 주천리 새터말 음성로 2318번길 5-4
조사일시 : 2010.7.2
조 사 자 : 이창식, 최명환, 장호순, 김영선
제 보 자 : 조종길, 남, 86세

구연상황 : 제보자 조종길은 자점이보 유래를 이야기한 후, 남이장군의 이야기를 하겠
다면서 출생부터 죽음까지 얽힌 에피소드 네 가지를 연결하여 구연해 주었
다. 조종길은 남이장군 이야기를 하면서 가끔 남이를 자점이라고 말하였는
데, 앞서 말한 자점이보 유래 이야기에 바로 이어서 말하는 과정에서 생긴
실수이다.

줄 거 리 : 예전 주천리 앞에 있는 백족산 정상에 신선바위가 있었다. 신선바위 주변 계
곡에는 절터가 있는데, 지금도 그 주변의 돌을 들추면 빈대 껍데기가 붙어 있
는 것을 확인할 수 있다. 이와 관련해서 남이장군이 지네의 환생으로 출생했
다는 이야기가 전한다. 옛날 절에서 정성을 들인 사람이 신선바위에 오르면
신선이 된다고 하였다. 너분들에 사는 김선생이 그것을 이상하게 여겼다. 그
는 신선바위에 올라가는 친구에게 옷을 만들어 주면서, 옷 안에 비상을 넣었
다. 결국 비상을 먹은 지네가 벼락치는 소리와 함께 떨어져 죽었다. 그리고
지네가 죽은 자리에서 파랑새가 나와 날아갔다. 김선생이 그 새를 따라가니
잔작골의 한 집으로 들어갔다. 김선생은 그 집 부부가 열두 달 만에 아이를
낳을 것이며, 그 아이를 일주일 안에 자신에게 데려오도록 하였다. 시간이 지
나 열두 달 후, 그 부부는 아이를 낳고, 일주일 안에 김선생에게 데려다 주었
다. 김선생은 그 아이를 키웠다. 아이는 자라서 마을 뒤에 있는 종자바위에서
놀았다. 그가 바로 남이장군이다. 남이가 일곱 살이 되던 해, 김선생이 점을
쳐보니 지네의 영혼이 원수를 갚을 날이었다. 김선생은 이불 안에 짚을 가지
고 사람 모양으로 만들어 놓고 숨어서 지켜보았다. 그날 저녁 지네의 영혼에
사로잡힌 남이가 들어와 칼로 이불을 세 토막 내었다. 그런 후 남이는 정신을
차렸고 지네의 영혼은 날아갔다. 그 후 김선생은 남이를 친부모에게 데려다주
었다고 한다. 남이가 잔작골에서 오창마을 서당에 다니던 여덟 살 무렵의 일
화다. 남이는 아버지에게 새로 집을 짓겠다고 하였다. 아버지가 힘이 들어서
못한다고 하자, 남이는 간단한 짐을 집 밖으로 빼게 하고 바로 집에 불을 질
렀다. 그러고는 옆 공산정마을에 대고 "불이야!"라고 소리를 질렀다. 사람들이
왔을 때는 이미 불에 집이 다 타고 남은 것이 없었다. 그래서 사람들이 그 자

리에 다시 집을 지어주었다고 한다. 아홉 살 때 남이는 잔작골에서 서당을 가기 위해서 동막골을 지나 십 리가 넘는 길을 가야 했다. 동막골을 지날 때마다 물을 이고 가는 젊은 새댁과 꼭 마주쳤다. 어느 날 남이는 그 새댁과 마주치자 배가 아프다며 꾀병을 부렸다. 새댁은 자신의 집으로 데리고 갔고, 남이는 새댁을 겁탈하였다. 새댁은 자신을 겁탈한 사람이 누군지는 알아야겠다고 하자 남이는 "삼남에 인재가 났다고 하면 난 줄 알아라."라고 하였다. 새댁은 남편에게 자초지종을 말하고 나서 자살을 하였다. 남이는 몇 해 지나 장군이 되어 북벌하기 위해 백두산으로 향하게 되었다. 남이는 백두산 아래에서 임금에게 "백두산석마도진(白頭山石磨刀盡) 두만강수음마무(豆滿江水飮馬無) 남아이십미평국(男兒二十未平國) 후세수칭대장부(後世誰稱大丈夫)"라는 글을 지어 올렸다. 그런데 이 글을 전달하는 사람이 바로 남이가 겁탈을 한 새댁의 남편이었다. 그 사람은 부인의 일을 기억하고는 남이가 임금에게 올린 글에서 평(平) 자를 득(得) 자로 바꾸어 "남아이십미득국(男兒二十未得國)"이라고 전달하였다. 그래서 남이는 역적으로 몰려 죽게 되었다고 한다.

이 남이, 그 쉬운 얘기로다가 백족산 꼭대기 저 짝에, 저 짝이여.

(조사자 : 예.)

거기를 가면 지금도 있어. 굴바우라고 거 있고, 굴바우 위에 가면 신선바우라는 바우가 있어.

(조사자 : 신선바우.)

신선바우. 그래고 그 앞에 가면 이, 또랑이 이렇게 계곡에 고 부근에는 절터가 있어요. 옛날 절터. 근데 거기선 지금도 돌이 많은데. 그걸 떠(띠어) 들믄 그 돌에 아직도 빈대 껍데기가 붙어 있다는 거여.

(조사자 : 빈대 껍데기가?)

절에 있던 빈대가 지금까지도 껍데기가 남이 있다는 거여.

(조사자 : 예, 예.)

그래 가지구선 그 앞에 절에 가서 기도를 드리고 정성을 들인 사람이 공부를 많이 하면 ……. 그 신선바우에 올라가면 일 년이면 일 년 이 태면 이 태 한 번씩. 그 바우에 가 앉으면 산을로부터 안개가 자욱히 내려

와 가지고 신선 될 사람을 싸고 하늘로 올라가는 거야. 그러니 누가 볼 적엔

"아 다 신선이 되어 가는구나."

아 인제 뭐 올라가면 사람까지 따라 올라가니까.

(조사자 : 예, 예.)

그래 신선 되는 줄 알았었는데 ……. 아 이거 절에서 맨날 축원을 해 가지고 이랬었는데. 그때 마침 여, 여 나분들(너분들(주천리 마을 이름))에 있는데 사는 김선생이라는 선생이 ……. 서당 선생이 ……. 친구가, 거가 절을 내리구선 신선이 돼 간다 그거여. 그런데 가만히 이 김선생이라는 이가 했던 게 그래도 군자지. 축지법도 하고 지리도 보고 이러는 사람인데. 가만히 생각하니까 이게 신선이 돼 가는 게 아니다구. '무슨 짐승의, 동물의 장난이지 그렇지 않곤 그럴 리가 없다.' 그래 가지구선 그 친구한테 얘기를,

"니가 언제 가는가?"

"아무 아무 날 신선이 돼 올라간다."

"그러면 내가 바지저고리를 한 벌 해 가지고서 줄 테니까, 내가 마지막으로 해주는 것이니 내가 해 주는 것을 입고 가거라."

이거야 천당에, 하늘에.

"아 그러라고."

그냥 그 이튿날 그래 왔더니 이, 절에 가서 입은 옷을 싹 벳기고(벗기고) 그 옷을 입혔어. 그러더니 이 옷 속에다가는 솜을 한 켜 넣고, 고기다가는 비상.

(조사자 : 예.)

비상을 한 켤 넣고 솜으로 이걸 싸 가지고선 그걸로 바지저고리를 지은 거여. 그 옷이 전부 다 비상 덩어리지 뭐.

(조사자 : 예, 비상.)

그래 입혀 가지구선 인제 그 날, 올라가는 날 거 갔다 가선 올라앉았는데. 이제 기도를 드리고 있자니까 참 안개가 자욱해지대. 그런데 얼마 있다가 안개가 싸 가지고 올라간다 이 말이여. 그래 올라가려고 거기서 김 선생은 의아스러워 가지고 이렇게 바라보고 있는데. 아니랄까 공중에 올라가더니 벼락 치는 소리가 나더라 이거야. 갑자기 그냥 난데없이 그냥 큰 뭐 구랭이, 지네가 또 와서 그 근방에 떨어져 죽더라는 얘기여. 그래 보니까 거기서 떨어짐과 동시에 새파란 새가 한 마리 날라서 ……. 지네 있는 곳에서 떨어져 나오더니 그놈이 잔작골에 이리 들어가더라는 거야.

(조사자 : 그 잔작골 가는 파랑새가 지네가 죽은 후에 …….)

뱀에 독. 어 지네에서 나온 파란 새가 그 지네의 영혼이다 이거여.

(조사자 : 아, 지네의 영혼.)

지네의 영혼인데, 그것이 날아서 잔작골이라는 여기 뒤에 …… 영산리에 잔작골이라고 있어.

(조사자 : 그 선생이 준 비상을 먹고 죽은 거네요.)

그러니 그 사람을 집어먹었으니까 몸뚱아리가 이런 옷, 비상이 녹으니까 지네가 죽어 떨어지는 거야.

(조사자 : 그래서 파랑새가 …….)

그래 가지구 거 지네가 영혼이 돼 가지고 파랑새가 잔작골로 가는데. 이 사람이 날아가는 새를 따라 간 거야. 따라서 가니까 막 점심땐데 마침 동문데. 한 오십 가차이(가까이) 되는 노인네들이 둘이 ……. 그 친구, 서당 선생하고 친구인데, 그 사람들이 거기서 나오더라는 거야. 방에서 있다가. 그래선,

"자네들 지금 방에 있다 나오는 거냐."니까.

"그러냐."

고. 두 내우가 다 나오니까.

"그러면 지금부터 열 달이 아니라 열두 달."

그 장사는 대게 열두 달 만에 낳는 디야.

(조사자 : 아.)

일반 사람은 열 달 만에 낳는데.

(조사자 : 아, 장사는 열두 달.)

그, 장사가 될 만한 사람은 열 두 달 만에 낳는디야, 낳기를. 그래 열두 달 쯤 되면 아기를 낳을 테니까, 그 아기를 나한테 갔다 다오. 일주일 안에 가지고 와야. 그거를 자네가 키울라면은 해를 보니까. 절대 해를 볼 테니까 일주일 만에 데리고 오너라 이거여. 그래 일주일 만에 거기서 애를 낳아 가지고 나분들, 나분들 요, 요 다리 있지 왜.

(조사자 : 예, 예.)

다리 건너 거, 거 교차로 있잖아, 왜?

(조사자 : 예, 예.)

고기가 나분들 이라는 데여. 거 공장도 있잖아 돌 공장. 거기가 나분들 이라는 데여, 거기가. 일전에 거기 집이 시 채인가 있었어. 거기 옛날에 우리 어려서. 그래 데리고 온 겨. 그 인제 일주일밖에 안 된 애를 데려왔시니까, 김 선생이 그 아이를 키우는 거여. 교육을 가르키며 뭐래, 노는 것이 만날 나무 작대기 들고 칼질하고 싸우는 거. 이거만 있지 세 살부터 그 짓을 하더라는 거여. 그래서 이 뭐해 가지고 대여섯 살 되가지곤, 대여섯 살 되키니까(되니까). 이제 그래 그러면 칼을 인제 차 가지고. 이제 다른 말로 환도를 차 가지고, 이걸로 해라. 이제 그 뒤부터는 뭐, 수리조합 뒤에 거기, 못(저수지)이 수리조합이여. 수리조합 뒤에 못(저수지) 가면 이짝 편으로다가 산으로다가 바우가 큰 게 있어, 거기. 이제 가 보면 알꺼여.

(조사자 : 예.)

그게 종자바우여.

(조사자 : 종자바우.)

그게 종자바우여, 명색이. 그런데 그 밑에서 뛰어 가지고 날이며 종자 바우에 올라갔다가 또 칼을 들고 뛰어내려오고, 또 내려오고. 날이면 하여튼 날만 하루종일 몇 번씩 그러는 겨.

(조사자 : 예, 예.)

자점이가. 그래 인제 그래 남이장군이. 그래 가지구 그 위에 가면은 발자국이 있어요.

(조사자 : 예.)

이렇게 그 이렇게 패였는데(파였는데) 그 남이장군 발자국이라 그래요. 지금도 그걸 남이장군 발자국이라 그래요.

(조사자 : 종자바우에 찍혀 있나요?)

종자바우 꼭대기에 올라가면 발자욱 있다 이거야. 밑에서 뛰어올르던 자욱. 뛰어내리고 뛰어오른 자욱. 그래 가지고 있는데, 이 아이가 일곱 살이 됐다 이거여. 일곱 살이 됐는데 날마다 이 노인, 그 선생이 내, 내일 아, 이 저 남이장군의 그 모시기를 떠보는 거여. 자기가 점을 치니까, 오늘은 지네 영혼이 돼 가지고 웬수를 갚을 날이다 이거여. 웬수를 갚을라는데 저는 아무것도 모르고 나밖에 모른다 이거야. 그 선상밖이(밖에). 내 아들이라고 그 맨날 키웠으니까. 그러니까 이놈이 오늘 틀림없이 웬수를 갚으려고 할 거다. 그게 지네의 영혼이 돼 가지고 하는 거니까. 그래선 이놈이 또 칼을 들고 바우에다 뛰어올르고 내리고. 가만히 보니까 몇(몇) 시면, 이놈이 쉽게 열두 시면 이놈이 웬수 갚으려 할 시간이다. 그걸 알고, 열두 시면 열한 시 전에 방에다가선 짚을 갖다가 이렇게 묶어 가지고선. 이불 모양 여, 이불을 푹 덮어 놓으니까, 사람이 다 드러누워 있는 것 같지. 그러니까 눕혀 놓곤 벽장에 올라가 이렇게 내려다보고 있으니까. 아니나 다를까 열두 시가 되니까. 문을 착 열고 들어오더니 칼을 쌍금을 하고 냉기치니까(내려치니까), 쎄, 세 도막이 나더라는 거여.

(조사자 : 아.)

짚단 묶어 놓은 게. 짚단 묶어 논 게 세 도막이 나는데, 그러더니 칼을 내 던지고 아버지하고 통곡을 하고 울더라는 겨. 인제 그때는 영혼이 나간 겨.

(조사자 : 나간거고?)

지네 영혼이 많이 나간 거야. 그래 가지구 벽장을 문을 열고

"얘, 나 여깄다."

"아버지 살려주십쇼."

"아니다 그게 원칙이다."

그게 원칙이다 이거여. 그리구선 해 가지고 그다음 날 자점이를 데리고, 그 남이장군을 데리고 잔작골 친짜(진짜) 인제 어머니 앞에 …….

(조사자 : 친부모에게?)

어. 그 이 너머 잔작골 가면 그쪽에 남이장군 집 터라고 아예 돌이 수북해여. 그래 가지군 거기서 인저 저, 오청말(이천시 장호원읍 오남리 오창마을이 있음.)이라고 오남리, 거 오청말이라고 혀. 다섯 개 부락이 있다고 해서 오남리. 오청말이라는 데다 글방을 다니는데. 하루는 내가 지금 그 집을 진 얘기를 할게.

"아버지."

"왜그러니."

"아 이거 집이 옹색해 못쓰겠으니, 아버지 집을 다시 집시다."

"왜 임마 우때 하여간 지금 우떻게 집을 짓니."

나이가 그때, 지금은 육십 칠십 팔십이 늙은이라면, 그땐 육십이면 아주 상늙은이라 이거여 그때 세월에. 그 늙은이가 어떻게 집을 짓니.

"내가 질 테니, 아버지, 어머니하구서 살림을 좀 꺼내 놓으셔."

그 살림이라 뭐 몇 가지 되겠어. 그거 고따리(보따리). 뭐 농짝 있겠어, 뭐 윗대 가는 거 이렇게 몇 개 끄내놓구 나니까. 집에다 불을 팍 던지는 겨. 뭐 배짱이 큰 거지.

(조사자 : 아.)

남이장군이 그때도 한 일곱 여덟 살 되던 해에. 그 집에다 불을 딱 해 놓으니까. 불이 환하니까 그 산에 올라가서 공산정(음성군 영산리 공산정 마을)이라는 그 동네에다 대고

"불이야! 불이야!"

하고 소리를 지르니까. 아, 공산정이 사람들 찾아오니까 벌써 다 타고 돌만 남았지, 뭐가 있어. 그래서 거, 동네 사람들 해 가지고 다시 거기다가 집을 지어줬다 이거여.

(조사자 : 아.)

거 집진 곳이 잔작골이여.

(조사자 : 잔작골.)

그래 거기선 자점이가 지금도 거기다가 집을 지어가지군. 거기서 인제 공부를 참, 공부를 하러 어청마을(오청마을) 그 서, 서당이 그땐 거기 밖에 없었디야. 거기다 해 가지구선 거기선 고개를 하나 넘어가면, 동막골(음성군 감곡면 오향리)에 고리(거기)로 해 가지고 살구나무쟁이(음성군 감곡면 오향리)로 해 가면 꽤 멀리 ……. 한 십 리 길이나 되거든. 그래 그리루 댕길 적인데. 아홉 살인데. 꼭 글방에 가느라고 거기를 지나가면, 그 동막골이라는 동네는 샘이 이거 산골동네니까 동네가 여기 있으면 이렇게 또랑 있는데. 이 또랑 이 위에 여기를 이 샘물로 퍼 먹는 거여. 퍼다가 여다가 먹는 거여. 이제 딱 가면 핵교를 갈 적에 여기 보면, 그거는 젊은 새댁네가 꼭 와서 물을 이고 가는 것이 꼭 마주치는 거여. 날마두. 그래 하루는 ……. [제보자가 파리를 잡느라 5초 정도 간격 생김] 그래 그날은 이 남이장군이 숫욕(성욕이 생겼다는 의미)이 생긴 거여. 그니까 그왜 넘어지며

"아이구 배 아파 죽겠다."

고 데굴데굴 구르니까. 아 그러니까. 아홉 살 먹었으면 아마 장군, 장사

급이라도 아홉 살 먹었으니까 어린 애 아녀. 아이 왜 총각은

"아이고 배가 아파 죽겠다."

고 그러니까. 아이 그럼 가 보자고 집에 약 있다고. 그래 집에 데리고 간 거야. 그래 자기 남편에는 과거를 해 가지고. 지금으로 말하면 대통령이나 뭐 국회의원이나 누구의 비서로 가 이렇게까지 하는데 ……. 이씨라고. 그래서 방으로 들어가선 남이장군이 겁탈을 한 거여. 여자를 욕을 보였어. 그러니까 여자가, 여자 옛날에는, 그 양반집 여자들은 그래 겁탈을 당하게 되면 자살을 해 버리는 기야. 죽는 거 원문이가 아녀. 그래 내가 죽을 때 죽더라도 누군지는 알아야 될 거 아냐. 그래 내가 겁탈을 당했으니, 누군지 이름이나 아리켜(가르쳐) 달라 이거야. 당신, 여, 여, 송구한데 이름이나 아리켜(가르쳐) 달라고 하니까.

"나를 이름은 알려할 것 없이 '삼남에 인재가 났다'거든 난 줄 알아라."

그러니까. (조사자 : 삼남에.) 응, 삼남에 인재가 났다거든 난 줄 알아라. 그러니까, 결국은 갔, 그, 글방에 다니는 거야. 그란데(그런데) 언젠가 이거 남편을 만나 가지고선 그 얘기를 한 거야. 내가 약수가 이러해서 어느 사람한테 강탈을 당했는데. 그 이름을 말하라니까 이름은 모르고 그 저, 삼남에 인재가 났거든 난 줄 알으라고. 났다거든 난 줄 알으라고 이러고만 갔다 그러고서 자살했어, 여자는. (조사자 : 여자는 죽고?) 응, 여자는. 부인은 죽고 이 사람은 거 가 조정에서 일을 보고 있는데. 그러자 또 보니까 몇 해가 지나 가지고 남이장군이 돼 가지고. 참 북벌을 하기 위해서 우리나라 군인을 이루어 백두산으로 천지를 가는 거여. 그래 가지고 딱 들어 가지고 백두산을 딱 밑에 가서 보니까. 이제 금방 올라만 가면 되는 거여. 그러니까 그때 나라에 임해 가지고 에 인제, 승전도 했으니까. 글을 지어 올리라고 지어 올린 거여. 그래 가지고 그때 지은 것이 백두산성은 마도진이요. 백두산성은 말 앞에 있다는 거여. 말 앞에 짐이여. 두만강수는 음마무라. 두만강 물은 말이 먹어, 다 마먹다. '마셨다.' 이 말이여. 그

래곤 남아이십미평국이면 후세수칭대장부랴. 이 글을 지어 올린 거여. 그래가지군, 이늠(놈)이 딱 가서 줬는데. 이늠(놈)이 받은 거여, 이씨라는 분. 딱 받아 가지구.

"이게 어디 사람이냐."

"삼남의, 삼남사람입니다."

그때 인제 아차 하고 그 마누라가 한 얘기를 떠올라가지고 보니까. '삼남의 인재가 나거든 나인 줄 알어라.' 했는데. 삼남의 인재라 이 말이여.

(조사자 : 예.)

그러니까 이 사람이 그 종이에다구선 평할 평[平] 자, '남아이십미평국'이라고 진 것을 은을(얻을) 득[得] 자 얻을 득 자라고 고친 거여. 이렇게. 얻을 득 자, 평 자를 얻을 득 자로 고친 거여. 그 올리니까 임금이 딱 보니까 '아하, 남아 이십에 미득국이면 후세수치대장부라.' 그 남아 이십에 나라를 얻지, 사지 못했으니까 그 대장부라고 지으니까 큰 역적 아니여 그거.

(조사자 : 예.)

그렇잖아. 그래 가지구 역적으로 그래 죽었다는 얘기야. [제보자 웃음]

(조사자 : 남이장군 죄 때문에 또 이렇게 된 거네요. 남편이 복수를 한 거네요, 그러니까?)

그렇지 남편이 복수한 거지. 그 여자가 죽을 적에 누구라니까, '삼남에 인재가 났거든 난 줄 알아라.' 그렇게 얘기한 것. 그때 이걸 받고나니까 이거 어디 사람이라니까 삼남의 사람이라 이거야. 삼남의 인재거든. 바로 우리 마누라를 무시했구나.' 그러면서. 글자 한 자, 그러니까 글자 한 자 쓴 것이 뭐시기가 된 거여. 얻을 득, 반듯 평 자를 얻을 득 자로 고친 것이 나라를 평화로 시킨 것, 시키지 못한 것이 대장부가 아니라고 했는데. 얻을 득 자. 나라를 얻, 차지 못한 것이 대장부가 아니라고 했으니까. 아주 왕 역적이 된 거지.

(조사자 : 예, 그렇죠.) [제보자 웃음] 그렇게 됐다는 얘기야.

(조사자 : 그 이야기도 어려서부터 들으셨나요?)

어려서부터 들었지. 어려서 듣고 ······.

잔작골 남이장군 생가터

# 이끼 야(也)를 중간에 넣어 글 지은 김삿갓

자료코드 : 09_05_FOT_20100702_LCS_JJG_0005

조사장소 : 충청북도 음성군 감곡면 주천리 새터말 음성로 2318번길 5-4

조사일시 : 2010.7.2

조 사 자 : 이창식, 최명환, 장호순, 김영선

제 보 자 : 조종길, 남, 86세

구연상황 : 남이장군의 일화 구연을 마치고 제보자 조종길과 주천리 마을 주변 이야기
　　　　　등을 나누었다. 조사자가 김삿갓 이야기를 아느냐고 묻자 조종길 자신이 책에
　　　　　서 봤던 이야기라면서 구연해 주었다.

줄 거 리 : 김삿갓이 길을 가다가 뱀을 밟았다. 뱀을 밟고서 놀란 김삿갓이, 놀람의 음성
　　　　　표현인 '잇끼'를 어조사 야(也) 자를 넣어서 글을 지었다고 한다.

김삿갓? 옛날에 소설 한 번 읽어봤는데.

(조사자 : 예.)

다 잃어버리고.

(조사자 : 다 잃어버리셨고?)

하긴 뭐 김삿갓이 이끼 야(也) 자 있잖아요. 이끼 야(也) 자. 이끼 야(也) 자를 중간에 넣어 가지구 글을 지은 건 김, 김삿갓밖에 없다는 거요.

(조사자 : 어떤 건지 혹시 기억하세요?)

이끼 야(也) 자가 이거, 이거, 이거(손가락으로 글씨를 쓰면서) 끄트머리에 붙는 자 아니여.

(조사자 : 예, 예, 그렇죠.)

맨 끝에 와서 끄트머리에 야 하고 이끼 야(也) 자를 쓰는 건데. 이 김삿갓이, 그 책에 보니까. 이끼 야(也)를 쓴 것이 뭐가 있었냐면, 어느 산길을 가다가 뱀을 밟은 겨.

(조사자 : 예.)

뱀을 꽉 밟구선 놀라 가지고

"어이쿠."

하구서, 이끼 야(也)자를 거기서 썼다는 겨. 글 지은 게. 뱀 밟은 거를 글 짓는 데 이끼 야(也) 자를 중간에 넣어서 지었다는 그런 얘기더라구. [제보자 웃음] 이끼 야(也) 자를 중간에 넣은 건, 글 지은 건 김삿갓밖에 없다.

제보자 조종길의 구연상황

# 조기를 천장에 매달아 반찬 한 자린고비 조서방

자료코드 : 09_05_FOT_20100702_LCS_JJG_0006

조사장소 : 충청북도 음성군 감곡면 주천리 새터말 음성로 2318번길 5-4

조사일시 : 2010.7.2

조 사 자 : 이창식, 최명환, 장호순, 김영선

제 보 자 : 조종길, 남, 86세

구연상황 : 조사자가 음성 지역에서 들었던 이야기에 대한 물어보자, 제보자 조종길이 자
린고비 이야기를 들은 적이 있는데 잘 기억이 안 난다면서 구연해 주었다.

줄 거 리 : 구두쇠로 소문난 자린고비 조서방이 있었다. 조서방은 밥 먹을 때 조기를 천
장에 매달아 놓고 반찬으로 사용하였다. 조서방은 매달아 놓은 조기를 손자가
오래 쳐다보면 짜다고 그만 보라고 하였다.

거, 자린고비가 여, 대소면 거기 아주 그 뭐야. 그 조서방이네, 조씨더
구랴.

(조사자 : 예.)

얘길 들어 보니까 조서방네, 조서방이여. 그리구 건 몰라. 뭐 하여튼 손
자하고 밥 먹다, 거 뭐 조기를 사서 천장에 달아 매구 있는 걸. 손자가 이
렇게 하면

"이놈아 맵, 짜다."

그만 쳐다 봐라 이랬다는 걸 ……. [제보자 웃음] 쳐다보면 짜다구.

(조사자 : 짜다구.)

그 조기를 매달아 놓은 걸 오래 두고 먹으려고.

(조사자 : 예.)

그러니까 그걸 갖고 인제 밥 먹다 물 떠먹고 그놈 쳐다보면 반찬이 된
다는 거지.

(조사자 : 예.)

그래 가지군 그 말이 있고 …….

(조사자 : 조 서방네 할아버지가 손자 보구 짜다구?)

응, 손자 보구 하는 것이,

"얘 고만 쳐다봐라, 많이 짜다."

그랜다는 기여. 오래 쳐다보면 짜다구. [웃음]


# 권양촌 묘 쓴 이야기

자료코드 : 09_05_FOT_20100702_LCS_JJG_0011
조사장소 : 충청북도 음성군 감곡면 주천리 새터말 음성로 2318번길 5-4
조사일시 : 2010.7.2
조 사 자 : 이창식, 최명환, 장호순, 김영선
제 보 자 : 조종길, 남, 86세
구연상황 : 조사자가 제보자 조종길에게 주변 마을과 관련한 전설을 구연해 달라고 하였
다. 제보자는 감곡면에서 음성읍 소재지로 가는 길에 있는 방축리에서 전해져
내려오는 양촌(陽村) 권근(權近)의 묘 쓰는 이야기를 구연해 주었다. 이 설화
도 조종길이 어렸을 때 마을 어른들에게 들었던 것이라고 한다.
줄 거 리 : 생극면 방축리에 권양촌의 묘를 비롯한 권씨 삼대 묘가 있다. 양촌 권근의 묘
를 잡을 때 다음과 같은 이야기가 전해진다. 권근의 묘를 잡을 때, 마침 지나
가던 스님이 동자승에게 바가지를 들려 보내면서 맏상주에게 물을 얻어오라
고 하였다. 상주는 무슨 물을 찾느냐며 동자승에게 호통치려 했으나, 그때 묘
에서 물이 솟았다. 상주는 기이하게 여겨 스님을 불러 연유를 물어보니, 그
자리에 수맥이 흐른다고 하였다. 상주는 물이 나오지 않게 하는 방법이 있느
냐고 물어보았다. 스님은 인부들을 데리고 수리산 꼭대기로 올라가서 그곳을
파게 하였다. 그러자 그곳에서 물이 솟았고, 원래 상주들이 쓰려고 했던 곳에
묘를 쓸 수 있게 되었다. 지금도 권씨네 집안에서는 물이 다시 산소로 내려오
지 않게 하려고 삼 년에서 오 년마다 수리산 정상의 연못을 친다고 한다.

권양촌 산소라고 알어? 권양촌이라고 그러지, 왜. 고게 그게 권양촌하
면은 권씨가 임금을 둘을 섬겨 권양친이여, 거기가.

(조사자 : 아, 권양.)

촌.

(조사자 : 거기가 어딥니까, 권양촌이?)

권양촌 산소가, 그 있는 건 모르고.

(조사자 : 예.)

그 모이(묘)가 여기 섶다리라는 데에 있어.

(조사자 : 예.)

거 넘어가면 권양촌 산소라고 있어.

(조사자 : 아.)

여기 수리조합 안에 요 동네 있잖어. 수리조합 안에.

(조사자 : 예, 예.)

바로 고 동네 고, 넘어가면 거 권양촌 산소가 거, 거기 있는데. 그때 권양촌이 인제 돌아가셔가지고 장례를 모시러 온 거여. 그래 상여를 갖다 놓고 장사를 지낼라고 광중을 파는데. 저, 대사스님하고 동자바위하고 둘이 가다가.

(조사자 : 응.)

그 대사스님이 쪽박을 주면서, 그 동자바위 요만한 애들을 데리고 동자라 하잖아. 걔 보고

"너 가서 저 가 물 좀 얻어 오너라."

그 수상을 불러 가지고 물 좀 달래 얻어 가지고 오너라. 가 권양촌 그 양반 탁, 묘를 쓰는데 큰 양반 아녀. 참 큰 양반 묘이(묘)를 쓰느라고 광중을 파다가, 애가 쪽박에 물, 물 달라고 그러니 거기서 ……. 그 더군다나 주상, 만상제를 붙들고 달, 물을 달라 그러니, 그 난리가 날 거 아니여.

(조사자 : 예, 그렇죠.)

그러니까 주상이 보고,

"임마 무슨 물을 달라느냐고 그라니까."

아, 그래 마춤(마침) 광중을 파느라 픽 치니까 물이 펑 쏟아져 오르는 겨. 물이 펄펄 올라오는 겨.

(조사자 : 그러니까 장사, 그 묘 쓸라는 자리를 ……)

묘를 쓰는데, 파는데, 여기서 물을 달라 그런 거여. 그냥 애가 물을 달라 그러니, 주상이

"마 여기서 물을 달라 그러냐."

고 그러니까. 거 파는 사람이 팍 찍으니까 물이 펑 솟아오르는 겨. 그래

"누가 어디서 왔느냐?"니까.

"우리 주상, 스, 스님이 물을 얻어 오래서 왔습니다."그러니까

"모시고 오너라,"

그래 모시고 온 거여. 주상을, 주, 중을. 그래 가지고 주상이

"우뚱게(어떻게) 돼서 여기 물 날 걸 아십니까?"

이러니까. 아, 여 지나가다 보니까 수혈이 닿아 있는데 봤다 이거야. 물, 수혈이 터지게 생겨서 고만 파라고 내가 권했는데 또 파니까 물이 터졌다구. 그러면 이 물을 안 나게도 할 수 있지 않습니까?

"근데 힘이 들다."고 이거여.

"힘이 들어도 아르켜(가르쳐) 주세요."

이 말이여. 그러면 날 따라오너라. 그래 가지구 인제 일꾼들 데리고 저 수리산 꼭대기 가믄 연못둥치라고 있어.

(조사자 : 연못뚝?)

연못.

(조사자 : 예, 예.)

수리산, 수리산 알죠, 여기 수리산?

(조사자 : 예, 예.)

수리가 나는 저 큰 산. 거기 가면 지금도 있어요, 연못이라고.

(조사자 : 지금도 확인할 수 있나요? 연못 터를 그러면?)

응?

수리산

(조사자 : 연못을 볼 수 있나요, 지금도?)

지금도 가면 거, 거기 있지. 메여 가지고 있지만은 이렇게, 물웅덩이가 이렇게 우묵하게 있어.

(조사자 : 어, 꼭대기에 연못.)

그래 가지고 권 그, 권씨네들이 그 삼 년만큼이가 그거를 쳐낸다는 거여. 그러면 여기 와서 날 따라와라 그래선 그, 구녕을 파거라. 그래 거기를 파니까 여기 이거 산꼭대기, 산꼭대기에다가 물이 펑 터져 나오거던.

"이제 가 봐라."

"가면은 물 안, 묘소에 물이 없을 것이다."

그래 와 보니까 묘자리가 물이 없는 거여. 권양촌 산소자리에. 그래 가지고 묘를 쓰고서 이 권양촌 산소가 되고, 그 수리산 꼭대기 연못 둥치는 권씨네가 삼 년만큼이나 재보수를 해요. 쳐내고, 쳐내고, 쳐내고. 메일까 봐. 지금까지도 그런 유래가 있지.

(조사자 : 그래서 그, 수리산 꼭대기를 다듬고 있는 거네요, 삼 년마다.)

응, 삼 년만큼이나 오 년만큼이나 그, 저, 못 둥치를 가서 퍼낸다. 파낸다 이거여, 그 호수를 …… 메일까 봐.

(조사자 : 아, 메일까 봐.)

그래, 그것이 메이면 다시 그 할아버지 산소로 내려올 거 아니여.

(조사자 : 그렇죠.)

그러니까 글로 물이 나가지 못하게 하기 위해서 그걸 판다고.


# 백족산 지네의 서기(瑞氣)로 태어난 남이장군

자료코드 : 09_05_FOT_20100128_LCS_HSC_0012
조사장소 : 충청북도 음성군 감곡면 오향리 1473번지 복사골쌈밥
조사일시 : 2010.1.28
조 사 자 : 이창식, 최명환, 장호순, 김영선
제 보 자 : 홍석철, 남, 73세

구연상황 : 감곡면 향토사학자인 김근태와 함께 감곡면 지역의 여러 곳을 차로 다니면서
         확인하였다. 점심을 먹기 위해 들른 식당에서 감곡면 주천리에 사는 제보자
         홍석철을 만났다. 제보자 홍석철은 자신이 알고 있는 남이장군 이야기라면서
         구연해 주었다. 제보자는 남이장군이 지네를 죽였다고 했는데, 이는 제보자가
         잘못 구연한 것으로 보인다. 음성민속지, 음성의 구비문학, 감곡향토지 등에
         는 지네를 죽인 사람이 이생원으로 되어 있다.

줄 거 리 : 감곡면에 백족산이 있다. 지네의 발이 백 개라서 백족(百足)이라는 이름이 붙
         은 것이다. 예전에 그곳에 절이 있었는데 일 년에 한 번씩 스님들이 사라졌
         다. 사람들은 스님들이 극락을 가는 줄 알았다. 남이장군이 알아보니 사실은
         지네가 스님들을 잡아먹는 것이었다. 그래서 남이장군이 칼로 지네를 죽였다.
         남이장군이 지네를 죽였을 때 서기가 영산리 잔작골에 비쳐서 태어난 사람이
         남이장군이라고 한다.

뭐 좀 백족이라는 게. 뭐 지네가 인저 그 좀, 어 발이 백 개래서 인제

백족(百足)인데. 거 절에서 뭐 예를 들어서 인저……. 스님들이, 고승이 한 분씩 기도를 드려서 인저 그 양반이 하늘나라로 가서 극락을 가는 줄 알았더니. 결과적으로는 지네가 일 년에 한 번씩 그 스, 스님을. 그러니까 좀 그 무식한 말로 잡아먹어 가지고선 없어졌다 이래 가지구.

(보조 제보자 : 그 남이장군 얘기구.)

아니 그래서 인제 그게. 그거를 타파하기 위해서 남이장군이 연구를 하다부터 인저 보니깐은. 그게 사실이 아니래 가지구서네. 나중에 남이장군이 뭐 칼을 갈아 가지구서네, 인제 그 지네를 죽였대는 거지. 그래 가지구 그 서기(瑞氣)가 얼루 비쳤냐면은 영산리 잔작골로 비쳤다는 겨. 잔작골. 어, 영산리에 거. 우리 동네 도화동이라는 데 하고, 공산정이 중간에 잔작골이라고 한 서넛 댓 더 있어요. 생짓말하고. 그래서 글루 서기가 비쳐 가지구 태어난 사람이 인저 남이장군이다. 그래 가지구 인제 뭐 그런 전설도 있고.

백족산

# 장호원에서 명성황후 환궁 시 생긴 일화

자료코드 : 09_05_MPN_20100701_LCS_UHM_0073
조사장소 : 충청북도 음성군 감곡면 오향2리 행군이길 168-3
조사일시 : 2010.7.1
조 사 자 : 이창식, 최명환, 장호순, 김영선
제 보 자 : 우홍명, 여, 84세
구연상황 : 제보자 우홍명이 명성황후 이야기를 알고 있다면서 구연해 주었다.
줄 거 리 : 명성황후가 장호원에 있다가 환궁해 갈 때 일화이다. 명성황후가 박소사와
　　　　　같이 환궁해 가는데 장호원 다리에서 명성황후의 환궁을 기뻐하며 춤추는 이
　　　　　가 있었다. 한편, 생채고개에서 쉴 때는 명성황후인지 모르고 농담을 하면서
　　　　　수다를 떨던 여자들이 있었다. 명성황후가 환궁한 후 춤을 춘 이에게는 풍기
　　　　　(風氣)라는 벼슬을 주었다. 그리고 자신을 보고 농담을 하던 여인들은 모두 죽
　　　　　여버렸다고 한다.

　그 인저 그, 인마 타고 명성황후가 박소사하고 건너가는데. 다리 건너
노약국이라고 있었어요.

　(조사자 : 예, 예.)

　노승원씨라고 못 들어 보셨어요?

　(조사자 : 예, 못 들어봤습니다.)

　노승원씨.

　(조사자 : 노승.)

　노승원.

　(조사자 : 노승원.)

　네, 노승은.

　(조사자 : 예, 예.)

그런데 손간은 어디인지 몰르고, 저는 노승원이래는 것만 알지.

(조사자 : 예, 예.)

그런데 명성황후가 인제 환, 환도해 가신다고.

(조사자 : 예.)

그 다리에 나가 가지고 춤을 덩실덩실 추었다 이 말이지.

(조사자 : 아.)

그러니까 명성황후가 인마 타고 가시다 이렇게 가만히 보니까. 어떤 사람이 춤을 넘실넘실 추고. 아 인제 명성황후께서 환도해 가신다고 좋다고 ……. 그래 환도해 가지고 들어갔어요.

(조사자 : 예.)

환도해서 가다가 저, 생채고개라는 데가 있어요.

(조사자 : 예, 예, 예.)

생채고개 가서 이렇게 인저 인마 쉬니까. 그, 생채고개 있는 여자들이 가서 문을 요롷게 보고, 명성황후를 모른 거에요. 열어 보니까 그거 또

"여자 잘생겼는데 그거 인물값은 해겠는데."

"그래 술장사했으면 술 좀 팔아먹겠는데."

이렇게 농담을 한 거야. 명성황후가, 명성황후께서 환궁해 가서, 가 가지고 생채고개 가서 그 여자 잡아오라 이거야. 내려와 보니 누가 잡아 누가. 어디가. 그래서 생채고개 이쁜 여자들, 젊은 여자들 죄 모아 가지고 전부 죽여버린 거여, 그냥.

(조사자 : 아.)

명성황후가 죽이라는데 어떡해. 여기 몰살당했어요. 그리고

"나 올 적 그 장호원 다리, 징검다리 건너올 제 그 춤 춘 사람 누구냐."

"알아보거라."

그 노승운이라 그러니까. 아 그려. 바람 풍(風) 자, 기운 기(氣) 자. 노풍기 벼슬을 주어라 이거야. 춤 한번 추고 풍기벼슬을 했어요. 노풍기요, 노

풍기. 명성황후가 이름을 지어 준 거야. 바람 부는 것처럼 기운 기(氣) 자 기운차게 바람 춤췄다, 그래. 풍기벼슬을 했어요. 춤 한번 추고 노풍기.

명성황후 피난터

# 명성황후 죽음에 얽힌 이야기

자료코드 : 09_05_MPN_20100701_LCS_UHM_0074
조사장소 : 충청북도 음성군 감곡면 오향2리 행군이길 168-3
조사일시 : 2010.7.1
조 사 자 : 이창식, 최명환, 장호순, 김영선
제 보 자 : 우홍명, 여, 84세
구연상황 : 제보자 우홍명은 앞의 명성황후 환궁 이야기에 이어서 명성황후의 죽음과 관
　　　　　련한 이야기가 있다면서 구연해 주었다.
줄 거 리 : 명성황후가 일본 낭인에게 죽임을 당했을 때의 일화다. 당시 일본 여자 소천
　　　　　이라고 있었는데 일본 첩자다. 소천은 명성황후에게 일본어를 가르친다면서

첩자로 들어와 있던 여자였다. 당시에 일본 낭인이 쳐들어와서 궁복을 입은 명성황후를 쉽게 찾을 수 있었던 이유는 소천이 알려주었기 때문이다. 일본 낭인에게 잡힌 명성황후는 노곤지라는 곳에서 불태워져 죽은 것이라고 한다.

그래 가지구 인저 그, 명성황후는 그, 일본 여자, 소천이라는 여자가 있었죠.

(조사자 : 예, 예, 예.)

그 소천이가 거 이제 일본어 가르켜 준다고 이래 넣어 가지고 첩자로 넣은 거 아니에요.

(조사자 : 예, 예, 예.)

첩자로. 일본 낭인이 쳐들어오니까 궁녀복 입고 궁녀하고 합쓸려서 그러니까 소천이라는 여자가 …….

(조사자 : 예, 예.)

저 여자가 명성황후라고 손짓, 눈치로만 아르켜 준 거 아니에요.

(조사자 : 예, 예.)

그래 붙들어 갔잖아요. 붙들어 가서 죽인 거 아니에요. 그런데 그 저 명성황후 지금 무덤이 없죠.

(조사자 : 예. 없습니다.)

그래, 그거 얻다 죽였느냐면 서울 가면 중앙 박물관자리가 노, 노곤지에요. 그 당시에 노곤지.

(조사자 : 노곤지.)

네, 그때 노곤지라 그랬어요.

(조사자 : 예, 예.)

거기다 미리 장작 같은 걸 해 났다가 뿌리고 죽여버린 거 아니에요.

(조사자 : 아, 불태워 가지고?)

예, 불태워서 죽였어요. 그 저, 지금 서울 중앙 박물관자리. 그 자리가 그땐 노곤지라 그랬어요. 그래서 그때 거기서 불태워 없애 ……. 그랬어도 그 당시에도 고종도 몰랐으니까 뭐.

(조사자 : 예, 예, 음.)


# 명성황후 어린 시절 이야기

자료코드 : 09_05_MPN_20100701_LCS_UHM_0077
조사장소 : 충청북도 음성군 감곡면 오향2리 행군이길 168-3
조사일시 : 2010.7.1
조 사 자 : 이창식, 최명환, 장호순, 김영선
제 보 자 : 우홍명, 여, 84세
구연상황 : 제보자 우홍명에게 아는 이야기를 더 해 달라고 요청하자 명성황후의 어릴 적 이야기가 있다면서 구연해 주었다.
줄 거 리 : 명성황후의 출생지는 여주시 점동면 뇌곡리라고 한다. 명성황후의 집이 엄청 나게 못 살아서 육촌 오빠의 집에 갔었다. 거기서 좁쌀을 한 바가지 얻어서 집으로 돌아오다가 풀밭에 엎질렀다. 그때 명성황후는 "이까짓 거 앞으로 내 군사가 이거보다 더 많을 텐데, 걱정할 게 뭐 있느냐."라고 하였다고 한다.

여기 저, 명성황후가 나신 데가 있죠.

(조사자 : 예, 예.)

여 점동에 뇌곡리라는 데.

(조사자 : 뇌곡.) 뇌곡.

(조사자 : 명성황후가 거기서 나셨답니까?)

어, 점동면 뇌곡리.

(조사자 : 아.)

우레 뇌(雷) 자, 골 곡(谷) 자로 알고 있는데, 뇌곡리.

(조사자 : 예, 예.)

점동면이여 거가. 거기가 거, 뱀고개서 얼마 안 되는 거에요. 여기서 얼 마 안 되는 거에요. 여가 얼마라더라. 명성황후는 친정을 우했잖아요(위했잖아요), 친정을 위했고. 그러니까 인저 그, 저, 민홍식이가 여기 다 임가 밀로 신부님한테 그 팔구. 그라구 서울 가서 그이네들 다 절단 났을 거예요. 다 절단 나. 국혼은 그분들이, 여흥 민씨가 많이 했는데. 뭐 큰, 좋은 건 없는가 봐요.

(조사자 : 명성황후께서 어떻게 태어나셨다는 얘기, 그런 얘기는 못 들어보셨나요?)

태어났대는 얘기는 ……. 저건, 저런 여긴 있더라구요. 그 저, 명성황후가 엄청 못 살아서, 인저 자기 육춘 오빠의 집이 고기 어디 살아서 갔었대요. 갔었는데 그 왜 그 좁쌀 있죠, 좁쌀. 예, 예. 좁쌀을 여기 한 바가지 주더래요, 거기서. 가져오다가 이런 풀밭에다 엎질렀다네, 이걸. 그걸 쓸어 담을 수도 없고 그래요. 이까짓 거 앞으로 내 군사가 이거보다 더 많을텐데 뭐 걱정 할 게 뭐 있느냐. 그랬다는 얘기가 있어요.

(조사자 : 아 명성황후가?)

어. 그 좁쌀을 엎지르구. 에이, 줏어 담을 필요 없다고. 내 군사가 이거보다 더 많을 텐데 뭐 이까짓 거 줏어 담으면 뭐 하느냐고.

(조사자 : 아.)

# 운상 하는 소리

자료코드 : 09_05_FOS_20100128_LCS_GDS_0034
조사장소 : 충청북도 음성군 사곡2리 톡실노인회관
조사일시 : 2010.1.28
조 사 자 : 이창식, 최명환, 장호순, 김영선
제 보 자 : 김동순, 남, 70세
구연상황 : 사곡리 톡실마을 주민들이 아라리와 잡가 등을 불러 주었고, 조사자가 상여 소리를 요청하자 마을 주민들이 김동순이 잘한다고 하였다. 제보자 김동순에 게 요청하자 북을 치면서 구연하였다. 마을 사람들이 뒷소리를 받아 주었다.

| | |
|---|---|
| 에라허리 덜구 | 에라허리 덜구 |
| 에라허리 덜구 | 고시레 |
| 에라허리 덜구 | 에라허리 덜구 |
| 여보시오 벗님네야 | 에라허리 덜구 |

[제보자 김동순과 청중이 소리를 맞추느라 잠시 멈추었다가 다시 이어 진다. 7초 정도 대화하는 간격이 있음]

| | |
|---|---|
| 에라허리 덜구 | 에라허리 덜구 |
| 여보시오 군정님네 | 에라허리 덜구 |
| 이내말씀 들어보소 | 에라허리 덜구 |
| 우리인생이 탄생할제 | 에라허리 덜구 |
| 어느은공 태어났나 | 에라허리 덜구 |
| 부모님전 살을빌고 | 에라허리 덜구 |
| 어머님전 뼈를빌어 | 에라허리 덜구 |

| | |
|---|---|
| 칠성님전 복을빌고 | 에라허리 덜구 |
| 동방삭이 명을빌어 | 에라허리 덜구 |
| 이세상에나 탄생하니 | 에라허리 덜구 |
| 이삼십을 당도하니 | 에라허리 덜구 |
| 우리부모 은공 | 에라허리 덜구 |
| 그은공을 못다갚고 | 에라허리 덜구 |
| 간다간다 나는간다 | 에라허리 덜구 |
| 북망산천이 북망이냐 | 에라허리 덜구 |
| 저승길이나 멀다허니 | 에라허리 덜구 |
| 대문밖이나 저승일세 | 에라허리 덜구 |
| 인간칠십은 ○○이오 | 에라허리 덜구 |
| 안나던망령 ○○하고 | 에라허리 덜구 |
| 우리부모는 날기를제 | 에라허리 덜구 |
| 어느은공 기르셨나 | 에라허리 덜구 |
| 냉자리 더운자리 | 에라허리 덜구 |
| 골라가면서 키우실제 | 에라허리 덜구 |
| 추우면은 죽을새라 | 에라허리 덜구 |
| 따듯한데다 누이시고 | 에라허리 덜구 |
| 더우면 죽을세라 | 에라허리 덜구 |
| 시원한데다 누이시니 | 에라허리 덜구 |
| 진자리 마른자리 | 에라허리 덜구 |
| 골라가면서 누이실제 | 에라허리 덜구 |
| 그한정을 못다갚구 | 에라허리 덜구 |
| 부모님을 이별하니 | 에라허리 덜구 |
| 우리부모 어느세상 | 에라허리 덜구 |
| 다시나한번 만나볼까 | 에라허리 덜구 |

| | |
|---|---|
| 불쌍하구두 가련하다 | 에라허리 덜구 |
| 입을것을 못다입고 | 에라허리 덜구 |
| 먹을것을 못다먹고 | 에라허리 덜구 |
| 인간칠십을 당도하니 | 에라허리 덜구 |
| 우리부모님 어디갔나 | 에라허리 덜구 |
| 에라허리 덜구 | 에라허리 덜구 |
| 이만저만 그만두세 | 에라허리 덜구 |

야 잘했다. [박수]


# 아라리(1)

자료코드 : 09_05_FOS_20100128_LCS_GDS_0036
조사장소 : 충청북도 음성군 사곡2리 톡실노인회관
조사일시 : 2010.1.28
조 사 자 : 이창식, 최명환, 장호순, 김영선
제 보 자 : 김동순, 남, 70세
구연상황 : 제보자 김동순의 운상 하는 소리 구연 후 마을 사람들과 함께 단오 이야기
등을 하던 중 제보자가 아라리를 부르겠다면서 구연해 주었다. 아라리 뒷부분
을 청중들이 함께 불러 주었다.

비가 올라나 눈이 올라나
억수장마가 질라나
만수산 검은구름이 막모여드네

이게 정선 아리랑이여.

# 아라리(2)

자료코드 : 09_05_FOS_20100128_LCS_GDS_0040
조사장소 : 충청북도 음성군 사곡2리 톡실노인회관
조사일시 : 2010.1.28
조 사 자 : 이창식, 최명환, 장호순, 김영선
제 보 자 : 김동순, 남, 70세
구연상황 : 앞의 제보자 신덕만의 아라리에 바로 이어서 제보자 김동순이 아라리를 구연
　　　　　 해 주었다.

　　　　정선읍내야 물레방아는 삐리비빙글 잘도돌아가는데
　　　　우리집에 서방님은 날안고돌줄 모르나


# 아라리

자료코드 : 09_05_FOS_20100128_LCS_SUG_0030
조사장소 : 충청북도 음성군 사곡2리 톡실노인회관
조사일시 : 2010.1.28
조 사 자 : 이창식, 최명환, 장호순, 김영선
제 보 자 : 성운경, 남, 74세
구연상황 : 음성군 사곡2리 톡실마을은 가재줄다리기가 전승되는 마을이다. 가재줄다리기
　　　　　 는 톡실마을 서낭제를 마치고 아이들이 목에 줄을 매고 서로 반대방향으로 기
　　　　　 듯이 줄을 다리는 놀이다. 이날 감곡면 향토사학자인 김근태와 미리 연락한
　　　　　 후 만나기로 하였고, 마을에 도착하니 마을 주민들이 경로당에서 기다리고 있
　　　　　 었다. 논 매는 소리 등의 구연에 이어서 제보자 성운경이 아라리를 불러 주었
　　　　　 다. 제보자 김동순이 북으로 박자를 맞추었고 제보자 신덕만이 후렴을 불렀다.

　　　　가라면 가랐지(가라지) 왜때리오
　　　　술담배 아니먹고선 나는못살겠네
　　　　아리랑 아리랑 아라리오
　　　　아리랑 고개고개루 나를넘겨주게

# 축 읽는 소리

자료코드 : 09_05_FOS_20100228_LCS_SUG_0010
조사장소 : 충청북도 음성군 감곡면 사곡2리 사곡길 톡실마을 서낭당 앞
조사일시 : 2010.2.28
조 사 자 : 이창식, 최명환, 장호순, 김영선
제 보 자 : 성운경, 남, 74세

구연상황 : 조사자들이 음력 정월 보름에 맞춰 사곡리 톡실마을을 찾았다. 사곡리 톡실
　　　　　 마을은 예전부터 매년 음력 정월에 서낭당 제사를 지냈다. 예전부터 마을에서
　　　　　 는 서낭당 제사가 끝나면 아이들이 게줄다리기를 했었으나 현재는 마을에 아
　　　　　 이들이 없어서 전승이 끊겼다고 한다.

유세차 경인정월 을미삭십오일 기유
본동 거민대표 성기환 감소고우
산천지령 성황지신 시유맹춘 일진길량
일동주민 복이앙망 본동거민 인인안락
가가태평 농사풍작 가축번성 삼재소멸
만사형통 기뢰신휴 근이주과 서수공신
지천우신 상향

제보자 성운경의 축 읽는 모습

# 엮음 아라리

자료코드 : 09_05_FOS_20100128_LCS_SDM_0031
조사장소 : 충청북도 음성군 사곡2리 톡실노인회관
조사일시 : 2010.1.28
조 사 자 : 이창식, 최명환, 장호순, 김영선
제 보 자 : 신덕만, 남, 70세
구연상황 : 제보자 성운경의 아라리에 이어서 청중들이 제보자 신덕만에게 엮음 아라리
          를 불러 달라고 하자, 소리를 끝까지 다 모른다면서 구연해 주었다. 김동순이
          북을 치면서 박자를 맞추어 주었다.

(보조 제보자 : 강원도 금강산 일만이천봉 그거 넘어가는 거 해야지.)

(조사자 : 해 보셔요.)

엮음 아리랑? 그걸 다 몰라, 내 다 잘 몰라.

(보조 제보자 : 아니 아는데 까지 그렇게 해 들어가야 되는 거여.)


　　　강원도 금강산 일만이천봉 팔만구암자 유점사법당뒤에 칠성당을
　　모아놓고 팔자에없는 아들딸낳라(낳아)달라고 정성기도 말구요
　　　　　타관객지 떠도는임을 다괄세를 마라


[제보자 웃음]



# 아라리(1)

자료코드 : 09_05_FOS_20100128_LCS_SDM_0037
조사장소 : 충청북도 음성군 사곡2리 톡실노인회관
조사일시 : 2010.1.28
조 사 자 : 이창식, 최명환, 장호순, 김영선
제 보 자 : 신덕만, 남, 70세
구연상황 : 제보자 김동순의 아라리가 끝나고 제보자 신덕만이 받아서 바로 구연하였다.

강월(강원)영천에 옥수수풍년은 연년이나 드는데
어린가슴 처녀방에는 임풍년이 드네


# 아라리(2)

자료코드 : 09_05_FOS_20100128_LCS_SDM_0039
조사장소 : 충청북도 음성군 사곡2리 독실노인회관
조사일시 : 2010.1.28
조 사 자 : 이창식, 최명환, 장호순, 김영선
제 보 자 : 신덕만, 남, 70세
구연상황 : 제보자 신덕만은 앞에서 아라리를 구연해 주었다. 중간에 청중으로 있던 손광
　　　　　수가 아라리 후렴을 부른 후 받아서 신덕만이 아라리를 구연해 주었다.

비가올려나 눈이올러나 억수장마가 질러나
만수산천 검정구름은 막모여 든다


# 다리 뽑기 하는 소리

자료코드 : 09_05_FOS_20100228_LCS_AOB_0005
조사장소 : 충청북도 음성군 감곡면 문촌2리 중간말길 21-5 늘거리경로당
조사일시 : 2010.2.28
조 사 자 : 이창식, 최명환, 장호순, 김영선
제 보 자 : 안옥분, 여, 80세
구연상황 : 오전 일찍 감곡면 문촌리를 찾았다. 마침 경로당에 제보자 안옥분 외 몇 명의
　　　　　사람들이 있었다. 마을 잔치에 가려고 나온 참이라고 하였다. 마을의 이야기
　　　　　등을 물어보다가 다리 뽑기 하는 소리를 요청하자 제보자 안옥분이 구연해
　　　　　주었다.

　(보조 제보자 : 이거리 저거리 갓거리.)

(조사자 : 예.)

(보조 제보자 : 그건 만날 이거리 저거리 갓거리. 만날 그런 거만 했지 뭐.)

(조사자 : 그래 해 보셔요, 그래서. 그걸 한번 해 보셔.)

　　이거리 저거리 갓거리
　　천두 만두 두만두
　　짝 벌래 새양강
　　오리 짐치 사래 육

이랬지 뭐. (보조 제보자 : 만날 그런 거 해고, 이제 종지풍감 해고.)

문촌리 늘거리경로당 구연상황

# 성님 성님 사촌 성님

자료코드 : 09_05_FOS_20100128_LCS_CPN_0049
조사장소 : 충청북도 음성군 감곡면 사곡2리 톡실노인회관
조사일시 : 2010.1.28

조 사 자 : 이창식, 최명환, 장호순, 김영선

제 보 자 : 최필남, 여, 78세

구연상황 : 앞에 제보자 추정옥의 아라리 구연에 이어서 제보자 최필남이 시집살이라면서 구연해 주었다.

성님성님 사춘성님

시집살이가 어떻던가

아이구 시집살이 말두말어

드러눠서 명짓꾸리 하나질만 해네

꼬추보다 더매운건 시집살이내

시집살이 말두말어

매꽃겉은 얼굴이가 오양이꽃이 폈네

시집살이 말두말어

아리랑 아리랑 아라리가 났네

(추정옥 : 이렇게 나가야지.) 아 잘한다.

# 다리 뽑기 하는 소리

자료코드 : 09_05_FOS_20100128_LCS_CPN_0051

조사장소 : 충청북도 음성군 사곡2리 톡실노인회관

조사일시 : 2010.1.28

조 사 자 : 이창식, 최명환, 장호순, 김영선

제 보 자 : 최필남, 여, 78세

구연상황 : 제보자 추정옥의 다리 뽑기 하는 소리에 이어서 제보자 최필남이 구연해 주었다.

한거리 징거리 대청거리

증수 망두 도만두

짝 바늘 새앵귀

가거라. [청중들의 웃음]


## 아라리

자료코드 : 09_05_FOS_20100128_LCS_CPN_0054
조사장소 : 충청북도 음성군 사곡2리 톡실노인회관
조사일시 : 2010.1.28
조 사 자 : 이창식, 최명환, 장호순, 김영선
제 보 자 : 최필남, 여, 78세
구연상황 : 제보자 추정옥의 아라리에 이어서 제보자 최필남이 구연해 주었다.

일본에 동경이 얼마나 좋으면
꽃같은 나를두고 연락선을 탔나
꽃손수건 마주들고 흐르는눈물을 뚝흘렸더니
연락선을 탔나


## 엮음 아라리

자료코드 : 09_05_FOS_20100128_LCS_CPN_0056
조사장소 : 충청북도 음성군 사곡2리 톡실노인회관
조사일시 : 2010.1.28
조 사 자 : 이창식, 최명환, 장호순, 김영선
제 보 자 : 최필남, 여, 78세
구연상황 : 제보자 추정옥의 아라리를 받아서 제보자 최필남이 구연해 주었다.

강원도 금강산 일만이천봉 팔만구암자 법당뒤에다 아들딸나 달라
고 백일정성을 말구

하방뜰에 오신손님을 괄세를 말으라

괄세를할래야 하느냐 해다보니 괄세로구나

정선읍내 물레방아는 사시사철물거품을 안고안고도는데

우리집의 저멍텅구리는 나도안고 돌지를모르네


# 아라리(1)

자료코드 : 09_05_FOS_20100128_LCS_CJO_0048

조사장소 : 충청북도 음성군 감곡면 사곡2리 톡실노인회관

조사일시 : 2010.1.28

조 사 자 : 이창식, 최명환, 장호순, 김영선

제 보 자 : 추정옥, 여, 76세

구연상황 : 조사자가 시집살이 하면서 불렀던 소리를 요청하자 제보자 추정옥이 구연해
주었다.

시집살이 못하고 가라면 갔지

아들딸 못난다고 시집살이 많이했네

[제보자와 청중들의 웃음]

아리아리 쓰리쓰리 아라리요

아리랑 고개로 넘어간다


# 다리 뽑기 하는 소리

자료코드 : 09_05_FOS_20100128_LCS_CJO_0050

조사장소 : 충청북도 음성군 사곡2리 톡실노인회관(경로당)

조사일시 : 2010.1.28

조 사 자 : 이창식, 최명환, 장호순, 김영선
제 보 자 : 추정옥, 여, 76세
구연상황 : 조사자가 다리를 헤면서 불렀던 소리를 요청하자 제보자 추정옥이 구연해 주
었다.

　　이거리 저거리 갓거리
　　천두 만두 두만두
　　짝 발리 소연강

　내가 이겼어. [청중들의 웃음]


# 아라리(2)

자료코드 : 09_05_FOS_20100128_LCS_CJO_0053
조사장소 : 충청북도 음성군 사곡2리 톡실노인회관
조사일시 : 2010.1.28
조 사 자 : 이창식, 최명환, 장호순, 김영선
제 보 자 : 추정옥, 여, 76세
구연상황 : 다리 뽑기 하는 소리에 이어서 제보자 추정옥이 아라리를 구연해 주었다.

　　일본이나 동경이 얼마나 좋걸래
　　꽃같은 나를두고 너혼자 갔나
　　아리랑 아리랑 아라리요
　　아리랑 고개로 나를 넘겨주게


# 아라리(3)

자료코드 : 09_05_FOS_20100128_LCS_CJO_0055
조사장소 : 충청북도 음성군 사곡2리 톡실노인회관

조사일시 : 2010.1.28
조 사 자 : 이창식, 최명환, 장호순, 김영선
제 보 자 : 추정옥, 여, 76세
구연상황 : 제보자 최필남의 아라리를 받아서 제보자 추정옥이 바로 구연해 주었다.

정선읍내 물레방아는 돌구 도는데
우리집에 저멍텅구리는 나를안고 돌줄왜모르나
아리랑 아리랑 아라리가 났네

# 2. 금왕읍

증편 한국구비문학대계 ● 충청북도 음성군

# ▌조사마을

## 충청북도 음성군 금왕읍 도청리

조사일시 : 2010.2.2

조 사 자 : 이창식, 최명환, 장호순, 김영선

도청리 전경

　도청리(道晴里)는 금왕읍 소재지에서 서쪽으로 5km 떨어진 지점에 있다. 들이 넓으며 마을 가운데로 개천이 흐르는 전형적인 농촌 마을이다. 본래 충주군 금목면(金目面)지역이었으나, 1906년 음성군에 편입되었고, 1914년 행정구역 개편에 따라 본리(本里), 도장리(道庄里), 청일리(晴日里), 장현리(長峴里)의 각 일부를 병합하여 도청리라 하여 금왕면에 편입되었다. 1973년 7월 1일 금왕면이 금왕읍으로 승격되었다. 높은 산은 없으나 북쪽의 개나리재에서 내려온 물이 마을을 지나 서쪽으로 흐르면서 유역에는 농경지가 형성되어 있다. 도청리의 면적은 2.91km²이며 165세대에 399명(남자 209명, 여자 190명)의 주민이 살고 있다. 동쪽은 무극리와 오선리, 서쪽은 본대리, 남쪽은 오선리, 북쪽은 내송리와 신평리에 각각 접하고 있다. 주요 도로는 마을 북쪽에 있는 도로가 서쪽의 신평리에서 금왕산업단지로 이어지며, 마을 아래로는 국가지원 지방도 82호선이 동쪽으로는 무극리와 서쪽으로는 대소면과 연결되어 있다. 주요 농산물로 인삼을 재배하며, 벼, 고추, 콩, 참깨, 감자, 고구마 등이 재배된다. 자연마을로는 되자니(도장), 방아다리, 쇠누골, 신농촌, 양달말(청일), 작은 되자니, 진재(장현), 큰 되자니 등이 있다. 문화 유적으로는 고려 초기의 고분과 초계 정씨의 중시조를 봉안한 도장사, 도원사(道原祠)와 상모각(常慕閣) 등이 있다.

## 충청북도 음성군 금왕읍 무극리

조사일시 : 2010.2.2
조 사 자 : 이창식, 최명환, 장호순, 김영선

무극리(無極里)는 본래 충주군 금목면(金目面) 지역이었으나, 1906년 음성군에 편입되었다. 1914년 행정구역 개편 때 반의리(班衣里)와 금곡리(金谷里)의 각 일부를 병합하고, 무극리라고 하여 금왕면에 편입되었다. 1973년 7월 1일 금왕면이 금왕읍으로 승격되었다. 무극이라는 지명은 '냇가' 또는 '벌판'의 의미를 지니고 있다. 일설에서는 무극지역이 금이 많이 매장되어서 나침반의 자침이 극(남극과 북극)을 나타내지 못하므로 극(極)이 없다는 의미로 '무극'이 되었다고 한다. 마을 가운데로 무극천이 흐르며 읍사무소 소재지로 금왕읍의 중심 역할을 한다. 무극리의 면적은 4.14km²이며, 4,022세대에 11,163명(남자 5,656명, 여자 5,507명)의 주민이 살고

무극리 전경

있다. 동쪽과 남쪽은 비교적 높은 편이나 동쪽이 대체로 낮다. 남쪽에는
무극저수지와 용계저수지의 물이 합쳐 응천을 이루어 북류하면서 청미천
이 합류한다. 동쪽은 금석리, 서쪽은 내송리와 각화리, 남쪽은 오선리와
용계리, 북쪽은 정생리, 각회리와 각각 접하고 있다. 읍사무소 주변과 건
너편 대로변에는 상가가 많이 형성되어 있어 의류점을 비롯한 각종 음식
점, 학원, 금융기관, 병원 등이 있다. 그리고 오일장인 서는 무극시장에서
는 각종 농산물이 거래되고 있다. 주요 기관으로는 무극초등학교, 용천초
등학교, 무극중학교, 금왕읍사무소, 무극우체국, 각종 금융기관 등이 있다.
주요 도로는 국도 21호선이 남북 방향으로 지나며, 읍사무소 앞에서 음성
읍으로 연결되는 국도 37호선이 지난다. 이외에도 무극교를 지나 서쪽의
삼성면으로 연결된 도로와 대소면으로 지나는 도로가 있어서 교통이 편
리하다. 문화 유적으로 금왕탑골사지석조약사의불의상(金旺塔骨寺址石造

藥師佛倚像)과 불좌상(佛坐像) 등이 있다. 자연마을로는 무기(무극), 다리건너, 바래미(발산동), 삼거리(장터거리), 새말, 신농촌, 약방말, 숫돌고개양달말(안바래미) 등이 있다.

## 충청북도 음성군 금왕읍 백야리

조사일시 : 2010.2.16
조 사 자 : 이창식, 최명환, 장호순, 김영선

백야리 전경

백야리(白也里)는 금왕읍 소재지에서 남쪽으로 2km 떨어진 마을로 채소와 과일을 주로 재배하는 산촌이다. 본래 충주군 금목면(金目面)지역이었으나, 1906년 음성군에 편입되었다. 1914년 행정구역 개편 때에 상촌(上村), 중촌(中村), 하촌(下村) 속리(俗離) 등을 병합하고 백야리라 하여 금왕면에 편입되었다. 1973년 7월 1일 금왕면이 금왕읍으로 승격되었다. 남쪽에 소속리산(432m) 등 300~400m의 산으로 이루어져 있어 지형이 높게 형성되어 있다. 이들 사이에서 발원한 물은 북쪽의 용계저수지로 흘러들며, 이 물은 다시 응천이 되어 금왕읍의 중앙을 지나 감곡면에서 청미천으로 흘러든다. 백야리의 면적은 6.48km²이며, 38세대에 91명(남자 49명, 여자 42명)의 주민이 살고 있다. 동쪽은 음성읍 감우리와 사정리, 서쪽은 봉곡리와 용계리, 남쪽은 동음리, 북쪽은 무극리와 각각 접하고 있다. 지방도 11호선이 무극리에서 남쪽의 용계저수지를 지나 음성읍 동음리와 연결된다. 이외에도 서쪽의 봉곡리에서 상촌으로 이어지는 도로가 있으나 교통은 불편하다. 주요 농산물로는 고추와 인삼 등이 있으며, 벼, 감자, 고구마, 콩, 참깨 등도 재배한다. 백야저수지(용계저수지)가 북쪽으로 흐르면서 지역의 농경지에 농업용수를 공급하고 있다. 자연마을로는 백야(배태, 배터), 속리뿌리(속리), 아래배태(하촌), 윗배태(상촌, 상백야리), 중촌(용촌) 등이 있다.

## 충청북도 음성군 금왕읍 삼봉리

조사일시 : 2010.2.2
조 사 자 : 이창식, 최명환, 장호순, 김영선

삼봉리(三鳳里)는 금왕읍에서 서남쪽으로 8km 떨어진 마을로 낮은 산으로 둘러싸여 있으며 마을 앞으로 개천이 흘러나가는 전형적인 농촌 마을이다. 본래 충주군 금목면(金目面) 지역이었으나, 1906년 음성군에 편입되었다. 1914년 행정구역 통폐합에 따라 증산리(曾山里), 정단리(丁丹里), 봉계리(鳳溪里), 한삼리(閑三里)일부와 맹동면 개현리(介峴里) 일부를 병합하여 한삼리와 봉계리의 이름을 따 삼봉리라 하고 금왕면에 편입하였다. 삼봉리의 면적은 2.60km²이며, 79세대에 177명(남자 96명, 여자 81명)의 주민이 살고 있다. 남쪽 면의 경계에는 114m의 산이 있으나, 대부분 지형은 그리 높은 편은 아니다. 북쪽의 기내들제에서 동쪽 지역 동쪽 하천 지역은 농경지가 발달되어 있으며, 이들 사이에는 한천이 남쪽으로 흐른다. 자연마을로는 가느실(세곡), 거룩목(마옥), 새터(신대, 신태), 음달말, 정단, 증산(증삼), 한삼 등이 있다. 동쪽은 유촌리, 서쪽은 유포리, 남쪽은 맹동면 마산리·인곡리, 북쪽은 유촌리·유포리와 각각 접하고 있다. 주요 도로는 현재 건설 중인 동서고속도로가 있으며, 서쪽에는 지방도 513 호선이 남북 방향으로 지나고 있으나 도로 사정은 대체로 불편한 편이다. 주요 농산물은 인삼이며, 벼, 고추, 콩, 참깨 등을 재배한다. 가축으로 오리를 사육하는 농가가 있다. 문화 유적으로는 능골에 여산군(驪山君) 민발의 묘가 있다.

삼봉리 전경

# 충청북도 음성군 금왕읍 유촌리

조사일시 : 2010.2.2
조 사 자 : 이창식, 최명환, 장호순, 김영선

유촌리 전경

유촌리(柳村里)는 가래버들(떡버들)이 많으므로 '가래들' 또는 '유촌'이
라 불렀다. 본래 충주군 금목면(金目面)지역이었는데, 1906년 음성군에 편
입되었고, 1914년 행정구역 개편 때 와우리(臥牛里), 촌서리(村西里), 촌동
리(村東里), 한삼리(閑三里) 일부를 병합하고 유촌리라 하여 금왕면에 편입
하였다. 지형은 동쪽과 남쪽이 서쪽보다 높은 편이며, 능골고개와 가래실
고개가 있다. 마을 아래에는 기내들제에서 흐르는 하천이 서쪽으로 흐르
면서 유역에 농경지가 형성되어 있다. 아래가래들에서 한천과 합류하여
진천군으로 흐른다. 유촌리는 금왕읍 소재지에서 서남쪽으로 8km 떨어진
곳에 있다. 국수봉 자락에 있으며, 마을 앞으로 개천이 흐르는 전형적인

농촌 마을이다. 면적은 3.14km²이며, 101세대에 214명(남자 111명, 여자 103명)의 주민이 살고 있다. 동쪽은 봉곡리, 서쪽은 유포리와 삼봉리, 남쪽은 맹동면 인곡리, 북쪽은 유포리·오선리와 각각 접하고 있다. 주요 도로는 서쪽의 유포리에서 동서방향으로 지나는 지방도가 있고, 동쪽에는 국도 21호선이 남북 방향으로 지나고 있다. 동서고속도로가 마을을 동서 방향으로 지나는데 현재 공사중이다. 주요 농산물로는 벼와 인삼이며, 고추, 콩, 참깨, 감자, 고구마 등도 재배한다. 자연마을로는 아래가래들(하유촌), 웃가래들(상유촌), 구릉지(구용지), 머그럭지, 능골, 광정 등이 있다. 문화 유적으로 숙종 33년에 세운 민발신도비(閔發神道碑)와 경종 4년에 세운 조유안 효자문(趙惟顔孝子門), 조인옥 부조묘, 아래가래들 미륵불 등이 있다.

### 구자성, 남, 1942년생

주 소 지 : 충청북도 음성군 금왕읍 쌍봉리
제보일시 : 2010.2.2
조 사 자 : 이창식, 최명환, 장호순, 김영선

구자성은 쌍봉리에 거주하고 있다. 쌍봉
리 토박이로 15대째 농사를 지으며 살고 있
다. 쌍봉리는 구씨 집성촌이다. 금왕읍사무
소에서 이장 월례회가 끝나고 조사자들과
잠깐 만나 구연해 주었다. 현재 쌍봉리 이장
을 맡고 있다. 거북놀이를 초등학교 다닐 무
렵 추석에 하였다. 예전에 모 심으면서 불렀
던 소리를 본 적이 있는데, 그것을 배워 놓
지 않은 것이 많이 후회된다고 한다.

제공 자료 목록
09_05_FOT_20100202_LCS_GJS_0003 쌍봉리 애기 업은 바위의 유래
09_05_FOT_20100202_LCS_GJS_0004 자린고비의 유래

### 남해원, 남, 1924년생

주 소 지 : 충청북도 음성군 금왕읍 도청2리
제보일시 : 2010.2.2
조 사 자 : 이창식, 최명환, 장호순, 김영선

남해원은 금왕읍 도청2리 진재마을에 거주하고 있다. 조사자들이 음성
거북놀이보존회 회장을 역임한 서현택의 소개로 마을을 찾아가게 되었다.

조사자들이 마을에 갔을 때 마을 어르신들
께서 경로당에 모여 이야기를 나누고 있었
다. 남해원은 도청리 토박이로 7대째 농사
를 지으며 살고 있다. 논농사와 담배, 인삼
농사 등을 많이 하였다. 5남매(3남 2녀)를
두었으며, 맏아들은 대학교 교수다. 예전에
마을 풍물패의 상쇠를 하였으며, 음성지역
의 전통적인 풍물을 알고 있다.

　일제강점기에 징용을 다녀온 것 외에는 도청리를 떠난 적이 없다고 한
다. 20대가 일을 못 따라갈 정도로 건강하다. 소리는 예전에 잘하시던 분
들이 불렀던 것을 듣고 기억하는 것이라고 한다. 불교 신자로 단양에 있
는 구인사를 다닌다. 선소리를 줄 때 불교 경전을 가지고 주기도 한다. 마
을에 상이 났을 때 선소리 주는 사람이 없으면 가끔 요령을 잡고 선소리
를 주기도 하였다.

제공 자료 목록
09_05_FOS_20100202_LCS_NHW_0024 지신 밟는 소리
09_05_FOS_20100202_LCS_NHW_0027 논 매는 소리
09_05_FOS_20100202_LCS_NHW_0028 초벌 논 매는 소리
09_05_FOS_20100202_LCS_NHW_0031 운상 하는 소리(1)
09_05_FOS_20100202_LCS_NHW_0032 운상 하는 소리(2)
09_05_FOS_20100202_LCS_NHW_0033 운상 하는 소리(3)
09_05_FOS_20100202_LCS_NHW_0035 모심는 소리
09_05_FOS_20100202_LCS_NHW_0036 세벌 논 매는 소리
09_05_FOS_20100202_LCS_NHW_0038 지신 밟는 소리


**박무성, 남, 1939년생**
주 소 지 : 충청북도 음성군 금왕읍 유촌리

제보일시 : 2010.2.2
조 사 자 : 이창식, 최명환, 장호순, 김영선

박무성은 유촌리 토박이다. 25세에 결혼
해서 4남매(3남 1녀)를 두었으며, 주로 농사
를 지었다. 마을을 떠나서 살았던 적은 없으
며, 어머니는 순천 박씨다. 조사자들이 마을
풍습과 자린고비, 민발 등에 대해서 조사하
는 것을 옆에 앉아 듣고 있다가 거북놀이에
대해서 이야기를 하며 설화를 구연해 주었
다. 지역에서 전승하는 이야기와 인물과 관
련한 설화들을 많이 기억하고 있었다.

제공 자료 목록
09_05_FOT_20100202_LCS_BMS_0018 도깨비를 쫓아내고 부자 된 영감
09_05_FOT_20100202_LCS_BMS_0019 도깨비에 홀린 할아버지
09_05_FOT_20100202_LCS_BMS_0020 부석사(浮石寺)의 유래
09_05_FOT_20100202_LCS_BMS_0021 금강산 대사와 내기에서 이긴 김삿갓
09_05_FOT_20100202_LCS_BMS_0022 창(槍)구멍과 창(窓)구멍을 해석한 김삿갓의
                                 기지
09_05_FOT_20100202_LCS_BMS_0023 어느 선비에게 놀림당한 김삿갓
09_05_FOT_20100202_LCS_BMS_0024 처녀 뱃사공에게 놀림당한 김삿갓
09_05_FOS_20100202_LCS_BMS_0017 아기 어르는 소리


**유동형, 남, 1945년생**
주 소 지 : 충청북도 음성군 금왕읍 무극1리
제보일시 : 2010.2.2
조 사 자 : 이창식, 최명환, 장호순, 김영선

유동형은 금왕읍 무극1리에 거주하고 있다. 무극리 토박이다. 길을 지

나다가 조사자들을 만나 이야기를 구연해
주었다. 농사를 지었으며, 무극리에서 가게
를 하였다.

제공 자료 목록
09_05_FOT_20100202_LCS_YDH_0002 자린고비
의 유래

### 이종벽, 남, 1937년생

주 소 지 : 충청북도 음성군 금왕읍 도청2리
제보일시 : 2010.2.2
조 사 자 : 이창식, 최명환, 장호순, 김영선

　이종벽은 금왕읍 도청2리에 거주하고 있
다. 조사자들이 음성거북놀이본존회 회장을
역임한 서현택의 소개로 마을을 찾아가게
되었다. 조사자들이 마을에 갔을 때 마을 어
르신들께서 경로당에 모여 이야기를 나누고
있었다. 도청리 토박이다. 예전에 금왕읍 소
재지에서 제재소를 운영하였으며, 현재 마
을 노인회장을 맡고 있다. 금왕복지회관에
다니면서 민요를 배우기도 하였으며, 마을 유래에 대해서 잘 알고 있다.

제공 자료 목록
09_05_FOT_20100202_LCS_IJB_0039 군량골과 말무덤의 유래
09_05_FOS_20100202_LCS_IJB_0029 노랫가락(1)
09_05_FOS_20100202_LCS_IJB_0030 노랫가락(2)
09_05_FOS_20100202_LCS_IJB_0037 아라리

### 이주복, 남, 1944년생

주 소 지 : 충청북도 음성군 금왕읍 백야리
제보일시 : 2010.2.16

이주복은 금왕읍 백야리에 거주하고 있
다. 현재 노인회 총무를 맡고 있으며, 2010
년 백야리 산신제에서 축관을 하였다. 백야
리 토박이로 농사를 짓고 살았으며, 마을 이
장을 오랫동안 하였다. 4남매를 두었다.

제공 자료 목록
09_05_FOT_20100216_LCS_IJB_0023 중이 고개를 먹어 망한 절이 있던 꽃넘이고개
09_05_FOT_20100216_LCS_IJB_0025 정상에 묘를 쓰지 못하는 고무래봉
09_05_FOS_20100216_LCS_IJB_0040 축 읽는 소리


### 이진옥, 여, 1939년생

주 소 지 : 충청북도 음성군 금왕읍 유촌리
제보일시 : 2010.2.2
조 사 자 : 이창식, 최명환, 장호순, 김영선

이진옥은 맹동면에 거주하고 있다. 진천
군 고재마을이 고향으로 맹동면으로 시집을
와서 현재까지 살고 있다. 조사자들이 유촌
리 경로당에 갔을 때 그곳에 잠깐 들리러
왔다가 구연해 주었다. 유촌리에 있는 인조
가죽 만드는 회사에 다니고 있어서 유촌리
에 머물고 있다고 한다.

제공 자료 목록

09_05_FOS_20100202_LCS_IJO_0012 다리 뽑기 하는 소리
09_05_FOS_20100202_LCS_IJO_0013 모래집 짓는 소리
09_05_FOS_20100202_LCS_IJO_0014 빠진 이빨 던지면서 부르는 소리
09_05_FOS_20100202_LCS_IJO_0016 방아깨비 부리는 소리


## 조성주, 남, 1941년생

주 소 지 : 충청북도 음성군 금왕읍 삼봉1리
제보일시 : 2010.2.2
조 사 자 : 이창식, 최명환, 장호순, 김영선

조성주는 금왕읍 삼봉1리에 거주하고 있
다. 본관은 한양이고, 삼봉리 토박이로 농사
를 짓고 있다. 자린고비 조륵의 10대 후손
이다. 6·25한국전쟁 당시 초등학교 4학년
이었다. 금왕에서 초등학교와 중학교를 졸
업한 뒤, 서울 휘문고등학교를 나왔으며, 고
려대학교 정치외교학과를 졸업하였다. 서울
에서 직장생활을 하다가 34세에 삼봉리로
내려왔다. 금왕읍 출신의 윤숙희와 결혼해 4남매(1남 3녀)를 두었다. 한
때 국회의원 선거에 출마하기도 하였다. 현재 대종회 회장을 하고 있으며,
1993년부터 성당에 다닌다.

제공 자료 목록

09_05_FOT_20100202_LCS_JSJ_0007 조륵이 자인고(慈仁考)가 된 유래
09_05_FOT_20100202_LCS_JSJ_0011 자인고 조륵에 얽힌 유래

# 쌍봉리 애기 업은 바위의 유래

자료코드 : 09_05_FOT_20100202_LCS_GJS_0003
조사장소 : 충청북도 음성군 금왕읍 무극리 98-7번지 읍사무소 앞 주차장
조사일시 : 2010.2.2
조 사 자 : 이창식, 최명환, 장호순, 김영선
제 보 자 : 구자성, 남, 69세
구연상황 : 조사자가 제보자 구자성을 만나기 위해 금왕읍사무소에 들렸다. 제보자는 이
장협의회 회의차 읍사무소에 있었다. 조사자가 쌍봉리에서 전해져 내려오는
이야기를 요청하자 구연해 주었다.
줄 거 리 : 쌍봉리 마을에는 장자방죽과 애기 업은 바위가 있다. 옛날 장자방죽 자리에
마음씨 고약한 장자가 살고 있었다. 어느 날 한 스님이 시주하러 왔는데 외양
간을 치던 장자가 거름을 바랑에 넣어 주었다. 그것을 본 며느리가 시아버지
몰래 스님에게 쌀 한 말 시주하였다. 그러자 스님이 며느리에게 자신을 따라
오라고 하였고, 며느리는 스님을 따라갔다. 며느리가 우등산을 지나는데 뒤에
서 천둥과 번개 소리가 나면서 소나기가 내렸다. 며느리는 집에 장독을 안 덮
은 것이 생각나서 뒤를 돌아보았다. 돌아보니 집이 있던 자리는 방죽이 되어
있었다. 그 방죽이 현재 쌍봉리에 있는 장자방죽이다. 그리고 며느리는 아기
를 업은 채 그 자리에서 돌이 되어 애기 업은 바위가 되었다고 한다.

(조사자 : 거, 왜 애기 업은 바위라고 그럽니까?)

그거 옛날에 거, 지금 현재는 인제 군부대가 있는데, 그 군부대 자리에
장자방죽이라고 있어요. 인제 그 장자방죽이라는 곳이 그 장자가 상당히
부자였었는데.

(조사자 : 예.)

그 분네 집을 인제 그, 어느 중이 …….

(조사자 : 예.)

시주를 하러 왔는데.

(조사자 : 예.)

시주를 하러 왔는데. 그 주인이 오얌(외양간을 의미함)을 치다 말고,

"이거나 하나 가져가라."

그러면서. 오얌(외양간) 거 치는 거를, 그냥 하나(한가득) 그 바랑에다 집어너(집어넣어) 줬데. 그래 그걸 보니까, 안 된 거 아니여. 그러니까 인 제 그 며느리가 그걸 봤는데. 그 며느리가 봤는데. 이래 앉아서 뒤로 나와 서 쌀을 한 말 퍼다가, 그 저, 시주를 해 준거야.

(조사자 : 예.)

해 줬는데. 중이 하는 얘기가,

"지금 당장 이 집을 빨리 따라서, 나를 따라오라고."

그래서 죽 가는데. 그 우등산이에요, 그 산이. 애기 업은 바위 있는 곳 이 우등산인데.

(조사자 : 우등산.)

예. 거기가 한 이백사십오 미터(meter) 되는, 해발?

(조사자 : 예.)

그 산 중턱쯤 더 올라가는데, 막 그냥 천둥 번개가 치면서 소나기가 퍼 붓는 거라구. 그래서 이 사람이

"아이구 장독 안 덮었는데."

하고 뒤를 돌아다보니까. 집이 온 데 간 데가 없고, 그냥 거기는 퍼런 물이 된 거야, 그냥 이게. 확 그냥 뒤집혀서.

(조사자 : 그게 방죽이다.)

예, 거기서 놀라 갖고, 그 사람이 그래서 거기서 인제 애기 업은 바위 가 됐다는 거야. 전설에는 그렇게 나온다구. 그래서, 그냥 거 인제 애기바 우(바위) 업은, 애기바우(바위)로 변해 있고. 거기는 인제 장자방죽으로 존 속이 돼 있는 거지.

# 자린고비의 유래

자료코드 : 09_05_FOT_20100202_LCS_GJS_0004
조사장소 : 충청북도 음성군 금왕읍 무극리 98-7번지 읍사무소 앞 주차장
조사일시 : 2010.2.2
조 사 자 : 이창식, 최명환, 장호순, 김영선
제 보 자 : 구자성, 남, 69세
구연상황 : 조사자가 애기 업은 바위 이야기 구연 후에 제보자 구자성에게 자린고비에
　　　　　 관련된 이야기를 들려주길 요청하자 구연해 주었다.
줄 거 리 : 음성 지역에 대단한 부호였던 조륵이라는 사람이 있었다. 사람들이 조륵을 어
　　　　　 질은 아비라는 의미로 '자인고(慈仁考)'라고 불렀다. 자인고는 호남 지역의 사
　　　　　 람들을 구휼해 주어서 생긴 호칭이다. 그런데 시간이 지나면서 '자린고비'라
　　　　　 는 말로 와전되었다고 한다. 그리고 자린고비가 장독에 앉았던 파리를 잡기
　　　　　 위해 백 리까지 쫓아갔다는 일화가 있다고 한다.

　자린고비는 뭐. 여기선 자린고비라 그러는데 거기 가서 얘기 들으면 자
인고여, 자인고.

　(조사자 : 자인고.)

　응, 어질은 그, 애비라는 얘기야. 어질은 애비(자인고비(慈仁考碑)의 의
미). 그래서 그분이 거, 아주 대단한 부호였었는데. [제보자가 잠깐 생각
하는 듯 하더니] 조륵인가, 그분이 조륵인가 그렇지?

　(조사자 : 예, 조륵.)

　확실한 건 내 몰라도 조륵으로 알고 있는데.

　(조사자 : 예, 조륵.)

　그 분이 그 저, 영남쪽에, 아 호남쪽에. 호남쪽에 그, 사람들을 상당히
구휼을 많이 했대요. 구휼을 많이 해서 그래서 인제 자인고래는(자인고라
는) 그 저게 있는데, 그게 그 자꾸 내려오면서 자린고비로다가 변형이 된
거루. 확실한 건 내 몰라도 그렇게 알고 있어요.

　(조사자 : 그래 가지고 뭐, 그 분이 일화가 있잖아요? 파리가 이렇게 앉
아 가지고 그걸 쫓아갔다는 얘기.)

그 얘긴 내가 어려서 한 번 들은 적이 있는데. [6초 정도 다른 이야기를 하는 상황이 생김] 그 분 얘긴지는 몰라도 어려서 들어보머는(들어보면) 뭐 거. 파리가, 저 우리가 이 시골에서 항상 이야기하는 그 쉬파리라고 그런다고. 쉬파리, 요만한 큰 거. 그게 초파리로다가 지금 되어 있는 거 같은데, 쉬파리라고 이만한 거 있어요. 그게 이 장독에 앉아서 그거 빨아먹으니까.

"아, 이놈 도둑놈 맞다고."

에? 가서 그릇을 갖고 뭐 칠십 리인가 백 리를 쫓아갔대요. 그 닦아 갖고 온다고. 그런 얘길 내 한 번 들은 적이 있어요. [제보자와 조사자의 웃음]


# 도깨비를 쫓아내고 부자 된 영감

자료코드 : 09_05_FOT_20100202_LCS_BMS_0018
조사장소 : 충청북도 음성군 금왕읍 유촌로 232번길 18 유촌리경로당
조사일시 : 2010.2.2
조 사 자 : 이창식, 최명환, 장호순, 김영선
제 보 자 : 박무성, 남, 73세
구연상황 : 조사자가 제보자 박무성에게 어렸을 때 들은 이야기를 요청하자, 박무성은 외할머니 장씨가 "세상에서 제일 무서운 이야기"라고 들려 주었다면서 구연해 주었다.
줄 거 리 : 옛날 깊은 산골에 마음씨 착한 영감이 살고 있었다. 어느 날 그 영감의 집에 허드레장승 같은 도깨비가 나타나 하룻밤만 재워 달라고 하였다. 영감은 무서워서 재워 주었는데 그다음 날도 또 재워달라고 하였다. 그렇게 한참을 지내다보니 도깨비와 영감은 친해졌다. 어느 날 영감이 나무를 팔러 시장에 갔는데, 영감의 친구들이 도깨비와 오래 친하면 영감도 도깨비가 된다고 하였다. 영감은 그날 저녁 자다가 도깨비에게 무엇을 무서워하느냐고 물었다. 도깨비는 산짐승의 피가 무섭다고 하였다. 도깨비도 영감에게 무엇이 무섭느냐 물었고, 영감은 돈이라고 대답했다. 다음날 영감이 산돼지 피를 온 집 안에 뿌렸

다. 그래서 도깨비는 영감의 집에 들어가지 못하였다. 화가 난 도깨비는 그날 저녁 영감의 집에, 영감이 무서워한다는 돈을 산더미처럼 뿌려놓았다. 그래서 영감은 그 돈을 가지고 서울에 가서 잘 살았다고 한다.

왜 할머니가 얘기를 하는데, 무서운 얘기를 해더라고(하더라고). 옛날 옛적에 아주 깊은 산골에, 아주 마음씨 착한 영감님이 살았대요. 근데 한 날은 이렇게, 인제 날 좋은 날은 나무를 해다 팔아서 생계를 하구. 날이 궂는 날은 짚시기 삼구 새끼 꽈서 인제 시장에 갖다 팔고 그랬는데. 날이 구중쭝하게 궂는 날, 난데없이 바깥에서 주인 양반을 불르더라는 겨. 그래 이렇게 내, 문을 열고 내다보니깐 키가 허드레 장승 같은 도깨비가 문을 불쑥 열구서 방안에 쑥 들어와서 하는 말이,

"하룻밤 자고 가자."

그래드래요. 그래 그, 영감님은 도깨비가 그 원래 큰데다 거창해서

"못 잔다."

그래면 해꼬지를 핼 거 같고 해서 두 말도 못 하고선 그냥 재워 줬대는 겨. 그래 이 도깨비는 아랫목에서 코를 드렁드렁 골면서 자구선 새벽에 첫닭이 우니까 문을 열고 나가더래. 그래 그 영감님은 무서워서 잠도 못 자고 윗목에 앉았다가 도깨비가 나간 뒤에 잤대는 겨. 근데 그 날만 자고 간 게 아니라 그 이튿날 또 쫓아와서 또

"자고 가자."

고 그러는데, 안 재워주면 해꼬지를 핼 꺼 같고 해서 매일 재워주다 보니깐 도깨비하고 친절하게 됐대는 겨. 그래 한날 그 영감이 인제 시장에를 여, 나무를 해 지고 팔러 내려가니까 친구들이 소문이 나 갖고,

"아 이 사람아, 자네 도깨비하고 오래 친하면 자네도 도깨비 되니까 그거 얼른 쫓던지 자네가 이살 가든지 해야지 큰일 난다."

고 그래드래는 겨. 그러니까 이 영감이 가만히 생각하니까 그것도 그럴 싸하거든. 그 영감이 하는 말이 이제 저녁엔 도깨비하고 인제 친절하게

되니까 자다가 얘기를 했디야.

"도깨비님, 도깨비님 세상에 제일 무서운 게 뭐요?"그래니깐.

"아, 나는 세상에 참 무서운 게 산짐승 그 붉은 피가 제일 무섭다."
고 그러드래는 겨. 그러면서 도깨비가 하는 얘기가, 영감님 보고

"영감님은 세상에서 뭐가 제일 무서워요?" 그래.

"나는 돈이 제일 무서워요."

"왜, 돈이 무서우냐?"고 그래니깐.

"돈이 있다 인해서 사람들 죽이기도 하고 살리기도 하니까 돈이 제일 무섭다."

고 그랬대는 겨. 근데 이 도깨비 쫓는 방법이 '피가 제일 무섭다.' 그래니까 그 이튿날 아침에 나무를 하러 가다 산돼지를 또 마침 잡았대네. 그래 그 피를 갖다가 인제 도깨비 오기 전에 집 안에다 온 집안에다 풍겨 놨디야. 아 도깨비가 오다 보니깐 엊저녁에 얘기한 대로다 그냥 산짐승 피를 전부 다 뿌려 놨더라잖아.

"아, 요런 괘씸한 놈의 영감."

"너는 피를 뿌려서 나를 못 오게 하니까, 너는 돈벼락을 맞춘다."

고. 은행에 가서 돈을 진짜 한 보따리 훔쳐다 그냥 마당에서부텀 온 집안에 죄 뿌려놨대는구랴. 아 자고, 이 영감이 일어나서 문을 열고 보니까. 그냥 돈 뭉티기(뭉치)가 마당에, 마루에 온 집 안에 산산 돈뭉께로(돈이 산처럼 쌓였다는 의미) 자루에 죄(모두) 줏어 담고(주워 담고). 그거 팔아, 그거 죄 줏어(주워) 담아 갖고 서울 가서 부자 돼서 잘 살았대요. [제보자 웃음]

# 도깨비에 홀린 할아버지

자료코드 : 09_05_FOT_20100202_LCS_BMS_0019
조사장소 : 충청북도 음성군 금왕읍 유촌로 232번길 18 유촌리경로당
조사일시 : 2010.2.2
조 사 자 : 이창식, 최명환, 장호순, 김영선
제 보 자 : 박무성, 남, 73세
구연상황 : 조사자가 도깨비와 관련된 이야기를 더 들려 달라고 하자, 제보자 박무성은
　　　　　 자신의 고종에게 들었던 이야기라고 하면서 구연해 주었다.
줄 거 리 : 마을에 머루재라는 곳이 있다. 어느 날 한 사람이 장에 갔다가 술에 취해 새
　　　　　 벽녘에 머루재를 넘었다. 그런데 어떤 놈이 자꾸 붙들고 씨름을 하자고 하였
　　　　　 다. 그래서 밤새도록 씨름을 하고 식전에 정신이 들었는데 씨름을 하자고 했
　　　　　 던 것은 사람이 아니라 밤나무였다고 한다.

　우리 저, 고종한테 들은 얘긴데, 옛날에. 그 양반 허풍을 엄청 떠셨는지
몰라도.

　(조사자 : 예.)

　우리 그 고종의 그 할아버지가 옛날에 장에 갔다 오는데. 장에 갔다
오는데, 옛날엔 전부 다 걸어 댕겼는데. 저, 이 저, 용계리로 해서. 여 저,
다부내 앞으로 해서 머루재 앞엘 왔는데. 새벽이라(새벽이었다). 술이 잔
뜩 취했는데, 우짠(어떤) 놈이 와서 자꾸 붙들고 씨름을 하자 그러드래는
겨. 그래 밤새도록 씨름하고 식전에 정신이 깨서 일어나 보니깐. 거기 옛
날에 그 우리 어렸을 제도 보, 봤는데. 그 밤나무가 많았어. 밤남굴(밤
나무를) 끌어안고 밤새도록 싸웠다잖어. 그런 얘긴 들어봤지. 도깨비한테
홀려 갖고.


# 부석사(浮石寺)의 유래

자료코드 : 09_05_FOT_20100202_LCS_BMS_0020

조사장소 : 충청북도 음성군 금왕읍 유촌로 232번길 18 유촌리경로당

조사일시 : 2010.2.2

조 사 자 : 이창식, 최명환, 장호순, 김영선

제 보 자 : 박무성, 남, 73세

구연상황 : 조사자가 음성지역과 관련된 김삿갓 이야기를 물었다. 그러자 제보자 박무성
은 충청북도에는 김삿갓이 지나간 곳이 제천의 의림지밖에 없다면서 김삿갓
이 제천을 지나 부석사로 갔다고 한다. 그리고 부석사의 유래에 대해서 구연
해 주었다.

줄 거 리 : 경북 영주에 부석사가 있다. 부석사가 생길 때 동네 사람들이 바위에 올라앉
아서 절을 못 짓도록 반대를 하였다. 그런데 의상대사가 도술로 주민들이 올
라앉은 바위를 뜨도록 하였다. 그러자 주민들이 무서워서 모두 쫓겨갔다고 한
다. 그래서 부석사를 부석사(浮石寺)라고 한다.

부석사가 그게 부석사라는 그 절 이름이 뜰 부(浮) 자(字) 돌 석(石) 자
(字)야 그게. 그게 그 의상대사가 절을 지을 때, 그 주민이 전다(전부) 거
가서 데모(demo)를 했어. 바우(바위)에 올라앉아서. 근데 그 의상대사의
그 저기, 이 술(도술)로다가 그 사람이 탄 돌이 떴단 말여(말이여). 그래
사람이 무서워서 전부 다 쫓겨냈다고 거기다 그 부석사(浮石寺) 진 거여.
그래서 뜰 부(浮) 자(字) 돌 석(石) 자(字) 해 갖고 절 사(寺) 자(字)라고 그
래서 부석사라고 이름이 붙은 거거든 그게.

# 금강산 대사와 내기에서 이긴 김삿갓

자료코드 : 09_05_FOT_20100202_LCS_BMS_0021

조사장소 : 충청북도 음성군 금왕읍 유촌로 232번길 18 유촌리경로당

조사일시 : 2010.2.2

조 사 자 : 이창식, 최명환, 장호순, 김영선

제 보 자 : 박무성, 남, 73세

구연상황 : 조사자가 김삿갓과 관련해서 들었던 이야기를 요청하자 제보자 박무성은 김
삿갓이 금강산대사와 내기를 하였다면서 구연해 주었다.

줄 거 리 : 김삿갓이 금강산대사와 내기를 하였다. 금강산대사가 "초승달이 반달이냐? 보
름달이 반달이냐?"라고 묻자 김삿갓은 "초승달도 반달이고, 보름달도 반달이
다."라고 대답하였다. 초승달은 모양이 반달이고, 보름달은 한 달의 반인 십오
일에 뜨기 때문에 반달이라고 하였다고 한다.

그게 우뚱게(어떻게) 해서 해석을 해느냐믄, 초생달(초승달)은 누구나
보믄 반달이라 그러거든. 근데 초생달(초승달)은 인제 그…… . 금강산 가
서 그, 김삿갓이 그 아이, 그…… . 선사 이름을 잊어버렸어. 그 선사가

"초생달(초승달)이 반달이냐? 보름달이냐? 반달이냐?"

이렇게 김삿갓한테 물었단 말이여. 근데 김삿갓이 답변이 우뚱게(어떻
게) 했느냐면,

"초생달(초승달)도 반달이다. 보름달도 반달이다."

초생달(초승달)은 초생달(초승달)이 하늘에 떠 있는 게 반달이고, 보름
달의 반달은 보름이믄(보름이면)은 삼십일 기준으로 해서 보름달 십오 일
에 제일 둥글거든.

(조사자 : 그렇죠.)

그러니까 한 달에 반이다, 이거여. 이해가 가요? 한 달에 반이다 이거
여, 보름이믄(보름이면)은. 그 초승달(초승달) 있어도 반달이 맞는 거고,
보름달에 반달은 한 달의 반이다 이거여. 그러니까 그렇게 김삿갓이 그
능통하게 답변을 한 거여.

(조사자 : 스님하고 무슨 내기를 했었나요?)

그렇지. 저기 그, 그 절에 가서 한다는('날고 긴다'의 의미)은 저 그,
전국의 시인들이 그 절에 가믄 금강산에 들어갈라믄 그…… . 모르지 그
어떤…… . 그 인제 김삿갓이 그 얘기를 듣고 그 절에 간 거여. 가서 인자
시 짓기 내기를 했는데 종당에는 그 저기, 그 대사가 졌어. 대사가 먼저
포기를 한 거니깐. 먼저 포기를 했으니까 진 거란 말이여.

# 창(槍)구멍과 창(窓)구멍을 해석한 김삿갓의 기지

자료코드 : 09_05_FOT_20100202_LCS_BMS_0022
조사장소 : 충청북도 음성군 금왕읍 유촌로 232번길 18 유촌리경로당
조사일시 : 2010.2.2
조 사 자 : 이창식, 최명환, 장호순, 김영선
제 보 자 : 박무성, 남, 73세

구연상황 : 금강산대사와 내기에서 이긴 김삿갓 이야기에 이어서 조사자가 김삿갓과
　　　　　 관련된 다른 이야기가 있느냐고 물었다. 그러자 제보자 박무성이 구연해 주
　　　　　 었다.

줄 거 리 : 창(槍)으로 창(窓)을 뚫었는데 그 구멍이 누구의 구멍이냐는 질문에 김삿갓은
　　　　　 창으로 뚫었기 때문에 창(槍)구멍이기도 하고, 창에 구멍이 났기 때문에 창
　　　　　 (窓)구멍이기도 하다고 하였다.


　그래고 인제 또 그런 문자(문제)가 있어. 거기서. 창이 창을 쐈는데 구
멍이 났다 이거여. 그게 창구멍이냐? 창구멍이냐? 그게 어떤 게 맞는 겨?

　(조사자 : 창이 창을 쐈 가지고 구멍이 났는데…….)

　응, 이게 구멍이 뚫렸다(뚫었다) 이거야. 그러니까 창구멍이잖아.

　(조사자 : 예.)

　문 창구멍이냐? 창이 들어가서 뚫버진(뚫어진) 구멍이냐? 창이 창을 쐈
는데 창구멍이냐? 창구멍이냐? 어떤 게 맞는 겨?

　(조사자 : 그것도 둘 다 맞겠는데요. 둘 다 맞을 것 같은데요, 그것도.)

　둘 다 맞는데 해석을 잘해야 돼요. 맞추는 거야 뭐, 하나 아니면 둘, 뭐
다 누구던지 맞추지 뭐.

　(조사자 : 그건 또 김삿갓이 어떻게 해석합니까?)

　네?

　(조사자 : 김삿갓이 어떻게 해석했어요?)

　그러니까 창한테, 저기 이, 문살 창한테 물으믄(물으면)은 창구멍이라
그러고. 쏜 창한테 물으믄(물으면) 자기가 쐈서 뚫브니까(뚫으니까) 자기

창구멍이라 그러니까. 어쨌든 창구멍은 다 맞는 겨. 그런데 그게 답변에 해답을 잘해야 그게 정확한 거지.

(조사자 : 김삿갓은 어떻게 대답을 했나요?)

예?

(조사자 : 김삿갓은?)

인제, 인저 그 창한테 물으면, 인제 내가 얘기한 얘기가.

(조사자 : 예.)

창이 쏴갖고 창에 구멍이 뚫폈는데(뚫었는데). 창한테 물으면 창이 쏴서 자기가 구멍을 뚤버(뚫어) 놓으니까 창구멍이라 맞는 거고. 문 사람, 이 창문한테 물어봤을 때는 뚤버(뚫어)졌으니 자기 구멍이란 말이야. 그러니까 자기 구멍이 창구멍이 맞는 거구.


# 어느 선비에게 놀림당한 김삿갓

자료코드 : 09_05_FOT_20100202_LCS_BMS_0023
조사장소 : 충청북도 음성군 금왕읍 유촌로 232번길 18 유촌리경로당
조사일시 : 2010.2.2
조 사 자 : 이창식, 최명환, 장호순, 김영선
제 보 자 : 박무성, 남, 73세
구연상황 : 앞에서 들려준 김삿갓 이야기에 이어서 조사자가 김삿갓과 관련한 다른 이야기를 요청하자 제보자 박무성이 구연해 주었다.
줄 거 리 : 김삿갓이 강원도 땅에 들어섰을 때, 지나가던 말 탄 선비에게 "말(言) 좀 물읍시다."라고 하니 선비가 왜 자신의 말(馬)을 물려고 하느냐고 대답했다. 또 김삿갓이 주가(酒家)가 어디인지 물어보자 선비는 "주가는 없어도 김가(金家)네는 많다."라고 대답했다. 또 김삿갓이 "술 먹는 주가"라고 정정해서 물어보자, 그 선비는 '그 주가는 김삿갓의 입'이 아니냐고 반문했다고 한다.

미담 얘기나 하나 하게. 그 김삿갓이 그 전국에 그 원래 김삿갓이 함경

도 어디 출신이었는데. 거기서 전국 유람을 했을 제, 강원도 땅에 접어들어서. 그 지금도 거기 가면 그 저기가 있는데, 거. 산돌바우라고. 그 바위 밑엘 이렇게 지나가는데. 옛날엔 지금 마냥 교통이 좋지 않아(교통이 나쁘다의 의미). 뭐 차나 이런 건 타는 게 없고. 상근 보행, 걸어들 내려왔다고. 그 이렇게 내려오는 도중에 어느 선비가 말을 타고 이래 쓱 지나가더라 이거여. 그래 김삿갓 하는 말이,

"에, 선비양반 말 좀 물읍시다."

이러니까는. 그 선비가 하는 말이,

"에, 내가, 내 말이 뭘 잘못했다고 말을 묻느냐."고.

"말을 무느냐."고 이래니까는.

"아이, 그게 아니라 여기 주가(酒家)가 어느 쯤 있느냐."니깐.

"주가(周家)는 없어도 김가(金家)네는 많이 산다."

고 그랜대는(그런다는) 겨.

"아 그게 아니라 저 술 파는 주가."라고 그래니깐(그러니깐).

"술 먹는 주가."라니깐.

"아 술 먹는 건 당신 그 입, 저기 입이 저, 주가지."

"어디가 주가냐."

고 물으면……. [웃음] 그래 되받, 받아 치더라는 기야. 그런 얘기도 있구.


## 처녀 뱃사공에게 놀림당한 김삿갓

자료코드 : 09_05_FOT_20100202_LCS_BMS_0024
조사장소 : 충청북도 음성군 금왕읍 유촌로 232번길 18 유촌리경로당
조사일시 : 2010.2.2
조 사 자 : 이창식, 최명환, 장호순, 김영선

제 보 자 : 박무성, 남, 73세

구연상황 : 앞에서 구연한 김삿갓 관련 이야기에 이어서 조사자가 김삿갓 이야기를 더 들려 달라고 하자 제보자 박무성이 구연해 주었다.

줄 거 리 : 김삿갓이 처녀 뱃사공이 모는 배(船)에서 내릴 적에 처녀 뱃사공에게 농으로 "내가 당신의 배를 탔기 때문에 당신은 내 아내다."라고 하였다. 그러자 처녀 뱃사공은 "당신은 내 배에서 나갔으니까 내 자식이다."라고 받아쳤다고 한다.

　　뱃사공 얘기. 그 처녀 뱃사공은 뭐 배 타고 나가면서 그, 망신당한 얘기도 있고. 뭐, 많지 뭐. 전국에 댕기면서(다니면서) 시인이로(시인으로)다가 일평생을 지낸 사람이니깐.

　　(조사자 : 어떻게 망신당했대요, 김삿갓이 뱃사공한테?)

　　그 배를 타고서는 나가면서 처녀 뱃사공보고 하는 얘기가

　　"당신 배(腹을 의미)를 탔으니 당신은 나의 아내요."

　　이랬단 말이여. 그러니까 처녀 뱃사공이 뭐라 그랬냐면은

　　"당신은 내 배(腹을 의미) 속에서 나왔으니까(나갔으니) 내 자식."

　　이라 그랬단 말이야. 그 기는 놈 위에 나는 놈 있다고. 그러니까 처녀 뱃사공은 무시하고. 자기(김삿갓)는 자기, 그 배(腹을 의미)를 탔으니까.

　　"당신의 딸, 당신은 나의 아내요."이래니깐.

　　"내 배(腹을 의미) 속에서 나갔으니까 너는 내 자식이다."

　　이라고 이랬단 말이여. 그러니까 이게 아주 개망신 당했다구.

　　(조사자 : 아 배려서 내려서 갈 때?)

　　응 나갈 때.

# 자린고비의 유래

자료코드 : 09_05_FOT_20100202_LCS_YDH_0002

조사장소 : 충청북도 음성군 금왕읍 무극1리 회관 경로당

조사일시 : 2010.2.2

조 사 자 : 이창식, 최명환, 장호순, 김영선
제 보 자 : 유동형, 남, 66세
구연상황 : 음성군 금왕읍 무극1리 경로당 앞에서 제보자 유동형을 만났다. 조사자들의
　　　　　요청에 유동형은 잠시 시간을 내어 경로당 안에 들어갔다. 자린고비에 얽힌
　　　　　이야기를 아느냐고 묻자 구연해 주었다.
줄 거 리 : 음성군에 자린고비가 살고 있었다. 자린고비는 하도 짜서, 자신의 집 장독에
　　　　　앉았던 파리를 쫓아 충주까지 잡으러 갔었다고 한다. 또한 밥 한술 먹고 매달
　　　　　아 놓은 조기를 쳐다보았다고 한다.

제보자 유동형의 구연상황


있어, 자인고비(자린고비).

(조사자 : 거, 자린고비 이야기 한번 해 보셔요.)

자, 그러니까 하도 짜니까 자린고비지. 뭐, 거 저기, 파리가 장독에 앉
았다, 장독에 앉았다 가면 저기, 장이, 파리에 장이 묻잖아. 그거 파리 잡
으러 충주까지 쫓아갔었대요, 그러니까.

(조사자 : 충주 어디까지요?)

충주까지. [제보자 웃음]

(조사자 : 그 잡았대요, 그래?)

어, 좀 그르, 이 동네서 그렇게 알고 있든 거지, 그냥. 그 을마나(얼마

나) 자린고비면 그럼 그 파리를 그 작은 걸 쫓아서 그, 거까지 쫓아가.

(조사자 : 그, 그래 그분이 부자 됐답니까?)

부자 안 됐어요. 그, 그러니까 그, 지독하게 살기만 했지. 그 후손들은 그 유촌리 지금 살고 있다든데.

(조사자 : 근데 왜 자린고비라 그래요?)

하도 자린고비지. 저기, 조기 한 마리 사다 매달아 놓고, 밥 한 숟갈 그 쳐다보고, 쳐다보고 하고. 돈을 안 쓰니까 자린고비지. 뭐 아주 그냥.


# 군량골과 말무덤의 유래

자료코드 : 09_05_FOT_20100202_LCS_IJB_0039
조사장소 : 충청북도 음성군 금왕읍 진재길32 장현노인정
조사일시 : 2010.2.2
조 사 자 : 이창식, 최명환, 장호순, 김영선
제 보 자 : 이종벽, 남, 74세
구연상황 : 조사자가 마을에 큰 무덤 같은 것이 있는지 물어보자 제보자 이종벽이 말무
　　　　　덤이 있다면서 구연해 주었다.
줄 거 리 : 금왕읍 도청리 부근의 동탁골에 말무덤이 있다. 또 그 부근에 군량골이 있었
　　　　　는데 군량미를 쌓아 두었다고 해서 생긴 지명이다. 그 군량골 옆에 군량미를
　　　　　실어 나르던 말이 죽어서 묻은 곳이 있는데 그곳을 말무덤이라고 한다.

(조사자 : 그, 이 마을에요. 옛날부터 이렇게 큰 무덤 같은 건 없었습니까, 큰 무덤?)

무덤?

(보조 제보자 : 아이, 동탁골에 말무덤 있었잖아, 말무덤.)

(조사자 : 말무덤이요?)

(보조 제보자 : 말을 묻은 건가 본데요.)

(조사자 : 예, 거 뭐, 애기장수 그런 이야기 없습니까, 거기에)

(보조 제보자 : 글쎄 그건 모르겠는데요.)

근데 왜 말무덤이 있었는고 하니.

(보조 제보자 : 그냥 이름은 말무덤이라 그랬지.)

말무덤 옆에 군량골이라고 있었거든.

(조사자 : 군량골이요?)

군량골. 지금도 있어요, 군량골이. 뭐냐면 예, 군량미를 쌓았다니까. 말로 실어 나르다가 죽었으니까 갖다 묻었다. 그런 거로 우리는 알고 있지. (보조 제보자 : 글쎄 말무덤이라 그랬어.)

다른 큰 저기는…….


# 중이 고기를 먹어 망한 절이 있던 꽃넘이고개

자료코드 : 09_05_FOT_20100216_LCS_IJB_0023
조사장소 : 충청북도 음성군 금왕읍 백야리 백야로 489-1 백야리경로당
조사일시 : 2010.2.16
조 사 자 : 이창식, 최명환, 장호순, 김영선
제 보 자 : 이주복, 남, 67세
구연상황 : 조사자들이 찾은 금왕읍 백야리 웃배태 마을은 음력 정월 초사흗날에 산신제를 지낸다. 예전 산신제에서는 이삼 년 묵은 소머리를 올렸는데 보지기─또는 버지기─라고 했다. 마을 이장인 최익권과 연락한 후 산신제를 참관하기 위해 마을을 찾았다. 마을 사람들과 얘기하던 중 마을에서 전해오는 이야기를 요청하자 제보자 이주복이 구연해 주었다.
줄 거 리 : 백야리 웃배태 마을에서 봉곡으로 넘어가는 고개를 꽃넘이고개라고 한다. 예전에 그 고개에 절이 있었는데 중이 고기를 먹었기 때문에 빈대가 생겨서 망했다고 한다.

(조사자 : 아, 저쪽 용계리 넘어가는 쪽인가요. 그러면은?)

(보조 제보자 : 봉곡.)

(조사자 : 봉곡 넘어가는 길?)

꽃동네 넘어가는 길.

(조사자 : 아, 꽃동네 넘어가는 길.)

(보조 제보자 : 봉곡.)

(조사자 : 왜 꽃넘이고개라 그러나요, 여기는?)

거기, 빈대가 생겨 가지구서 망했다는 거 아니여? 중이 고기를 먹어 가

지고. [제보자 웃음]

백야리경로당 구연상황

## 정상에 묘를 쓰지 못하는 고무래봉

자료코드 : 09_05_FOT_20100216_LCS_IJB_0025

조사장소 : 충청북도 음성군 금왕읍 백야리 백야로 489-1 백야리경로당

조사일시 : 2010.2.16

조 사 자 : 이창식, 최명환, 장호순, 김영선

제 보 자 : 이주복, 남, 67세

구연상황 : 마을에 풍수터가 있다면서 제보자 이주복이 구연해 주었다.

줄 거 리 : 금왕읍 백야리 고무래봉 정상에는 묘지를 쓰지 않는다. 옛날에 마을 사람이 고
무래봉에 묘를 쓰려고 가는데 천둥과 번개와 소나기가 내려서 묘지를 쓰지 못
했다. 나중에 한 사람이 고무래봉을 파니 그 자리에서 학이 날아갔다고 한다.

아, 여기 고무래봉에 그 저, 저. 저기 저, 주봉이 증조할아버지, 증조할머니. 그래 거 쓸려고 묘지 파는데, 동네 사람들이 말린 거 아니여. 동네 사람들 중, 거, 앞으로 와 가지고. 내가 거기 몇 번 올라가 봤는데, 거기 판 자국 있어. 그래, 그, 그 지관이 올라가다가 무슨 이상이 있다 그래 가지고 ……. 올라가는데 천둥번개가 막 치고 그냥 한 사람도 못 올라겠다는 거 아니여. 그래 이, 갈매봉 있잖아 갈매봉.

(보조 제보자 : 응.)

거기다 썼는데, 거기도 가 가주구 보면 묘자리 괜찮아. 거기도 가 보면. 인지 글리 올라가다가 막 천둥번개가 쳐 가지구 못 올라가겠다는 거 아냐. 행상 든 사람이. 소낙비가 ……. 그래 인제 글로 갔다 썼다는 이가, 파다 보니까 학이 거기, 학이 날라갔다는 거 아니야, 학이. 그 고무래봉 요 앞. 인제 그 후에 변지관이 와서 내가 델고 가 봤거든. 그 우에 올라갔는데 그, 묘 크게 써 있는 거 많아. 근데 있을 때 쓸 때는 아주 쌀가마 좀 내겠다 그러더라구. 변지관이 나더러. 인제 거기에는, 고무래봉이라는 거에는 얘기를, 그 지관들한테 얘기를 들으면 봉우리에 쓰면 안 된디야. 이 고무래 보면 이게 나락을 뭐 이렇게 베(벼)를 이렇게, 뭐 멍석을 이렇게 짓고 해잖아. 고무래를 긁으면 양쪽 가생이에는 쪼이는 데가 골짜기가 되는 거지, 베도록 없다는 거여. 그 지관들한테 물어보면. 내 여기 지관들 오는 사람들마다 안지관 데리고도 올라가 보고.

(보조 제보자 : 좀 뭐가 이, 들, 뭐, 저기한 사람들은 고무래봉에 그 자리 하나, 명당자리가 있다는 기억 나.)

근데 올라갔는데 거기 없구, 양쪽 처지게 있다는 겨, 양쪽. 이, 저, 이 고무래가 긁잖어. 그럼 쌀이 양쪽에 몰리지, 고무래는 요, 위에는 없다는 겨. 쓰질 못한다는 겨, 거기다가. 가면 판 자국 있어. 그래 그, 생길이 증, 생길이 증조할머니. 그이도 거기 쓸라고 잡았다가 못 쓴 거 아녀. 거기 쓰면 뭐 중, 중하손이 뭐 해를 입는다 그래 가지고 못 쓴 거 아녀. 그래 그,

속리산 저기 저 올라가는 길, 거기 썼다가 일루 여기 중간에 다 모셔온 거 아니야, 전부, 이리로. 이 그, 거기 가 보면 판 자국 있다고.

(조사자 : 그걸 고무래봉이라고 그러신다구요?)

예, 고무래봉.


# 조륵이 자인고(慈仁考)가 된 유래

자료코드 : 09_05_FOT_20100202_LCS_JSJ_0007
조사장소 : 충청북도 음성군 금왕읍 유삼길 49번길 11
조사일시 : 2010.2.2
조 사 자 : 이창식, 최명환, 장호순, 김영선
제 보 자 : 조성주, 남, 70세
구연상황 : 조사자가 제보자 조성주의 선조인 조륵에 얽힌 이야기를 해 달라고 요청하자 구연해 주었다.
줄 거 리 : 자린고비라고 와전(訛傳)되어 불리는 조륵은 원래 자인고비(慈仁考碑)이다. 숙종 무렵 영호남에 기근이 들었을 때, 그 지역의 많은 사람을 구휼해 주었기 때문에 영호남 지역 사람들이 어진 아비라는 의미로 자인고(慈仁考)라 칭하였다. 자린고비는 이 말에서 유래되었다고 한다.

그라고 지금 같으면은 뭐라 그러나? 연금 상태 비슷한 거 있잖아요. 옛날에 왜 국가가 재정이 어렵다든지 그라면은 있는 사람을 갖다가 강제로 뺐었는진 모르겄어요. 그러나 그렇게 그, 재력이 대단하신 분이라는 거로 다가(생각할 수 있음의 의미)……. 자꾸 쌓구, 쌓구, 쌓구 사니까. 인제 이게(재물이) 인제 이렇게 쌓였는데, 예? 그래서 뭐, 뭐, 영호남 지방에다가 그렇게 뭐야. 뭐, 뭐라. 쌀이라나. 그걸 많이 대 줘 가지고, 먹고 살도록 했으니 이게. 그 양반네들이 그래서 자인(慈仁). 거기서 나온 게 인제 자인고. 돌아가신 그(조륵이 죽은 뒤에 자인고비(慈仁考碑)라고 불렀다는 의미). 아버지 가 자(字)야(고(考)를 말하려는 의도였음). 아버지 고(考)거든

이게. 고(考), 비(碑). 이, 어머니, 어버이라고 이렇게 일컬어져서 자인고비
(慈仁考碑)가 된 거지.

(조사자 : 그 자인은 무슨 말이죠?)

어진(어질다) 자(慈) 자(字).

(조사자 : 어진 자 자에다가?)

사랑 자(慈) 자(字), 어질 인(仁) 자(字).

(조사자 : 예.)

그러니까 부모가 자식을 갖다가 나무랄 땐 나물하더라도(나무라더라도)
가진 거 다 내놓고 가셨잖아요(가셨잖아요). 그래서 [자식한테 하듯이]. 그
분네들이 자인(慈仁)이래는 걸 고(考), 고(考)라고 해서 거기를 해 준거지.
우리가 자인고(慈仁考碑)래는 건 없었어요, 우리도.

(조사자 : 아 그러시구나.)

예, 예, 고맙고.

자린고비 조록선생 유래비

# 자인고 조륵에 얽힌 유래

자료코드 : 09_05_FOT_20100202_LCS_JSJ_0011
조사장소 : 충청북도 음성군 금왕읍 유삼길 49번길 11
조사일시 : 2010.2.2
조 사 자 : 이창식, 최명환, 장호순, 김영선
제 보 자 : 조성주, 남, 70세

구연상황 : 앞의 이야기에 이어서 제보자 조성주의 10대조 할아버지인 조륵과 관련해 집안이나 마을에서 전해져 내려오는 이야기를 요청하자 구연해 주었다.
줄 거 리 : 조륵은 조유중의 넷째 아들로 음성군 삼봉리 증산마을에서 태어났다. 열심히 일하고 근검절약하여 수만 석 재산을 일구었는데, 숙종 무렵 영호남에 기근 이 들었을 때 구휼을 하기도 하였다. 그 때 영호남 사람들이 자인고(慈仁考) 라고 불렀다고 한다. 후에 자인고 조륵의 이야기가 자린고비 또는 수전노로 와전되어 전해진다. 먼저 자린고비가 지방 쓰는 것이 아까워 지방에다 들기 름을 발라 매년 사용하였다고 한다. 또 자린고비의 집 장독에 앉은 파리를 쫓아 충주시 목고개까지 갔다는 이야기도 전한다. 그리고 집에서 부리는 일 꾼이 세경을 달라고 해도 몇 년 동안 주지를 않고 있다가 나중에 땅을 사서 주었다고 한다.

저는 저, 조륵 십대조 할아버지의 십대 후손이 됩니다. 저는.

(조사자 : 예.)

후손이 되는데. 여기, 조륵 할아버지께서는 참봉공을 지내신 유중할아 버지의 넷째 아드님으로 태어나셨습니다. 그 당시 태어난 자리는, 삼봉리 증산마을에서 태어나셔서.

(조사자 : 예.)

네, 열심히 당신 소심서 열심히 부리셔가지고(불리다의 의미) 뭐 수만 석을 하셨다. 그래고 알고 있습니다. 뭐 참깨로 천석을 했다 그래니까. 사 실 여부는 제가 확인할 도리는 없는 거지만 그렇게 열심히 사신 분으로 알고 있어요. 그래서 그렇게 많은 재산을 모을 수 있었다는 얘기는 근검 절약이 우선일 거고. 열심히, 자나 깨나 열심히 사셨던 거로……. 혹자는 뭐 수전노다. 에, 상대 못 할 사람이다. 이렇게 얘기가 되고 있지만…….

네, 숙종조에 전국에서 기근이 들었을 때, 많은 백성이 굶어 죽는 이런 현상이 벌어졌을 때, 영호남에다가 수만 석을 보내시어서 그 기근을 해결하셨다고 그렇게 알고 있습니다. 그리고 그 기록상에는 우리가 가지고 있지 않지만 에, 륵자 할아버지를 자인고(慈仁考). 그러니까 사랑 자(慈) 자(字) 어질 인(仁) 자(字), 돌아가신 선고장이라고 해서 자인고(慈仁考)라고. 그, 그 분네들이 일컬어서, 우리 저기는 자인고(慈仁考)로 알고 있습니다.

(조사자 : 아, 집안에서는 자인고(慈仁考)라고 알고 계시고.)

예.

(조사자 : 민간에서는 이제 그게…….)

예, 예, 예, 예. 어버이라 그래서 아버지 어머니. 훌륭하신 그 아버지 어머니래서 자인고비(의미상 '婢'라 써야 되지만 대게의 비문에 '碑'를 사용함)라고. 예, 그렇게 전해 내려오고 있습니다. 그런데 오는(원래) 그 양반은 자인고(慈仁考)지요. 어진 아버지지, 어머니는 아니거든.

(조사자 : 예.)

네, 그래서 자인(慈仁).

(조사자 : 집안에서는 그렇고.)

네.

(조사자 : 그 마을 사람들이, 일반 사람들이 인제 조기하고 파리 이야기, 고 얘기를 다시)

그런데.

(조사자 : 들은대로만 하세요.)

어느 혹자는 뭐 지방에다가, 지방. 제사 지낼 때 쓰는 그 지방에다가 들기름 칠을 해서 올해 쓰고 내년에 쓰고, 후년에 썼다고 그래는데 그건 사실이 아니지요. 옛날에는 중댁에, 큰댁에가(큰댁이) 있고 사형제 중에 막내 집인데 지방을 썼겠습니까? 그, 그렇게 보시면 되고. 또 된장에 파리가 앉아서 파리 발에 된장이 있어서. 네, 생극면 목고개라는 자리꺼지, 그

조륵 생가터

할아버지가 쫓아갔다는 데도 그것도 와전된 얘기겠지요. 아끼고 모든 저기가 그 소중히 여기겠다는 거, 저 그렇게 저는 보여지고 있습니다.

(조사자 : 근데 왜 마을 주민들에는 수전노 같은 이미지로, 그렇게 와전이 되었을까요?)

아니 그런데 그것도 열심히 '재산을 모을 때 써서는 안 된다.' 이제 이런 저기로 해서 쌓고 쌓고 인제 쌓으셔서. 그 어려운 그 저, 기근이 일어났을 때, 숙종 때 기근이 일어났을 때, 영호남에 그 많은, 수만 석을 보냈다는 게. 그 사실은 수만 석이라면 지금 확증이 들 순 없지만 많은 도움을 주셨다고 그렇게 생각이 됩니다.

(조사자 : 그런데, 그.)

또 그 한 예로, 어, 그래 인제 일꾼을 데리고 일, 농사일을 하다 보니까. 그 당시엔 뭐 투전판도 있을 거고, 모든 그 잡기들이 성행하는 ……. 그런데 일꾼이 자꾸 세경을 달라 그래서. 세경이라고 그러지, 우리 충북 얘기론, 응. 노임을 달라고 그러면 바로 바로 안 주셨답니다.

"더 있어라, 더 있어라, 더 있어라."

그래서. 몇 해 동안을 더 떠(떼어) 먹을 줄로만 그 사람은 알고 있었는데.

"너도 나이가 찼으니까 장가들어서 새살림을 차려야 되지 않느냐."

그라시면서

"어디 어디 땅을 요만치 사 났으니까."

그 땅문서를 주면서

"가서 너가 농사짓고서 아들딸 잘 낳고 잘 살아라."

이래셨다고 그래요. 그 사람이 인저 어, 감동을 했달까? 뭐, 탄복을 한 거죠. 아 그래서 이 양반이 내 돈 다 떠어먹는 줄 알았더니. 에, 일만 시키고 골병들이는 줄 알았더니 그렇게 그 좋은 일을 해 주셨다고.

(조사자 : 아.)

네, 내가 고런 정도로 알고 있고.

# 지신 밟는 소리

자료코드 : 09_05_FOS_20100202_LCS_NHW_0024
조사장소 : 충청북도 음성군 금왕읍 진재길 32 장현노인정
조사일시 : 2010.2.2
조 사 자 : 이창식, 최명환, 장호순, 김영선
제 보 자 : 남해원, 남, 87세
구연상황 : 조사자들은 음성군거북놀이보존회 회장 서현택의 소개로 금왕읍 도청리 장현 경로당을 찾았다. 제보자 남해원은 음성군 지역에서 유명한 상쇠였다고 한다. 조사자들이 지신 밟으면서 불렀던 소리를 요청하자 구연해 주었다.

(제보자는 지신 밟는 소리라면서 천수경을 하였음)

　　　나모라 다나다라 야야

　　　나막알약 바로기제 새파라야(새바라야) 모지 사다바야 마하 사다

　　　바야 마하가로 니가야

　　　옴살바 바예수 다라나 가라야 다사명

　　　나막 가리다바

　　　이맘알야 바로개제(바로기제) 새바라 다바

　　　니라간타 나막 하리나야 마발타(마발다) 이사미

　　　살발타 사다남 수반아예염 살바 보다남 바바마라 미수다감

　　　다나따(다냐타) 옴 아로계 아로가

거 한참 외야 돼요.

진재마을 경로당 구연상황

# 논 매는 소리

자료코드 : 09_05_FOS_20100202_LCS_NHW_0027
조사장소 : 충청북도 음성군 금왕읍 진재길32 장현노인정
조사일시 : 2010.2.2
조 사 자 : 이창식, 최명환, 장호순, 김영선
제 보 자 : 남해원, 남, 87세
구연상황 : 지신 밟으면서 부르는 소리에 이어 조사자들이 논을 매면서 불렀던 소리를
           요청하였다. 제보자 남해원이 소리를 구연하고 청중들이 후렴을 받아 주었다.

[청중들이 후창을 받음]

만고강산 유람할적에 삼신산이나 어드멘가

얼럴럴 상사데야

일봉래 이방장과 삼영주이 이아닐까

얼럴럴 상사데야

죽장짚고 풍월을실어 봉래산 구경갈제

얼럴럴 상사데야

청포야 동경호는 명월을 구경하고

얼럴럴 상사데야

청간정 낙산사와 총석정을 구경하고

얼럴럴 상사데야

단발령 얼른넘어 이천봉 만학아

얼럴럴 상사데야

하늘 우로(위로) 솟아 있고

얼럴럴 상사데야

백설폭포 급한물은 은하술(은하수를) 기울인듯

얼럴럴 상사데야

만고강산 이고거즐(곳을) 당도하니

얼럴럴 상사데야

길일이나 새로워라 일(옛)일이나 그리워라

얼럴럴 상사데야

어화세상 벗님네야 상전벽해 웃지마오

얼럴럴 상사데야

우리어제 청춘일러니 오나가래(오늘날에) 백발일세

얼럴럴 상사데야

상천벽해 유수갱벤(강변) 내게당할길 어이아나

얼럴럴 상사데야

한톨(한틀) 종자 싹이 나서

얼럴럴 상사데야

만곡에 열매 맺는

얼럴럴 상사데야

신기로운 이 농사들

얼럴럴 상사데야

논과 밭을 힘써보세

얼럴럴 상사데야

어화세상 벗님네야가

얼럴럴 상사데야

아이구 틀렸네. 거기 빼 먹었어. [창자들의 박수로 맺음]

# 초벌 논 매는 소리

자료코드 : 09_05_FOS_20100202_LCS_NHW_0028
조사장소 : 충청북도 음성군 금왕읍 진재길32 장현노인정
조사일시 : 2010.2.2
조 사 자 : 이창식, 최명환, 장호순, 김영선
제 보 자 : 남해원, 남, 87세
구연상황 : 논 매는 소리 구연이 끝나고 조사자가 초벌 맬 때 불렀던 소리를 요청하였
다. 제보자 남해원이 선소리를 구연해 주었고 청중들이 후렴을 받아 주었다.

인자 그렇게 되면 말야. 에이, 해 봐. [청중들이 후렴을 받음]

얼럴럴 상사데야

한송정 솔을비여(베어)

얼럴럴 상사데야

조그맣게 배를모아

얼럴럴 상사데야

한강에 띄워놓고

얼럴럴 상사데야

술이면은 안주실어

얼럴럴 상사데야

소리명창을 부르면서

얼럴럴 상사데야

풍류랑 호걸남자

얼럴럴 상사데야

한배에 매실실고(싣고)

얼럴럴 상사데야

동자야 배띄워라

얼럴럴 상사데야

술덩술덩 배띄워라

얼럴럴 상사데야

강릉의 경포대로

얼럴럴 상사데야

["음, 아 또 맥히네."라면서 제보자가 멈추자 청중들이 논 매기 다 끝나면 마무리 하는 소리를 함]

이히 이후후…….

(보조 제보자 : 아 맥히면 이렇게 하시는 거에요?)

(조사자 : 아니 다 끝날 때, 끝날 적에 마무리 할 때.)

이게 이제 끝날 적엔.

이히 이후후후 이후후 이후후후

이라지. [제보자의 웃음]

# 운상 하는 소리(1)

자료코드 : 09_05_FOS_20100202_LCS_NHW_0031
조사장소 : 충청북도 음성군 금왕읍 진재길32 장현노인정
조사일시 : 2010.2.2
조 사 자 : 이창식, 최명환, 장호순, 김영선
제 보 자 : 남해원, 남, 87세
구연상황 : 조사자들이 제보자 남해원에게 운상 하는 소리에 관해서 물어보자 제보자 남해원은 요령잡이를 해 보았다면서 구연해 주었다.

[주 제보자인 남해원이 상여 소리를 한다면서 보조 제보자인 이종벽에게 뒷소리를 하라고 함] 자네가 저기 해여. 내가……

(보조 제보자 : 어헝 어헝(어헝 어헝은 빨리 가는 상여 소리)

(보조 제보자 : 아니 천천히 가는 거요.)

어 천천히 가는 거. [천천히 가는 상여 소리를 요청하자 주 제보자인 남해원이 청중들에게 받는 소리를 알려줌]

어허 어하 에헤이 어하
어허 어하 에헤이 어하
어허 어하

(보조 제보자 : 여기, 여기만 해야지.)

어?

(보조 제보자 : 내가 메기게 되잖아.) [전체 청중들 웃음] 메겨.

(보조 제보자 : 아녀, 아니에요.)

응?

(보조 제보자 : 아니, 아니에요.)

(조사자 : 우리 어르신 메기시라 이거죠.)

(보조 제보자 : 후렴구 먼저 하신 다음 하시죠.)

어허

(청중 : 해요, 예.)

어허 어하 에헤이 어하

명사십리 해당화야가 꽃이진다 설워마라

어허 어하 에헤이 어하

명년삼월 봄이오면 너는다시 피련마는

어허 어하 에헤이 어하

우리인생 이제가며건(가면) 어느때나 다시오나

어허 어하 에헤이 어하

한인생 죄

아, 이거 자꿈(자꾸)…….


# 운상 하는 소리(2)

자료코드 : 09_05_FOS_20100202_LCS_NHW_0032
조사장소 : 충청북도 음성군 금왕읍 진재길32 장현노인정
조사일시 : 2010.2.2
조 사 자 : 이창식, 최명환, 장호순, 김영선
제 보 자 : 남해원, 남, 87세
구연상황 : 조사자가 앞의 운상 하는 소리에 이어서 조금 빨리 갈 때 부르는 소리를 요
청하자 제보자 남해원이 구연해 주었다.

어헝 어헝

세월네월아 가지마라

어헝 어헝

꽃삔(꽃 핀)홍안이 공로로다

어형 어형

세월아 가지마라

어형 어형

아까운인생 다죽어간다

어형 어형

어허 어형

어허 어형

세월네월 가지마라

어형 어형

꽃삔(꽃 핀)홍안이 공로롤세

어형 어형

오허 허형

오허 오형


그냥 그, 그렇게. (조사자 : 예.)


# 운상 하는 소리(3)

자료코드 : 09_05_FOS_20100202_LCS_NHW_0033
조사장소 : 충청북도 음성군 금왕읍 진재길32 장현노인정
조사일시 : 2010.2.2
조 사 자 : 이창식, 최명환, 장호순, 김영선
제 보 자 : 남해원, 남, 87세
구연상황 : 앞의 운상 하는 소리에 이어 조사자가 조금 더 해 줄 것을 요청하자 제보자
남해원이 구연해 주었다.

어허 어하 에헤이 허하

명사십리 해당화야 꽃이진다 설워마라

어허 어하 에헤이 어하

명년삼월 돌아오면은 너는다시 피련만은

어허 어하 에헤이 어하

우리인생 이제가먹은(가면) 어느때에 다시오나

어허 어하 에헤이 어하

살어(살아)생전 늙기전에게 술잔들어 놀아보래

어허 어하 에헤이 어하

아차실수 더러가먹은 이세상은 꿈과같어

어허 어하 에헤이 어하


# 모심는 소리

자료코드 : 09_05_FOS_20100202_LCS_NHW_0035
조사장소 : 충청북도 음성군 금왕읍 진재길32 장현노인정
조사일시 : 2010.2.2
조 사 자 : 이창식, 최명환, 장호순, 김영선
제 보 자 : 남해원, 남, 87세
구연상황 : 조사자가 모를 심으면서 하는 소리에 대해 물어보자 제보자 남해원이 소리
를 불러 주었다. 처음에는 기억이 잘 나지 않아 논 매는 소리를 하였으나 곧
모심는 소리를 생각해 내고는 청중들과 함께 구연해 주었다.

어히럴럴 상사데야

어헐럴럴 상사데야

어하럴럴

아, 그러니까 그렇게 돼고서. 아…….

이논빼미 모를심어

어헐럴럴 상사데야

(조사자 : 모심기, 지금 모심기.)
(보조 제보자 : 모심는 건 우떻게(어떻게) 해는 거지?)
어?
(보조 제보자 : 기억이 안 나네.)
뭐?
(보조 제보자 : 모심는 소리.)

오히럴럴
여기도

[서로 소리를 생각하다 주 제보자 남해원이 소리를 시작하자 청중들이
맞춰감]

여기도하나 조하 저기도 또하나
여기도또하나 조하 저기도 또하나
이논빼미에 모를심으고 장희빈휠휠영화로다하
여기도또하나 조하 저기도 또하나
어하농사일꾼들아 오하 농사장하도다하
여기도또하나 조하 저기도 또하나
여기저기에 꽃들에도 삼백출짜리루만 꽂아주오
여기도또하나 조하 저기도 또하나
한틀종자에 싹이나서거(나서) 만곡에 열매맺는
여기도또하나 조하 저기도 또하나
신기한 이 농사거를(농사를) 논이나밭을 힘써보세
여기도또하나 조하 저기도 또하나

어하농사 일꾼들아가 오하이농사 장하구나

여기도또하나 조하 저기도 또하나


# 세벌 논 매는 소리

자료코드 : 09_05_FOS_20100202_LCS_NHW_0036
조사장소 : 충청북도 음성군 금왕읍 진재길 32 장현노인정
조사일시 : 2010.2.2
조 사 자 : 이창식, 최명환, 장호순, 김영선
제 보 자 : 남해원, 남, 87세
구연상황 : 모심는 소리 구연 후 조사자가 세벌 논 매면서 불렀던 소리를 요청하자 제
　　　　　보자 남해원이 구연해 주었다. 세벌 논 매는 소리를 할 때는 특별한 사설이
　　　　　없이 "에헤이 방아호"를 주고 받는다고 한다.

　　에헤이 방아호

이라지. (보조 제보자 : 그러면 우리는 어떻게 해야 되지?)

　　에헤이 에하

아니여.

　　에헤이 방아호

이라지.
(보조 제보자 : 우리두?)
응, 인제 그래하고 인제 거기서 인저 메기는 사람은 인저 고기다…….
(조사자 : 맞추는 거지.)
무슨 저기 그러니까, 가사 같은 거…….

어허이 방아호

에헤이 방아호

에헤이 방아호

어허라 방아요호

에헤이 방아호

인저 그, 그 때는 다른 가사를 안 넣고 그냥 이렇게.

에헤헤이 방아요

이라거든. 자 그면(그러면),

에헤이 방아혜

이라면. 나는.

에헤이 방아요

이렇게, 이렇게 했다는 거지.


# 지신 밟는 소리

자료코드 : 09_05_FOS_20100202_LCS_NHW_0038
조사장소 : 충청북도 음성군 금왕읍 진재길32 장현노인정
조사일시 : 2010.2.2
조 사 자 : 이창식, 최명환, 장호순, 김영선
제 보 자 : 남해원, 남, 87세
구연상황 : 조사자가 앞에 불렀던 지신 밟는 소리를 다시 해 달라고 요청하자 제보자
남해원이 구연해 주었다.

정구업진언(淨口業眞言)

수리수리 마하수리 수수리 사바하

수리수리 마하수리 수수리 사바하

오방내외안위제신진언(五方內外安慰諸神眞言)

나무사만다 못다남옴 도로도로지미 사바하

나무사만다 못다남옴 도로도로지미 사바하

나무사만다 못다남옴 도로도로지미 사바하

개경게(開經偈)

무상심심미묘법(無上甚深微妙法)

백천만겁난조우(百千萬劫難遭遇)

아금문견득수지(我今聞見得受持)

원해여래진실의(願解如來眞實意)

개법장진언(開法藏眞言)

옴 아라남 아라다

옴 아라남 아라다

천수천안관자재보살(千手千眼觀自在菩薩)

광대원만무애(廣大圓滿無碍)

대비심대다라니(大悲心大陀羅尼)

계청(啓請)

뭐 왼다면(다 외운다면) 한 시간 있어야 해.

# 아기 어르는 소리

자료코드 : 09_05_FOS_20100202_LCS_BMS_0017

조사장소 : 충청북도 음성군 금왕읍 유촌로232번길18(유촌리경로당)
조사일시 : 2010.2.2
조 사 자 : 이창식, 최명환, 장호순, 김영선
제 보 자 : 박무성, 남, 72세
구연상황 : 제보자 박무성은 부모들이 아이들을 잘 못 키운다면서 아기 어르는 소리가 담고 있는 뜻을 설명해 주었다. 아기 어르는 소리가 단순한 것이 아니라 하늘과 땅, 법과 도리를 알면 모든 세상이 손아귀에 들어온다는 의미가 있다고 한다.

　지금덜(지금들) 그, 할아버지 할머니들이 손자들을 키워가면서(키워가면서) 그 가르치는 그 제도가 잘못 됐어요, 지금은. 옛날에는 어떻게 가르쳤느냐면 애들보고 "곤지곤지 짝짜꿍" 이랜단 말이야. [제보자가 소리로 불러줌]

　　　곤지곤지 짝짜꿍
　　　잼잼 짝짜꿍
　　　연지곤지 짝짜꿍

　그랜단 말이여. 근데 그게 무슨 뜻이냐믄(뜻이냐면) 인제 "도리도리 짝짜꿍" 한 거. 그게 곤지곤지(제보자는 '乾地坤地'로 설명함)가 무슨 곤 자(字)냐 하면 하늘 곤(乾) 자(字) 하고 땅 지(地) 자(字)거든. 하늘과 땅, 곤지곤지(乾地坤地). 그래 인제 또 땅 곤(坤) 자(字) 어, 저, 땅 지(地) 자(字). 하늘과 땅이 이렇게 서로 음양이 맞아야만이 에, 되는 거다 이거여. 그래 곤지곤지(乾地坤地) 짝짜꿍. 도리도리 짝짜꿍은 길 도(道) 자(字) 하고 법 도(道) 자(字)거든. 법을 알므는(알면은) 법 그대로다 길을 가야 되는데, 그걸 안 가고 법을 알구서도 엉뚱한 짓을 한다 이거야. 부모한테 불효하고 잘못 된다 이거야. 왜 도리도리 짝짜꿍. 도리 그, 법을 배우면 그, 어른이 되도 길을 가야 되는데 그걸 못 하면 안 된다 이거야. 그래서 도리도리 짝짜꿍. 그래 잼잼 짝짜꿍은 뭐냐면은 이게 손이란 말야. 그러니까 잼잼 짝짜꿍은 이 곤지곤지 짝짜꿍이 되고 도리도리 짝짜꿍이 되믄은(되면은) 두

손뼉이 마주쳐서 맞는다 이거야. 그럼 나중에 "모든 것이 다 내 손아귀에 들어온다." 그래 갖구선 그게, 옛날에 저 으른(어른)들이 애들 안구서 주로 가르치는 게 그거였는데. 그게 뜻이 깊은 거지, 응. 하늘과 땅 하고 서로 궁합이 에, 음양이 맞아서 그, 이치에 맞는다. 아무리 좋은 법을 배웠어도 그 법에 길을 가지 않으면 못 배우니만 못하니라. 그러니깐 도리도리 짝짜꿍. 그래 하늘과 땅하고 법과 도리를 다 알믄(알면) 나중에 모든 세상 것이 내 손아귀에 들어온다 해 갖고 잼잼 짝짜꿍. 이렇게 그게 그 의지(의미)가 있는 거여. 근데 지금 사람들은 그걸 모르고 애들한테 뭐, 뭐, 그냥 입 맞추고 하는 거. 뭐, 이런 거만 가르치고 지금 시대에 맞는 걸 가르친단 말이여. 그러니깐 지금 애들이 예의범절을 전혀 모르는 거여. (조사자 : 그걸 노래로 한 번 조금만 해 보셔요. 곤지곤지 그걸 조금만 해 보셔요.) [제보자가 다시 소리로 불러줌]

곤지곤지(乾地坤地) 짝짜꿍
잼잼 짝짜꿍
도리도리 짝짜꿍
우리아기 잘한다

유촌리경로당 구연상황

# 노랫가락(1)

자료코드 : 09_05_FOS_20100202_LCS_IJB_0029

조사장소 : 충청북도 음성군 금왕읍 진재길 32 장현노인정

조사일시 : 2010.2.2

조 사 자 : 이창식, 최명환, 장호순, 김영선

제 보 자 : 이종벽, 남, 74세

구연상황 : 앞의 초벌 논 매기 소리가 끝나고 주위에서 노인회장인 제보자 이종벽도 소
리를 잘한다고 하여, 조사자들이 소리를 요청하자 이종벽이 구연해 주었다.

청살리(청산리) 벽계수야 수이감을 자랑마라

일도창해 하면은 다시오기 어려워라

세월이 만공궁하니

아이구 또 틀렸네. [제보자 웃음]


# 노랫가락(2)

자료코드 : 09_05_FOS_20100202_LCS_IJB_0030

조사장소 : 충청북도 음성군 금왕읍 진재길 32 장현노인정

조사일시 : 2010.2.2

조 사 자 : 이창식, 최명환, 장호순, 김영선

제 보 자 : 이종벽, 남, 74세

구연상황 : 노랫가락에 이어서 조사자들이 아는 소리를 더 불러 달라고 요청하자 제보
자 이종벽이 구연해 주었다.

노자 젊어마(젊어서)놀아 늙어지면은 못노나니

화무는 십일홍이오 달도밝으면 기우나니

그다음에 또 몰르겄네. [제보자 남해원이 알려주느라 잠깐 이어 부름]

(보조 제보자 : 인생 일장)

춘몽일러니 아니놀고는 무엇을 하랴

하

아 좋다. [전체 웃음]


# 아라리

자료코드 : 09_05_FOS_20100202_LCS_IJB_0037
조사장소 : 충청북도 음성군 금왕읍 진재길 32 장현노인정
조사일시 : 2010.2.2
조 사 자 : 이창식, 최명환, 장호순, 김영선
제 보 자 : 이종벽, 남, 74세
구연상황 : 논 매는 소리 구연이 끝나고 제보자 이종벽에게 생각나는 소리를 요청하자
아라리를 구연해 주었다.

비가오려나 눈이오려나 억수장마가 지려나
저건너 갈매봉에는 비가묻어 오누나


# 축 읽는 소리

자료코드 : 09_05_FOS_20100216_LCS_IJB_0040
조사장소 : 충청북도 음성군 금왕읍 백야리 백야로 489-1 백야리경로당
조사일시 : 2010.2.16
조 사 자 : 이창식, 최명환, 장호순, 김영선
제 보 자 : 이주복, 남, 67세
구연상황 : 금왕읍 백야리 웃배태 산신제를 지내는 날에 맞추어 마을에 들어갔다. 조사
자들이 마을 주민들에게 양해를 구한 후, 축관 이주복의 축 읽는 소리를 채록
하였다.

유세차 경인정월 을미삭 초삼일정유

유학송진석 감소고우

산악지신 주장위복 유신유형 민소천앙

각자몽태 필획음질 유신지사 길일식영

부수명우 길영수지 지인재속 호표투적

금자신원 무가육태 재해해복 세세성형

내형미륵 재려불작 절묵수의 준분지변

미특안도 물태인지 유성소부 송혜양양

생태기국 서기훈격 풍양순서

상향

산신제 축을 하는 제보자 이주복

# 다리 뽑기 하는 소리

자료코드 : 09_05_FOS_20100202_LCS_IJO_0012

조사장소 : 충청북도 음성군 금왕읍 유촌로 232번길 18 유촌리경로당

조사일시 : 2010.2.2

조 사 자 : 이창식, 최명환, 장호순, 김영선
제 보 자 : 이진옥, 남, 72세
구연상황 : 조사자들이 경로당에 갔을 때 제보자들이 모여 있었다. 조사자의 방아깨비 놀리는 소리가 있느냐는 질문에 청중들이 한까치 소리를 어릴 때 해 보았으나 소리는 기억이 나지 않는다고 한다. 조사자가 다리 뽑기 하면서 불렀던 소리를 요청하자 제보자 이진옥이 구연해 주었다.

이거리 저거리 갓거리
천두 만두 두만두
쫙 발리 소양강
오리 진치 사리 육


# 모래집 짓는 소리

자료코드 : 09_05_FOS_20100202_LCS_IJO_0013
조사장소 : 충청북도 음성군 금왕읍 유촌로 232번길 18 유촌리경로당
조사일시 : 2010.2.2
조 사 자 : 이창식, 최명환, 장호순, 김영선
제 보 자 : 이진옥, 남, 72세
구연상황 : 제보자 이진옥이 다리 뽑기 하는 소리에 이어서 조사자가 흙집을 지으면서 불렀던 소리를 요청하자 모래집 짓는 소리를 구연해 주었다.

두껍아 두껍아
니집 져주께
새집 나다고

그러는 건가. 뭐라 그래더라구.

# 빠진 이빨 던지면서 부르는 소리

자료코드 : 09_05_FOS_20100202_LCS_IJO_0014
조사장소 : 충청북도 음성군 금왕읍 유촌로 232번길 18 유촌리경로당
조사일시 : 2010.2.2
조 사 자 : 이창식, 최명환, 장호순, 김영선
제 보 자 : 이진옥, 남, 72세
구연상황 : 조사자가 제보자 이진옥에게 어렸을 적 이빨이 빠졌을 때 불렀던 소리가 있
　　　　　느냐고 묻자 지붕으로 빠진 이빨을 던지면서 했던 소리라며 구연해 주었다.

(조사자 : 그리고 이빨이 빠졌을 때, 윗니는 지붕으로 던지잖아요?)

예.

(조사자 : 그리고 아랫니는 부엌, 아궁이로 던지잖아요?)

예.

(조사자 : 그럴 때 뭐 노래 있으면 하나 해 보세요.)

뭐 이렇게 해 가지고서는 저기, 저.

(보조 제보자 : 지붕으로.)

　　　흔이는 너가져가고
　　　새이는 나달라

고 그랬죠.


# 방아깨비 부리는 소리

자료코드 : 09_05_FOS_20100202_LCS_IJO_0016
조사장소 : 충청북도 음성군 금왕읍 유촌로 232번길 18 유촌리경로당
조사일시 : 2010.2.2
조 사 자 : 이창식, 최명환, 장호순, 김영선
제 보 자 : 이진옥, 남, 72세

**구연상황** : 조사자가 방아깨비 놀리면서 불렀던 소리가 있느냐고 다시 물어보자 제보자 이진옥이 방아깨비를 한까치라고 하고 방아깨비를 부리면서 불렀던 소리를 구연해 주었다. 그리고 한까치보다 작은 것은 때까치라고 한다.

아침방아 쩌라

저녁방아 쩌라

# 3. 대소면

증편 한국구비문학대계 ● 충청북도 음성군

# ▌조사마을

## 충청북도 음성군 대소면 부윤리

조사일시 : 2010.7.14
조 사 자 : 이창식, 최명환, 장호순, 김영선

부윤리 노인정

　부윤리(富潤里)는 앞산이 제비처럼 생겼다 하여 '연골' 또는 '연골이'라 하였으며, 부자가 되라는 뜻으로 '부윤'이라 하였다. 본래 충주군 소탄면 (所呑面) 지역이었으나 1906년 음성군에 편입되었고, 1914년 행정구역 개편에 따라 마사동을 병합하고 부윤리라 하여 대소면에 편입되었다. 지형은 대체로 낮은 편이며, 서쪽에는 남쪽으로 흐르는 부윤천이 있어 유역에는 농경지가 형성되어 있다. 부윤리는 대소면 동남부에 있다. 면적은

2.17km²이며, 총 550세대에 1,249명(남자 670명, 여자 579명)의 주민이 살고 있다. 동쪽은 맹동면 삼봉리, 서쪽은 소석리와 수태리, 남쪽은 용촌리와 봉현리, 북쪽은 성본리와 각각 접하고 있다. 주요 농산물로는 수박과 고추를 재배하여 농가 소득을 올리고 있으며, 이외에도 벼·콩·참깨·감자·고구마 등을 재배하고 있다. 정보화 시범 마을로 지정되어 있어 주민들이 생산한 농산물을 전자 상거래로 판매하고 있다. 교육 기관으로 부윤초등학교가 있으며, 자연마을로는 마실안이·연골·오디울·웃마실안이·임어실 등이 있다. 주요 도로로는 마을을 지나는 지방도 515호선이 서쪽의 오산리와 동쪽의 맹동면으로 지나고 있으며, 금왕읍에서 맹동면의 남북 방향으로 이어진 군도 13호선이 지나고 있어 교통은 편리하다. 남쪽으로는 동서고속국도가 지난다.

## 충청북도 음성군 대소면 오류리

조사일시 : 2010.5.1

조 사 자 : 이창식, 최명환, 장호순, 김영선

오류리(五柳里)는 냇가에 버드나무가 많이 있으므로 '오룻골' 또는 '오류동'이라 하였다. 본래 충주군 사다면(沙多面) 지역이었으나 1906년 음성군에 편입되었다. 1914년 행정구역 개편에 따라 오상리·오중리·오하리와 천기면의 용산리 일부를 병합하고, 오류리라 하여 대소면에 편입되었다. 마을 동쪽에 안산이 있으며, 마을을 남북 방향으로 흐르는 오류천과 성산천이 있어 그 유역에는 넓은 평야가 형성되어 있으며 농경지도 많다. 남쪽의 삼호리에서 미호천과 합류한다. 오류리는 대소면 서북부에 있다. 면적은 3.24km²이며, 581세대에 1,538명(남자 787명, 여자 751명)의 주민이 살고 있다. 동쪽은 태생리, 서쪽은 대풍리, 남쪽은 오산리, 북쪽은 삼성면 청용리와 각각 접하고 있다. 주요 농산물로는 벼·고추·수박을

오류리 전경

재배하여 농가 소득을 올리고 있으며, 특용 작물로는 인삼을 재배하고 있다. 이외에도 콩·감자·고구마·참깨 등이 재배된다. 주요 기관으로는 대소면사무소, 대소우체국, 대소보건소 등이 있다. 문화 유적으로는 음성박씨의 선조인 박순을 봉안한 박충민 공사우와 충신문, 박정규 효자정문과 박호원의 효자정문, 박순의 처 장흥임씨 열녀문이 있다. 자연마을로는네집땀·육곡·방금이·아랫말·안산·중오 등이 있다. 주요 도로로는 중부고속국도가 남북 방향으로 지나고 있으며, 또한 음성IC가 설치되어 있다. 동쪽으로는 성산천을 따라 삼성면으로 지나는 도로와 남쪽으로는 진천군 광혜원면에서 동쪽의 금왕읍으로 연결된 도로가 지나고 있다.

# 충청북도 음성군 대소면 오산리

조사일시 : 2010.7.9
조 사 자 : 이창식, 최명환, 장호순, 김영선

오산리 전경

　오산리(梧山里)는 외딴 산 밑이 되므로 '오미' 또는 '오산'이라 하였다.
본래 충주군 대조면(大鳥面)지역이었으나 1906년 음성군에 편입되었고,
1914년 행정구역 개편에 따라 사다면의 오하리 일부를 병합하고 오산리
라 하여 대소면에 편입되었다. 미호천이 남북 방향으로 흐르고 있는데,
유역에는 넓은 농경지가 형성되어 있다. 미호천의 물을 이용한 농업이 발
달해 있다. 오산리는 대소면 중서부에 있다. 면적은 1.10km²이며, 총
1,102세대에 2,909명(남자 1,460명, 여자 1,449명)의 주민이 살고 있다.
동쪽은 태생리와 삼정리, 서쪽은 삼호리와 오류리, 남쪽은 미곡리, 북쪽은
태생리와 각각 접하고 있다. 주요 농산물로는 벼와 수박 재배를 하여 농

가 소득을 올리고 있으며, 이외에도 콩·참깨·감자·고구마 등이 재배되고 있다. 대소면 소재지이므로 대로변에는 상가가 많이 형성되어 있어 주민이 농업과 상업 활동을 하고 있다. 주요 기관으로는 대소초등학교, 음성경찰서 대소순찰지구대, 대소소방파출소, 대소농업협동조합 오산지소, 대동새마을금고가 있다. 자연마을로는 부비안·오미·해오개 등이 있다. 주요 도로로는 서쪽으로 중부고속국도가 지나고 있으며, 동쪽의 금왕읍에서 서쪽의 진천군 광혜원면으로 지나는 도로가 있다. 이외에도 북쪽의 오류리에서 마을을 지나 서쪽의 대풍지방산업단지와 대소지방산업단지를 지나는 도로가 있는 등 크고 작은 도로가 많아 교통은 편리하다.

### 김명자, 여, 1942년생

주 소 지 : 충청북도 음성군 대소면 부윤리
제보일시 : 2010.7.14
조 사 자 : 이창식, 최명환, 장호순, 김영선

김명자는 대소면 부윤리에 거주하고 있다. 조사자들이 부윤1리 경로당에 들렸을 때, 한예순, 정임순 등과 함께 이야기하고 있었다. 6·25때 눈이 와서 피난을 가지 못했으며, 부윤리에도 많은 사람이 피난 왔었다고 한다. 6·25한국전쟁 당시 9살이었는데, 그 당시 불렀던 노래들을 일부 기억하고 있었다. 인민군 들어 왔을 때 만세를 불렀다고 아버지가 붙잡혀 간 적도 있었다. 마을 이름을 '글방선생'이 지었는데, 예전에는 제비 연(燕)자를 써서 연골이었다고 기억하고 있었다. 20여 년 전부터 수박 농사를 지었다.

제공 자료 목록
09_05_FOS_20100714_LCS_GMJ_0186 다리 뽑기 하는 소리

### 신인순, 여, 1920년생

주 소 지 : 충청북도 음성군 대소면 오류4리 안산마을
제보일시 : 2010.5.1
조 사 자 : 이창식, 최명환, 장호순, 김영선

신인순은 대소면 오류4리 안산마을에 거주하고 있다. 충주 달래가 고향

으로 어려서 단양, 제천, 강원도 철원 등지
로 옮겨 다녔다. 철원에서 16세에 시집을
갔으며, 3년 동안 시골에서 번 돈으로 23세
에 서울로 갔다. 그러나 재산을 모두 탕진하
고 안산마을로 내려와 정착하게 되었다. 안
산마을은 피난 온 사람들이 모여서 정착한
마을이다. 이승만 대통령 때 피난민들이 살
수 있도록 자리를 마련해 주었다. 안산마을

에 와서 처음에는 품을 팔았으며, 후에 돈을 모아 내 땅을 사 농사를 짓
고 살았다. 6남매(4남 2녀)를 두었으나 아들 2명은 먼저 잃었다고 한다.

제공 자료 목록
09_05_FOS_20100501_LCS_SIS_0003 아기 재우는 소리
09_05_FOS_20100501_LCS_SIS_0006 아기 어르는 소리
09_05_FOS_20100501_LCS_SIS_0007 아기 어르는 소리

### 정인순, 여, 1929년생

주 소 지 : 충청북도 음성군 대소면 부윤리
제보일시 : 2010.7.4
조 사 자 : 이창식, 최명환, 장호순, 김영선

정인순은 대소면 부윤리에 거주하고 있
다. 충북 진천군이 고향으로 11세에 부윤리
연골마을로 이사 와서 살다가 결혼을 한 후
현재까지 살고 있다. 남편이 돌아가신 지
10여 년이 되었으며, 현재 혼자 살고 있다.
예전에 먹을 것이 없어서 '도토리찌꺼기밥'
을 먹으며 살았으며, 특히 맏딸을 키울 때가

어려웠었다고 한다. 조사자들이 부윤1리 경로당에 들렸을 때, 한예순, 김명자 등과 함께 이야기하고 있었다. 어렸을 때 놀이하면서 하는 소리들을 기억하고 있었다.

제공 자료 목록

09_05_FOS_20100714_LCS_JIS_0188 신 부르는 소리
09_05_FOS_20100714_LCS_JIS_0190 다리 뽑기 하는 소리
09_05_FOS_20100714_LCS_JIS_0193 모래집 짓는 소리
09_05_FOS_20100714_LCS_JIS_0194 빠진 이빨 던지면서 부르는 소리

## 최재영, 남, 1939년생

주 소 지 : 충청북도 음성군 대소면 오산리 개나리아파트 101동
제보일시 : 2010.7.16
조 사 자 : 이창식, 최명환, 장호순, 김영선

최재영은 현재 대소면 오산리에 거주하고 있다. 원래 고향은 대소면 성본리 최성미마을이다. 최성미마을은 최씨네 집성촌으로 18대손까지 났다고 한다. 8년 전 몸을 다친 후 일을 할 수 없게 되고, 남들 농사짓는 모습을 보는 것이 마음이 아파, 아파트로 이사를 오게 되었다. 3남매(2남 1녀)를 두었으며, 부인인 임정숙과 함께 살고 있다.

군대 다녀온 것 외에는 최성미마을에서 농사를 짓고 살았으며, 예전에 농민운동을 하였다. 농민운동 전국 본부에서 문화부를 맡았었으며, 제보자가 부르는 운상하는 소리, 묘 다지는 소리는 예전 어르신들이 불렀던 것에다가 그 당시 수집한 것을 섞어서 부르는 것이라고 한다. 농민운동 하면서 불렀던 노래들도 여러 편 기억하고 있었다.

젊어서는 모를 심을 때, 논을 뜯을 때, 논을 맬 때 부르는 소리가 다 달랐다고 기억하고 있으며, 들었던 소리 일부를 구연해 주었다. 소리는 특별하게 배운 적은 없고, 들었던 것을 기억하고 있는 것이라고 한다. 예전에 마을마다 걸립하면서 불렀던 소리가 있었으며, 그것을 수집하려고 한적도 있었다. 민요는 한두 번 들으면 다 외울 수가 있는데, 유행가는 그렇게 하지 못하다고 한다. 2년 전에 돌아가신 어머님 때부터 성당을 다니고 있으며, 성가를 민요에 맞추어 부르기도 한다.

제공 자료 목록
09_05_FOT_20100716_LCS_CJY_0072 배뱅이와 상좌승의 만남
09_05_MPN_20100716_LCS_CJY_0040 매괴성당을 창립한 임가밀로 신부
09_05_MPN_20100716_LCS_CJY_0041 고난 받은 매괴성당 성모마리아
09_05_FOS_20100716_LCS_CJY_0015 고사 지내는 소리(1)
09_05_FOS_20100716_LCS_CJY_0017 고사 지내는 소리(2)
09_05_FOS_20100716_LCS_CJY_0025 묘 다지는 소리
09_05_FOS_20100716_LCS_CJY_0035 떡 타령
09_05_FOS_20100716_LCS_CJY_0036 어랑 타령
09_05_FOS_20100716_LCS_CJY_0045 나뭇짐 지는 소리
09_05_FOS_20100716_LCS_CJY_0047 권주가(1)
09_05_FOS_20100716_LCS_CJY_0048 권주가(2)
09_05_FOS_20100716_LCS_CJY_0055 시집살이 하는 소리
09_05_MFS_20100716_LCS_CJY_0060 뱃노래
09_05_MFS_20100716_LCS_CJY_0070 장 타령

## 한예순, 여, 1921년생

주 소 지 : 충청북도 음성군 대소면 부윤1리
제보일시 : 2010.7.14
조 사 자 : 이창식, 최명환, 장호순, 김영선

한예순은 대소면 부윤1리에 거주하고 있다. 원래 고향은 청주로 17세

에 결혼한 후 18세에 시집 식구들과 함께 하얼빈으로 갔다. 하얼빈에서 10여 년 동안 살다가 6·25한국전쟁에 다시 한국으로 돌아왔다. 하얼빈에서 시부모 식구들은 농사를 지었으며, 한국으로 돌아올 때 걸어서 '석 달 삼 일'이 걸렸다. 중국인이나 한국 사람이나 사는 모습은 똑같았다고 한다. 한국으로 돌아온 이유는 하얼빈에서 낳은 큰  아들이 한국에 와야 조상을 모실 수가 있다고 해서 돌아왔다. 하얼빈 살 때 마적 때가 밤에 오면 잘 대접해 주어야 했다. 3남매(3남 1녀)를 두었으며, 근력이 좋아 경로당에서 식사를 준비해 다른 마을 사람들과 함께 나누어 먹기도 한다. 조사자들이 부윤1리 경로당에 들렀을 때, 정임순, 김명자 등과 함께 이야기를 나누고 있었다.

제공 자료 목록
09_05_FOS_20100714_LCS_HYS_0181 다리 뽑기 하는 소리(1)
09_05_FOS_20100714_LCS_HYS_0182 다리 뽑기 하는 소리(2)

# 배뱅이와 상좌승의 만남

자료코드 : 09_05_FOT_20100716_LCS_CJY_0072
조사장소 : 충청북도 음성군 대소면 오산리 개나리아파트 101동
조사일시 : 2010.7.16
조 사 자 : 이창식, 최명환, 장호순, 김영선
제 보 자 : 최재영, 남, 72세
구연상황 : 제보자 최재영이 배뱅이와 상좌승의 사랑 이야기가 있다면서 구연해 주었다.
줄 거 리 : 상좌스님이 탁발을 가서 염불하다가 배뱅이라는 여인을 보게 되었다. 배뱅이
와 상좌스님은 서로 첫눈에 반했다. 절로 돌아간 상좌스님은 배뱅이 때문에
상사병이 났다. 그래서 다른 스님들이 상좌스님을 채독 속에 넣어 배뱅이 집
앞에 가져다 놓았다. 그때 배뱅이가 상좌스님을 그리워하는 내용으로 신세타
령을 하였다. 그러자 채독 안에 있던 상좌스님도 배뱅이의 신세타령을 받아
소리를 하였다.

그 배뱅이굿에서 보면 그게 있거든요.

(조사자 : 이은관이 그거 잘하죠.)

예. 그 저이 뭐여. 어 상좌중이 이제 가서는, 왜 그 배뱅이를 문 앞에
가서 처음에 염불 할 젠.

일심으로 정염은 극락세계라

하고 불르니까. 배뱅이가 내다보니까. 이 뭐야 상좌중이 아주 그냥 뿅
가버렸거든. 그래 인제 신바람이 나니까 그때서 또 한마디를 하는데.

억조창생 만민시주님네

하니까. 우리 배뱅이까지 아주 그냥 뿅 가버렸네. 그러니까 아주 중들

이 상좌중이 가서 병이 나니까. 이걸 뭐야, 채독 속에다 느(넣어) 가지고 배뱅이집에 가져다 맽겨 놓은 거 아니여.

(조사자 : 예.)

그런데 방에다 갖다 놨는데. 배뱅이가 거거서 신세타령을 하는 겨.

(조사자 : 예.)

　　　산승팔승 십이승나서
　　　낭군을 보케주나(보여주나)
　　　버무지구(보고지고) 버무나지구(보구나지구)
　　　후상좌중이나 보구나지구

그러니까 이제 상좌중이 그 안에서 들었다가 한 마디 또 받는 거지.

　　　보구나 싶거든 지가나서나 보라지
　　　그립다 사정을 어허누굴 다려하느냐

그래 이게, 이것이.

(조사자 : 예.) [제보자 웃음]

# 매괴성당을 창립한 임가밀로 신부

자료코드 : 09_05_MPN_20100716_LCS_CJY_0040
조사장소 : 충청북도 음성군 대소면 오산리 개나리아파트 101동
조사일시 : 2010.7.16
조 사 자 : 이창식, 최명환, 장호순, 김영선
제 보 자 : 최재영, 남, 72세
구연상황 : 조사자가 매괴성당 지은 임가밀로 신부에 대한 이야기를 아느냐고 묻자, 제
보자 최재영이 구연해 주었다.
줄 거 리 : 임가밀로 신부가 조선시대 말 감곡으로 내려올 때, 현재 매괴성당이 있는 매
산이 성모님 치맛자락으로 보였다고 한다. 그래서 임 신부는 매산이 있는 땅
을 꼭 매수해야겠다고 생각하고 땅 주인을 찾았다. 당시 땅 주인은 명성황후
와 가까운 친척이었다. 땅 주인이 비싸게 불러서 사지 못한 임 신부는 그 주
위를 다니며 성수를 뿌리고 그 땅에 성당을 지을 수 있게 해 달라 기도하였
다. 그러다 명성황후가 시해되고 나서 그 친척이었던 땅 주인도 땅을 팔고 떠
나려고 하는데 살 사람이 없었다. 그 사람은 임 신부를 찾아와 싸게 사라고
하였다. 그래서 임 신부는 본국으로 연락해서 그 땅을 매수했고 그것이 매괴
성당의 시초가 되었다고 한다.

(조사자 : 매괴성당하고 관련된 이야기 혹시 들어보신 적 없나요? 거기
맨 처음 지을 때에 ……. 그, 그런데 무슨 임장군이라고 불렸다나, 그?)

임 신부.

(조사자 : 예, 임 신부님. 그거 관련돼서 들어본 얘, 얘기 없나요? 임 신
부님이 어떤 일을 했었다 뭐 이런 거.)

그 분이 저, 감, 고개 쯤 이렇게 저, 이…….

(조사자 : 예.)

여주 이천에서 이렇게 내려오시다가.

(조사자 : 예, 예.)

그 산을 보니까 성모님 치맛자락으로 보였대.

(조사자 : 아 성모님 치맛자락으로.)

그 산이.

(조사자 : 그 매괴에 있는 산이?)

예, 예.

(조사자 : 아.)

그래서 가서 어, 그 땅을 아주 그걸 꼭 매수를 해야 되겠다 하고 결정을 하고 가서 알아보니까. 글쎄 그, 저, 아이고 민비의 …….

(조사자 : 그렇죠. 명성황후의 오, 오빠, 예?)

뭐, 육춘 오빠라던가, 사춘 오빠라던가.

(조사자 : 그렇죠.)

그런 사람이 사는데.

(조사자 : 예.)

원래가 에, 거기가 어마어마하게 큰 거예요, 땅 덩어리가.

(조사자 : 예, 예.)

그 인제 그 양반이 그걸 저 살려 그러는데.

(조사자 : 영 원래 가서 찔러보니까 원래 비싸게 달라고 그러니까.)

할 수는 없고 그러니까.

(조사자 : 예.)

이 양반이 댕기면서 기도를 한 거여. 성수를 뿌린 거여.

(조사자 : 그렇죠, 기도를 …….)

이거 다 우리, 땅이 되게 좀 해, 우트게(어떻게), 우트게(어떻게) 해 달라고. 그래 인제 그 양반 시해되면서.

(조사자 : 그렇죠, 명성황후 시해되면서.)

이거 땅을 팔고 가야 되겠는데.

(조사자 : 예.)

뭐여. 그 동안에 살 사람이 없거덩. 그러니까 신, 임 신부를 찾아와 가지고 인제 하는 얘기가

"이거 사 달라."

(조사자 : 예.)

이래니 인제 그때 인제 그렇게 되니까,

"그래 얼마면은 되겠느냐 하니까."

아주 싸게 나온 거지.

(조사자 : 아.)

그러니까 이 양반이 본국으로다 연락을 해서 인제 그걸 전부 매수했다 그러는 거예요.

(조사자 : 음, 그래서 그때부터 인제 매괴성당의 시초가 거기 …….)

예.

(조사자 : 있게 됐다는 거죠?)

예.

매괴성당

# 고난 받은 매괴성당 성모마리아

자료코드 : 09_05_MPN_20100716_LCS_CJY_0041

조사장소 : 충청북도 음성군 대소면 오산리 개나리아파트 101동

조사일시 : 2010.7.16

조 사 자 : 이창식, 최명환, 장호순, 김영선

제 보 자 : 최재영, 남, 72세

구연상황 : 임가밀로 신부가 매괴성당 땅을 살 때 얘기를 마친 제보자 최재영은 매괴성
당 성모상에 얽힌 이야기가 있다면서 구연해 주었다.

줄 거 리 : 한국전쟁 당시 감곡에 내려온 인민군들이 매괴성당을 본부로 만들었다. 인민
군들이 매괴성당 십자가 아래에 걸려 있는 성모상이 눈에 거슬려 총으로 쐈
다. 그러나 석고로 만든 성모상은 부서지지 않았다. 그래서 사다리를 만들어
성모상을 철거하려 했다. 그러나 인민군들이 사다리를 타고 올라가려 해도 성
모님이 너무 독이 있게 쳐다보았기 때문에 가까이 가질 못했다. 들리는 바로
는 어떤 이는 사시나무 떨듯 떨었고, 어떤 이는 똥오줌을 쌌다고 한다. 성모
상에는 지금도 총알이 뚫고 들어간 자리가 있는데 총알이 나온 자리는 없다
고 한다. 또 우연하게도 성모상에는 총 맞은 자국이 일곱 군데가 있기 때문에
'성모칠고'와 연관 지어 이야기한다. 성모칠고는 성모마리아가 예수님 때문에
겪었다는 일곱 가지 고난을 의미한다.

저 얘긴 많이 들었겠지. 뭐 저, 칠고(예수님 때문에 성모마리아가 겪었
다는 고난을 '성모칠고'라고 한다) 얘기는.

(조사자 : 그것 좀 해 보세요, 그 얘기를.)

근데 저 양반이 육이오 사변 때 내려오니까.

(조사자 : 예.)

거가 인제 인민군들 아주 본부를 맨든 거여. 그 성당을. 그러니께 노인
네들이여. 까이 거 죽으면 죽고, 살면 사니까 인제 회초리를 해 가지고.
빨갱이들 보고

"야, 이놈들아 여가 하느님의 집인데 어딜 들어오느냐."

그라고. 막 이러니. 그거 뭐, 그렇다고 말릴 수는 없는 건데. 들어가서
거기서 보니까. 저 성모님을 …… 그거 나도 지금 거 가서 그 이상해요.

(조사자 : 음.)

십자가 밑에 거의 성모님이 모셔져 있는데, 그 성상은 제일 꼭대기에 올려져 있어요.

(조사자 : 아.)

그러니께 인민군들이 그걸 보니까 참 저놈의 아줌마가 아주 저슬기거던(눈에 거슬린다).

(조사자 : 예.)

그러니까 총으로 갈긴 거여. 그런데 석고거든여.

(조사자 : 예, 인민군들이, 인민군들이.)

어. 인제 석곤데 한방 맞으면 꽉 부셔져야 맞는 거여, 저게.

(조사자 : 예.)

근데 칠고(성모칠고라는 천주교의 이야기가 있는데 우연하게도 매괴성당의 성모상이 총을 일곱 번 맞았다고 한다.)라 그러는데 ……. 칠고가 아니여. 저게 팔고여. 한 군데 저 밑에 보믄 두, 두 방을 같이 맞은 자구(자국)가 있어요.

(조사자 : 팔 부분에, 예.)

예. 그러니께, 그랬어도 뚫고 들어간 자구(자리)가 있으면 나간 자리가 없어. 속이 비었는데도.

(조사자 : 어.)

예. 그러니까 참 글쎄 지금도 그, 그 안에 인제 총, 총알이 들었다는 얘긴데.

(조사자 : 음.)

그래서 그 사람이, 에이 그걸 인민군들이 띠어(떼) 치울라고 갠신히(간신히) 새다리(사다리)를 맨들어서 올라가는데. 우티게(어떻게) 독이 있게 냅다 쳐다보는지 올라가지를 못했디야. 사시나무 떨듯이 했디야. 뭐 말이지. 뭐 똥오줌을 …….

(조사자 : 상, 상이 무서워서?)

예, 저 양반 상이 무서워 가지고. 그래서 뭐 똥오줌을 쌌다는 얘기도 들리고 그라는데. 하여간 그렇게 해 저 가지고 지금 에, 저 성모님을 세계적인 성모님으로다 인정을 받을라고. 어, 매괴성모님 해 가지고 해 가지고 지금 우리 주교님이 ……

(조사자 : 아, 지금 현재 서 있는 상이 그니까 예전부터 그대로 있던 거.)

그대로죠.

(조사자 : 훼손됐, 이, 그 훼손은 약간 됐지만.)

예.

(조사자 : 총알자국 뭐 이런 것 때문에.)

예.

(조사자 : 그대로 있다는 거죠?)

예.

(조사자 : 훼손을 못 하고 도망을 갔다는 얘기네요, 결국.)

예.

(조사자 : 인민군들이.)

그러니까 고대로 모셔진 그대로 사진을 찍어서 저기서 고걸 해서 요렇게 인제 맨들어 내는 건데.

(조사자 : 예.)

지금 거기 있는 상은 고대로 있는 거야.

# 다리 뽑기 하는 소리

자료코드 : 09_05_FOS_20100714_LCS_GMG_0186
조사장소 : 충청북도 음성군 대소면 부윤1리 대동로 537 부윤리노인정
조사일시 : 2010.7.14
조 사 자 : 이창식, 최명환, 장호순, 김영선
제 보 자 : 김명자, 여, 69세
구연상황 : 조사자가 제보자 김명자에게 다리 뽑기 놀이 하면서 불렀던 소리를 요청하
자 구연해 주었다.

이거리 저거리 갓거리
천두 만두 두만두
짝 발려 새양강
육두 육두 장이육
면 산에 목을메고
고드레 정

부윤리 경로당 구연상황

# 아기 재우는 소리

자료코드 : 09_05_FOS_20100501_LCS_SIS_0003
조사장소 : 충청북도 음성군 오류4리 안산마을 대금로 379번길 80-3 경로당
조사일시 : 2010.5.1
조 사 자 : 이창식, 최명환, 장호순, 김영선
제 보 자 : 신인순, 여, 91세
구연상황 : 제보자 신인순에게 아기를 재울 때 부르는 소리를 요청하자 엄마가 없어서
       아기가 울 때 부르는 소리라면서 구연해 주었다.

(조사자 : 자장 자장 할 때 한 번만 더 ······.)

　　　　자장자장 우리애기 잘두잔다
　　　　자장자장 잘두 잔다
　　　　마루밑에 검둥이두 잘두잔다
　　　　우리애기두 잘두 잔다

그 소리 했지. 뭐 옛날에.

(조사자 : 애기가 막 울어요 할머니.)

울 때 이렇게 또 부르는 노래는. 울 제는 이렇게 애미 없는 애 재울라고
그렇게 해요. 젖 안물리고 재울려면.

(조사자 : 재울려고.)

오류리 경로당 구연상황

# 아기 어르는 소리

자료코드 : 09_05_FOS_20100501_LCS_SIS_0006
조사장소 : 충청북도 음성군 오류4리 안산마을 대금로 379번길 80-3 경로당
조사일시 : 2010.5.1
조 사 자 : 이창식, 최명환, 장호순, 김영선
제 보 자 : 신인순, 여, 91세
구연상황 : 앞에 아기 재우는 소리에 이어서 제보자 신인순이 "새장 새장"이라면서 아
　　　　　기 어르는 소리를 구연해 주었다.

　새장두 있잖아 새장.

　　새장 새장.
　　애 세워놓고 팔 붙잡고.

　(조사자 : 한 번 다시 한 번만요.)

　　새장 새장 달궁 달궁
　　우리 애기 잘도 논다

　그래 이렇게. (조사자 : 아이 어릴 때 이렇게 놀게 해 주고.) 예 인제 어
려서 새장, 세 살 먹고 그럴 적에.


# 아기 어르는 소리

자료코드 : 09_05_FOS_20100501_LCS_SIS_0007
조사장소 : 충청북도 음성군 오류4리 안산마을 대금로379번길80-3(경로당)
조사일시 : 2010.5.1
조 사 자 : 이창식, 최명환, 장호순, 김영선
제 보 자 : 신인순, 여, 91세
구연상황 : 제보자 신인순이 "불아 불아"라면서 아기 어르는 소리를 불러 주었으나 도

중에 끊겨서 다시 요청하자 구연해 주었다.

(조사자 : 그거 불어 불어 하고 고거 한 번씩 노래로 다시 해 주세요.)

불어 불어 불어 불어
이 새가 어디 샌가
경상도 당첨새대
불어라 불어라 불어라
풀무 딱딱 불어라


# 신 부르는 소리

자료코드 : 09_05_FOS_20100714_LCS_JIS_0188
조사장소 : 충청북도 음성군 대소면 부윤1리 대동로 537 부윤리노인정
조사일시 : 2010.7.14
조 사 자 : 이창식, 최명환, 장호순, 김영선
제 보 자 : 정인순, 여, 82세
구연상황 : 조사자가 예전에 춘향이 놀이라는 것을 해 본 적이 있느냐고 묻자 제보자
정인순이 구연해 주었다.

장군 장군 대장군
역말암에 대장군
칠월 칠석 금도령
그물 한상 내리거든
이끼라 솔솔 내리시오
이끼라 솔솔 내리시오

# 다리 뽑기 하는 소리

자료코드 : 09_05_FOS_20100714_LCS_JIS_0190
조사장소 : 충청북도 음성군 대소면 부윤1리 대동로 537 부윤리노인정
조사일시 : 2010.7.14
조 사 자 : 이창식, 최명환, 장호순, 김영선
제 보 자 : 정인순, 여, 82세
구연상황 : 조사자가 제보자 정인순에게 다리 뽑기 놀이 하면서 불렀던 소리를 요청하
　　　　　 자 구연해 주었다.

　　　　　이거리 저거리 갓거리
　　　　　천두 만두 두만강
　　　　　짝발려 사양강
　　　　　우리 김치
　　　　　사래 육


# 모래집 짓는 소리

자료코드 : 09_05_FOS_20100714_LCS_JIS_0193
조사장소 : 충청북도 음성군 대소면 부윤1리 대동로 537 부윤리노인정
조사일시 : 2010.7.14
조 사 자 : 이창식, 최명환, 장호순, 김영선
제 보 자 : 정인순, 여, 82세
구연상황 : 조사자가 모래 장난하면서 불렀던 소리를 요청하자 제보자 정인순이 모래집
　　　　　 짓는 소리를 구연해 주었다.

　　　　　두껍아 두껍아 내집 져주고
　　　　　헌집 너갖고 새집 나다구

# 빠진 이빨 던지면서 부르는 소리

자료코드 : 09_05_FOS_20100714_LCS_JIS_0194
조사장소 : 충청북도 음성군 대소면 부윤1리 대동로 537 부윤리노인정
조사일시 : 2010.7.14
조 사 자 : 이창식, 최명환, 장호순, 김영선
제 보 자 : 정인순, 여, 82세
구연상황 : 조사자가 이 빠졌을 때 부르는 소리를 요청하자 제보자 정인순이 구연해 주
었다.

헌이는 너갖고 새이는 나다오
아랫이도 너갖고 새이는 나다고


# 고사 지내는 소리(1)

자료코드 : 09_05_FOS_20100716_LCS_CJY_0015
조사장소 : 충청북도 음성군 대소면 오산리 개나리아파트 101동
조사일시 : 2010.7.16
조 사 자 : 이창식, 최명환, 장호순, 김영선
제 보 자 : 최재영, 남, 72세
구연상황 : 제보자 최재영을 만나기 하루 전인 십오일에 제보자의 친형 최재명을 만나
대소면 성본리 마을 유래 등을 들었다. 그러던 중 제보자 최재영을 소개받았
다. 조사자들은 당일에 제보자를 만나려고 했으나 성당을 갔다고 해서, 다음
날 십육일(16)에 제보자 집으로 찾아갔다. 최재영은 십여 년 전 크게 다친 후,
농사를 그만두고 고향인 성본리에서 오산리로 이사를 왔다고 한다. 그 후에
소리는 안 불렀지만, 조사자들의 요청에 다시 불러본다고 하였다. 조사자가
고사반 등을 할 때 들었던 소리를 요청하자 벼 이름으로 부르는 소리가 있다
면서 구연해 주었다.

그 저두 한번 있시면은 좀 ……. "아이고 요거는 좀 해서 좀 전수를 했
으면 좋겠다."하는 생각이 들어가요.
(조사자 : 그 중에서 특히, 기억나시는 것 중에서 고사반이라든가 뭐, 걸

립칠 때 들었던 소리, 조금만 해 보셔요.)

근데 지금은 뭐 너 저 뭡니까. 저, 뭐, 뭐. 저 어, 뭐라고 하나. 통일벼
니 뭐니 저, 전수(전부) 벼 이름이 바뀌었지만은.

(조사자 : 예.)

그전에 인저 그, 에, 거기서 인저 나오는 얘기가 …….

여주 이천 자체베(벼)냐
휘둘러라 상무천
걸거덩 구두둥 쟁기천
알록달록에 가투리천
웬갓 칠십의 노인들
혼저(혼자) 먹어라 돼지찰

이게 다 벼 이름이거든요.

제보자 최재영의 구연상황

# 고사 지내는 소리(2)

자료코드 : 09_05_FOS_20100716_LCS_CJY_0017
조사장소 : 충청북도 음성군 대소면 오산리 개나리아파트 101동
조사일시 : 2010.7.16
조 사 자 : 이창식, 최명환, 장호순, 김영선
제 보 자 : 최재영, 남, 72세
구연상황 : 제보자 최재영이 쌀 이름을 넣어서 부른 고사 지내는 소리에 이어서 콩 이
　　　　　름을 넣어서 부르는 소리가 있다고 하였다. 조사자가 소리로 불러줄 것을 요
　　　　　청하자 최재영이 구연해 주었다.

(조사자 : 지금 콩 그, 한 번 그거 다시 한 번 해 보세요, 소리로.)

콩이요?

(조사자 : 예 지금 콩, 예, 콩 들어가는 ……. 예.)

근데 콩 이름두, 그거 어디 적어논 게 없으면 되는데.

(보조 제보자 : 없어요, 지금은.)

그거 싹 잊어버렸는지 …….

　　　　만리타국에 강낭콩
　　　　이팔청춘에 부르되콩
　　　　욜콩졸콩에 동저콩
　　　　방정맞다 주머니콩
　　　　거저먹어라 논뚜랑콩


# 묘 다지는 소리

자료코드 : 09_05_FOS_20100716_LCS_CJY_0025
조사장소 : 충청북도 음성군 대소면 오산리 개나리아파트 101동
조사일시 : 2010.7.16

조 사 자 : 이창식, 최명환, 장호순, 김영선
제 보 자 : 최재영, 남, 72세
구연상황 : 조사자가 운상 하거나 묘를 다지면서 불렀던 소리 가운데 지역 지명이 들어
가는 것이 있느냐고 물어보자, 제보자 최재영이 구연해 주었다.

선천지 후천지는

에헤이 달구


[제보자는 처음에 한 번만 후렴을 넣고 뒤에부터는 사설만 불렀음]

억만세계 무궁이라

산지조종은 곤륜산이요

수지조종은 황해수라

곤륜산 일(1)지맥에

대한민국이 생겼으니

백두산은 주산이되고

한라산은 암산이요

두만강이 청룡이되고

압록강은 백호로다

팔도강산 좋은경치

역력히 살펴를보니

충청도 속리산이

세계명산 되었어라

충청도를 살펴를보니

음성군이 제일이라

부윤산망막이 뚝떨어져서

대소면하구두 성본리다

이산수(산소)를 마련을할제

정남으루다 안을주니

부귀영화가 없을손가

고게 이제 지명 들어간 거 다 들어 간 거야.

(조사자 : 예.)


# 떡 타령

자료코드 : 09_05_FOS_20100716_LCS_CJY_0035
조사장소 : 충청북도 음성군 대소면 오산리 개나리아파트 101동
조사일시 : 2010.7.16
조 사 자 : 이창식, 최명환, 장호순, 김영선
제 보 자 : 최재영, 남, 72세
구연상황 : 조사자가 제보자 최재영이 알고 있는 소리 가운데서 재미있는 것이 무엇이
냐고 물어보자, 떡 타령이 있다면서 구연해 주었다.


떡이로구나 떡이로구나

동글구 검은건 시루떡이요

[백옥짝] 같은건 인절미요

괴기 같은건 송편이요

[어랑]을 받어서 절편이더냐

물감을 드려서 색떡이냐

길거리서 파는건 빵떡이요

중공군 굽는거는 호떡인데

동글동글 수수팥떡이요

바싹 얼궈서 백설기냐

찹살경단에 조청을 고아

배에다 한배를 잔뜩싣고

오시는 손님 가시는 손님

마음대루다 잡수시오

# 어랑 타령

자료코드 : 09_05_FOS_20100716_LCS_CJY_0036
조사장소 : 충청북도 음성군 대소면 오산리 개나리아파트 101동
조사일시 : 2010.7.16
조 사 자 : 이창식, 최명환, 장호순, 김영선
제 보 자 : 최재영, 남, 72세
구연상황 : 조사자가 다른 소리를 요청하자 제보자 최재영이 어랑 타령을 구연해 주었다. 최재영은 성당을 다니는 천주교 신자로 임 대신 하느님으로 대체해서 불렀다.

산수갑산에 머루다래는 얼그러설그러 졌는데

나는언제 하느님만나서 얼그러설그러 지느냐

어랑어랑 어허야 어허야 더허야

사이다 마시루(마시고) 노잔다

# 나뭇짐 지는 소리

자료코드 : 09_05_FOS_20100716_LCS_CJY_0045
조사장소 : 충청북도 음성군 대소면 오산리 개나리아파트 101동
조사일시 : 2010.7.16
조 사 자 : 이창식, 최명환, 장호순, 김영선
제 보 자 : 최재영, 남, 72세
구연상황 : 조사자가 제보자에게 나뭇짐 지고 가면서 불렀던 소리를 요청하자 구연해 주었다. 나뭇짐을 지면서 노랫가락을 부르기도 하지만 최재영은 강원도 아리랑을 많이 불렀다고 한다.

(조사자 : 그다음에 고 형님 얘기론, 나무 짐 지고 가면서 부르는 노래가 있다던데.)

그거 뭐, 나무짐 가지고서야 뭐, 한두 가지 노래 부르나요. 많이 부르지.

(조사자 : 글쎄요, 그 중에 그런, 기억나는 거 하나만 좀 불러보세요. 우리가 형님도 한, 서너 곡 하셨거든요.) [제보자 웃음]

(조사자 : 대개는 노랫가락이든데.)

아 인제 노랫가락도 하지만 이제 난 가끔 좀 그 허심탄회한 자리에서 인저 그 노래를 많이 부르는데. 난 저 강원도 아리랑이라고 그래서.

(조사자 : 예, 예.)

이제 그런 얘기를 많이 하는데.

(조사자 : 예.)

그래 이제 그 사설이 그렇거든요.

(조사자 : 예.)

내리갈 제는 빨리 내리가니까, 제일 빨리하고. 올라갈 적엔 힘이 드니까, 천천히 그렇게 부르는 거거든.

(조사자 : 예.)

그래서 인제 그걸 그냥 재미 삼아서 부르던 노래가 있는데. [제보자가 헛기침을 한 번 하고 소리를 하였다. 11초 정도 간격이 있음]

> 내팔자나 네팔자나 원앙금침 잣벼개(베개)를
> 머리맡에 밀쳐놓고 샛별같은 놋요강을
> 발치발치 밀어놓고 호랑담요 쭉갈아놓고
> 전대같은 팔을비고 새젖같은 젖을미고
> 관오장백이 접저고리 품안에쌕들어 잠자보기는
> 아이구 아이구 아이구 아이구 아이구

이제 다 내려온 거야.

아차 일 글렀는데
울퉁불퉁한 왼반에서 보리밭잠을 자노라

인제 그게.
(조사자 : 예.)
인제 그게 웃기느냐고 인제 그, 그 노래를 예전에 즘(좀) 가끔 불러요.


# 권주가(1)

자료코드 : 09_05_FOS_20100716_LCS_CJY_0047
조사장소 : 충청북도 음성군 대소면 오산리 개나리아파트 101동
조사일시 : 2010.7.16
조 사 자 : 이창식, 최명환, 장호순, 김영선
제 보 자 : 최재영, 남, 72세
구연상황 : 조사자가 술 마실 때 부르는 노래를 요청하자 제보자 최재영이 권주가를 구
연해 주었다.

(조사자 : 그리고 이렇게 옛날은 저, 약주 좋아하실 때, 약주 하, 하고
잘 부르는 거는 주로 노랫가락이었습니까?)
아니죠, 권주가지.
(조사자 : 권주가.)
어.
(조사자 : 예, 권주가 한 번 해 보셔요.)
인제 그 저 춘향이가.
(조사자 : 예, 예, 예, 예.)
아이 저, 춘향이래. 이도령이, 이도령이 저기 그 뭐야. 변사또네 집에

가서. 인저 그 에, 거지 행색하면서 술 한 잔 먹는데, 기생이 불러준 권주
가가 또 있어.

(조사자 : 예, 예, 예.)

　　잡지를야 들지를 그려
　　이술한 잔을 마시지 그려
　　이술한 잔 먹구를보면 천년만년을 요모냥요꼴

한마디도 존대가 안 들어가잖아요.
(조사자 : 그렇죠.) [제보자 웃음]


# 권주가(2)

자료코드 : 09_05_FOS_20100716_LCS_CJY_0048
조사장소 : 충청북도 음성군 대소면 오산리 개나리아파트 101동
조사일시 : 2010.7.16
조 사 자 : 이창식, 최명환, 장호순, 김영선
제 보 자 : 최재영, 남, 72세
구연상황 : 제보자 최재영이 앞서 부른 권주가에 이어 답하는 소리가 있다면서 구연해
　　　　　주었다.

그러니까 인제.
(조사자 : 예, 예.)
술을 받으믄 또 그, 받는 사람 또 …….
(조사자 : 예, 예, 예.)
에, 노래가 있다고.

　　내가 이술을 즐겨서먹나 과벽인줄을알면서도
　　이술이 아니구보면 맘붙일곳이 전혀없네

이 인제 답주가고 그건. (조사자 : 예, 예.)


# 시집살이 하는 소리

자료코드 : 09_05_FOS_20100716_LCS_CJY_0055
조사장소 : 충청북도 음성군 대소면 오산리 개나리아파트 101동
조사일시 : 2010.7.16
조 사 자 : 이창식, 최명환, 장호순, 김영선
제 보 자 : 최재영, 남, 72세
구연상황 : 조사자가 '시집살이 소리'를 아느냐고 묻자 제보자 최재영은 그런 소리는 들
어봤지만 사설에 욕이 들어가서 부르기가 좀 어색하다고 하였다. 조사자의 설
득에 최재영이 구연해 주었다. 노래를 다 마치고 조금 긴소리라면서 후렴을
덧붙여 불렀다.

시집을 간제두나 삼일만에

놋동이 하나를 깨었더니

시아범 잡놈이 하는말이

아가 아가 며늘아가

이내야 말을좀 들어봐라

너에 집이를 가거들랑은

일년의 농사는 못짓더라도

놋둥이 하나를 사오느라(사오너라)

여보시오 시아범 잡놈

소녀의 말씀좀 들어보소

하늘 같은 시아버님이

구름 같은에 말을타고

소녀의 집을 오시어설랑

열두폭 병풍을 둘러나치고

암탉의 용떡은 대추를물고
수탉을 용떡은 밤을물고
실과야 삼베를 고려나놓고
청실주 홍실주를 나눈후에
꽃과 같은 서방님이
분결 같은에 손으로다
윤녁 같은 내젖퉁이에는
아리랑 살짝쿵 만졌는데
여보시오 시아범 잡놈
놋동이 하나가 대단하오

이게 조금 길어요. [제보자 웃음]

(조사자 : 예, 그걸 마저 하셔야 되는데. 예, 예. 거기서부터 마저 해 보
셔요.)

아이, 고게, 고게, 저, 고 까지고. 고게 인제 후렴 나가는 거야, 인자.

(조사자 : 아, 후렴은 어떻습니까, 후렴은?)

얼씨구나 좋다 절씨구 좋네
요렇기 좋다간 첫딸 나요

# 다리 뽑기 하는 소리(1)

자료코드 : 09_05_FOS_20100714_LCS_HYS_0181
조사장소 : 충청북도 음성군 대소면 부윤1리 대동로 537 부윤리노인정
조사일시 : 2010.7.14
조 사 자 : 이창식, 최명환, 장호순, 김영선
제 보 자 : 한예순, 여, 90세

구연상황 : 대소면 소재지로 가는 길에 부윤1리 경로당에 들렀다. 제보자 한예순에게 다리 뽑기 하면서 불렀던 노래를 요청하자 구연해 주었다.

이거리 저거리 대청거리
서울루 나들이
꼭두 신 백

그렇게 했지.


# 다리 뽑기 하는 소리(2)

자료코드 : 09_05_FOS_20100714_LCS_HYS_0182
조사장소 : 충청북도 음성군 대소면 부윤1리 대동로 537 부윤리노인정
조사일시 : 2010.7.14
조 사 자 : 이창식, 최명환, 장호순, 김영선
제 보 자 : 한예순, 여, 90세
구연상황 : 조사자가 제보자 한예순에게 앞서 부른 다리 뽑기 하는 소리를 다시 불러줄 것을 요청하자 다른 사설로 구연해 주었다.

한거리 징거리 대청거리
서울루 나가리
꼭두 신 백

# 뱃노래

자료코드 : 09_05_MFS_20100716_LCS_CJY_0060
조사장소 : 충청북도 음성군 대소면 오산리 개나리아파트 101동
조사일시 : 2010.7.16
조 사 자 : 이창식, 최명환, 장호순, 김영선
제 보 자 : 최재영, 남, 72세
구연상황 : 제보자 최재영은 1980년대 농민운동할 당시 앞에서 소리를 많이 하였다고
한다. 그때 부른 노래가 있다면서 구연해 주었다.

농민운동 하면서 바꿔 부른 게 많아요.

(조사자 : 예.)

이, 저, 뱃, 뱃노래 같은 거.

(조사자 : 그렇죠, 에.)

어기야디여러차 어허야디여어기여차 뱃놀이 가잔다

우리누님 피땀흘려 농사를 지어놓으니
농산부장관이 쌀값을내려 농민을 울리누나
어기야디여러차 어허야디야어기여차 뱃놀일 가잔다

우리누님 애써지은 한국산 토종쌀이
외국산 수입쌀에 다밀려 나는구나
어기야디여러차 어허야디야어기여차 뱃놀일 가잔다

우리딸년 공장가서 돈벌라 했더니만
방값옷값 라면값제하고 용돈도 못쓰네

에기야디여러차 어허야디야어기여차 뱃놀이 가잔다

요걸 인제 가사를 죄 바꿔 갖고 부른 거예요.

(조사자 : 그렇죠.)


# 장 타령

자료코드 : 09_05_MFS_20100716_LCS_CJY_0070
조사장소 : 충청북도 음성군 대소면 오산리 개나리아파트 101
조사일시 : 2010.7.16
조 사 자 : 이창식, 최명환, 장호순, 김영선
제 보 자 : 최재영, 남, 72세
구연상황 : 앞의 뱃노래에 이어서 제보자 최재영은 자신이 농민운동에 다닐 때 장 타령
을 개사해서 불렀다며 구연해 주었다.

전두환 대통령 할직에 그 때가 기억나요. 푸대, 푸대(포대) 뒤짚어 쓰고
거긴 뭐. 저기 해 가지고 그걸 내가 인제 거기 서서 불렀던 장 타령이 하
나 있어.

(조사자 : 예, 그거 한번 해 보셔.)

그래 인저 짝 봐 가지고 그런다고. 인제 그 지금, 경찰덜도 쫙 깔려, 인
제 앞에 있지. 그러면

"야 우리 집에 강아지 두 마리가 있는데 하나는 두환이 하나는 순자
야."

[제보자 웃음] 그러고는 인제 장 타령을 하는 겨.

얼씨구씨구 들어간다아
저얼(절)씨구씨구 들어간다
작년에 왔던 각설이

죽지도 않구도 또왔네
얼씨구씨구 들어간다
두환이 보니 반갑다
아순자를 보니 더반갑다
느덜배 따지는 삼겹살
우리네 뱃가죽은 한겹살
느이들 바지는 솜바지
우리 바지는 홑바지
주머니가 비어서 서럽소
곱창이 비어서 괴롭소
얼씨구씨구 자리한다

이라구 이게 장 타령을 하면은 이게 그땐 여기 천원만 해도 컸어요. 근데 만원짜리가 꽤 나오는 겨. 그러니까

"야 이거 됐다, 이제".

기관마다 걸리면 하는 겨. 이제 저, 저, 무슨 파출소에만 가도 거서부터 "얼씨구씨구 들어간다" 그러면은.

(조사자 : 예, 예.)

제일 먼저 나와서 못 들어가게 뛰어나와서 떠들면서(떠다밀면서) 만원짜릴 찍 끄내 줘. [제보자 웃음] 그래 가지구 성남 그 저 ……

(조사자 : 예.)

어, 올라가서 일주일을 거기서 살았었는데.

(조사자 : 예.)

돈이 남어돌었어, 그거. [제보자 웃으면서] 장 타령 해 가지구.

# 4. 맹동면

# ▌조사마을

## 충청북도 음성군 맹동면 쌍정리

조사일시 : 2010.7.9

조 사 자 : 이창식, 최명환, 장호순, 김영선

쌍정리 전경

　쌍정리(雙丁里)는 상정리와 하정리 두 이름에서 '정(丁)'자가 쌍을 이룬 다고 하여 불렸다. 본래 충주군 맹동면에 속해 있던 지역이었으나 1906년 에 음성군에 편입되었다. 1914년 행정구역 개편에 따라 상정리, 하정리, 중본리, 율리 등의 일부를 병합하여 쌍정리라 하고 맹동면에 편입되었 다. 쌍정1리 정내에는 무제봉(300m)이 있고, 무제봉의 남쪽에는 함박산 (339m)이 있으며, 함박산 옆에는 쪽박산이 있다. 쌍정1리에는 군자테고개가 있고, 쌍정2리에는 입석재고개가 있다. 쌍정리에서 발원하는 동음천이 양촌천으로 유입되고, 쌍정리에서 발원하는 쌍봉천, 양촌천 등은 본성리에서 인봉천으로 유입되어 한천으로 흘러들어 간다. 쌍정1리에는 앞당들, 쌍정2리에는 배미들, 구미실들, 모징이들, 쌍정3리에는 새들보 등의 들이 있다. 쌍정리는 맹동면의 면 소재지다. 동쪽으로는 함박산, 남쪽으로는 두성리, 서쪽으로는 본성리, 북쪽으로는 마산리와 각각 접하고 있다. 쌍정리는 4개의 행정리로 이루어져 있으며, 쌍정1리의 정내, 쌍정2리의 선녀골·배미·장기바위, 쌍정3리의 아랫정내, 쌍정4리의 양촌·양달말 등의 자연마을이 있다. 357가구 934명의 주민이 살고 있다. 경지 면적은 밭 0.24km², 논 0.55km² 등이고, 농가 수는 100가구로 벼농사를 위주로 하지만 쌍정1리에서는 과수 재배를 많이 하고 있다. 쌍정리에는 음성경찰서 맹동치안센터, 맹동우체국, 맹동농업협동조합, 맹동면 농지개량조합, 맹동의용소방대, 맹동초등학교, 맹동예비군면대, 천주교 맹동공소, 맹동장로교회 등이 있다. 문화 유적으로는 쌍정리 3층석탑과 1938년에 건립된 쌍룡사가 있다. 쌍정리 쌍정교 부근에서는 국도 21호선과 지방도 515번이 교차하고, 면리도 203번과 면리도 205번 등이 쌍정리의 자연마을들을 연결하고 있다.


## 충청북도 음성군 맹동면 용촌리

조사일시 : 2010.7.14
조 사 자 : 이창식, 최명환, 장호순, 김영선

용촌리(龍村里)는 용계리(龍溪里)의 '용'자와 신촌(新村)의 '촌'자를 따서 부르는 지명이다. 본래 충주군 맹동면에 속해 있던 지역이었으나 1906년 음성군에 편입되었다. 1914년 행정구역 개편에 따라 용계리, 신촌, 상돈리, 하본리, 봉암리, 개현리의 각 일부를 병합하여 용촌리라 하고 맹동면

용촌리 전경

에 편입되었다. 용촌1리 남쪽에는 망월봉(100m)이 있고, 용촌2리 북쪽에
는 등구봉이 있으며, 용촌3리 남쪽에는 매봉재가 있다. 덴언덕의 동쪽에
는 절음바다, 절음바다의 동쪽에는 용당들, 서쪽에는 황재자리들, 방우대
남쪽에는 빼내들, 골말에는 중보들, 용미머리에는 갈보들, 용미머리와 골
말 사이에는 새봇들 등의 들이 있다. 1943년에 준공된 돈덕소류지가 있으
며 용미머리의 갈보들에 물을 공급하는 갈보가 있다. 용촌리는 맹동면 면
소재지에서 서쪽으로 6km 떨어진 지점에 위치하고 있으며, 동쪽으로는
쌍정리, 서쪽으로는 대소면 수태리, 남쪽으로는 신돈리, 북쪽으로는 봉현
리와 각각 접하고 있다. 용촌리는 3개의 행정리로 이루어져 있으며, 용촌
1리의 덴언덕·황새자리, 용촌2리의 방우대·주막거리, 용촌3리의 골말·
용미머리 등의 자연마을이 있다. 면적은 3.12km²이고 115가구, 304명(남
자 155명, 여자 149명)의 주민이 살고 있다. 경지 면적은 밭 0.10km², 논

0.63km² 등이고 농가 수는 70가구이다. 평야 지대이고 수리가 좋아 미곡을 주로 생산하고 있다. 그 외 양돈, 한우 등도 많이 사육하고 있으며, 용촌1리에서는 과수를 많이 재배하고 있다. 지방도 513번이 용촌리 서북부에서 남서 방향에서 북동 방향으로 있고, 군도 13번이 마을 서부를 남동에서 북서 방향으로 있으며, 마을 동부에는 면리도 213번이 남북으로 관통하고 있다.

## 충청북도 음성군 맹동면 통동리

조사일시 : 2010.7.9
조 사 자 : 이창식, 최명환, 장호순, 김영선

통동리 전경

통동리(通洞里)는 지형이 통처럼 생겨서 '통골' 또는 '통동이'라 불린다.

본래 충주군에 속해 있던 지역이었으나 1906년 음성군에 편입되었다. 1914년 행정구역 개편에 따라 새터, 창리, 중리, 천곡을 병합하여 통동리라 하고 맹동면에 편입되었다. 통동리 저수지 서쪽에는 도마재가 있고 암솔(322m) 입구에는 삼형제굴이 있다. 창말의 서쪽에는 납작산, 북쪽에는 알봉(180m), 중말의 서쪽에는 노적봉, 남서쪽에는 삼봉, 중말 앞에는 시루봉 등이 있다. 또한 노천고개, 도마재(도마티), 말이장고개, 알랑재 등의 고개가 있다. 창말 서쪽에는 솔터고개와 제피골, 도둑골 등의 골짜기가 있고 남동쪽의 도척골에는 도척산이 있다. 군자리 북쪽에서 발원한 군자천이 남류하면서 통동리의 통동산에서 발원하는 가라골천과 합류하고 있다. 통동리는 맹동면의 면 소재지에서 남으로 8km 떨어진 지점에 위치하고 있으며, 동쪽으로는 군자리, 남쪽으로는 진천군 초평면 신통리, 북쪽으로는 함박산이 있다. 65가구, 165명(남자 77명, 여자 88명)의 주민이 살고 있다. 1970년대 말까지 새터, 샘골, 중말, 창말, 큰말 등 5개의 자연마을이 있었다. 그러나 1983년 통동리 저수지의 축조로 기존의 새터는 수몰되었다. 현재 샘골(천곡), 중말(중리), 새터(신기), 창말(창리, 큰말) 등 4개의 자연마을이 있다. 경지 면적은 밭 0.16km², 논 0.09km² 등이고 농가 수는 30가구이다. 밭농사를 주로 하고 있다. 창말은 옛 군기 창고가 있었던 마을로서 김순(金楯) 효자문이 있다. 지방도 515번이 맹동면 통동리를 지나 금왕읍 호산리와 연결되고 있다.

# ▌제보자

## 강태생, 남, 1924년생

주 소 지 : 충청북도 음성군 맹동면 쌍정리
제보일시 : 2010.7.9
조 사 자 : 이창식, 최명환, 장호순, 김영선

강태생은 맹동면 토박이로, 2002년 짚풀
공예 전수자로 지정받았다. 본관은 진주이
고, 선친께서 진천군 초평면 새마을에 살다
가 쌍정2리로 이주해 왔으며, 3대 독자다.
일제강점기 아래인 20세 미만에 속리산에
위치한 공업전문학교(도지사 운영)를 다녔으
며, 그곳에서 강사와 교원 생활을 하기도 하
였다. 공업전문학교는 고종의 소개로 가게
되었다. 목공예, 옻칠공예 등을 그곳에서 일본인들에게 배웠으며, 지금 하
는 짚풀공예도 그때의 경험이 밑바탕이 되었다고 한다. 기능인이기에 군
대에 가지 않았으며 마차 만드는 것 등을 가르쳤다. 해방 이후에는 족보
만들기, 비석 세우기 등 종중 일을 20여 년 하느라 온양, 대전 등지에서
살았다.

40세 이후에 쌍정리로 들어왔는데, 마을로 돌아와서는 노인회 일을 17
여 년 했다. 노인봉사회를 조직하여 마을유래비를 세웠으며, 학생들에게
장학금을 주기도 하였다. 짚풀공예는 10여 년 전 노동부 담당자가 권유로
본격적으로 시작하게 되었다. 생활신조는 '하면 된다.'이며, 무극복지관에
서 2~3년 정도 짚풀공예 강사를 하였다. 그는 특히 돗자리를 짜는 돗틀,
가마니를 치는 가마니틀과 바디 등 점점 사라져 가는 10여 가지의 짚공

예 제작 도구를 복원했다. 충청북도 노인대회에서 최우수상을 받기도 했다. 한학에도 조예가 있는 그는 15년 동안 맹동면 노인회장을 맡아 오면서 예절교육과 봉사활동에도 앞장섰으며, '전통예절교육서'를 펴내기도 했다.

제공 자료 목록
09_05_FOT_20100709_LCS_GTS_0010 함박산의 유래
09_05_FOT_20100709_LCS_GTS_0016 장수모기를 잡아 모기를 없앤 강감찬
09_05_FOT_20100709_LCS_GTS_0017 혼이 되어 돌아온 정석오
09_05_FOT_20100709_LCS_GTS_0020 통골 칠지효(七指子) 김순

### 김영수, 남, 1945년생

주 소 지 : 충청북도 음성군 맹동면 통동리 통골마을
제보일시 : 2010.7.9
조 사 자 : 이창식, 최명환, 장호순, 김영선

김영수는 통동리에 거주하고 있다. 통동리 토박이로 조사자들이 갔을 때 마을 주민들과 함께 마을 입구 원두막에서 쉬고 있었다. 통동리는 경주 김씨 집성촌이며, 현재도 50여 호가 살고 있다. 예전에는 '통골'이라고 불렀다. 농사를 짓고 살았으며, 특히 담배농사를 많이 지었다고 한다.

제공 자료 목록
09_05_FOT_20100709_LCS_GYS_0051 통골 모기 없앤 강감찬
09_05_FOT_20100709_LCS_GYS_0052 통골 칠지효(七指孝) 김순

## 김현천, 남, 1939년생

주 소 지 : 충청북도 음성군 맹동면 쌍정리
제보일시 : 2010.7.9
조 사 자 : 이창식, 최명환, 장호순, 김영선

김현천은 맹동면 토박이로 쌍정리에 거주
하고 있다. 쌍정리의 옛날 이름은 '정천'이
었으며, 충주에 속해 있었다고 한다. 쌍정리
는 천재지변이 없는 마을, 살기 좋은 마을이
기에 어른들께서 농사지으려면 쌍정리를 떠
나지 말라고 하였다. 쌍정리에서 농사를 지
으며 살았고, 최근에는 수박농사를 지었다.
조사자들이 전상례 제보자로부터 민요를 채
록하면서 마을 지명 유래 등을 물어보자 옆에 앉아 있다가 구연해 주었
다. 쌍정리 지명유래는 선친에게서 들은 것이라고 한다.

제공 자료 목록
09_05_FOT_20100709_LCS_GHC_0031 함박산의 유래


## 박득천, 남, 1915년생

주 소 지 : 충청북도 음성군 맹동면 용촌1리 돈덕마을
제보일시 : 2010.7.14
조 사 자 : 이창식, 최명환, 장호순, 김영선

박득천은 음성이 고향으로 21세부터 맹동면 용촌 1리에 거주하고 있다.
제보자 이광섭과 함께 음성군 사람으로 용몽리 농요단(충청북도 진천군)
의 전승 보유자로 활동한다. 용촌1리가 진천군 용몽리와 접해 있어서 어
려서부터 용몽리 사람들과 자주 어울렸다고 한다.

아버지를 따라 상주 함창에 가서 몇 해 살았는데, 상주 우산이라는 데서 걸립을 배웠다. 무동으로 걸립패를 5년 정도 따라 다녔다. 당시 걸립패는 45명 정도 다녔으며, 여름 겨울 할 것 없이 전국적으로 다녔다. 걸립패를 하면 소리를 비롯한 이것저것 조금씩 다 했었다고 한다. 선친께서는 76세에 돌아가셨으며, 일제강점기에 2년 동안 일본으로 징용가기도 하였다.

얼마 전까지 용몽리 농요단 단원들을 지도하였으나, 현재는 소리를 할 수 없을 정도로 몸이 좋지 않다. 용몽리 농요단에서도 박득천 소리를 녹음해 놓은 것이 없어서, 농요단에서 박득천의 소리를 녹음해 달라고 조사자들에게 부탁하기도 하였다. 제보자 이광섭과 이정수의 도움으로 소리를 조금 하였다. 박득천의 소리는 이광섭이 거의 전수를 받았다고 한다.

박득천은 이광섭과 함께 1995년 제36회 전국민속예술경연대회에 소두머니영신놀이단으로 출연하여 3등 상(문화부장관상)을 수상했고, 그 해 충북민속경연대회 농악부에 진천군 대표로 출연하여 2등을 했다. 그리고 1999년에는 충북민속경연대회에 생거진천농요단으로 출연(선소리 제1인)하여 1등 상을 받았으며 2000년에는 생거진천농요단 충북대표로 출연하여 연기 1등, 종합상 3등을 수상하였다.

제공 자료 목록

09_05_FOS_20100714_LCS_BDC_0111 한오백년
09_05_FOS_20100714_LCS_BDC_0112 아라리(1)
09_05_FOS_20100714_LCS_BDC_0114 아라리(2)
09_05_FOS_20100714_LCS_BDC_0116 아라리(3)
09_05_FOS_20100714_LCS_BDC_0141 모심는 소리

## 이광섭, 남, 1926년생

주 소 지 : 충청북도 음성군 맹동면 용촌1리 돈덕마을
제보일시 : 2010.7.14
조 사 자 : 이창식, 최명환, 장호순, 김영선

이광섭은 진천군 용몽리 농요단 전승 보유자로, 맹동면 두성리 안골이 고향이다. 두성리가 진천군 용몽리와 접하고 있어서 용몽리 사람들과 자주 어울렸고, 현재 진천군 용몽리 농요단 단원으로 활동하고 있다. 두성리 일대가 혁신도시로 지정되어, 마을 주민들 모두 이주하였으며, 이광섭도 진천 용몽리로 이주하였다.

4형제 가운데 맏이로 23세에 결혼하였다. 동생들 3형제를 길렀으며, "소는 나서 시골로 보내고, 사람은 나서 서울로 보내라."는 할아버지의 말처럼 동생들을 모두 외지로 내보냈다. 외지 생활하는 동생들에게 1년에 쌀 10가마씩 올려보내기도 하였으며, 본인은 6남매를 두었다. 할아버지와 아버지를 쫓아다니며 일을 배웠는데, 그 때 소리하는 것을 보고 들으면서 배웠다. 할아버지가 특히 소리를 잘했었으며, 할아버지가 했던 소리 가운데는 풍년가가 기억이 난다고 한다. 가정 형편이 어려워 초등학교를 졸업하는 데, 남들보다 4년이나 더 걸렸다.

"민요는 48곡이고, 장구를 치는 것도 48곡"이라고 그의 말처럼 소리뿐만 아니라, 장구도 잘 친다. 이광섭은 제보자 박득천과 함께 용몽리 농요단으로 활동하면서 1995년 제36회 전국민속예술경연대회에 소두머니영신놀이단으로 출연하여 3등 상(문화부장관상)을 수상했고, 그 해 충북민속경연대회 농악부에 진천군 대표로 출연하여 2등을 했다. 그리고 1999년에는 충북민속경연대회에 생거진천농요단으로 출연(선소리 제1인)하여 1

등 상을 받았으며, 2000년에는 생거진천농요단 충북대표로 출연하여 연기 1등, 종합상 3등을 수상하였다. 현재 진천복지회관에서 농요를 전수하고 있는데, 귀가 잘 들리지 않아 어려움이 있다고 한다.

## 제공 자료 목록

09_05_FOT_20100714_LCS_IGS_0065 두러지라고 부른 맹동면 두성리
09_05_FOT_20100714_LCS_IGS_0157 남매간의 내기로 놓여진 농다리
09_05_FOS_20100714_LCS_IGS_0001 아라리
09_05_FOS_20100714_LCS_IGS_0009 모심는 소리(1)
09_05_FOS_20100714_LCS_IGS_0010 자진 아라리(1)
09_05_FOS_20100714_LCS_IGS_0020 신고산 타령(1)
09_05_FOS_20100714_LCS_IGS_0029 신고산 타령(2)
09_05_FOS_20100714_LCS_IGS_0030 풍년가
09_05_FOS_20100714_LCS_IGS_0040 자진 아라리(2)
09_05_FOS_20100714_LCS_IGS_0045 방아 타령
09_05_FOS_20100714_LCS_IGS_0046 베 짜는 소리
09_05_FOS_20100714_LCS_IGS_0047 물레질 하는 소리
09_05_FOS_20100714_LCS_IGS_0052 아기 재우는 소리
09_05_FOS_20100714_LCS_IGS_0054 나무 하는 소리(1)
09_05_FOS_20100714_LCS_IGS_0070 한오백년
09_05_FOS_20100714_LCS_IGS_0078 창부 타령
09_05_FOS_20100714_LCS_IGS_0085 품바 타령(1)
09_05_FOS_20100714_LCS_IGS_0092 모 찌는 소리
09_05_FOS_20100714_LCS_IGS_0095 모심는 소리(2)
09_05_FOS_20100714_LCS_IGS_0142 논 매는 소리
09_05_FOS_20100714_LCS_IGS_0151 달 타령
09_05_FOS_20100714_LCS_IGS_0152 묘 다지는 소리
09_05_FOS_20100714_LCS_IGS_0153 신세한탄가
09_05_FOS_20100714_LCS_IGS_0154 나무 하는 소리(2)
09_05_FOS_20100714_LCS_IGS_0155 품바 타령(2)
09_05_FOS_20100714_LCS_IGS_0156 땅 다지는 소리
09_05_FOS_20100714_LCS_IGS_0158 자진 아라리(3)
09_05_FOS_20100714_LCS_IGS_0162 자진 아라리(4)

## 이정수, 남, 1940년생

주 소 지 : 충청북도 음성군 맹동면 용촌1리 돈덕마을
제보일시 : 2010.7.14
조 사 자 : 이창식, 최명환, 장호순, 김영선

이정수는 진천군 용몽리에 거주하고 있으
며, 현재 진천군 용몽리 농요단의 단장을 맡
고 있다. 음성 출신인 이광섭과 박득천 제보
자의 조사를 도와주기 위해 함께 하였으며,
맹동면 일대의 지명 유래에 대해서 설명해
주었다.

1999년 제6회 충북민속예술제에서 1등을
수상했고, 2000년 순천에서 열린 제41회 한
국민속예술제에서 연기대상을 받았다. 또 2001년 제8회 충북민속예술제
에서는 장려상을, 같은 해 제4회 박달제 추모 국악경창대회에서는 최우수
상(개인상)을 수상했다. 2002년에는 제4회 상주전국민요경창대회에서 신
인부 장려상(개인상)을 받았다.

제공 자료 목록
09_05_FOT_20100714_LCS_IJS_0066 맹골 이름에 얽힌 이야기
09_05_FOT_20100714_LCS_IJS_0067 통동에서 진천까지 어디서나 이십 리


## 전상례, 여, 1935년생

주 소 지 : 충청북도 음성군 맹동면 쌍정리
제보일시 : 2010.7.9
조 사 자 : 이창식, 최명환, 장호순, 김영선

전상례는 전라북도 임실군 청운면에서 47세까지 살았다. 그 후 서울 오

류동에서 살다가 12년 전에 딸이 음성에서 슈퍼마켓을 하기에 일을 도와주려고 와 있다. 서울에 있으면서 자동차부품 만드는 회사에 16년 6개월 동안 다녔다고 한다. 딸에게 조사 목적을 들려주자 "우리 어머니 오랜만에 신나겠네."라고 말할 정도로 제보자는 흥이 넘친다. 조사자들이 갔을 때도 맹동면 쌍정1리 게이트볼장에서 할아버지들과

어울려 게이트볼을 치고 있었다. 어렸을 때 판소리를 배우려고 하였는데, 할머니가 하지 못하게 해서 배우지를 않았다고 한다.

제공 자료 목록
09_05_FOS_20100709_LCS_JSR_0037 농부가
09_05_FOS_20100709_LCS_JSR_0041 다리 뽑기 하는 소리
09_05_FOS_20100709_LCS_JSR_0050 뱃노래
09_05_MFS_20100709_LCS_JSR_0036 군밤 타령


## 정철남, 여, 1938년생

주 소 지 : 충청북도 음성군 맹동면 용촌1리 돈덕마을
제보일시 : 2010.7.14
조 사 자 : 이창식, 최명환, 장호순, 김영선

정철남은 이광섭 제보자의 부인으로 진천군 용몽리에 거주하고 있다. 조사자들이 이광섭 제보자로부터 민요를 채록하고 있을 때 들어와 소리를 요청하였다. 맹동면 용촌1리가 고향으로 23세에 두성리로 시집을 갔다. 현재 고향마을에는 막내 남동생이 살고

있다. 6남매를 두었으며, 시집 와서 삼베길쌈을 많이 했으며, 또 잘했었다고 한다.

제공 자료 목록

09_05_FOS_20100714_LCS_JCN_0172 다리 뽑기 하는 소리

### 조진형, 남, 1936년생

주 소 지 : 충청북도 음성군 맹동면 쌍정리
제보일시 : 2010.7.9
조 사 자 : 이창식, 최명환, 장호순, 김영선

조진형은 맹동면 토박이로 쌍정리에 거주하고 있다. 쌍정리에서 농사를 지으며 살았고, 최근에는 수박농사를 많이 지었다. 조사자들이 전상례 제보자로부터 민요를 채록하면서 마을 지명 유래 등을 물어보자 옆에 앉아 있다가 구연해 주었다.

제공 자료 목록

09_05_FOT_20100709_LCS_JJH_0045 개미와 칡넝쿨을 없애고 벼락을 분지른 강감찬

# 함박산의 유래

자료코드 : 09_05_FOT_20100709_LCS_GTS_0010
조사장소 : 충청북도 음성군 맹동면 쌍정2리 덕금로 234번길 43
조사일시 : 2010.7.9
조 사 자 : 이창식, 최명환, 장호순, 김영선
제 보 자 : 강태생, 남, 87세
구연상황 : 조사자들이 심당짚공예연구소를 찾았을 때 제보자 강태생은 짚공예를 하고
　　　　　있었다. 맹동면 주변 마을의 유래에 대해 물어보자 강태생이 구연해 주었다.
줄 거 리 : 함박산은 표주박을 엎어놓은 형상이고, 함박꽃이 많아서 함박산이라고 한다.
　　　　　또 소속리산과 연결된 여성의 형국의 산이다. 꿩을 비롯하여 노루 등이 함박
　　　　　산으로 도망가면 절대 잡을 수가 없다. 이는 함박산은 욕심이 많아 일단 들어
　　　　　가면 안 내주기 때문이라고 한다.

(조사자 : 맹동에 여기 함박산 있지 않습니까, 함박산?)

함박산 여기 있지요.

(조사자 : 그걸, 왜 함박산이라고 하죠, 거길?)

표주박 함(函), 함(函) 자인데.

(조사자 : 예.)

표주박 같이 엎어놓은 형상이 됐기 땜에 그렇다는 얘기로 함박산이라
고 하거든 이, 이, 유명한 산이고.

(조사자 : 산 자체가요?)

예, 표주박 같이.

(조사자 : 예, 예.)

그래, 그때는 함박꽃이 또 많이 거기 있던 모양이여.

(조사자 : 예, 예, 예, 예)

함박꽃. 그래서 함박산이라고 하는데. 저 소, 소속리산에서 연결되어 있거든요.

(조사자 : 예.)

그것도 내가 썼어. 소성, 이거, 소성 연관된 그 애, 얘기를, 얘기를 써 놓고 그랬는데. 함박산이라고 하, 하, 하면은 그 어른들 말씀도 그렇게 하고. 모로 소속리산에서 연결되고 그러는데, 여자 형상이 이, 유명한 게 하나가 있거든요. 옛날에는 저, 총도 그렇게 없었고, 매를 길러 가지고 매를 이렇게 들고 댕기면서 그저 꿩을 튀겨 놓으면은. 이 매가 그냥 탁 놓으면 가서 그, 그 꿩을 잡거든.

(조사자 : 예.)

그럼 이걸 우리가 가지고 오고 이렇게 하는데, 이 언, 비산비하인데. 여가, 대, 여기가 박대통령이가 언제든지 큰 도시가 될 거라고 그랬는데. 비산비하인데, 꿩이 많이 있었는데, 다른 데루(데로) 날라가면 잽히는데. 함박산에 들어가면 하나도 못 잡아, 용하게. 그런데 여자가, 이, 여자형국이라는 얘기 여자라는 얘기여.

(조사자 : 왜, 왜, 왜, 그게 여자 형국이죠?)

여자들, 글쎄 어른들 말씀이 여자. 그래서 한, 한 번도 함박산으로 날라가는 짐승은 못 잡는다 이거야. 또 함목하는 산에서 뭘 잡, 노루도 잡고, 무슨 하다못해 뭘 잡아 오는 시 하는데. 그러는데 함박산에서는 잡아 오는 게 없어요.

(조사자 : 아.)

그래서 그게 유명해서 여기서 혁신도시 따라서 이렇게 그냥 여기다가 지어졌지.

(조사자 : 근데, 그게 여자형국 하고 무슨 상관이 있을까요 그게?)

그래, 그러니깐.

(조사자 : 예.)

저기, 저, 소속리산.

(조사자 : 예.)

저, 금왕.

(조사자 : 예)

예, 소속리산하고 여기 연결돼서 그냥, 이렇게 하니까 어른들 말씀이 여형국이다 이거여.

(조사자 : 여형국이다.)

자칭 여형국이다. 그래 욕심이 많아서 일단 들어갔다 놓으면 안 내준다는 얘기예요.

(조사자 : 아.)

그걸 그래서 함박산이라고.

(조사자 : 아 그래서 함박산이라고, 아.)

제보자 강태생의 구연상황

# 장수모기를 잡아 모기를 없앤 강감찬

자료코드 : 09_05_FOT_20100709_LCS_GTS_0016
조사장소 : 충청북도 음성군 맹동면 쌍정2리 덕금로 234번길 43
조사일시 : 2010.7.9
조 사 자 : 이창식, 최명환, 장호순, 김영선
제 보 자 : 강태생, 남, 87세
구연상황 : 조사자가 강감찬장군이 통동리 통골에 왔었다는 이야기를 들었느냐고 묻자, 제보자 강태생이 구연해 주었다.
줄 거 리 : 맹동면 통동리 통골에는 지금도 모기가 없는데 강감찬장군 때문이라고 한다. 강감찬장군이 이곳을 지나다가 통골에서 쉬게 되었다. 그런데 모기들 때문에 부하들이 잠을 잘 수가 없었다. 강감찬장군은 모기가 뭉쳐 있는 곳에 손을 넣어 장수모기를 잡은 후 혓바닥을 잘라 버렸다. 그 후 모기가 사라졌다고 한다.

(조사자 : 강감찬장군이 거기 왔단 얘기가 뭐 있더라고요.)

그렇지.

(조사자 : 예, 예.)

아 강감찬 장, 장, 장, 장군이 ……. 천, 저기 이십년, 천 한 사십년 되네.

(조사자 : 예.)

에.

(조사자 : 예.)

그 인현공(인헌공)이여. 어질 인(仁) 자, 법 헌(憲) 자, 인현공이거든 그이가. 근데 민 자 첨 자가 부원수고 상원수고 그런데.

(조사자 : 예.)

그, 저 원남서 글로 넘어 댕기는 그, 산, 산이 있잖아요?

(조사자 : 예.)

산이 있는데 해가 저물으니까 그냥 거기서 쉴 모냥이지. 쉬는데 밤새 밤에 모기가 그냥 막 집중해서 뜯어 먹고 그러니까는. 부하들이 가만히 내다보니까 부하들이 잠을 못 자고 야단이거든. 그러니깐 그 어느 골인지는 몰라도 거기 고, 골, 골인데, 모, 모기가 왕상왕상 하니까는 거기다 손을 넣어 가지고. 장수모기를 그냥 빼 가지구서 쇳바닥(혓바닥)을 뚝 짤라 놨어. 그런 후로 모기가 없다는 얘기야. 그런데 시방 같이 모기가 하나도 없어요, 거기는.

(조사자 : 쇳바닥을 어떻게 했다구요?)

장수 모, 모기를 …….

(조사자 : 예, 혓바닥을.)

잡아 가지고 쇳바닥을 빼 가지고 잘라 놨다는 이야기야.

(조사자 : 잘랐다구요.)

예.

(조사자 : 아.)

그게 써져 있어요.

(조사자 : 그 이야기를 통도, 통골 쪽에서 그런 이야기들을 하나요, 지금도?)

하지요, 예.

(조사자 : 아.)


# 혼이 되어 돌아온 정석오

자료코드 : 09_05_FOT_20100709_LCS_GTS_0017

조사장소 : 충청북도 음성군 맹동면 쌍정2리 덕금로 234번길 43

조사일시 : 2010.7.9

조 사 자 : 이창식, 최명환, 장호순, 김영선

제 보 자 : 강태생, 남, 87세

구연상황 : 조사자가 제보자 강태생에게 맹동면 마산리에 있는 정석오 묘에 얽힌 이야기를 요청하자 구연해 주었다.

줄 거 리 : 맹동면 마산리에 좌의정을 지낸 정석오의 묘가 있다. 그는 청나라에 조공을
바치러 갔다 오는 길에 객사하였다. 정석오는 자신이 죽을 것을 미리 알고 부
하들에게 조선으로 돌아갈 때 자신의 이름을 계속해서 부르라고 하였다. 그래
야만 자신이 혼이 길을 잃지 않고 집까지 돌아갈 수 있기 때문이었다. 그 후
장례를 지낼 때 혼이 따라오게 이름을 부르는 풍속이 생겼다고 한다. 정석오
의 묘는 처음에 과천에 있었는데, 현재는 맹동면 마산리로 이장하였다.

(조사자 : 저기 마산에 가면은 정석오라고 하는 분이, 정석오.)

예, 정석오요. 그거 고대 얘기했지.

(조사자 : 예, 예.)

좌의정.

(조사자 : 아. 아 그 분이 그러면은 ……..)

좌의정. 좌의정이여. (조사자 : 예, 예.)

우, 중국에. (조사자 : 예.)

연말 제공(조공) 바치러 갔, 갔다 바치구 와 가지구.

(조사자 : 예.)

연말이면 우리, 속, 중국의 속국이니까.

(조사자 : 예.)

가서 연말이면, 지금 말하자면 세금 바치듯기(바치듯이) 그걸 가지고
가서. 부하들 가, 가지고.

(조사자 : 예.)

가지고 가다가.

(조사자 : 예.)

거가 죽어서.

(조사자 : 예.)

오다가 정화, 중국의 청화진이 어딘지 내가 안 가봤지만, 청와진에서
병이나 죽었다 이거여.

(조사자 : 아.)

거기서 죽었어요. 정, 정오석.

(조사자 : 청화진.)

다섯 오(五) 자, 주석 석(錫) 자, 정오석.

(조사자 : 예, 예, 예, 예.)

그이가 왔는데, 그 이 말이 어디야 한 군데 써서 있어요.

(조사자 : 예.)

그때부텀, 그런 게 ……. 우리가 마실에서 장사를 지내잖아요.

(조사자 : 예.)

그 산소에 장사 지내고 마, 말면 되돌아온다.

(조사자 : 예.)

오느라 상주가 곡을 하거든.

(조사자 : 예.)

"아이고 아이고." 그냥.

"아이고 아이고 아이고."

이렇게 따라 오거든. 옷, 그래고 꼭 가던 길로 가야지. 오, 꼭 왔지, 그 전에.

(조사자 : 그렇죠, 예.)

그런데 정오석씨가 어느 대장 보고서, 거기서 그 주, 주모자 보고 도서이(도저히) 내가 이 세상을 여기서 보내게 되니. 내가 죽거든, 죽거든

"정오석, 정오석 하고서 가라."

"그 무슨 말씀입니까." 이러니깐.

"그렇게 해야 된다."

(조사자 : 음.)

죽, 죽었는데 걸어오자면 그건 차도 없고 그러니까. 저는 물가에도 가야 되고 배도 타야 되고 중국서 여기 오자면 산도 넘어야 되고 하니깐.

혼신이 따라 와야지, 혼신이. 혼신 따라오기 에서(위해서)

"정오석, 정오석."그래 어디 가서

"증오석, 증오석."

그러니까 따, 따라 오게 위해서. 그래서 그 혼신이 우리나라에 와 가지구서, 오더럭(오도록)까지 한양에 에, 그 혼신을 불러야지만 온다 이거야. 그래서 그때부텀 이제 그게 생긴 거여. 에 오던 길로 오라고.

(조사자 : 아.)

음. 그러니깐 거, 거기서 인제 신체 모두 인제 해 가지고 와서 과천에 다 모셨어요.

(조사자 : 예, 예.)

과천에 모셨는데 지리박사들이 전부 얘기가, 서울 지리박사가 맹씨라고 있는데. 요전에 나하고 찾아 와 가지고 얘기, 얘기 하고 그랬는데. 거기도 아까 가 봤다는 얘기 했잖아요.

(조사자 : 예, 예.)

그 저기다 이장한 거에요.

(조사자 : 아. 마산리에다가?)

예. 묘는 과천에다가 했다가. 그, 그, 그 말이 그 비에 써서 있어요.

(조사자 : 마산리에 가면은 이 묘를 지금도 확인 할 수 있나요. 지금 현재?)

할 수 있지.

(조사자 : 아, 거기에 그 비석이 있다고요?)

예 비석이 있어요.

(조사자 : 아.)

예. 정오석이요. 근데 그기 거기다 해 놓구서, 그 밑에 아들도 저기 저, 모두 찬성도 하고 모두 그래서 그거 써서. 그 비도 거기 자식, 자제에 저기도 있고 다 있어요.

(조사자 : 거기서(정석오가 죽은 중국에서) 인제 사람들을 시켜서 자기
이름을 인제 계속 불러 달라고. "정석오, 정석오." 계속 오면서 …….)

그건 인제 혼, 저기서 …….

(조사자 : 혼을, 혼을.)

혼이, 혼이, 그렇지.

(조사자 : 혼을 계속.)

안 불르면. 그래서 안 불르면 혼이 못 따라 오니깐. 그때부텀 그게 생
겼다는 얘기지.

(조사자 : 상여가 갔던 길로 다시 돌아온다라고 …….)

예, 돌아오면서 고, 곡을 하거든, 상주가 따라 오거든. 그, 그 식이 거기
서 …….

(조사자 : 그 식이 인제 그렇게 생긴 거라구요, 그래서?)

예, 그래 거기서부텀 나왔다는 이, 이야기예요.

마산리 정석오 묘

# 통골 칠지효(七指孝) 김순

자료코드 : 09_05_FOT_20100709_LCS_GTS_0020
조사장소 : 충청북도 음성군 맹동면 쌍정2리 덕금로 234번길 43
조사일시 : 2010.7.9
조 사 자 : 이창식, 최명환, 장호순, 김영선
제 보 자 : 강태생, 남, 87세
구연상황 : 조사자가 마을에서 전승되는 효자이야기를 해 달라고 요청하자, 맹동면 통동
리에 있는 효자 이야기라면서 제보자 강태생이 구연해 주었다.
줄 거 리 : 맹동면 통동리 통골에 김순 효자비가 있다. 부친이 돌아가시자 아무리 추운
겨울이라도 움막을 짓고 삼 년 동안 시묘살이를 해 일곱 손가락이 동상이 걸
려 모두 썩었다. 그래서 칠지효(七指孝)라고 한다. 또 부모님이 아플 때 꿩을
잡아드리려 하니 꿩이 집에 들어와서 김순이 움켜쥐어도 도망가지 않았다고
한다.

아, 통동 같, 같은 데도 그, 그 효자비지. 칠지비지.

(조사자 : 예.)

거, 칠지비라고.

(조사자 : 예, 예.)

아니 시묘하러 가서 도, 돌어가서 부모 돌아가시구. 거 가서 겨울이고
사흘이고 그 삼 년 간을 거기가 살았으니깐. 자, 자리 깔고 움막 짓고서
는. 그런데 손고락(손가락)이 일곱 고, 고락이 다, 다, 다 썩어 절단 났다
는 얘기에요.

(조사자 : 아.)

그 칠지비, 그 칠지비라는 거야. 그 칠지효라는 거야.

(조사자 : 칠지효.)

예. 그, 그래서 일곱.

(조사자 : 아.)

그런데 부모가 아플 제도 걱정을 하고, 꿩 잡으러 가면 없으면 꿩이 집
으로 걸어 들어와서 있는 걸. 그냥 움키도 가만 있었다는 얘기에요.

(조사자 : 아.)

그, 그래서 그렇게 효성이 대단하거든 전부가.

(조사자 : 손가락이 일곱 개가 썩었다고요?)

그렇지.

(조사자 : 어. 시묘하다가?)

시묘하다.

(조사자 : 어.)


# 통골 모기 없앤 강감찬

자료코드 : 09_05_FOT_20100709_LCS_GYS_0051
조사장소 : 충청북도 음성군 맹동면 통동리 원중로 1119번길 1 마을입구 정자
조사일시 : 2010.7.9
조 사 자 : 이창식, 최명환, 장호순, 김영선
제 보 자 : 김영수, 남, 66세
구연상황 : 조사자들이 통동리 마을에 들어섰을 때, 마을 입구 정자에서 쉬고 있던 제보
자 김영수를 만났다. 강감찬 관련 이야기를 묻자 구연해 주었다.
줄 거 리 : 강감찬장군이 이 마을을 지날 때 하루를 자게 되었다. 그런데 모기들 때문에 군
졸들이 잠을 못 잔다고 하자 부적을 써서 던졌다. 그 후로 모기가 사라졌다고
한다. 지금도 통통리 통골에는 다른 마을에 비해 모기가 없는 편이라고 한다.

이렇게 강장군이 그 저기 때 일루 지나가다가 여기서 1박을 하게 되셨
는데.

(조사자 : 예, 예.)

자다 보니까 모기 나와 갔고 거, 군졸들이 그냥 자꾸 모기가 무니까 잠
을 못 잔다 이거여.

(조사자 : 예, 예.)

그러니까 그 야기를 하고 그러니께. 그 양반이 부적을 하나 써서 이렇

통골

통골 입구 정자의 구연상황

게 던졌는데, 모기가 그 질(길)로 없어졌다는 겨.

(조사자 : 음.)

(보조 제보자 : 아래 턱이 떨어져서 있어도 못 문다 그랬어요.)

그래 가지구 …….

(조사자 : 아, 모기가.)

여 그래 가지구 저 너머도 인제 그 전에 없었는데. 딴 동네 사람들 여기 와 보면 몇 년 전만 까지만 해도 저 넘어하고 모기가 없다 그런 겨.

(조사자 : 어.)

근데 인제 저 넘어서 예전에 풀을, 논을 저 너머 부쳤어, 전부. 땅을. 그러니께 소 주느라고 풀을 베어주고 그래서 풀에 쌓이고 와서 모기가 생겼다.

(조사자 : 아.)

그렇게 어른들이 말씀들을 하셨고 …….

(조사자 : 요즘엔 모기가 생겼습니까, 그러면은?)

예.

(조사자 : 옛날엔 진짜 모기가 없었나요, 진짜?)

응. 지금도 저 짝 넘어 비하면 모기 여기 들한 게 증말(정말)이여.


# 통골 칠지효(七指孝) 김순

자료코드 : 09_05_FOT_20100709_LCS_GYS_0052
조사장소 : 충청북도 음성군 맹동면 통동리 원중로 1119번길 1 마을입구 정자
조사일시 : 2010.7.9
조 사 자 : 이창식, 최명환, 장호순, 김영선
제 보 자 : 김영수, 남, 66세
구연상황 : 조사자가 통골 효자비에 대해서 물어보자 제보자 김영수가 구연해 주었다.
줄 거 리 : 김순은 호랑이가 우는 산에서 겨울을 나며 시묘살이를 하였다. 그러면서 손

톱과 발톱 일곱 개가 얼어서 빠지는 등의 어려움을 겪기도 하였다. 그래서 정려문을 하사받았고, 김순을 일컬어 칠지효자라고 한다.

칠지 뭐라고 있는데, 칠지 뭐라고 써 있는데, 거기에. 그 윗대 할아버진데 인저 예전에 한 번 뭐라고 우리는 저 할아버지를 우리는 낳기 전에 있던 분이라 몰르지만은. 거기 인제 그 비, 그거 핸 거는 그렇게 써 있더라고. 칠지 뭐, 뭐라고. 뭐, 뭐, 듣기로는 뭐 이렇게 산소에 가서 움막을 쳐놓고 계시고. 해서 호랑이가 울고 거기서 겨울을 나니께. 손이 뭐 손 발구락이 얼어서 빠지구 그래서 뭐 손 뭐 일곱, 발구락인가 손구락이 일곱 개 나왔다. 뭐 이런 식이 노인 양반들이 이야기를 하시구 그래서 그런 거 들은 거지 뭐. 확실히는 몰른다구. 우리도 뭐 낳기 전인데 그걸 뭐 어떻게 그걸 알어, 그걸.

(조사자 : 그래 효자, 효자였다는 거죠, 그러니까?)

예, 예, 효자죠, 그러니까. 그래서 정려문을 하사를 하셨다 그런 게지.

김순 칠지효자문

# 함박산의 유래

자료코드 : 09_05_FOT_20100709_LCS_GHC_0031
조사장소 : 충청북도 음성군 맹동면 쌍정1리 덕금로 396 게이트볼장
조사일시 : 2010.7.9
조 사 자 : 이창식, 최명환, 장호순, 김영선
제 보 자 : 김현천, 남, 72세

구연상황 : 조사자들이 맹동면 쌍정1리 게이트볼장을 찾았을 때, 제보자 김현천, 조진형, 전상례 등이 있었다. 제보자들에게 마을 유래, 민요 등을 요청하자 제보자 김현천이 구연해 주었다.

줄 거 리 : 함박산의 유래는 두 가지로 전한다. 하나는 함박꽃같이 붕실붕실해서 함박산이라고 한다. 또 하나는 옛날 개벽할 때 바가지 하나 엎어놓은 만큼 물이 차서 함박산이라고 한다.

거, 전설이 여, 두 가지로 나와. 이 함박꽃같이 그 붕실붕실 이렇기(이렇게) 이, 됐다고 해서 함박산이라고도 그라고.

(조사자 : 예, 예, 예.)

옛날에 개벽을 했는데.

(조사자 : 예.)

바가지 하나 엎어 논 거 만치 요렇게 엎어졌디야.

(조사자 : 예, 예.)

물이 채여 가지고.

(조사자 : 예. 그래 함박산이라고 이렇게 …….)

이, 별, 이런 전설이 두 가지인데, 어떤 게 옳은 건지 잘 모르겠어.

(조사자 : 아.)

함박산

# 두러지라고 부른 맹동면 두성리

자료코드 : 09_05_FOT_20100714_LCS_IGS_0065
조사장소 : 충청북도 음성군 맹동면 용촌1리 용촌길 105-1
조사일시 : 2010.7.14
조 사 자 : 이창식, 최명환, 장호순, 김영선
제 보 자 : 이광섭, 남, 85세
구연상황 : 조사자가 예전에 제보자 이광섭이 살던 마을에서 내려오는 이야기를 요청
하였다. 이광섭은 마을 이름에 얽힌 재미있는 이야기가 있다면서 구연해 주
었다.
줄 거 리 : 맹동면 두성리는 열두 개의 마을로 이루어져 있었다. 사람들은 두성리에 있
는 이 마을들을 '두러지'라고 부르기도 하였다. 옛날에 두성리를 찾아가던 사
람이 "두러지가 어디요?"라고 묻자, 대답하는 사람이 "거 아무데나 뒤져요."
라고 대답했다고 한다.

(조사자 : 그래고 우리 어르신 그 두성리가.)

어.

(조사자 : 두성리 그 주변이.)

네.

(조사자 : 그 두성리 말고 또 자연부락이 어떤 마을이 있었어요, 두성리
말고?)

우리 마을만, 우리 마을만. 어, 십, 내가 십오 개 집이라고 그랬잖아요.

(조사자 : 예.)

두성2구가, 에 근데, 그 전에 할아버지들이 그랴.

(보조 제보자 : 열두 두러지라 그러던 거야.)

열두 동네라는 거여, 열두 동네. 열두 동네라는 거여. 두러지라 하면 열
두 동네예요.

(보조 제보자 : 두러지가 열두 두러지라 그러는 거예요.)

(조사자 : 어.)

그래 길 가는 분이,

"두러지가 어디요."

그래 그렇게 묻는다 이 말이여. 그럼

"거 아무데나 뒤져요."

(보조 제보자 : 아니.)

아무데나 뒤지라는 겨.

(보조 제보자 : 아무데나 뒤지는 게 아니라 "두러지가 어디냐." 소리를, "뒤지가 어디요." 이랬던 말이여.)

그려.

(보조 제보자 : 그러니까, "여보, 그럼 아무데나 가 뒤지라고." 그랬지.)

그래 아무데나 두러지 …….

(보조 제보자 : 그 두러지를 인제 뒤지라고 그래서 "그럼 아무데나 가 뒤지쇼.")

그런, 그 전설이 있어요.

(조사자 : 어.)

(보조 제보자 : 전설도 있고.)

(조사자 : 어, 그 재밌다, 그것도.)


# 남매간의 내기로 놓여진 농다리

자료코드 : 09_05_FOT_20100714_LCS_IGS_0157
조사장소 : 충청북도 음성군 맹동면 용촌1리 용촌길 105-1
조사일시 : 2010.7.14
조 사 자 : 이창식, 최명환, 장호순, 김영선
제 보 자 : 이광섭, 남, 85세
구연상황 : 조사자가 제보자 이광섭에게 주변에서 들었던 이야기 가운데 기억이 나는 것이 있으면 들려 달라고 하였다. 이광섭은 진천 농다리에 얽힌 이야기를 구연해 주었다.

줄 거 리 : 진천군 문백면 구곡리에 있는 농다리를 놓은 사람은 내기에 져서 죽은 딸이
라고 한다. 아들과 딸이 경주하였다. 딸은 다리를 완성하는 것이고 아들은 서
울까지 갔다 오는 것이었다. 경주에서 지는 사람은 죽기로 하였다. 딸이 다리
를 거의 완성할 무렵 부모가 아들을 살리기 위해 딸에게 좀 쉬라고 하였다.
그래서 딸이 쉬는 동안 아들이 도착하였다. 그래서 딸은 죽었다. 그 딸이 죽
어서 그 근처의 산에 묻었는데 어디에 묻었는지 알 수 없다. 바로 그 딸이 놓
은 다리가 현재의 농다리라고 한다.

그, 그전에 그 저, 그 다리 놀 적에 아들하구 딸하구. 아들하구 딸하구
이렇게 있는데. 이 딸은 이 다리를 다 놓으면 안 죽이구. 그 아들은 서울
갔다가 여기 오, 오면은 ……. 경주를 하는 거여. 누가 먼저 하나. 그러면
서울 갔다 아들이 먼저 오면 안, 뭐 그, 아들을 안 죽이구. 이렇게 죽이기
로다 약속을 해 가지고서 경주를 하는 거예요. 경기를.

(조사자 : 아 내기를 했다는 거죠?)

응.

(조사자 : 그러면은.)

경기를 했어요.

(조사자 : 딸은 다리를 놓고 아들은 서울까지 가고.)

응, 응. 경기를 했어요. 그래서 아, 이 딸은 얼추 다 놔 가는데, 아들이
그, 저 보이들 안 한다 이거여요.

(조사자 : 예.)

그래서 그 딸 보구, 딸 보구

"아직 느 오빠는 서울 갔다 올라면 멀었어."

"아 천천히 놔."

"까짓거 그 뭐 얼만 되어."

그래 그러니까 딸이 쉬었어. 거기서 쉬어 가지구서 있다니까, 아이 다
리 놓기 전에 따, 아들이 먼저 왔는 겨. 그래 딸을 죽여서 인저 거기 그
산, 그, 그 부분에다 파묻었는데, 어딨다 파묻었는지 모른데. 산은 못 찾

아. 그렇게 이, 이 전설이 있고요.


# 맹골 이름에 얽힌 이야기

자료코드 : 09_05_FOT_20100714_LCS_IJS_0066
조사장소 : 충청북도 음성군 맹동면 용촌1리 용촌길 105-1
조사일시 : 2010.7.14
조 사 자 : 이창식, 최명환, 장호순, 김영선
제 보 자 : 이정수, 남, 71세
구연상황 : 앞의 이야기에 이어서 맹동면에서 전해지는 이야기를 제보자 이정수가 구연
해 주었다.
줄 거 리 : 맹동면 두성리에는 중맹골, 사탑맹골, 벌맹골, 큰맹골 등 맹골이 들어가는 지
명이 많았다. 예전에 맹골을 찾아가던 사람이 길을 가다가 콩밭 매는 사람에
게 "맹골을 가려면 어디로 갑니까?"라고 물었다. 그러자 밭을 매던 사람이 자
신이 밭을 다 매고 가르쳐 줄 테니 잠시 기다리라고 말했다. 밭을 매고 나서
길손에게 자신이 방금 맸던 콩밭을 보여주며 "이쪽은 맨 골(맹골)이고 저쪽은
안 맨 골(안맹골)이니 당신 가고 싶은 대로 가라."고 대답했다고 한다.

거, 거 고 넘어가 맹, 맹골인데. 옛날에 거가 거 맹골이거든, 동네가.

(조사자 : 예, 예.)

(보조 제보자 : 맹골이 한두 군데가 아니여. 중맹골, 사탑맹골, 벌맹골,
큰맹골.)

(조사자 : 그래서 맹동면이 생긴건가요?)

그렇죠. 맹동면이죠.

(보조 제보자 : 맹, 맹, 맹.)

(조사자 : 그래서 맹동면이 생겼나요?)

(보조 제보자 : 어, 맹동면.)

그래 인저 맹골이 그렇게 인저 맹.

(보조 제보자 : 이 동네 사람이지, 이 동네.)

아마, 아마 우리 동네 쯤에서 물었던 모낭(모양)이여. 어떤 사람이 부지런히 가다.

"여보."

콩밭 매는 사람보고.

"야, 맹골을 갈라면 어디로 갑니까?"

하니까. 콩밭 매던 사람이

"거기 잠깐 계시라고."

"내가 한참 나가야 가르켜 준다고."

콩밭을 부지런히 매고 나가 가지고.

"이 짝은 맨 골(맹골)이고 이 짝은 안 맨 골(안맹골)이니까."

"당신 가고 싶은 데로 가라고."

그러더래요. [제보자들 웃음] 밭 매 놓고도.

(보조 제보자 : 맹골이 네 동네니까요. 맹골이 네 동네니까.)

그 인자 안맹골 ……

(보조 제보자 : 사탑맹골, 벌맹골, 중맹골, 가운데맹골. 이렇게 많으니까 맹골이 많잖어. 벌맹골이면 벌맹골, 중맹골이면 중맹골. 이렇게 물어야 되는데 "그 맹골로 어, 갈라면 어디로 갑니까." 이렇게 물으니까 그렇게 가르쳐 줄 수 밖에 더 있어, 그지.)

그래 이 사람이 아, 밭을 부지런히 매 나가더니

"이짝은 맹, 안, 맨 골(맹골)이고, 이짝은 아직 안 맨 골(안맹골)이니까."

"당신, 맹골로 갈라면 이짝이로 가고 안맹골로 갈라면 이짝으로 가라고."

그러더래요. 그러니까 거기는 맹골도 안맹골, 바깥맹골 있거든. 동네 이름이.

(조사자 : 네.) 그래서 그런 일화가 많아요, 옛날엔.

# 통동에서 진천까지 어디서나 이십 리

자료코드 : 09_05_FOT_20100714_LCS_IJS_0067
조사장소 : 충청북도 음성군 맹동면 용촌1리 용촌길 105-1
조사일시 : 2010.7.14
조 사 자 : 이창식, 최명환, 장호순, 김영선
제 보 자 : 이정수, 남, 71세
구연상황 : 앞의 이야기에 이어서 맹동면 주변 지명에 얽힌 이야기를 제보자 이정수가
　　　　　 구연해 주었다.
줄 거 리 : 예전에는 괴산에서 진천을 갈 때 맹동면 통동리를 지나갔다. 그런데 통동리가
　　　　　 얼마나 넓은지 가면서 길손이 진천까지 몇 리나 남았느냐고 물어보면 모두
　　　　　 이십 리 남았다고 하였다.

　통동에서 진천까지. 인제 여기 괴산서 인제 걸어 넘어올라면은 원남면
으로 들어 와 가지구서 진천을 갈라면 통동서 이리 넘어오거든요. 그러면
통골서
　"진천이 몇 리라." 하면.
　"이십 리라고."
　그러는 겨. 그래 인제 솔티고개를 인제 실컷 걸어 넘어서 한 십 리 넘
게(넘게) 왔겠지. 그래 뒤껀(뒤에) 와 가지고서
　"진천이 몇 리냐." 면은. 또
　"이십 리"
　라는 겨. 아 거기서 또 실컨(실컷) 걸어서 우리 동네쯤 와서 물으면 또
이십 리. 거기서 실컨(실컷) 걸어서 [꼬재]나 이런 데 가서 물으면 또 이
십 리. 아무 때래도 더디(거기)까지 가서 물어봐야 거기서 십 리라고 그러
니. 그래 여기 리 수는 어쩐 놈에 리 수가 이러느냐고 그랬다는 거야.
　(조사자 : 아.)

# 개미와 칡넝쿨을 없애고 벼락을 분지른 강감찬

자료코드 : 09_05_FOT_20100709_LCS_JJH_0045
조사장소 : 충청북도 음성군 맹동면 쌍정1리 덕금로 396 게이트볼장
조사일시 : 2010.7.9
조 사 자 : 이창식, 최명환, 장호순, 김영선
제 보 자 : 조진형, 남, 75세
구연상황 : 조사자가 맹동면 지역에서 전해지는 이야기를 요청하자 제보자 조진형이 구연해 주었다.
줄 거 리 : 맹동면 쌍정리에는 강감찬과 관련해서 '중동 느티나무 아래에는 개미가 없고, 솔태제에는 칡넝쿨이 뻗지 못하며, 청천하늘에는 벼락이 적다.'라는 말이 있다. 예전에 강감찬장군이 중동 느티나무에서 쉬려고 하는데 개미 때문에 쉬질 못했다. 그래서 부적을 사용하여 개미를 없앴다. 또 강감찬이 솔태재를 넘어가다가 칡넝쿨에 걸려 넘어졌다. 그래서 "더러운 칡"이라면서 침을 뱉고 부적을 써 칡넝쿨이 뻗지 못하게 하였다. 마지막으로 강감찬이 우물 옆에서 궁둥이를 내놓고 벼락이 떨어지도록 유도하였다. 강감찬은 떨어지는 벼락을 잡아서 부러뜨렸다. 그 후, 벼락이 작아졌다고 한다.

옛날에 중동 느티나무 밑에는 개미가 없다는 겨. 강감찬이가 거기 지나가면서 솔태제(솔티재라고도 함)로 이렇게 해 가지고 저기 넘어 ……. 솔태재는 칡이 있어도 넝쿨을 못 뻗는 대잖어. 그가 옷, 지나가다 칡덩쿨에 이렇게 걸려서 침을 뱉었다는 겨. 강감찬이가.

(조사자 : 아 강감찬인가요..)

응.

(조사자 : 어.)

강감찬이가 글리 가다가 칡넝쿨에 걸려서 자빠지고.

"드러운 거"(라고 하고는)

칡을 저기 해 놓고 부적을 써냈대요. 칡이 요렇게 나와도 칡넝쿨을 뻗질 못한다는 겨. 솔티재는. 여 중동 개미 밑에, 중동 느티나무가 제일 고중 오래됐는데 그건 죽었고. 지금 새로 심어서 조그만 게 있는데.

(조사자 : 음.)

거기 중동 느티나무 밑에는 개미가 없다는 겨. 강감찬장군이 거기서 드러누워 자는데 개미가 있어서 개미 땜에 못 자, 쉬, 쉴 때 쉬질 못했단 말이여. 그래 부적을 써 내 버려 개미가 없디야.

(조사자 : 아. 그 중동 느티나무 밑에서, 중동리 있는?)

중동 느티나무.

(조사자 : 그 개미를 어떻게 처리했다고요, 그래서?)

아 부적을 써 내 뿌리니까 개미가 없다는 거야, 거기는.

(조사자 : 아, 부적을 써서, 그래서 없앴다.)

솔태제를 넘어가다가 글리해서 그냥 꼭 저 대바우, 저 배나무 쯤 저 ……. 거길 넘어가다 칡넝쿨에 자빠져, 걸려 가지고 쓰러져 가지고.

"이 드러운 놈에 칡."

그러더라고. 그 부적을 쓰니 칡이 나와도 넝쿨을 못 뻗는다네. 칡넝쿨을 못 뻗는다네.

(조사자 : 그걸 예전부터 들으셨어요, 그 이야기를?)

아 옛날에 그게 ……. 현실도 지금도 거기 넝쿨, 넝쿨을 못 뻗는다고 그라니께.

(조사자 : 아 그러니까 못 뻗는다는 게 못 벗긴다는 건가요, 칡이?)

넝쿨이 이렇게, 칡이라는 건 죽죽 이렇게 질게(길게) 가잖아. 그런데 이렇게 순은 나와도 크게 넝쿨이 못 뻗는 거 아냐.

(조사자 : 어, 넝쿨을 못 뻗는다. 그런 말이, 개미랑 넝쿨이야기랑, 강감찬이 그렇게 …….)

아 옛날엔 베락(벼락)이 어떻게 심한지.

(조사자 : 예.)

저 먹는 식수 옆에 우물가에 가서느매 소변을 보는데. 누가 궁딩이만 까구 저기하면은 쌔카만 먹구름장이 와 가지구, 베락(벼락)을 꼭 쳐서라매

죽였다는 겨. 강감찬이가

"이 드러운 놈의 벼락이 왜 이렇게 심하냐고."

창천하늘에 샘에 가서 그래 궁딩이를 까고 저기 하니까. 아닌 게 아니라 이게 또 꺼먹 구름이 내려와 벼락 칼이 나려 오는 걸, 뚝 분질러 내 가지고 지금 벼락이 적댜, 뭘.

(조사자 : 어, 벼락을 분지르셨어요? 그래서.)

강감찬장군처럼 그렇게 힘이 센 장군이 없어, 강감찬장군이.

(조사자 : 예, 강감찬 얘기를 어디서 이렇게 재밌게 많이 알고 계세요, 어르신은?)

아니 뭐, 어려서 그, 글방에 댕기며 배운 거, 선생들한테 배운 거지.

# 한오백년

자료코드 : 09_05_FOS_20100714_LCS_BDC_0111
조사장소 : 충청북도 음성군 맹동면 용촌1리 용촌길 105-1
조사일시 : 2010.7.14
조 사 자 : 이창식, 최명환, 장호순, 김영선
제 보 자 : 박득천, 남, 96세
구연상황 : 제보자 박득천은 맹동면 돈덕마을 토박이로 진천 용몽리 농요단에서 무형문
화재로 지정받은 소리꾼이다. 그러나 이제는 나이가 많고 몸이 안 좋아, 청이
나지 않아 소리하는 것이 힘들다고 한다. 조사자가 한오백년을 요청하자 구연
해 주었다. 소리가 중간에 끊겼지만 부제보자 이정수가 함께 불렀다.

소리 다 아무 소릴 하는 데도 청이 좋아야 되는데.

(보조 제보자 : 아 청이 좋지.)

목이 약물 때문에 목 상해서 ……. 자꾸 숨이 가빠서 되덜 않어.

(조사자 : 한오백년 해 보셔요. 한오백년.)

예.

　　한많은 요세상 야속한 님아

[소리가 잠시 끊기면서 제보자가 "아이 거기 소리를 떨어야 되는데 안
되네."라 하고 이어 부름]

　　정을두고 몸만가니 눈물이 나네

이 이걸 못 넘기잖어.

# 아라리(1)

자료코드 : 09_05_FOS_20100714_LCS_BDC_0112
조사장소 : 충청북도 음성군 맹동면 용촌1리 용촌길 105-1
조사일시 : 2010.7.14
조 사 자 : 이창식, 최명환, 장호순, 김영선
제 보 자 : 박득천, 남, 96세
구연상황 : 한오백년에 이어서 조사자가 아라리를 요청하자 제보자 박득천이 구연해 주
었다.

눈이 올려나 비가 올라나 억수장마 질려나
만공산 검은구름이 막모여드네

아이 소리, 소리. 청, 청이, 내가, 내가 해도 안 되네. 이건.


# 아라리(2)

자료코드 : 09_05_FOS_20100714_LCS_BDC_0114
조사장소 : 충청북도 음성군 맹동면 용촌1리 용촌길 105-1
조사일시 : 2010.7.14
조 사 자 : 이창식, 최명환, 장호순, 김영선
제 보 자 : 박득천, 남, 96세
구연상황 : 조사자가 다른 소리를 요청하자 제보자 박득천이 아라리를 구연해 주었다.

산천초목 인간변화는 내일이면 없나
한시상(세상) 봄이오면은 다따러가리

아으 안 돼요. 소리가, 소리가 내지도 못 하는 걸.

# 아라리(3)

자료코드 : 09_05_FOS_20100714_LCS_BDC_0116
조사장소 : 충청북도 음성군 맹동면 용촌1리 용촌길 105-1
조사일시 : 2010.7.14
조 사 자 : 이창식, 최명환, 장호순, 김영선
제 보 자 : 박득천, 남, 96세
구연상황 : 앞의 소리에 이어서 제보자 박득천이 아라리를 구연해 주었다.

　　노다가게 자다가소 노시다가게

　　저달이 뜨고지도록 노세다만(노시다만) 가소


# 모심는 소리

자료코드 : 09_05_FOS_20100714_LCS_BDC_0141
조사장소 : 충청북도 음성군 맹동면 용촌1리 용촌길 105-1
조사일시 : 2010.7.14
조 사 자 : 이창식, 최명환, 장호순, 김영선
제 보 자 : 박득천, 남, 96세
구연상황 : 조사자가 제보자 박득천, 이광섭, 이정수에게 모심는 소리를 요청하였다. 박
　　　　　득천이 선소리를 주었고, 이광섭과 이정수가 뒷소리로 받았다. 주제보자 박득
　　　　　천이 몸이 좋지 않아 도중에 그만두려고 하였지만 이광섭, 이정수의 도움으로
　　　　　채록할 수 있었다.

　　여기저기 심더래도 삼백출자리로만 심어주소

　　여기도허하나 저하 저기도 또하나


　　앞뒤전답 둘러보니 이화명청이 만발했네

　　여기도허하나 저하 저기도 또하나


　　이화명청 넓혀하면 일덕하니루 작정하세

여기도허하나 저하 저기도 또하나

드문듬성 꽂드래도 삼백출짜리로만 꽂아주소
여기도허하나 저하 저기도 또하나

여기저기 심은모는 겉잎속잎 만발해여
여기도허하나 저하 저기도 또하나

울울이 자란논은 장잎이훨훨 영화도다
여기도허하나 저하 저기도 또하나

이논빼미를 다떼놓고 반달배미로 넘어가세
여기도허하나 저하 저기도 또하나

니가무슨 반달이냐 초승달이 반달이지
여기도허하나 저하 저기도 또하나

저기는 십리요 길은가면 ○○로다
여기도허하나 저하 저기도 또하나

명사십리 해당화야 꽃이진다 설워마라
여기도허하나 저하 저기도 또하나

앞집에는 지는꽃은 명년삼월 다시피네
여기도허하나 저하 저기도 또하나

꽃은피고 잎도피니 화산경치가 이아니야
여기도허하나 저하 저기도 또하나

상주나함창 공갈못이 연밥따는 저큰아기

여기도허하나 저하 저기도 또하나

연밥줄밥 내따줄게 내품안에 잠들어주오
여기도허하나 저하 저기도 또하나

깊은산중에 우는새야 무슨관계로 슬퍼우나
여기도허하나 저하 저기도 또하나

이팔청춘 요내몸은 잦은허기가 빨리왔네
여기도허하나 저하 저기도 또하나

설악산중턱에 피는꽃은 호랑나비가 날아들고
여기도허하나 저하 저기도 또하나

황금같은 꾀꼬리는 버들가지로만 날아든다
여기도허하나 저하 저기도 또하나

구월시월 설한풍은 산천초목이 물이들고
여기도허하나 저하 저기도 또하나

팔친같은 ○○에는 ○○○이 전혀없네
여기도허하나 저하 저기도 또하나

황천엔 학이울고 달이밝은 명랑한데
여기도허하나 저하 저기도 또하나

황새나기 찬바람에 울고가는 저기러기
여기도허하나 저하 저기도 또하나

○○○○ ○○○하니 북방소식을 미전하니
여기도허하나 저하 저기도 또하나

박득천 자택에서의 구연상황

# 아라리

자료코드 : 09_05_FOS_20100714_LCS_IGS_0001
조사장소 : 충청북도 음성군 맹동면 용촌1리 용촌길 105-1
조사일시 : 2010.7.14
조 사 자 : 이창식, 최명환, 장호순, 김영선
제 보 자 : 이광섭, 남, 85세
구연상황 : 조사자들은 미리 연락한 후 맹동면 용촌1리 돈덕마을 박득천씨 댁에서 제보
자 박득천과 이광섭, 이정수를 만났다. 제보자들은 음성군 맹동면 주변에 전
승되었던 예전 소리와 이야기들을 구연해 주었다. 제보자들은 현재 '생거진천
용몽리 농요단'에서 인간문화재(충청북도 지방무형문화재 제11호)로 활동하고
있다. 박득천은 맹동면에 살고 있고, 이광섭은 맹동면 두성리에 살다가 혁신
도시 건설 때문에 진천 용몽리로 이주하였다. 또 이정수는 용촌리와 접경인
용몽리에 살고 있다. 이광섭에게 소리를 요청하자 아라리를 구연해 주었다.

시아버지 없으면 좋다했더니
왕골자리 떨어지니 또생각나네
아리랑 아리랑 아라리요
아리랑 고개로 넘어간다

시어머니 없으면 좋다했더니
보리방아 물붜(부어)노니 또생각나네
아리랑 아리랑 아라리요
아리랑 고개로 넘어간다

시누동생 없으면 좋다했더니
나무관을 쳐다보니 또생각나네
아리랑 아리랑 아라리요
아리랑 고개로 넘어간다

우리낭군 없으면 좋다했더니
이부자리 피고나니 또생각나네
아리랑 아리랑 아라리요
아리랑 고개로 넘어간다

날가라네 날가라네 날가라네
삼배질쌈 못한다고 날가라네
아리랑 아리랑 아라리요
아리랑 고개로 넘어간다

삼배질쌈 못하면은 배우면되지
아들딸 못나면 백년원수
아리랑 아리랑 아라리요

아리랑 고개로 넘어간다

시집살이 못한다고 가라면갔지
술담배는 아니먹고 못살것네
아리랑 아리랑 아라리요
아리랑 고개로 넘어간다

꽃은 꺾어서 화산이되고
잎은 피여서 청산되네
아리랑 아리랑 아라리요
아리랑 고개로 넘어간다

근데 이것은 제가 여기서 들은 것도 많지마는……. 들은 것도 많지마는 제가 작곡을 해 가지구서 하는 것도 많아요. 제가 생각을 해 가지고 작곡을 한 것이.


# 모심는 소리(1)

자료코드 : 09_05_FOS_20100714_LCS_IGS_0009
조사장소 : 충청북도 음성군 맹동면 용촌1리 용촌길 105-1
조사일시 : 2010.7.14
조 사 자 : 이창식, 최명환, 장호순, 김영선
제 보 자 : 이광섭, 남, 85세
구연상황 : 아라리 구연에 이어서 본인이 작곡한 것이라며 제보자 이광섭이 모심는 소리를 구연해 주었다.

그리구 인저 그 이런 것도 있어요. 이거, 내가 작곡을 하면 이런, 이런 것도 있거든.

(조사자 : 예 해보셔요.)

앞집정지를 둘러보니 이화령이 만발하네
여기도허하나 저하 저기도 또하나


# 자진 아라리(1)

자료코드 : 09_05_FOS_20100714_LCS_IGS_0010
조사장소 : 충청북도 음성군 맹동면 용촌1리 용촌길 105-1
조사일시 : 2010.7.14
조 사 자 : 이창식, 최명환, 장호순, 김영선
제 보 자 : 이광섭, 남, 85세
구연상황 : 모심는 소리에 이어서 제보자 이광섭이 바닥에 있던 상을 장구삼아 치면서
　　　　　 구연해 주었다.

(조사자 : 자진 아리랑이네요.)

아리아리 쓰리쓰리 아라리요
아리아리 고개로 넘어간다

천궁에 뜬구름은 비올라고 떴건만
길복판에 가는처녀 어디를 가느냐
아리아리 쓰리쓰리 아라리요
아리아리 고개로 넘어간다

산중의 괴물은 머루나 다래고
인간의 괴물은 사랑일세
아리아리 쓰리쓰리 아라리요
아리아리 고개로 넘어간다

산천에 초목은 젊어 가는데

우리네 인생은 다 늙어가네

아리아리 쓰리쓰리 아라리요

아리랑 고개를 넘어간다

산천초목에 불질러 놓고

낙동강 천리로 물길러 가네

아리아리 쓰리쓰리 아라리요

아리아리 고개로 넘어간다

못살것네 못살것네 못살것데

날구장천 임그리워 나못살건네

아리아리 쓰리쓰리 아라리요

아리랑 고개로 넘어간다

# 신고산 타령(1)

자료코드 : 09_05_FOS_20100714_LCS_IGS_0020

조사장소 : 충청북도 음성군 맹동면 용촌1리 용촌길 105-1

조사일시 : 2010.7.14

조 사 자 : 이창식, 최명환, 장호순, 김영선

제 보 자 : 이광섭, 남, 85세

구연상황 : 제보자 이광섭은 우리 민요가 '무궁무한'하다면서 마흔여덟 곡이라고 하였
다. 이어서 진고산 타령을 부르겠다면서 구연해 주었다.

요건 진고산 타령.

(조사자 : 예, 진고산타령이요.)

요게, 우리 이 민요가, 민요가 무궁무한 한 거야. 마흔여덟 곡이여, 민
요는.

(조사자 : 아, 마흔여덟 곡이라고 …….)

응, 마흔여덟 곡이고. 이 우리가 장구를 쳐도 마흔여덟 곡을 쳐야 되는 겨. 이 유행가는 도레미파솔라시도 여덟 곡뱂(밖)에 안 되는데. 이건 마흔여덟 곡이여. 그걸 알아야 돼. 이게 진고산, 이게 진고산 타령인데, 내가 에, 이거 옛날에 부르던 거는 안 하고. 내가 작곡을 많이 핸 거야.

솔직한 심사를 풀길이없어 왔더니
처량한 산새들만 지지배배 웁니다
어랑어랑어허야 어허야난다 디여라 내사랑아

산수갑산에 머루다래는 얼그러설그럭 졌는데
나는언제 임을만나 얼그러설그럭 지느냐
어랑어랑어허야 어허야 더허야 내사랑아

솔개미가 날뛰자 병아리간곳이 없구요
기차전차 다떠나자 정든님간곳이 없구나
어랑어랑어허야 어허야 더허야 내사랑아

진천에 덕문이들에 나락이풍년만 들구요
이내몸이 가는데 시악시(색시)풍년만 드누나
어랑어랑어허야 어허난다 디어라 내사랑아

이판재판이 아니된다면 망국에재판을 하고요
네말한마디 잘하면 너하고나하고 산다네
어랑어랑어허야 어허야 더허야 내사랑아

십오야 밝은달은 구름속에서 놀구요
이십안쪽 저처녀야 내 품에서 놀거라

어랑어랑어허야 어허야 더허야 내사랑이로구나

니가도 날만큼 생각만이나 한다면
가시밭이 천리라도 외로와 널따라가리라
어랑어랑어허야 어허야 더허야 내사랑이로구나

이것이 내가 작곡을 한 게 많아요. 이게 알아 듣구 이것이, 그.

(조사자 : 그, 신명이라는 게 있잖습니까.)

심정이 갈만한 요런 작곡을 한 거라 이거여.

(조사자 : 그렇죠.)

만약에 이런 거 들어 봤는지 몰라도, 이판 재판이 아니면 망국 재판을 했다고 그래요. 이 말 한마디 잘 하면은 너 하구 나 하구 산다 그랬어. 그렇지?

(조사자 : 예 맞습니다.)

그, 맞는 얘기고. 그리고 네가 날 만큼이나 생각을 한다면 가시밭길 천리라도 간다, 쫓아간다 그랬어.

(조사자 : 그렇죠.)

가시밭길 천 리래도 너는 쫓아간다 그랬어. 이게 맞는 얘기여.

(조사자 : 그렇죠.)

이게 진고산 타령 작곡을 한 거야. 이게 진고산 타령도 여기 소리여.


# 신고산 타령(2)

자료코드 : 09_05_FOS_20100714_LCS_IGS_0029
조사장소 : 충청북도 음성군 맹동면 용촌1리 용촌길 105-1 박득천 자택
조사일시 : 2010.7.14
조 사 자 : 이창식, 최명환, 장호순, 김영선

제 보 자 : 이광섭, 남, 85세

구연상황 : 앞의 신고산 타령이 끝나고 조사자가 다른 신고산 타령에 대해 물어보자, 제
　　　　　보자 이광섭은 '진고산이 우르릉'이라는 사설 때문에 진고산 타령이라고 부른
　　　　　다면서 구연해 주었다.

(조사자 : 이 진고산 타령은 다른 이름도 있지 않나요? 뒤에 후렴이 '어
랑어랑'이 …….)

그렇죠, '어랑어랑 어허야'

(조사자 : 그렇죠.)

이것이 이게 그, 진고산 타령이 그 전에 부르던 노래로 하려면 …….

(조사자 : 예.)

이게 있그든.

　　진고산이 우르르 화물차가는 소리에
　　고무공장 큰아기 변또밥만 싸누나
　　어랑어랑어허야 어허야 더허야 내사랑이로구나

이것이 진고산 타령.

(조사자 : 예, 그렇죠.)

'진고산이 우르릉' 그래서 진고산 타령이 된 거야.


# 풍년가

자료코드 : 09_05_FOS_20100714_LCS_IGS_0030

조사장소 : 충청북도 음성군 맹동면 용촌1리 용촌길 105-1

조사일시 : 2010.7.14

조 사 자 : 이창식, 최명환, 장호순, 김영선

제 보 자 : 이광섭, 남, 85세

구연상황 : 제보자 이광섭이 예전에 할아버지에게 들었던 소리라면 풍년가를 구연해 주

었다.

풍년가라 해야 돼, 풍년가. 이것은 우리 그 전에 할아버지가 부르던 노래를, 내가 고대로 그냥.

(조사자 : 그 어르신의 할아버님이 그러니까.)

응, 고대로 그냥 작곡을 해, 작곡을 해 놓은 거야.

(조사자 : 들었던 게 이렇게 기억이 나시는 거에요, 지금?)

나지 나.

(조사자 : 아, 한 번 옛날 할아버지의 목소리를 떠 올리면서 한 번 이거는 …….)

이거를?

(조사자 : 예, 예.)

지화자 좋다 어헐씨구나 좀도좋으냐
명년봄 돌아오면 화류놀이를 가자

봄이 왔네 봄이 왔네
삼천리에 이강산에 봄이 돌아왔네
기화자 좋다 어헐씨구나 좀도좋구나
명년봄 돌아오면 꽃놀이를 가자

풍년이 왔네 풍년이 왔네
금수 강산으로 풍년이 왔네
기화자 좋다 어헐씨구나 좀도좋으냐
명년 춘삼월에 화류놀이를 가자

올해도 풍년 내년에도 풍년
연연 연년이 풍년이로구나

기화자 좋다 어헐씨구나 좀도좋구나

명년봄 돌아오면 자주놀이를 가자

천하지대본은 농사밖에 또있는냐

놀지를 말구서 농사에 힘씁시다

기화자 좋다 어헐씨구나 좀도좋으냐

다(너)하구 나하구야 타죠(탁족)놀이를 가자

이거 인제 우리 할아버지가 그 전에 부르던 …….

(조사자 : 예.)

# 자진 아라리(2)

자료코드 : 09_05_FOS_20100714_LCS_IGS_0040
조사장소 : 충청북도 음성군 맹동면 용촌1리 용촌길 105-1
조사일시 : 2010.7.14
조 사 자 : 이창식, 최명환, 장호순, 김영선
제 보 자 : 이광섭, 남, 85세
구연상황 : 조사자가 제보자 이광섭의 어머니도 노래를 잘했느냐고 묻자, 이광섭은 어머
니가 불렀던 소리라면서 자진 아라리를 구연해 주었다. 어머니에게 배웠던 소
리는 많이 잊어버렸다고 한다. 또 이광섭은 소리를 시작하기 전에 여자 소리
와 남자 소리가 다르다면서 설명하였다.

(조사자 : 어머니도 노래를 잘하셨습니까?)

어머니도 노래를 잘하셨지.

(조사자 : 어머니한테 배운 노래는 어떤 노래가 있습니까?)

어머니한테 내가 바운(배운) 노래?

(조사자 : 네, 들은 노래, 예.)

어머니한테 바운(배운) 노래도 조금 있지. [제보자 이광섭이 소리를 시

작하려다가 여자 소리와 남자 소리가 다르다면서 설명함] 근데 여자들 하는 소리하고 남자들 소리하고 또 틀려요.

(조사자 : 예, 예, 해 보셔요.)

　　　　나물가세 나물가세 나물을 가세
　　　　우리나 삼동세 나물 가세
　　　　아리랑 아리랑 아라린데
　　　　아리랑 고개는 몇고갠가

　　　　니가더 잘나서 천하의 일색
　　　　내눈이나 어두워서 바보가 됐나
　　　　아리랑 아리랑 아라리요
　　　　아리랑 고개는 몇고갠가

이거 노래가 인제 아, 어머니가 부르는 노래인데.

(조사자 : 어머니가 청이 좋으셨구나.)

예, 그래 가지구서 이 엄니가 부르는 노래도 내가 인저 가끔 하지만은 많이 잊어먹었어요.


## 방아 타령

자료코드 : 09_05_FOS_20100714_LCS_IGS_0045
조사장소 : 충청북도 음성군 맹동면 용촌1리 용촌길 105-1
조사일시 : 2010.7.14
조 사 자 : 이창식, 최명환, 장호순, 김영선
제 보 자 : 이광섭, 남, 85세
구연상황 : 조사자가 제보자 이광섭이 어머니에게 들었던 소리가 더 있느냐고 묻자, 방
　　　　　아 타령이라면서 구연해 주었다.

(조사자 : 그리고 어머니가 그 시집살이 노래는 안 부르셨어요?)

시집살이는 안 했었어.

(조사자 : 방아 타령은?)

예, 방아 타령은 했지요.

(조사자 : 조금만 해 보셔요.)

생전에 새면은 상전방아

들에는 간다면 물레방아

저건너는 연자방아

방아나 싸대는 안진가새

살금에 살짝만 씨러너도(쓸어 넣어도)

백양미 같이도 씨러넣네(쓸어 넣었네)

오이씨나 같은애 쌀에다가

앵두같은 팥을 놓고(넣고)

박속 같은 토란국에

부모의 공경을 하여보세

이게 있어요. 이게요, 방아 타령 ……. 그렇잖아요?

# 베 짜는 소리

자료코드 : 09_05_FOS_20100714_LCS_IGS_0046

조사장소 : 충청북도 음성군 맹동면 용촌1리 용촌길 105-1

조사일시 : 2010.7.14

조 사 자 : 이창식, 최명환, 장호순, 김영선

제 보 자 : 이광섭, 남, 85세

구연상황 : 제보자 이광섭의 어머니는 예전에 베틀이나 물레를 지고 집집마다 다니면서
품을 많이 팔았다. 이광섭의 어머니가 불렀던 베틀 노래를 요청하자 구연해

주었다. 이광섭은 베틀 소리가 까다롭고 어려워서 부르지 않아 기억이 잘 나
지 않는다고 하였다.

 그것은 엄니가 하두, 엄니는 외, 외갓집에서 그 질쌈하는 걸 배워 가지
구서. 그 먹구 살라니까. 하 만날 집, 집이마다. 이 집에서 불르면 저 집에
가서 이, 메 가지구서. 그, 그, 베 메구. 이거 또 북, 인저 그러니까 옛날에
이 ……. 그게 뭐라구 그러는 거야. 아이구 그게 인제 이름도 잊어먹었네.
 (조사자 : 베틀.)
 베틀, 베틀을, 그걸 싸 지구. 하두 밤이면은 물레.
 (조사자 : 예, 물레.)
 명 잡고 그러느라구. 햐.
 (조사자 : 어머니가 품, 품을 많이 파셨나 봐요.)
 예? (조사자 : 일을 많이 하셨네요, 어머님도.)
 일 많이 했죠, 우리 엄니.
 (조사자 : 베틀노래 같은 것도 부르신 적이 있나요?)
 응?
 (조사자 : 베틀노래, 베틀 하면서 노래도 부르잖아요.)
 그런데 베틀 짜면서 엄니가 부르던 것도 있었는데 기억이 가, 가끔나는
데 많이 잊어먹었어. 안 해니까.
 (조사자 : 조금만 해 보셔요, 생각나는 구절까지만.)
 어?
 (조사자 : 생각나는 고 구절만 조금 해 보셔요.)
 생각나는 것만?
 (조사자 : 예, 예.)
 이제 그거 베틀가라는 게, 그게시리 참 까다롭고 어렵더던 거예요. 그
래서 내가 그걸 안 부르고 그러니까 잊어먹어 버린 거야.

(조사자 : 그래도 조금만 해 보셔요. 생각나는 거.)

여보시오 동네분들
이내나말씀을 들어보소
산에 가니나(가면) 산나물
들에는 가면은 묵나물

아이고 그라구 또 아이고 뭐라 그런더가. 참 자꾸 잊어먹어 가지구서. 그, 예전에 그 우리가 먹고사는 그 나물, 그걸 많이 불르던 거에요. 어디 가면 무슨 나물 어디 가면 무슨 나물. 이 방아 타령 하듯 그렇게 부르던 거래요. 뭐 나물 노래를 많이 부르던 거예요.

(조사자 : 베틀 놓자 베틀 놓자 이런 것도 들어가고요.)

예.

(조사자 : 그죠.)


# 물레질 하는 소리

자료코드 : 09_05_FOS_20100714_LCS_IGS_0047
조사장소 : 충청북도 음성군 맹동면 용촌1리 용촌길 105-1
조사일시 : 2010.7.14
조 사 자 : 이창식, 최명환, 장호순, 김영선
제 보 자 : 이광섭, 남, 85세
구연상황 : 조사자가 물레질하면서 불렀던 노래를 기억하느냐고 묻자, 제보자 이광섭이 들어본 적이 있다면서 구연해 주었다. 이광섭은 기억에 물레질하는 소리가 매우 처량하고 사설로 뱃노래, 시집살이 등을 사용하였다고 한다.

(조사자 : 물레, 물레 짜면서 노래 부르는 게 있잖아요.)

물레방아. 물레.

(조사자 : 예.)

물레질하면서도 이 저, 이렇게 저, 하믄서 소리를 이렇게 하면서 그렇게 하니까. 힘이 안 들구, 딴 고민이 없구. 그러니까 이게 자꾸 소, 소리를 하면서 이게 물레질을 하는 거에요.

(조사자 : 예, 생각나는 거 조금만 해 보셔요.)

근데 그것은 그때 옛날에 그, 어 시어머니한테 그, 뭐 라는 겨. 그 시집살이 하는 노래. 이런 거 많이 하던 거에요.

(조사자 : 글쎄 생각나는 거 조금 해 보셔요.)

고 시집, 시집살이 하던 노래예요, 그런 노래가.

(조사자 : 예, 해 보세요.) [9초 정도의 간격이 있음] 정수도 온대더니 또 여적지(여태까지) 안 오네. 이젠 이것도 잊어버렸네, 그래. 시 또, 물레, 물레방아, 물레소리가 그게시리 엄청 처량하던데요, 그게. 엄청 처량하더라구요. 듣기가.

(조사자 : 조금만 해 보셔요.)

듣기가 엄청 처량해요, 글쎄.

(조사자 : 예, 조금만 해 보셔요.)

에.

갈테면 가거라 네멋대로 가거라
나만의 인생이라면 너하나뿐이냐
어기야디여

이거 근데 뱃노래로다가 많이 나가던 거에요.

어기야디여 어기여차 뱃놀이 갑시다

부딪히는 파도소리 잠을 깨우고

들려오는 노소리가 처량도 하도다
어기야디여차 어기야디여어기여차 뱃놀이 갑시다

만경창파에 두둥실 뜬 배야
한많은 이내몸을 실구서 가려나
어기야디여차 어기야디야어기여차 뱃놀이 가잔다

니가 더 잘나서 천맹일색인가
내눈이 어두워서 바보가 됐느냐
어기야디여차 어기야디야어기여차 뱃놀이 가잔다

니가 갈테면 나데리고 가

　아우 이게 이게 어떻게 돼 가는지 모르겠네. 근데 이게 뱃노래도 무궁무강 하던 노래에요. 가만히 보면.


# 아기 재우는 소리

자료코드 : 09_05_FOS_20100714_LCS_IGS_0052
조사장소 : 충청북도 음성군 맹동면 용촌1리 용촌길 105-1
조사일시 : 2010.7.14
조 사 자 : 이창식, 최명환, 장호순, 김영선
제 보 자 : 이광섭, 남, 85세
구연상황 : 조사자가 제보자 이광섭에게 아기 재우는 소리를 요청하자 구연해 주었다.

　　　잘두잔다 잘두잔다
　　　어린아기 잘두자네
　　　먹구자구 자구먹구
　　　놀다자구 놀다먹구

어린아기 잘두잔다
잘두잘두 잘두잔다
서울길을 가다가는
밤한말을 줏었구나
그밤을랑 갖다가는
살강밑에 묻었더니
골망쥐가 들락날랑
다까먹고 밤한톨을 남겼구나
그밤을랑 갖다가는
가마솥에 삶아볼까
공솥에다 삶아볼까
가마솥에 삶어설랑
삼태미로 건져볼까
도랭이로 건져볼까
삼태미로 건져설랑
껍데기는 내버리고
알맹이는 너하구야 나하구야
달궁달궁 먹어보자
아자자 하는겨
아눈감고 자네
아참잘도 한다(잔다)

그러면 애가 자요.

# 나무 하는 소리(1)

자료코드 : 09_05_FOS_20100714_LCS_IGS_0054
조사장소 : 충청북도 음성군 맹동면 용촌1리 용촌길 105-1
조사일시 : 2010.7.14
조 사 자 : 이창식, 최명환, 장호순, 김영선
제 보 자 : 이광섭, 남, 85세
구연상황 : 조사자가 나무하면서 불렀던 소리를 요청하자, 제보자 이광섭이 할아버지가 나무 하는 소리를 청승스럽게 잘 불렀다고 하면서 구연해 주었다. 나무 하는 소리는 이광섭이 할아버지가 부르는 것을 듣고 배운 것이라고 한다.

저 산에 가면서 ……. 그러면 인저 우리 산이 앞 뒷산이었어요. 앞에도 산, 뒤에도 산. 그게 우리 말랑이여. 우리 산이, 우리 종중 말랑이었어. 종중, 소종중 말랑이에서 그 남, 남, 산에서 낭구(나무)하면서 부르는 노래.

(조사자 : 아, 어떤 노래에요? 한번 해 보셔요.)

산에서 노래, 하는 노래는 참, 우리 할아버지가 청승스러웠어 …….

(조사자 : 예, 해 보셔요. 해 보셔요, 그 소리를.)

> 아라랑 아리랑 아라리요
> 아리랑 얼싸 아라리요
>
> 삼천에 추목에다가 불을 질러놓고
> 낙동강 천리루다가 물들러(흘러) 가누나
> 아리랑 아리랑 아라리요
> 아리랑 얼싸 아라리요
>
> 저근너 묵밭일랑 작년에도나 묵더니
> 금년에두 날과(나와)같이나 또다시나 묵네
> 아리랑 아리랑 아라리요
> 아리랑 고개루 날넘겨주소

담넘어 갈적에는 어경컹컹 짖던개
은왕산에 호랭이야 꽉물어만 가거라
아리랑 아리랑 아라리요
아리랑 얼싸 아라리요

인제 우리 할아버지가 부르던 노래를 내가 할아버지를 쫓아댕기면서
많이 익혔기 땜에 그게 무궁무강햐. 엄청 길어. 할라면 한정도 없어. 그걸
할라면 한정도 없어.


## 한오백년

자료코드 : 09_05_FOS_20100714_LCS_IGS_0070
조사장소 : 충청북도 음성군 맹동면 용촌1리 용촌길 105-1
조사일시 : 2010.7.14
조 사 자 : 이창식, 최명환, 장호순, 김영선
제 보 자 : 이광섭, 남, 85세
구연상황 : 조사자가 앞서 부른 소리 외에 다른 소리를 불러달라고 요청하자, 제보자 이
광섭이 구연해 주었다.

한많은 이세상 야속한 님아
정을 두고서 몸만가나나 눈물이나네
아무렴 그렇지 그렇구말구
한오백년을 사자는데 웬성화요

백사장 쇠모래밭에다 칠성단을 모시고
이생명 달라고 비나니다
아무렴 그렇지 그렇구말구
한오백년을 사자는데 웬성화요

청춘이 짓밟힌 애꿎은 사랑

눈물을 흘리면서 어데로 가느냐

아무렴 그렇지 그렇구말구

한오백년을 사자는데 웬성화요


한많은 요세상 냉정한 세상

동정심이 없어서 나못 살겼네(살겠네)

아무렴 그렇지 그렇구말구

한오백년을 사자는데 웬성화요


오라는 우리님은 아니나 오고

오지말라는 감기몸살은 왜 오느냐

아무렴 그렇지 그렇구말구

한오백년을 사자는데 웬성화요


청춘에 짓밟힌 애꿎은 사랑

정을두고 몸만가니나 나못 살겼네(살겠네)

아무렴 그렇지 그렇구말구

한오백년 사자는데 웬성화요


이 한오백년이래는 것이 할라면 한계가 없고. 간단히 요고 인제 몇 곡 조만 ……


# 창부 타령

자료코드 : 09_05_FOS_20100714_LCS_IGS_0078

조사장소 : 충청북도 음성군 맹동면 용촌1리 용촌길 105-1

조사일시 : 2010.7.14

조 사 자 : 이창식, 최명환, 장호순, 김영선
제 보 자 : 이광섭, 남, 85세
구연상황 : 조사자가 알고 있는 다른 소리를 요청하자 제보자 이광섭은 사계절을 노래
로 작곡해서 불렀다며 창부 타령을 구연해 주었다. 이광섭은 소리를 부른 후
장부타령이라고 하였다.

아니 아니 노지는 못하리라

일년 삼백육십오일은 춘하추동 사계절이요

꽃이피구나 잎이나피면 화초에월색은 춘절이요

사월남풍 새백화는 녹음에방초가 하절이고

금풍이 소슬하여 새벽춘설 슬퍼울면 구추단풍 춘절이라

백설이 분분하여 청산에는 조비절이오

만경에 임종별하니 장송노축에 동절이라

인간칠십은 고희해요 무정세월은 양육파라

사시풍경 좋은시절을 아니노지는 못하리라

얼씨구나 좋다 기화자 좋네

아니 노지는 못하리라

요게 장부 타령의 일절. 이게 그러니까 이 장부 타령 이런 노래를 작곡
을 한 것이지 내가. 이거 이, 노래 책에도 없어.


## 품바 타령(1)

자료코드 : 09_05_FOS_20100714_LCS_IGS_0085
조사장소 : 충청북도 음성군 맹동면 용촌1리 용촌길 105-1
조사일시 : 2010.7.14
조 사 자 : 이창식, 최명환, 장호순, 김영선
제 보 자 : 이광섭, 남, 85세
구연상황 : 제보자 이광섭은 앞의 한오백년과 창부 타령에 이어서 품바 타령이라면서

구연해 주었다.

근데 이 품바 타령을 들려드릴 것 같으면은.

들어간다 들어간다
아품바타령이 들어간다
천지지간 만물중에
사람밖에도 또있던가
일월이라도 경고한줄
태산같이 바랬건만
백년광음을 못다하고
백발이된다니 서럽구나
곱고곱던 비단옷도
아떨어지면 걸레이고
이팔의청춘 홍단얼굴
늙어지면 백발이요
늙는중에도 나서러운데
아모양조차 늙어간다
장대같이 곧은허리가
짚마가시가 되어가고
샛별같이 밝던눈은
반장님이라도 되어가고
허물같이 밝던귀가
절벽강산 되어간다
지팽이를 집었으니
아수명장수 하려는가
묵묵히도 앉았으니

부처님이 되시려나

오는에백발 막으려고

십리밖에다 가시성싸니

백발이 먼저알고

지름길로다 달려온다

어헐씨구씨구 자리한다

저헐씨구씨구 자리한다

지리구도 지리구도 자리한다

품바 하구도 자리한다

요게 일절 품바 타령이었고.

(조사자 : 그 품바할 때 맨 나중에 자리한다 이러잖아요?)

어.

(조사자 : 자리라는 말이 무슨 말인가요?)

자리, 자리한다.

(조사자 : 예, 예.)

자리한다는 게 아주 엄청 잘 한다는 소리여. 자리한다.

(조사자 : 아, 자리한다. 잘 한다, 잘 한다.)

자리한다.

# 모 찌는 소리

자료코드 : 09_05_FOS_20100714_LCS_IGS_0092

조사장소 : 충청북도 음성군 맹동면 용촌1리 용촌길 105-1

조사일시 : 2010.7.14

조 사 자 : 이창식, 최명환, 장호순, 김영선

제 보 자 : 이광섭, 남, 85세

구연상황 : 조사자가 모 찌는 소리를 요청하자 음성군 맹동면에서 불렀던 모 찌는 소리
는 느렸다면서 제보자 이광섭이 구연해 주었다.

글쎄 음성서에서는 이 모찌는 소리가 느리다고.

(조사자 : 예.)

저 산 너머 가서 남구하면서 소리하는 것처럼 그 아리랑으로다가 느리
게 된다고.

(조사자 : 아.)

아리게.

(조사자 : 예, 예.)

아까도 내가 얘기했지만은. 뭐여 저기 그 선소리를 멕일 것 같으면. 모
찌는 소리 선소리를 멕일 것 같으면은 이렇게 느리게 나간단 말이여. 어
떻게 나가느냐면은.

저건너 묵밭을 넘어작년에도 묵더니
금년에도 날과같이나 또다시 묵네
아라랑 아라랑 아라리오
어리랑 얼싸 아라리오

노다가세 노다가거라 노다만 가거라
경치좋고 놀게좋으니 노다나 가가세
아라랑 아라랑 아라리오
아리랑 얼싸 아라리오

니가 더잘났으면 천하의 일색이냐
내눈이나 어두워서만 바보가 됐나
아라랑 아리랑 아라리오
아리랑 얼싸 아라리오

이 요번에 마수리(영동마수리농요) 갔더니. 마수리 에, 모심는 소리를 이렇게 하더라고. 아리랑을.

(보조 제보자 : 아리랑 하더구만.)

근데 우리하고 거기하고 또 틀려.


## 모심는 소리(2)

자료코드 : 09_05_FOS_20100714_LCS_IGS_0095
조사장소 : 충청북도 음성군 맹동면 용촌1리 용촌길 105-1
조사일시 : 2010.7.14
조 사 자 : 이창식, 최명환, 장호순, 김영선
제 보 자 : 이광섭, 남, 85세
구연상황 : 조사자가 모심는 소리를 요청하자 제보자 이광섭이 구연해 주었다.

설악중턱 피는꽃은 호랑나비가 날아들고
여기도허하나 저하 저기도 또하나

황금같은 꾀꼬리는 버들사이로 날아든다
여기도허하나 저하 저기도 또하나

꽃을찾는 벌나비는 향기를쫓아 날아들고
여기도허하나 저하 저기도 또하나

상주함창 서당아래 공부하는 애저처녀야
여기도허하나 저하 저기도 또하나

글공부도 좋거니와 이내품에 안겨주소
여기도허하나 저하 저기도 또하나

상주함창 공달못(공갈못)에 연밥따는 애저처녀야

여기도허하나 저하 저기도 또하나

연밥줄밥 내따줄게 이내품에 잠드소서

여기도허하나 저하 저기도 또하나


# 논 매는 소리

자료코드 : 09_05_FOS_20100714_LCS_IGS_0142
조사장소 : 충청북도 음성군 맹동면 용촌1리 용촌길 105-1
조사일시 : 2010.7.14
조 사 자 : 이창식, 최명환, 장호순, 김영선
제 보 자 : 이광섭, 남, 85세
구연상황 : 조사자가 논 매는 소리를 요청하자 제보자 이광섭이 선소리를 주었다. 부제
보자 박득천과 이정수가 뒷소리를 받았다.

응어 어허이 에하 호오

응어 어허이 에하 호오


여보시오 동네분들 이내 말을 들어보소

응어 어허이 에하 호오


천하지대본은 농사지대본 농사한철을 지어보세

응어 어허이 에하 호오


높은데가면은 밭이되고 깊은데가면 논이되니

응어 어허이 에하 호오


바다같이 너른(넓은)밭엔 콩팥을 심어놓고

응어 어허이 에하 호오

하늘같이 너른(넓은)밭엔 오곡잡곡을 심어보세
응어 어허이 에하 호오

생거진천 너른들엔 여기저기다 모를심고
응어 어허이 에하 호오

천수세월은 인승수요 죽만건곤이 북망가라
응어 어허이 에하 호오

우리네인생 노력허면 태평성대 이루리라
응어 어허이 에하 호오

금년농사 풍년하여 나라님께 조공받쳐
응어 어허이 에하 호오

만백성을 배부르니 인생살맛 나난구나(나는구나)
응어 어허이 에하 호오

잘두하네 잘두하오 우리네농부들 잘도하이소
응어 어허이 에하 호오

먼데사람은 듣기좋고 앞뒤사람은 보기좋네
응어 어허이 에하 호오

이제 고거만 해야지. 자꾸 하면 한정이 있어요. 밤새도록 해도 모자르면, 모자르는데.

# 달 타령

자료코드 : 09_05_FOS_20100714_LCS_IGS_0151
조사장소 : 충청북도 음성군 맹동면 용촌1리 용촌길 105-1
조사일시 : 2010.7.14
조 사 자 : 이창식, 최명환, 장호순, 김영선
제 보 자 : 이광섭, 남, 85세
구연상황 : 조사자가 제보자 이광섭에게 달 타령을 요청하자 구연해 주었다. 이광섭은
이 사설을 품바 타령 사설로도 사용한다고 하며, 듣기가 좋고 들으면 아이들
도 쉽게 이해하는 사설이라고 부연해 주었다.

이게 듣기가 좋고 애들이 들으면은 이해, 이해를 하고 그렇게 해야 될
이유가 있는 거여. 달 타령이.

(조사자 : 예, 해 보셔요.)

달아달아 둥근달아
이태백이나 놀던달아
저기나저기 저달속에
계수나무가 박혔으니
옥도끼로다가 찍어내어
아금도끼로 다듬어서
초가삼간 집을짓고
양친부모를 모셔보세
형제간에는 우애좋고
동네간에는 화목하니
살기좋은 대한민국
인생살맛 나는구나
얼씨구씨구 자리한다
아절씨구나도 자리한다

지리구두지리구두 자리한다

품바하구두 자리한다

이게 품바 타령에도 거기 들어가고 …….


# 묘 다지는 소리

자료코드 : 09_05_FOS_20100714_LCS_IGS_0152
조사장소 : 충청북도 음성군 맹동면 용촌1리 용촌길105-1
조사일시 : 2010.7.14
조 사 자 : 이창식, 최명환, 장호순, 김영선
제 보 자 : 이광섭, 남, 85세
구연상황 : 조사자가 묘를 다질 때 하는 소리를 요청하였다. 제보자 이광섭은 부모에게
효도하자는 내용의 사설을 직접 만들어서 불렀던 것이 있다면서 묘 다지는
소리를 구연해 주었다.

에헤 달기호

부생모유가(부생모육) 그은혜는

에헤 달기호

하늘같이도 높건만은

에헤이 달기호

청춘남녀가 많은데도 효자효부가 없는지라

에헤이 달기호

출가하는 애새악시를

에헤이 달기호

시부모를 싫어하고

에헤이 달기호

결혼하는 내아들네는

에헤이 달기호

살림나기가 바쁘이구나(바쁘구나)

에헤이 달기호

제자식이나 장난을치면

에헤이 달기호

싱글벙글 웃으면서

에헤이 달기호

부모님이나 훈계하니

에헤이 달기호

듣기싫어서 외면하네

에헤이 달기호

시끄러운 아이들이

에헤이 달기호

듣기좋아서 즐겨듣고

에헤이 달기호

부모님이나 두말허이면

에헤이 달기호

잔소리다 관심없네

에헤 달기호

자식들의 소대변은

에헤 달기호

맨손으로도 주무르나

에헤 달기호

부모님의 가래침(가르침)은

에헤 달기호

더럽다고 도망가네

에헤 달기호

과자봉지를 들구와서

에헤 달기호

아이손에다 쥐어주며

에헤 달기호

부모위해 고기한근

에헤 달기호

사올줄은 모르도다

에헤 달기호

개병들어 쓰럴지면(쓰러지면)

에헤 달기호

가축병원을 데럴가고(데려가고)

에헤 달기호

부모님이 병이나면

에헤 달기호

노병이라 생각하네

에헤 달기호

열자식을 키운부모

에헤 달기호

하나같이도 키웠건만

에헤 달기호

열자식은 한부모를

에헤 달기호

귀찮다고도 싫어하네

에헤 달기호

자식위해 쓰는돈은

에헤 달기호

계산없이도 쓰건만은

에헤 달기호

부모님에 쓰는돈은

에헤 달기호

계산하기가 바쁘이구나

에헤 달기호

제자식을 버리구는

에헤 달기호

외출함도 자주하나

에헤 달기호

늙은부모를 모시고는

에헤 달기호

외출하기를 싫어하네

에헤 달기호

그대몸이나 소중커덩(소중하거든)

에헤 달기호

부모님을 공경하고

에헤 달기호

서방님이나 소중커든(소중하거든)

에헤 달기호

시부모를 존중하라

에헤 달기호

죽은후에 후회말고

에헤 달기호

살어생전 효도하면

에헤 달기호

자식들의 효도받고

에헤 달기호

자식들의 충성받네

　이것이 에, 에 그 부모님에 대한, 에 효도에 대한 그, 글을 진 거라 이
거여. 그렇잖아요. 고 내가 이렇게 하니까. 그걸 우리 부모가 어떻게 하고
내가 어떻게 해야겠다는 거를 ……. 응, 생각이 나고 기억이 난다 이거여.
그렇잖아요.

　(조사자 : 예.)

　그것이 우리, 대도, 저, 그 뭐여. 달규(달구), 사람 모셔 놓고 달규(달구)
할 적에 많이 쓰는 거야.


# 신세한탄가

자료코드 : 09_05_FOS_20100714_LCS_IGS_0153
조사장소 : 충청북도 음성군 맹동면 용촌1리 용촌길 105-1
조사일시 : 2010.7.14
조 사 자 : 이창식, 최명환, 장호순, 김영선
제 보 자 : 이광섭, 남, 85세
구연상황 : 제보자 이광섭이 예전 여인들이 일하면서 또는 시집살이하면서 불렀던 소리
　　　　　라며 구연해 주었다. 이광섭은 신세 한탄가가 시집살이할 때 청승 떨면서 하
　　　　　는 소리라고 하였다.

　옛날에 그 참 질쌈(길쌈)하고 그, 시집살이하고 그, 그럴 적에 하는 소
리. 그것이 슬프고 아주 그냥 아쉽다는 소리가 난다 이거여. 시집살이하
고서 혼자 가서 어, 궁상거리고 청승 떨직에 그게 나온 거여.

섬섬옥수를 부여잡고

만단정이가 어디인가

저 [우리 나도] 시기하여

이별될줄만 누알었나

이리생각 저리생각

생각끝에는 한숨이요

얄밉구두 아쉽웁구

분하거던만 그리워라

아픈가슴을 움켜잡고

나만혼자서 고민이다

이런 그렇게 청슬 떨고 이렇게 내 생각을 하는 노래가 그거 ……. 그, 옛날에 그거.

# 나무 하는 소리(2)

자료코드 : 09_05_FOS_20100714_LCS_IGS_0154
조사장소 : 충청북도 음성군 맹동면 용촌1리 용촌길 105-1
조사일시 : 2010.7.14
조 사 자 : 이창식, 최명환, 장호순, 김영선
제 보 자 : 이광섭, 남, 85세
구연상황 : 조사자가 제보자 이광섭에게 나무하러 가서 불렀던 소리를 요청하자 구연해 주었다. 이광섭이 맹동면 두성리에 살 때, 마을에 빈허관이라는 사람이 있었다. 제보자는 빈허관을 따라다니면서 나무 하는 소리를 배웠다고 한다.

(조사자 : 또, 또 옛날엔 나무하러 가 가지고 이렇게, 가서 부, 부른 노래 있잖아요.)

나무하러 가서 인저 그때 그 여기 허관이라고 그러는 사람이 있어요,

허관.

(조사자 : 허관, 예.)

빈허관이라는 사람을 내가 쫓아당기면서 남구(나무)를 하는데. 이 소를 끌구 가서. 소바리 그때 할직에 소를 끌구 가 가서, 그 사람 쫓아 가 가지구서. 저, 가래골 깊은 산중에 아주 거 가지구서 인제 이렇게 하면은. 남구(나무)를 이렇게 해믄, 그 사람이 소리하는 것이 산이 찌렁찌렁 울려요.

(조사자 : 예, 예, 그런 분들 있죠.)

하면 또 잘 하(해). 근데 그 소리를 내가 귀에 조금 듣고 그랬는데. 그 거시리 산이 찌렁찌렁 이렇게 하는 소리가 옛날에 거. 어, 뭐 느리게. 그 강원도 아리랑 같은 거. 이런 걸 많이 했던 거예요.

(조사자 : 예, 해 보세요.)

강원도 아리랑 같은 거 이런 거. 이런 걸 많이 해요.

(조사자 : 예, 해보세요.)

엄청 청승스럽고 그래요 그게.

(조사자 : 예, 예, 해 보세요.)

> 못살겠네요 못살겼네(못 살겠네) 나는 못살겼네(못 살겠네)
> 날구장천 요짓하구서 나 못살겄구나

이라면 저쪽에서도 인제 그렇게 하면요. 인제 내가 받는 소리가.

> 잘살구요 못산다는건 저의 원복인데
> 중신아비야 원망일랑은 허지를(하지를) 말어라

이렇게 나가죠. 이 주고받고 이렇게 이쪽 산에서 하고 저쪽 산에서 하고 주고받고 이렇게 하면요. 산이 찌렁찌렁 울리고 참 듣기 좋아요.

# 품바 타령(2)

자료코드 : 09_05_FOS_20100714_LCS_IGS_0155
조사장소 : 충청북도 음성군 맹동면 용촌1리 용촌길 105-1
조사일시 : 2010.7.14
조 사 자 : 이창식, 최명환, 장호순, 김영선
제 보 자 : 이광섭, 남, 85세
구연상황 : 소리를 하면서 흥이 난 제보자 이광섭이 장구를 치면서 품바 타령을 부르겠
다고 하였다. 조사자들이 소리만 부탁하자 다시 구연해 주었다. 이광섭은 품
바 타령 일절로 이 사설을 부르고, 이절은 방아 타령 삼절은 달 타령을 부른
다고 하였다.

얼씨구씨구 자리한다 절씨구씨구 자리한다

이게 장단이 있어야 되는 건데. 장구를 치면서 하는 것도 있고. 이게,
이 왜 품바축제 하다보면 장구 치면서 하데. 그것 좀 조금 울려 줄까, 장
구 좀?
(조사자 : 아니 괜찮습니다.)
괜찮어?
(조사자 : 예, 예.)
장구가 저기 내 장구가 있어.
(조사자 : 예, 예, 괜찮습니다.)

얼씨구씨구 자리한다
절씨구나도 자리한다
지리구두지리구두 자리한다
품바하구두 자리한다
천지지간은 만물중에
아사람밖에도 또있더냐
일월이라도 경고한줄

태산같이도 바랬거니

백년의감흥을 못다하이구

아백발된다니 서럽구나

곱고곱던 비단옷도

떨어지니나 걸레이구

이팔에청춘 홍단얼굴

아늙어지니 백발이오

오는백발 늙는중에도나 서러운데

모양조차도 늙어가네

장대나같이 곧은허리가

짚마가시가 되어가고

거울같이 밝던눈은

반장님이나 되어가고

샛별같이 밝던귀가

아절벽강산 되어간다

지팽이를 짚었으니

수명장수 하려는가

묵묵히도 앉았으니

아부처님이 되시려나

오느나백발 막으려고

십리밖에다 가시성쌓으니

백발이 먼저알고

아지름길로 찾아온다

어설씨구씨구 자리한다

절씨구나도 자리한다

지리구두 지리구두 자리한다

품바하구두 자리한다

요게 일절 품바 타령이고, 이절에는 방아 타령을 했고.

(조사자 : 아.)

삼절에는 에, 달 타령을 했고, 이럴 끼야.

(조사자 : 음, 이절은 방아 타령.)

이절은 방아 타령이고, 이절.

(조사자 : 삼절은?)

삼절은 달 타령.


# 땅 다지는 소리

자료코드 : 09_05_FOS_20100714_LCS_IGS_0156
조사장소 : 충청북도 음성군 맹동면 용촌1리 용촌길 105-1
조사일시 : 2010.7.14
조 사 자 : 이창식, 최명환, 장호순, 김영선
제 보 자 : 이광섭, 남, 85세
구연상황 : 조사자가 집을 지을 때 땅을 다지면서 하는 소리가 있느냐고 물어보자, 제보
자 이광섭이 '지점이호'라고 대답한 후 땅 다지는 소리를 구연해 주었다.

지점이호. (조사자 : 예, 지경다지기.)

에헤 지점이호
여보시에 동네분들
에헤 지점이호
번쩍들었다 쾅쾅노이소
에헤 지점이호
한손에는 활을들고

에헤 지점이호

또한손에는 화살을들고

에헤 지점이호

동서남북 좌향을볼제

에헤 지점이호

조좌호향을 놓고보이면

에헤 지점이호

딸을나면은 열녀를두고

에헤 지점이호

아들을나이면 처자를둘껴

에헤 지점이호

이내가슴 젖을적에

에헤 지점이호

함박산날맹이 뚝떨어졌으니

에헤 지점이호

이터에다가 집을질제

에헤 지점이호

동서남북의

아이 저걸 또 까, 이 여기 잊어먹었어, 다.

(조사자 : 이런 식으로 해 갖고 부르시는 거죠?)

응.

(조사자 : 함박산 뭐 이런 말이 들어가네요.)

함박산이라고 여기 있어요.

(조사자 : 예, 앞에 있는 산.)

두태산(두타산)이 있고.

(조사자 : 예, 예.)

뚝 떨어져서.

(조사자 : 예.)

어, 이 터에다가 집을 지면은 태평성대 이루리다 이렇게.

(조사자 : 예.)


# 자진 아라리(3)

자료코드 : 09_05_FOS_20100714_LCS_IGS_0158
조사장소 : 충청북도 음성군 맹동면 용촌1리 용촌길 105-1
조사일시 : 2010.7.14
조 사 자 : 이창식, 최명환, 장호순, 김영선
제 보 자 : 이광섭, 남, 85세
구연상황 : 조사자가 제보자 이광섭이, 자신의 할아버지에게 들었던 노래 가운데 들려주
        고 싶은 것이 있느냐고 물어보았다. 이광섭이 자진 아라리를 구연해 주었다.

(조사자 : 아까 그 …… . 할아버지가 노래를 잘하셨다 했잖아요.)

예.

(조사자 : 할아버지 노래 중에서 또 들려주고 싶은 게 있습니까?)

제일 듣고 싶은 노래?

(조사자 : 예.)

그런 노래는 없고 그냥 귀 담아 들어서 그냥 내가 듣구 듣구 이렇게 하
구 그러니까. 근데 지 그, 저, "노다 가세 노다 가세" 그런 거. 그거 젤 듣
기가 좋던 거에요. 어. 그 경치 좋고 놀기 좋다는 게 그 얼마나 좋아요.
(조사자 : 예, 그거 한번 해 보셔요. 할아버지 그 지금 노래.)

그, 그 노래?

(조사자 : 예.)

노다가세 노다가세 노다가세
경치좋고 놀기좋으니 노다가세
아리랑 쓰리랑 아라린데
아리랑 고개로 넘어간다

살구나무 정자는 구정자요
아주까리 정자로 만나보세
아리아리 쓰리쓰리 아라리요
아리랑 고개로 넘어간다

넘어간다 넘어가네 넘어를가네
[말지빼] 꼬개(고개)를 넘어간다
아리아리 쓰리쓰링 아라리요
아리랑 고개로 넘어간다

청처마(청치마) 끈에다 소주병달구
오동낭기(나무) 솜불로 임찾어가세
아리아리 쓰리쓰링 아라리요
아리랑 고개루 넘어간다

이런 노래 많이들 청승 분들은 그 많이 해요.
(조사자 : 그 어머니도 그냥 저 뭐야 비슷한 노래다, 그죠?)
응?
(조사자 : 어머니도 불렀던 그 베틀 비슷하게 이렇게 나, 나, 나물 뜯는
소리가 비슷했다. 그죠?)
야, 비슷하게 듣기 그러더라고요.
(조사자 : 애잔한, 애절한, 애절한.)

예전에 그 어머니들 그 시집살이 한 노래. 그, 그런 슬픈 노래 많이 하던 거에요.


# 자진 아라리(4)

자료코드 : 09_05_FOS_20100714_LCS_IGS_0162
조사장소 : 충청북도 음성군 맹동면 용촌1리 용촌길 105-1
조사일시 : 2010.7.14
조 사 자 : 이창식, 최명환, 장호순, 김영선
제 보 자 : 이광섭, 남, 85세
구연상황 : 제보자 이광섭이 주민자치센터 등에서 할머니들을 대상으로 해서 부르는 소리라며 자진 아라리를 구연해 주었다.

할머니들 노래 부르는 거는 이렇게 해요.

나물가세 나물가세 나물을가세
우리나 삼동세 나물가세
아무럼 그렇지 그렇구말구
한오백년 살자는데 웬성환가
아리아리 아리랑 아라린데
아리랑 고개로 넘어간다

이렇게 할머니들 부르는 노래로 고 좌석 따라서 고, [시집] 따라서 이렇게 불러주니까. 그렇게 싫어하는 사람이 없고 그렇게 좋아하더라구요.


# 농부가

자료코드 : 09_05_FOS_20100709_LCS_JSR_0037

조사장소 : 충청북도 음성군 맹동면 쌍정1리 덕금로 396 게이트볼장
조사일시 : 2010.7.9
조 사 자 : 이창식, 최명환, 장호순, 김영선
제 보 자 : 전상례, 남, 76세
구연상황 : 조사자가 제보자 전상례의 고향인 전북 임실에서 불렀던 소리를 요청하자 농
부가를 구연해 주었다.

여여하열 상사디여
여보시오 농부님네 이내한(1)말 들어보소
아나 농부야 말들으라
피랭이(패랭이) 꼭지(꽂지) 장화를꽂고
마후래기(마구잡이) 춤이나 추어보세

그러고 그냥 놀아지 그냥.


# 다리 뽑기 하는 소리

자료코드 : 09_05_FOS_20100709_LCS_JSR_0041
조사장소 : 충청북도 음성군 맹동면 쌍정1리 덕금로 396 게이트볼장
조사일시 : 2010.7.9
조 사 자 : 이창식, 최명환, 장호순, 김영선
제 보 자 : 전상례, 남, 76세
구연상황 : 조사자가 다리 뽑기 놀이 하면서 불렀던 소리를 요청하자 제보자 전상례가
구연해 주었다.

이거리 저거리 갓거리
천사 만사 허리끈
껄떡 몰어 장두칼

뭐 그런 거, 장두칼. 그다음에, 잊어버렸네 그걸.

# 뱃노래

자료코드 : 09_05_FOS_20100709_LCS_JSR_0050
조사장소 : 충청북도 음성군 맹동면 쌍정1리 덕금로 396 게이트볼장
조사일시 : 2010.7.9
조 사 자 : 이창식, 최명환, 장호순, 김영선
제 보 자 : 전상례, 남, 76세
구연상황 : 조사자가 제보자 전상례에게 알고 있는 노래를 불러 달라고 하자 뱃노래를
구연해 주었다.

어기여 지여차 어이야디야 어기여차

뱃놀이 가잔다

파도치는 물결소리 단잠을 깨우니

술렁술렁 노젓는소리 처량도 하구나

어기여 디여차 어이야디야 어기여차

뱃놀이 가잔다

언니는 좋겠네(좋겠네) 언니는 좋겠네(좋겠네)

형부의 코가커서 언니는 좋겠네(좋겠네)

아우야 아우야 그런말 말어라

너그형부 코만컸제(컸지) 실속은 없단다

어야노야노야 어야노 야노 어기여차

뱃놀이 가잔다

# 다리 뽑기 하는 소리

자료코드 : 09_05_FOS_20100714_LCS_JCN_0172
조사장소 : 충청북도 음성군 맹동면 용촌1리 용촌길 105-1

조사일시 : 2010.7.14
조 사 자 : 이창식, 최명환, 장호순, 김영선
제 보 자 : 정철남, 여, 73세
구연상황 : 조사자가 다리 뽑기 놀이 하면서 불렀던 소리를 요청하자 제보자 정철남이
구연해 주었다.

이거리 저거리 갓거리
천두 만두 수만두
짝 벌려 수양강
오리 짐치 사례 육

쌍정리 게이트볼장 구연상황

# 군밤 타령

자료코드 : 09_05_MFS_20100709_LCS_JSR_0036
조사장소 : 충청북도 음성군 맹동면 쌍정1리 덕금로 396 게이트볼장
조사일시 : 2010.7.9
조 사 자 : 이창식, 최명환, 장호순, 김영선
제 보 자 : 전상례, 여, 76세
구연상황 : 조사자가 소리를 요청하자 제보가 전상례가 군밤 타령을 구연해 주었다.

바람이 분다 바람이 불어
청천하늘에 어어얼싸 돈바람 분다
얼싸좋네 얼싸좋네 군밤이요
에헤라 삶은 밤이로구나

눈이 오네 눈이 오네
청천하날(하늘)에 어어얼싸 흰눈이 온다
얼싸좋네 얼싸좋네 군밤이요
에헤라 삶은 밤이로구나

너는 총각 나는 처녀
처녀총각이 어어얼싸 막놀아 난다
얼싸좋네 얼싸좋네 군밤이요
에헤라 삶은 밤이로구나

# 5. 삼성면

# ▌조사마을

## 충청북도 음성군 삼성면 덕정리

조사일시 : 2010.7.16
조 사 자 : 이창식, 최명환, 장호순, 김영선

덕정리 전경

덕정리(德井里)는 덕지(德地)의 '덕'자와 금정(金井)의 '정'자를 따서 현재의 이름이 되었다. 본래 충주군 지내면 지역이었으나 1906년 음성군에 편입되었고, 1914년 행정구역 폐합에 따라 금정리·덕지리·가동리·가서리를 병합하고 덕정리라 하여 삼성면에 편입되었다. 마이산(417m)에서 흐르는 물을 막아서 만든 덕정저수지가 있고, 모래내에서 영덕리 덕다리를 넘어가는 곳에는 모래내고개, 금정에서 모래내로 넘어가는 곳에는 금정고개 등이 있다. 양덕1리에서 발원하는 모래내천이 덕정5리에서 미호천으로 유입되고, 덕정2리에서 발원하는 밋거름천이 선정리에서 미호천으로 유입되고 있다. 1944년 축조된 덕정저수지가 있다. 모래내 북서쪽에는 절터가 있는 용뎅이들, 장터의 북서쪽에는 배련골들, 남쪽에는 비룡들, 서남쪽에는 오공가리들, 동남쪽에는 갱기들 등이 있다. 갱기들 북서쪽에는 고창미들이 있고 오공거리 남쪽의 상나무들, 새터 남쪽의 길번득이들 그리고 새터 앞의 철유골들 등의 들이 있다. 덕정리는 삼성면 중동부에 위치하며, 면적은 6.15km²이고, 1,328세대에 3,292명(남자 1,773명, 여자 1,519명)의 주민이 살고 있다. 동쪽은 금왕읍 사창리, 서쪽은 양덕리, 남쪽은 선정리, 북쪽은 대정리와 각각 접하고 있다. 경지 면적은 밭이 1.71km², 논이 15.22km², 과수원 0.11km² 등으로 되어 있으며, 주민의 대부분이 벼농사를 위주로 하지만 과수 재배도 활발하다. 교육 기관으로 삼성초등학교, 삼성중학교가 있으며, 주요 기관으로는 삼성면사무소, 음성경찰서 삼성치안센터, 삼성농업협동조합, 삼성우체국, 삼성신용협동조합 등이 있다. 자연마을로는 덕정1리에 모란·문화, 덕정2리에 김정·방죽김정, 덕정3리에 골가래실, 덕정4리에 윗말, 덕정5리에 새터, 덕정6리에 별무늬아파트, 하늬하이츠, 진달래아파트, 덕정7리에 방죽가래실 등이 있다. 문화 유적으로는 1905년 부모상을 당하여 시묘에 큰 범절을 보인 하석환(河碩煥)을 기리기 위하여 1963년 음성군수 유용기의 주선으로 세운 효의비(孝義碑)가 있다. 주요 도로는 금왕읍 내곡리에 이르는 지방도 583번, 군도 4번, 군도 8번 등과 연결되어 있다.

## 충청북도 음성군 삼성면 양덕리

조사일시 : 2010.5.1

조 사 자 : 이창식, 최명환, 장호순, 김영선

양덕리(良德里)는 양곡(良谷)의 '양'자와 덕교(德橋)의 '덕'자를 따서 이름으로 사용하였다. 본래 충주군 지내면에 속해 있던 지역이었으나 1906년 음성군에 편입되었다. 1914년 행정구역 개편에 따라 덕교동, 양곡리, 대사동리를 병합하여 양덕리라 하고 삼성면에 편입되었다. 양덕1리 동리의 북쪽에는 마이산(417m, 일명 망이산 또는 매산)이 있고 동리 동쪽에는 장등산이 있다. 양덕리에서 발원하는 도치천과 동리천이 덕정리에서 모래내천으로 유입되어 미호천으로 흘러들러가고 양곡천은 양덕2리에서 큰말천으로 유입되어 성선천으로 흐른다. 양덕리에는 연무실들, 영청거리, 질구지, 잭백이들 등의 들이 있다. 양덕1리에는 동리저수지(마정제)와 오두목소류지가 있으며 양덕2리에는 1947년에 축조된 양덕저수지(일명 양지울저수지)가 있다. 양덕리는 삼성면 면 소재지에서 서쪽으로 2km 떨어진 지점에 있으며, 동쪽으로 덕정리, 서쪽으로 경기도 안성시 이죽면, 남쪽으로 용성리, 북쪽으로는 대사리와 각각 접하고 있다. 양덕리는 3개의 행정리로 이루어져 있으며, 하덕동리, 한절우, 대사동, 양지울, 덜너기, 덕다리 등의 자연마을이 있다. 경지 면적은 밭 9.67km², 논 9.39km², 과수원 0.61km² 등으로 벼농사, 시설 원예 농업, 과수 재배 등을 하고 있으며, 오두목 옆의 뱀골에서는 난을 재배하고 있다. 문화 유적으로는 양덕1리 동리 입구에 양덕리 동리 장승(돌미륵)이 있으며 방아골에는 양덕리 고인돌이 있다. 마이산에는 음성 망이산성이 있으며, 음달말의 절터에는 용운사가 있다. 양지울 오두목 정상에는 고심사가 있으며, 덕다리에는 정운영 효자문과 주민들에게 농악을 가르치는 향악당 등이 있다. 양덕리 동부에는 중부고속국도와 지방도 583번이 남북으로 관통하고 있고, 면리도 203번이 양지2리 양지울에서 음달말을 지나 덜너기와 연결되어 있다. 양덕2리 양지울에서 멀리 떨어져 있는 양지1리 동리는 면리도 201번을 통하여 대사리 송촌동에 연결되어 있고, 면리도 202번을 통하여 면사무소 소재지인 덕정리와도 연결되어 있다.

양덕리 전경

## 충청북도 음성군 삼성면 천평리

조사일시 : 2010.5.1

조 사 자 : 이창식, 최명환, 장호순, 김영선

천평리(泉坪里)는 본래 충주군 천기면에 속해 있던 지역이었으나, 1906
년 음성군에 편입되었다. 1914년 행정구역 개편에 따라 박서리, 천곡리,
표산리, 법령리의 각 일부와 대조곡면 대사리 일부 그리고 사다산면의 심
목리 일부를 병합하여 천평리라 하고 삼성면에 편입되었다. 천평2리 새눈
이 입구에는 청용부리산이 있고, 능안 서쪽에는 테미봉이 있어 대소면과
삼성면의 경계를 이루고 있다. 물앙골에서 청용리 조룡미로 넘어가는 곳
에는 물앙골고개(서낭고개)가 있고, 천평1리의 벙겻들에서 천평3리의 박
알미로 넘어가는 곳에는 비녕고개가 있다. 또한 천평1리의 벙겻들 앞쪽에
있는 앞들을 비롯하여 정기들, 물앙골보들 등이 있으며, 천평3리의 박알

천평리 전경

미에는 벼락방죽, 담넘어들, 물레방아들이 있다. 천평리는 삼성면 면 소재지에서 남쪽으로 8km 떨어진 지점에 있으며, 동쪽으로는 본대리, 북쪽으로는 선정리, 서쪽으로는 태생리와 각각 접하고 있다. 천평리는 3개의 행정리로 이루어져 있으며, 천평1리의 벙것들·소천곡, 천평2리의 새눈이, 천평3리의 박알미 등의 자연마을이 있다. 147가구, 349명(남자 194명, 여자 155명)의 주민이 살고 있다. 경지 면적은 밭 0.96km², 논 1.40km², 과수원 0.86km² 등으로 벼농사를 위주로 하고 있지만 사과, 배 등의 과수 재배도 하고 있다. 천평리에는 국가지원 지방도 82번이 동서로 관통하고 있고 천평1리의 소천곡, 벙것들과 천평3리의 박알미를 남북으로 연결하는 지방도 515번이 관통한다. 천평2리의 새눈이와 천평3리의 박알미를 연결하는 면리도 101번과 천평리 중앙부를 북동에서 남서 방향으로 관통하고 있는 면리도 208번이 천평2리의 새눈이 서쪽에서 교차하고 있다.

## ▌제보자

### 권선운, 남, 1921년생

주 소 지 : 충청북도 음성군 삼성면 천평1리 법평마을
제보일시 : 2010.5.1
조 사 자 : 이창식, 최명환, 장호순, 김영선

권선운은 삼성면 천평1리 법평마을에 거
주하고 있다. 법평마을 토박이로 2~3년 동
안 객지 생활을 하면서 목욕탕 불 때는 일,
가게 점원 등을 하기도 하였다. 그 이후에는
고향으로 돌아와 농사를 짓고 살았다. 현재
법평마을에서 최고령자다. 1943년 결혼하였
으며, 5남 1녀를 두었으나, 딸은 시집가서
먼저 잃었다. 현재는 몸이 아파서 일할 수
없다고 한다.

제공 자료 목록
09_05_FOT_20100501_LCS_GSU_0018 구래에 다리를 놓은 수팽이 장사

### 이병두, 남, 1942년생

주 소 지 : 충청북도 음성군 삼성면 양덕리
제보일시 : 2010.7.16
조 사 자 : 이창식, 최명환, 장호순, 김영선

이병두는 삼성면 토박이다. 군대를 다녀온 것 외에는 삼성면 양덕2리
양지울에서 태어나 그곳에서 현재까지 살고 있다. 1970년대 초반 종로에
있는 예술학원에 다니며 경기도민요 등을 배웠다. 예전에는 과수원을 하

였는데, 지금은 힘이 들어 논농사만 조금 한
다. 자녀는 3남매(2남 1녀)를 두었으며, 음
성군 향토문화제인 설성문화제에 삼성면 대
표로 민속놀이를 만들어 참여하기도 하였다.
　예전에는 마을마다 선소리를 주는 사람이
있었고, 선소리에 맞추어서 논을 매었다고
기억을 하고 있다. 예전 분들은 '제비가',
'토끼화상', '서도잡가' 등을 많이 불렀고,
제보자 세대에 와서는 남도민요와 서도민요는 어려워 부르지 못하고, 경
기민요를 많이 불렀다고 한다. 얼마 전에 그 기억을 토대로 논 매는 소리
를 만들어 '향토지'에 수록하기도 하였다.
　운상 하는 소리와 묘 다지는 소리는 특정한 사람한테 배운 것은 아니
고, 예전 분들이 불렀던 소리를 40세 중반부터 흉내 내면서 불렀다고 한
다. 강원도나 경기도 소리에다 회심곡을 붙여서 만들어 불렀고, 지역에서
전해오는 소리는 특별한 것이 없다고 한다. 조사자들은 이병두 제보자를
식당에서 만나 인터뷰를 하였는데, 입구에 세워 있는 장승의 유래, 성주
고개의 유래 등 지명에 얽힌 이야기 등도 들려주었다.

제공 자료 목록
09_05_FOT_20100716_LCS_IBD_0106 성주고개를 끊어 망한 부자
09_05_FOT_20100716_LCS_IBD_0108 늑비지 죽은 골의 유래
09_05_FOT_20100716_LCS_IBD_0109 양덕리에서 태어난 이이첨
09_05_FOT_20100716_LCS_IBD_0110 용이 승천하면서 생긴 용댕이와 모래내
09_05_FOT_20100716_LCS_IBD_0111 왜군도 감동시킨 오효자의 효성
09_05_FOS_20100716_LCS_IBD_0091 모심는 소리
09_05_FOS_20100716_LCS_IBD_0092 묘 다지는 소리
09_05_FOS_20100716_LCS_IBD_0100 자진방아 타령
09_05_FOS_20100716_LCS_IBD_0101 노랫가락

09_05_FOS_20100716_LCS_IBD_0130 엮음 아라리
09_05_FOS_20100716_LCS_IBD_0131 궁초댕기


## 정우식, 남, 1933년생

주 소 지 : 충청북도 음성군 삼성면 양덕3리 덕다리마을
제보일시 : 2010.5.1
조 사 자 : 이창식, 최명환, 장호순, 김영선

　정우식은 삼성면 양덕3리 덕다리마을에
거주하고 있다. 초계 정씨이며, 선대조에 금
왕읍 도장리에서 거주하다가, 오효(五孝)할
아버지로 유명한 정국주 할아버지 때부터
덕다리마을에 들어와 살았다. 그 이후 14대
째 살고 있다. 덕다리마을 토박이로 강원도
가서 군 생활 한 것 외에는 덕다리마을에서
농사를 짓고 살았다. 6남매(2남 4녀)를 두었
다. 정효자비를 관리하고 있으며, 조사자들에게 마을에서 전승하는 이야
기들을 구연해 주었다. 이야기 구연이 끝나고 나서는 증거물까지 안내해
주었다.

제공 자료 목록
09_05_FOT_20100501_LCS_JUS_0063 잉어를 잡아 어머니를 봉양한 효자 정운영
09_05_FOT_20100501_LCS_JUS_0065 왜군도 감동시킨 오효자의 정성
09_05_FOT_20100501_LCS_JUS_0068 팔장사가 난 덕다리 마을
09_05_FOT_20100501_LCS_JUS_0070 장수가 가져다 놓은 바위와 오줌 눈 바위
09_05_FOT_20100501_LCS_JUS_0073 힘자랑 해서는 안 되는 덕다리
09_05_FOT_20100501_LCS_JUS_0074 상여가 들어오지 못하게 막은 장사

## 최필녀, 여, 1927년생

주 소 지 : 충청북도 음성군 삼성면 천평1리 법평마을
제보일시 : 2010.5.1
조 사 자 : 이창식, 최명환, 장호순, 김영선

최필녀는 천평1리 법평마을에 거주하고
있다. 제보자 권선운의 부인으로 음성읍 삼
생리가 고향이다. 1943년 17세에 결혼하였
으며, 60여 년 넘도록 법평에서 농사를 짓
고 살았다. 5남 1녀를 두었으나, 딸은 시집
가서 먼저 잃었다고 한다. 56년째 성당을
다니고 있다.

제공 자료 목록

09_05_FOS_20100501_LCS_CPY_0024 빠진 이빨 던지면서 부르는 소리
09_05_FOS_20100501_LCS_CPY_0025 모래집 짓는 소리

# 구래에 다리를 놓은 수팽이 장사

자료코드 : 09_05_FOT_20100501_LCS_GSU_0018
조사장소 : 충청북도 음성군 삼성면 천평1리 법평마을 대성로 205번길 2
조사일시 : 2010.5.1
조 사 자 : 이창식, 최명환, 장호순, 김영선
제 보 자 : 권선운, 남, 90세
구연상황 : 제보자 최필녀가 장사 이야기가 있다면서 남편인 제보자 권선운에게 얘기해
보라고 하였다. 제보자 권선운이 구연해 주었다.
줄 거 리 : 예전에 수팽이라는 장사가 살았다. 수팽이 장사는 들이 넓고 물이 많이 내려
가는 구래에 돌을 짊어지고 가서 다리를 놓았다고 한다. 후에 마을 사람들이
그 돌을 공동샘으로 옮겨 물동이 받침으로 사용하였다. 현재 다리는 없어졌지
만, 다리를 놓았던 돌은 마을 입구에 있다.

(조사자 : 장사 이야기가 있다고요, 수팽이골에?)

(보조 제보자 : 옛날에 뭐 수팽이골 장사가 돌 저기했다 그러지.)

아 예전에 그건 수팽이골이라고 그 …….

(보조 제보자 : 저 한샘골 얘기 해 봐요.)

한샘골을 지금 얘기 핸 거여. 그거지 이 동네 뭐 별 거 없어요.

(조사자 : 아니 그 수팽이골은 왜 수팽이 골이라고 하죠?)

골짜기 이름이 수팽이 골이여. 예전에 장사가 거기 수팽이라는 사람이
살았대요. 그래 저기 저 돌이 있는데 그 수팽이라는 사람이 이제 걸빵엘
지고 거기다 그 다리를 났다는 거예요. 구래에다가.

(조사자 : 그 다리가 지금 있나요?)

아이 없어서 그 이 동네에서 끌어다가 여기 샘 했다가 지금 인제 샘이
저, 전부 집집마다 샘을 파니까. 읎어지구 저기 저 끌어다가 뭐 할라고 갖

다 놨는지 누가 갖다 놨어요.

(조사자 : 지금 있다는 얘기네요, 그 돌이?) 돌은 저기 있어요.

(조사자 : 저희가 있다가 어디 가면서 확인하고 사진을 찍을 수 있을까요?)

아 여기 여 바로 앞에.

(조사자 : 집 앞에요?)

예, 저기.

(조사자 : 어, 그러니까 예전에 수팽이라는 장사가 있었는데. 그 장사가 짊어 메고 저쪽 어딘가에 다리를 놨었다.)

예, 여기 요 넘어 구래여.

(조사자 : 구랭이?)

산 넘어 가면 구래여.

(조사자 : 구래.)

구래예요. 구랜데 들이 커요. 그래 거기 물이 많이 내려가는데 거기다 다리를 놨다는 거여.

(조사자 : 아, 그 수팽이라고 하는 장사가?)

예, 그 장사가 아, 이렇게 짊어지고 왔대요. 어깨에다가.

(조사자 : 멜빵처럼?)

거기다 그래 그분이 다리를 놨다는 거예요.

(조사자 : 그게 언제적이라는 얘기는 혹시 들어 보셨나요?)

아이고, 그 예전 얘긴데. 예전 노인들 얘기했는데요.

(조사자 : 그 돌이 인제 결국은 거기 있었는데 어느 사이엔가 일로 옮겨졌다?)

아니, 이 동네서 여 샘. 그 전에 인제 공동샘이잖아요. 공동샘인데 갖다가 저기 이렇게 해 놨었어요. 물동이도 내려놓고.

(조사자 : 아 받침대로.)

예, 그 돌을 끌어다가 이 동네에서.

(조사자 : 어, 그 다리였던 돌을 받침대로 썼다가 누가 여기다 돌을 가져다 놓은 거네요. 그거를 인제.)

이 동네에서 끌어왔어요.

수팽이 장사 바위

## 성주고개를 끊어 망한 부자(富者)

자료코드 : 09_05_FOT_20100716_LCS_IBD_0106
조사장소 : 충청북도 음성군 삼성면 덕정리 522-29번지 삼성왕족발보쌈
조사일시 : 2010.7.16
조 사 자 : 이창식, 최명환, 장호순, 김영선
제 보 자 : 이병두, 남, 69세
구연상황 : 조사자가 양덕면에서 전해지는 이야기를 요청하자 제보자 이병두가 구연해

주었다.

줄 거 리 : 삼성면 양덕리에서 대사리로 넘어가는 고개를 성지고개라고 한다. 예전에 대
사리에 큰 부자가 살았는데 손님이 많이 와서 손끝에 물이 마를 새가 없었다.
그 부자는 어느 스님이 왔을 때, 시주하면서 손끝에 물이 마르게 해 달라고
부탁하였다. 스님이 시키는 대로 성지고개를 끊고 부자는 망했다고 한다.

성주고개(성지고개라고도 함)라고 있어. 양덕일구에서 대사리 쪽으로
이렇게 가면은 지금 신작로가 났지, 인저. 길이 났어, 이차선으로. 그게
성주고갠데.

(조사자 : 성주고개요, 예.)

대사리라고 저기 사운암이라고, 축조골(죽제골이라고도 함)인가. 거기에
인제 큰 부자가 살았는데.

(조사자 : 예.)

하도 손님이 오니까 손 끝에 물 마를 새가 없으니까, 어느 스님이 와서
시주를 달라니까.

"아이고 시주는 드릴 테니, 스님 한 가지 소원이 있습니다."

"이놈에 손끝에 물 좀 마르게 해 주시오."

이렇게 얘기를 하더란 거야.

(조사자 : 아, 성주고개에 ……. 예.)

"그럼 저 고개를 끊어 놔라."

(조사자 : 음.)

그래서 그 성주고갠데 그걸 끊어 놓구서는 그 집이 망했대요.

(조사자 : 아, 중한테 물어보니까 고길 끊어라 그래 가지고.)

어, 어. 그래 가지고 그게 성주고개에요, 그게. 어, 성주고개.

(조사자 : 그러니까 그 고개가 정확히 어디 있나요?)

그러니까 성주고개 그게 있는지 없는지는 몰러도 ……. 양덕리서.

(조사자 : 저쪽.) 양덕리서 대사리쪽, 쪽으로 이렇게 가다보면은 고 저기

가 있어. 저거, 저 ……

(조사자 : 마이산 있는데?) 마이, 저기, 저기 저, 저, 낚시터.

(조사자 : 예.)

낚시터 고짝 고게 성주고개여.

(조사자 : 아, 아, 그게 성주고갠가요?)

어. 지금은 인제 까 뭉갰으니까 그렇지 그전엔 요렇게, 요렇게 넘어 댕겼거든. 소로길로.

(조사자 : 그래서 그 어, 잘 살던 집이 망했다는 그런 이야기가 ……)

어 망했대요, 망했대요.


# 늑비지 죽은 골의 유래

자료코드 : 09_05_FOT_20100716_LCS_IBD_0108
조사장소 : 충청북도 음성군 삼성면 덕정리 522-29번지 삼성왕족발보쌈
조사일시 : 2010.7.16
조 사 자 : 이창식, 최명환, 장호순, 김영선
제 보 자 : 이병두, 남, 69세
구연상황 : 제보자 이병두가 자신이 알고 있는 삼성면의 지명이야기라면서 구연해 주었다.
줄 거 리 : 삼성면 골짜기 중 '늑비지 죽은 골'이라는 곳이 있다. 옛날 담력이 센 늑비지라는 사람이 살고 있었다. 그래서 친구들이 어느 골짜기에 가서 말뚝을 하나 박고 오면 '너, 장담을 인정해 준다.'고 하였다. 늑비지는 말뚝을 가지고 가서 깊은 산 중에 박았는데 자신의 도포 자락과 함께 박았다. 늑비지가 말뚝을 박고 일어나려 하는데 일어날 수가 없어서 스스로 놀라 죽었다. 그래서 죽은 늑비지를 그 자리에 묻었다. 그 후 그곳을 '늑비지 죽은 골'이라고 부르는데 정확한 위치는 모른다고 한다.

늑비지, 늑비지 죽은 골이라 그래 가지고. 늑비지 묻힌 골이라 그래 가지고.

(조사자 : 늑비지요?)

늑비지, 늑비지. 사람 이름이 늑비지야.

(조사자 : 아, 사람 이름.)

그래서 장담이 하도 쎄 가지고.

(조사자 : 예, 예.)

도포, 도포를 입구서 갔는데. 그, 그 골짜기에 가서 말뚝을 하나 박고 오면은 인정을, 너 장담을 인정을 해 준다고 그래 가지고. 말뚝을 해 가지고 가서 인제 깊은 산 중에 가서 인제 그거를 이거를 박는데, 이 도포 자락하고 같이 박았디야.

(조사자 : 아.)

아, 이 일어날라니까 이제 잡아당기니까.

(조사자 : 예, 예.)

거기서 인저, 인저 가위가 눌려서 거기서 죽어서 그냥 그 자리에다 묻었다. 이래 가지구. 저 늑비지 죽은 골이야. 늑비지 죽은 골.

(조사자 : 지금 묘 같은 게 있나요, 그러면?)

읎어, 읎어, 읎어.

(조사자 : 늑비지라는 사람이 자기 스스로 놀래 죽었네요, 그러니까는.)

그렇지, 그래. 그렇대요.

(조사자 : 아까 장담을 인정했나요? 담력.)

응, 담력을 볼라고.

(조사자 : 아.)

또래들이 인제 그렇게 한 건데 그렇게 죽었디야.

(조사자 : 사람 이름이 특이하네요.)

그래 인제 다 없어진 걸, 지금 거가.

(조사자 : 음.)

옛날 같으믄은 그거 전부, 골골이 그거 다 있는데.

(조사자 : 예, 그렇죠.)

그거 인제 뭐, 뭐 그거 다 없어졌으니 뭐.


# 양덕리에서 태어난 이이첨

자료코드 : 09_05_FOT_20100716_LCS_IBD_0109
조사장소 : 충청북도 음성군 삼성면 덕정리 522-29번지 삼성왕족발보쌈
조사일시 : 2010.7.16
조 사 자 : 이창식, 최명환, 장호순, 김영선
제 보 자 : 이병두, 남, 69세
구연상황 : 조사자가 이이첨 이야기를 아느냐고 묻자 제보자 이병두가 구연해 주었다.
줄 거 리 : 삼성면 양덕리 동리에 광해군 때 정승까지 했던 이이첨의 집터라는 곳이 있
다. 이이첨이 이곳에서 태어났다고도 한다. 이이첨은 인목대비를 시해하기 위
해 사병을 모았고, 서울까지 가는 길도 닦았다. 그러나 인목대비에게 보냈던
자객이 실패하고, 인조반정 후에 죽임(이이첨은 참형을 당했다고 기록되어 있
음) 당했다고 한다.

(조사자 : 여기 이첨 이야기가 전해오나요?)

응?

(조사자 : 이첨, 이첨.)

역사인물 중에 이첨. 이이첨이는 동리여, 양덕1리구여.

(조사자 : 예, 동리에 이이첨이, 예, 예.)

양덕일구 거기 가면은 그 집터. 뭐 광터 죄(모두) 있어, 거기.

(조사자 : 그, 그 이야기 좀 해 보셔요.)

거 가 봐요, 거기 가 보면은 …….

(조사자 : 이이첨에 대해서 ……. 어떤 이야기가 전해옵니까?)

이이첨이 그가 광주 이씬데.

(조사자 : 광주 이씨요, 예.)

저기 인제 광해조 때 나온 분 아니여?

(조사자 : 예.)

광해조 때, 선조 때 나온 분인데. 아마 급제를 해 가지구서, 그때 직위가 어느 직위까지 올랐는지는 몰라두. 어, 인저 광해군한테 이, 붙어 가지구서는 정승까지 한 사람이여.

(조사자 : 예.)

응. 정승꺼지 한 사람인데 여기서 태어나 가지구서 여기서 군사모집을 하는데. 옛날에 그때만 해도 이제 사병들을 기르는 거 아니여, 그 사병들을.

(조사자 : 그죠.)

어. 그래 가지구 뭐, 뭐, 식객이 하, 뭐 하루 몇백 명씩 되었는지 …….

(조사자 : 예.)

그래 가지구 그 대사리 가는 길두 그 사람이 닦은 거랴, 그게.

(조사자 : 아.)

인력으로. 서울 나들이 길.

(조사자 : 예, 예.)

그래서 여기서 반정을 도모할라고.

(조사자 : 예.)

인목왕후를 시해할려고 인제 그걸 여기서 사병을 길러 가지고.

(조사자 : 예.)

이렇게 해서 그 길도 전부 내고 그랬다는 겨.

(조사자 : 예, 예. 근데 시해가 실패했잖아요. 왜 실패했는지 그거까지 얘기가?)

아 실패했지. 그래서 여기 여기서 저기 저, 경주 정씨 약국하던 양반이 있는데, 그 양반 증존지 그 양반도 이 분이, 이이첨이가 불렀다는 겨. 이게 학자양반인데.

(조사자 : 예, 예.)

같이 우리 이거 해서 …….

(조사자 : 아, 같이 하자고 …….)

거사를 도모하자고.

(조사자 : 예, 예.)

그런 걸 이 양반이 안한다는 겨.

(조사자 : 음.)

안 가 가지구선. 그렇게 하다가 인저 이이첨이가 인저 실, 실패를 한 거지.

(조사자 : 예, 왜 실패했는지 그 이유는 안 전해집니까? 왜? 이이첨이 …….)

그러니까 그때 고거, 고거, 거.

(조사자 : 예, 예.)

어, 인목왕후, 인목왕후하고 영창대군하고 죽일려고 할 적에 인목왕후를 죽이려 자객을 보내 가지구선.

(조사자 : 예.)

그런데 인제 그 궁녀가 피신을 하구서는 자기가 들어오는 거 아니여, 궁녀가.

(조사자 : 예.)

그래 가지고 인목황후가 살아난 거 아녀.

(조사자 : 아.)

그래 가지구 인조반정이 일어나면서 인목왕후가 떡 버티고 앉았으니까.

(조사자 : 예, 예.)

그 절단난 거지, 이이첨이가.

(조사자 : 아, 그렇게 된 거였구나.)

성공한 줄 알 건데.

이이첨 생가 터


# 용이 승천하면서 생긴 용댕이와 모래내

자료코드 : 09_05_FOT_20100716_LCS_IBD_0110
조사장소 : 충청북도 음성군 삼성면 덕정리 522-29번지 삼성왕족발보쌈
조사일시 : 2010.7.16
조 사 자 : 이창식, 최명환, 장호순, 김영선
제 보 자 : 이병두, 남, 69세
구연상황 : 조사자가 용담에 대해 물어보자 제보자 이병두가 구연해 주었다.
줄 거 리 : 삼성면 양덕저수지 위쪽에 용담이라는 곳이 있다. 마을에서는 '용댕이'라 부
른다. 용담의 용이 승천을 하면 그곳의 물이 덕정리로 가기 때문에, 그 주변
에 모래가 쌓인다. 그래서 모래내 또는 수청바다라고 부른다. 몇백 년 전에
진짜 용이 승천했는지 몰라도 지금도 덕정리 주변에서 우물을 파면 옛날 고
목 등이 나온다고 한다.

용담이라는 데가 요기, 요기.

(조사자 : 예.)

요거 저, 저수지

(양덕저수지).

요 올라가면 체육공원서, 요기서 조금 올라가면 거가 요렇게 아욱하게
됐어요, 거가. 명당인데.

(조사자 : 예, 예.)

그 이게 용 용(龍) 자, 이게 담길 담(潭) 자, 그래 용담이여 용담.

(조사자 : 예, 예.)

근데 인저 흔히 소, 인제 지금 전해져오는 거는 그냥 용댕이, 용댕이
이라거든.

(조사자 : 용댕이.)

그래서 우리 전설로는, 우리 부락에서도 그 지술하는 양반이 있어 가지
고. 그 양반도 한 백이십 세, 지금 좀 계시면 되는데. 그 양반이 그런 얘
기들을 햐. 거기서 용이 승천을 하이며는 인저 그 저수지 물을, 물을 이리
로, 이리로 보내 가지구서는 여, 여가 모래내가 된다 이거여, 여가.

(조사자 : 모래내요?)

요, 용이 승천을 하먼서(하면서), 여가 모라내거든, 모라내.

(조사자 : 모라네.)

여가 모라네여, 여기가. 근데 인제 모래내래요, 모래내. 모래내가 된다
이런 거여.

(조사자 : 아, 모래가 쌓인다고요.)

여가 수청바다여, 여가 지명이 수청바다.

(조사자 : 지명이 수청바다.)

전설이 그렇게 되는 거야. 근데 그 이제 그래서 그, 옛날에 아마 용이
승천을 했는지, 이무기가 됐는지.

(조사자 : 예.)

그렇게 돼 가지고 여가 수청바다가 됐는지.

(조사자 : 예.)

여기도 우물을 파면은 옛날 뭐 이런 고목도 나오고 그렇디야.

(조사자 : 아.)

옛날 몇백 년 전에 여가 그래서 아주 싹 쓸었는지. 뭐 그렇게 됐다고 그러더라구.

물에 잠긴 용댕이(용계저수지)

# 왜군도 감동시킨 오효자의 효성

자료코드 : 09_05_FOT_20100716_LCS_IBD_0111
조사장소 : 충청북도 음성군 삼성면 덕정리 522-29번지 삼성왕족발보쌈
조사일시 : 2010.7.16
조 사 자 : 이창식, 최명환, 장호순, 김영선

제 보 자 : 이병두, 남, 69세

구연상황 : 조사자가 제보자 이병두에게 정씨 효자 이야기를 알고 있느냐고 묻자 구연해
주었다.

줄 거 리 : 초계 정씨 집성촌인 금왕읍 도청리에 정씨 오형제가 살고 있었다. 임진왜란
무렵 부모상이 났다. 왜군이 들어와도 오효자는 피하지 않고 부모의 시신을
지키고 있었다. 이를 본 왜군이 '아, 조선에도 이런 효자가 있구나.'라며 감동
하였다고 한다.

(조사자 : 그 정운영 효자 이야기가 있던데요, 예.)

그분은, 그분은 …….

(조사자 : 지, 지금 후손이 살고 있습니까?)

그분은 여기저기 저, 초계 정씨넨데.

(조사자 : 예.)

그, 그 인저 오효, 오효집인데.

(조사자 : 예.)

그게 임진란 ……. 고 뒤인지 이 양반이 그래요. 그런데 사정은 잘 모르
겠어요.

(조사자 : 예.)

근데 이 임진란 때 [예터정]이라는 데, 인제 거기서 부모상을 당해 가
지고 아들 오형제가 꼭 지키고 있는 겨.

(조사자 : 네.)

래 왜놈들이 와서 보니까 오형제가 자기 아버지 시신 앞에 그냥 앉아
가지고 인저 발인도 안 하고 그냥 고대로 ……. '아, 조선에 이런 효자가
있구나.' 그래 가지고 왜놈들이 효자를 내려줬다는 기여, 왜놈들이.

(조사자 : 아.)

왜정 때에.

(조사자 : 예.)

그래 가지구서인지 이게 그래 오효집이여. 그래 가지구 이 정운영이가

제일 맏이랴. 맏집이래 이 집이.

(조사자 : 아.)


# 잉어를 잡아 어머니를 봉양한 효자 정운영

자료코드 : 09_05_FOT_20100501_LCS_JUS_0063
조사장소 : 충청북도 음성군 삼성면 양덕3리 금일로 1015번길24 경로당
조사일시 : 2010.5.1
조 사 자 : 이창식, 최명환, 장호순, 김영선
제 보 자 : 정우식, 남, 78세
구연상황 : 제보자 정우식은 정운영의 후손이다. 마을에서 전해져 내려오는 정운영 효자
　　　　　이야기를 들려 달라고 하자 구연해 주었다.
줄 거 리 : 정운영의 어머니가 병환으로 누웠다. 정운영은 어머니를 공양하기 위해 장
　　　　　호원 미호천의 얼음 위에서 사흘 동안 기도를 하였다. 그러자 물구멍에서
　　　　　잉어가 나왔다. 그것을 잡아서 고아 드렸더니 어머니가 삼 년을 더 살았다
　　　　　고 한다.

(조사자 : 그다음 지금 여기 효자비에 관해서 여쭤 볼게요. 여기 정운영
선생님의 효자비더라고요.)

예.

(조사자 : 그, 왜 효자비를 여기 세우게 됐죠? 저기도 써 있지만은 집안
에서 전해져 내려오는 이야기를.)

글쎄 이거 뭐 저기 그런 거 실제로 본 거 아니고 어른들 말씀으로 인저
전해져 내려오는 얘기만 들은 얘기지만.

(조사자 : 예, 예.)

인제 이렇게 정 자 운 자 영 자, 그 양반 부모님께서, 어머님께서 병환
으로 누셨어요. 그래 가지고 어떻게 그냥 공양할 길이 없어 가지고. 겨울
에. 거기두 있던 곳인데. 겨울에 저, 장호원 미호천 거기를 가서 얼음 위

에서 기도를 했대요. 삼일 동안 기도를, 기도를 했는데 물구녕에 이렇게 나오면서 뭐가 잉어가 나오더래요. 그래서 붙잡아다가 그걸 과서 드렸더니 삼년을 더 사시셨다는 그런 말씀이 어른들한테 들은 바가 있습니다.

(조사자 : 아, 들으셨어요 그거를?)

예.

(조사자 : 집안에 계속 이어져 내려오나요, 이야기가?)

예.

(조사자 : 그러면 그 정운영이라고 하는 분의 묘소가 여기 마을에 어디 있나요, 묘?)

요 덕정리에 모시다가 저 지금 용성리로 이장했어요.

(조사자 : 용성리로요.)

예.

정운영 효자문

# 왜군도 감동시킨 오효자의 효성

자료코드 : 09_05_FOT_20100501_LCS_JUS_0065
조사장소 : 충청북도 음성군 삼성면 양덕3리 금일로 1015번길24 경로당
조사일시 : 2010.5.1
조 사 자 : 이창식, 최명환, 장호순, 김영선
제 보 자 : 정우식, 남, 78세
구연상황 : 양덕3리 덕다리 마을 입향조를 물어보자 제보자 정우식은 오효 할아버지인
정국주가 먼저 들어왔다고 하였다. 그리고 오효 할아버지의 이야기가 있다면
서 구연해 주었다.
줄 거 리 : 임진왜란 중 부모님이 세상을 떠났다. 그런데 정씨 오형제는 피난을 갈 생각
도 안 하고 부모님 영정을 지키고 있었다. 이때 마을을 지나던 왜군들이 "너
희는 왜 피난을 가지 않았느냐?"라고 물었다. 오형제는 "부모님이 돌아가셔서
지키고 있다."라고 대답하였다. 이에 감동한 왜군들이 묘자리를 잡아주었다고
한다.

(조사자 : 그럼 요 마을에 어떤 분이 먼저 들어오셨다는 애기, 그런 애
기 못 들어보셨나요 혹시?)

우리가 이제 저 금왕면 도장리라고 하는 우리 고장 저, 본 고장이여.
거기서 인제 우리 국 자 주 자 할아버지께서 이 동네로 오신 것 같애요.
에 그래서 인제 우리 전해오는 말씀으로는 국 자 주 자. 대게 요 금방에
서는 금왕, 도장리, 금왕읍, 뭐 이런 데서는 우리 국 자 주 자 할아버지를
오효 할아버지라고 …….

(조사자 : 유명하죠.)

이렇게 부르고 계세요. 왜 오효 할하버지냐 하면은 그분들이 오형제여.

(조사자 : 예.)

그래서 인제 오형제분이 이렇게 있는데 인제 부모님이 돌아가셨어요.
어머닌지 아버지인지 그 내막을 잘 모르겠고. 에, 임진왜란 때 돌아가셨
대요. 임진왜란. 그 인저 임진왜란 때 일본사람들이 막 쳐들어오는데 딴
분들은 다 피난을 가고. 그 인저 그, 국 자 주 자 할아버지 오형제만 부모

님은 돌아가셨으니까 방에다 모셔 놓고 지키고 앉았었대요. 그래서 일본 사람이 왜 딴 사람은 다 도망가는데 너들은 안 가느냐.

(조사자 : 예.)

그래 보시다시피 우리 부모님이 돌아가셔서 우리 부모님을 지키고 있노라고. 이렇게 말씀을 하셨대요. 그래서, 아 참 이런 효자가 없다고. 그래서 인제 그 일본 사람이, 그 아버지를 도장사 가면 산소가 많아요. 우리 초계 정씨. 그래서 인제 그 사람들이 묘자리를 잡아줘 가지고 장례를 모셨다는 이런 말씀을 전해 들었어요. 도장리 가면 그런 말씀 하실 거야. 오효 할아버지 묘.

(조사자 : 아 도장리 오효 할아버지 이야기를 그렇게 해서 …….)

그래서 인제 우리 이 동네가 오효 할아버지의 제일 일번이고 무극 그쪽 방면으로 둘째 셋째 이렇게 사시고.

제보자 정운식의 구연상황

# 팔장사가 난 덕다리 마을

자료코드 : 09_05_FOT_20100501_LCS_JUS_0068
조사장소 : 충청북도 음성군 삼성면 양덕3리 금일로 1015번길 24 경로당
조사일시 : 2010.5.1
조 사 자 : 이창식, 최명환, 장호순, 김영선
제 보 자 : 정우식, 남, 78세
구연상황 : 조사자가 마을에 전해지는 장수 이야기가 없느냐고 묻자 제보자 정우식은 팔
　　　　　장사가 났다면서 구연해 주었다.
줄 거 리 : 덕다리 마을에 공동 샘이 있었는데 예전에는 마을 주민들이 모두 그 샘물을
　　　　　먹었다. 그런데 그 샘 때문인지는 몰라도 주변에서 힘이 센 여덟 명의 장사가
　　　　　태어났다고 한다.

(조사자 : 그러면은 장수 이야기 같은 경우는요?)

장수는 여기서 옛날에 팔장사가 났다는 거야. 팔장사가.

(조사자 : 팔장사가 났답니까?)

여기서 지금은 뭐 우물이 수도가 들어오고 우물이 좋았는데. 옛날엔 저
밑에서 우물을 하나 가지고 먹었어요. 바가지 샘이여, 바가지 샘. 그 거기
서 팔장사 이 동네서 팔장사가 났다고 어른들 말씀이 그러데요.

(조사자 : 왜 팔장사라 그럽니까?)

장군이, 장사가 기운 센 사람이, 뭐 벼슬을 해서 장군이 아니라 기운
센 사람이 여덟이 있었대네요.

(조사자 : 여덟 명.)

예.

(조사자 : 그 물을 마시고 그랬다는 건가요?)

그 물 땜에 그런지는 몰라도 말씀들이 그러시데요, 으른들이.

(조사자 : 그 샘이 있는데 샘 주변에는. 이 마을에서 팔장사가 났는데,
팔장사들이 힘센 사람들이 했던 것들이 있습니까?)

뭐 옛날에 그분들이 이렇게 힘자랑했죠 힘자랑.

(조사자 : 힘자랑했던 얘기 들어본 것은 없습니까?)

모르겠어요, 그거는.

(조사자 : 샘 이름을 뭐라고 그러세요, 샘을? 샘을 팔장사 샘이라고 그러나요, 샘을?)

글쎄 그건 뭐 어떻게, 예.

팔장사 샘

# 장수가 가져다 놓은 바위와 오줌 눈 바위

자료코드 : 09_05_FOT_20100501_LCS_JUS_0070
조사장소 : 충청북도 음성군 삼성면 양덕3리 금일로 1015번길 24 경로당
조사일시 : 2010.5.1
조 사 자 : 이창식, 최명환, 장호순, 김영선
제 보 자 : 정우식, 남, 78세

구연상황 : 마을에서 전해져 내려오는 바위와 관련된 이야기를 요청하자, 제보자 정우식
은 마을에 있는 장수가 칼로 친 바위와 지금은 수몰되어 없어진 장수 오줌
눈 바위가 있다면서 구연해 주었다.

줄 거 리 : 덕다리 마을에는 장수의 흔적이 여러 곳에 있다. 지금 양덕저수지가 생기면
서 파괴된 것으로 장수 오줌 눈 바위가 있다. 그 바위는 큰 멍석만 한 것으로
발자국과 오줌 자국이 있었다. 또 다른 바위는 현재 동네 뒷산에 있는 것으로
동그랗게 생긴 큰 바위다. 장수가 칼로 쳐서 잘린 것 같은 형상으로 생겼다.

(조사자 : 요 마을에 전해져 내려오는 옛날이야기가 있는 바위라던가.

그다음에 요 마을에서만 전해져 내려오는 옛날이야기 같은 건 없습니
까?)

옛날에 바위가 저기 저 지금 끄트머리 가면 있어요. 장사가 들어 났다
는 그런 전설이 있어요.

(조사자 : 장사가 들어와요?)

장사가. 댐 여 저기 막기 전에 꽤, 꽤 큰 옛날에 멍석 있잖어? 그것만
했었어요. 근데 거기 저, 오줌 눌 적 같이 발자국 두 개가 이렇게 서서 오
줌 눈 자구(자국)가 있었요.

(조사자 : 발자국이.)

근데 거기 일본 사람이 파괴를 했어요. 저수지 막느라고.

(조사자 : 예, 예, 예. 그게 장수가 서서 오줌을 눈 자리인가요, 그러면
은?)

글쎄 그렇다고 전해 내려오는데 모르겠어요. [음식이 들어오면서 25초
정도 얘기가 끊김] 그리구 우리두 그 한 열대엿 살 적 때 놀기도 하고 발
자국에 이렇게 해서 거기 똑같이 넣고 오줌도 누고 그랬으니까. 그래서
참 지금 같으면 우리 한국 사람 같으면 그걸 위로 올려서라도 보존이라도
이렇게 해 놨을텐데. 일본 사람이 그냥 파괴를 시켜 버렸으니, 저수지 막
는다고. 그러면 참 지금 아무것도 모르는 내가 생각해도 참 아까운 전설
적 그 바위인데.

(조사자 : 그러면 그 바위 이름이 따로 있었나요, 그 발자국 있는?)

장사 오줌 눈 바위라고 그러고.

(조사자 : 장사 오줌 눈 바우, 장사가 오줌을 눈 바우. 그 아까 장사 이 야기 하셨잖아요. 산 끄트머리니까, 백운산 끄트머린가요 그러니까?)

아니 그 이 동네예요, 이 동네. 아 있다 잡숫구 가 보셔. 구경시켜 드릴게.

(조사자 : 동네 뒷산에 있는 바위가 장사가 들어다가 놨다는 거죠.)

예.

(조사자 : 어디서 어떻게 했다는 거죠?)

아 그런 건 모르구.

(조사자 : 그냥 장사가 들어다가 놨다.)

이렇게 인제 이렇게 뚱그렇게 생겼는데 한쪽 면은 이렇게 해서 칼로 빈 것 같이 이렇게 됐어요. 그래서 이걸 장사가 칼로 내리쳐서 비어서 이 조각을 저 산으루 딴 데로 가져갔다 그런 전설. 전설적이죠.

장수가 칼로 친 바위

# 힘자랑 해서는 안 되는 덕다리

자료코드 : 09_05_FOT_20100501_LCS_JUS_0073
조사장소 : 충청북도 음성군 삼성면 양덕3리 금일로 1015번길 24 경로당
조사일시 : 2010.5.1
조 사 자 : 이창식, 최명환, 장호순, 김영선
제 보 자 : 정우식, 남, 78세
구연상황 : 조사자가 마을에 대한 이야기를 더 해 달라고 요청하자 제보자 정우식이 구연해 주었다.
줄 거 리 : 덕다리에는 팔장사가 있었는데 나뭇짐 안에 큰 돌을 넣어 지고 왔으며 날쌔서 가래질 한 논뚜럭을 달려도 발자국이 남지 않았다고 한다. 그래서 옛날부터 덕다리에서는 힘자랑하지 말라는 이야기가 있다고 한다.

팔장사 팔장사 그러는데 인제 옛날 말씀들이 그러는데. 왜 그렇게 기운이 시냐 그러면은. 나무를 가잖아요? 나무를 가면은 그 저, 옛날엔 왜 지금은 공구리(콘크리트)잖아 뜨럭이 집 뜨럭이 공구리잖아. 예전에는 돌을 주서 와서 쌓지. 나무짐 안에다가 이런 돌을 두 개 세 개씩 그 안에다가 넣어서 지고 왔다는 거야. 그러니까 인제 딴 사람 네다섯 배는 힘을 쓰는 거지. 그런 돌을 지고 댕겼으니까. 그런 얘기 뭐 있었어요. 특별한 얘기는 없고 고런 얘기만 들은 거예요.

(조사자 : 예전에 고런 얘기가 있잖아요. 여기 덕다리 와서는 힘자랑 말라.)

힘자랑 말라. 어디서 그런 말씀 들으셨네. 덕다리에서 힘자랑하지 말라 그 말 있어요. 여기 몸이 빨라가지고 옛날에 논뚜럭 가래질하잖아? 그러면 인제 금방 싸 발르면 아주 그냥 곤죽같이 물렁물렁하잖아. 거길 뛰면은 발자국도 안 났다는 거야. 하두 날래서. 그런 말씀들 하시고.

# 상여가 들어오지 못하게 막은 장사

자료코드 : 09_05_FOT_20100501_LCS_JUS_0074

조사장소 : 충청북도 음성군 삼성면 양덕3리 금일로1015번길 24 경로당

조사일시 : 2010.5.1

조 사 자 : 이창식, 최명환, 장호순, 김영선

제 보 자 : 정우식, 남, 78세

구연상황 : 제보자 정우식은 덕다리에는 힘 센 사람이 많다는 이야기에 이어서, 비슷한 이야기가 있다며 구연해 주었다.

줄 거 리 : 옛날 덕다리에는 험한 것이 들어올 수 없었다. 어느 날 소 건너에서 상여를 메고 이 마을을 지나가려고 하였다. 그 때 남의 집살이 하던 장사가 상여를 못 가게 막았다. 이 마을을 지나가지 말고 돌아서 가라고 세 번을 말하였다. 그러자 상여를 메고 가던 사람들이 달려들었다. 이에 화가 난 장사가 소나무를 뽑아서 휘두르자 모두 도망갔다. 장사는 그날 저녁 자취를 감춰서 소식을 알 수 없다고 한다.

옛날에 이제 여기 뭐 그래도 양반이라고 이렇게 살면은. 저 그 부정한 사람들, 이런 사람들 못 댕기게 하고 허리 굽혀서 가야 되고.

(조사자 : 그렇죠.)

또 왜 요기, 이 용성리 가면 하마비라고 있어.

(조사자 : 예, 예.)

거기서부터는 말에서 내려서 가라는 그런 것두 있는데. 우리는 이 동네에서 인제 나쁜 사람 이런 사람이 못 지나가게 이렇게 하는데. 어느 날은 저 소 넘어서 이 저, 사람이 죽어 가지고, 옛날엔 상여를 했지. 차가 없었을 적엔. 그래서 상여를 이 동네다 앞으로 못 지나가게 해라 명령을 했대요. 그러니까 이 사람들은 인제 왜 그런 법이 어딨냐고.

"가자고."

이렇게 해 가지고 상여를 모시고 갔는데. 어떤 인제 그때만 해도 인제 내 집 짓고 사는 사람이 아니고 남에 집살이 하는 사람이 있데래. 힘이 장사래요. 이런 나무도 손으로 뽑아서 가져온다는 사람이여, 그 사람이.

그래서 여기 못 지나게 하려고 상여 여럿이, 인제 한 이십 명이 멜 거 아니여, 상여. 그럼 인저 못 오게 하려고 상여 앞대가리 이렇게 손으로 쥐고.

"저리 돌아가거라."

그래 그러니까 아 우습거든. 이십 몇 명이 있는데 혼자 나무꾼 있는데 그냥 해도 지금은 옷을 벗겨가지고 더 꺼벙했었을 테지.

"저리 돌아가거라."

그러니까 저 저 저놈 자식이 별 욕이 다 나올 거 아니여.

"그러슈, 이리 못 갑니다, 저리 돌아가시유."

세 번을 그랬다는 거여. 그러니까 이 사람들이 아 그러면 우리 조금 돌아가자 이렇게 해서 갔으면 조용한데. 저 자식 저게 건방진 자식이 여럿이 있으니 별 욕이 다 나오고 그래서 말을 안 듣더래는 거여. 걸어가서 뒤에서 때리기도 하고 발로 걸어차기도 하고 이랬다는 거여. 근데 이 사람이 인제 슬슬 화가 나니까. 저 지금은 집이 많고 그렇지만 옛날엔 저 소나무밭, 이런 참나무 밭이여.

(조사자 : 예, 예.)

"그러시오."

그러더니 인제 그 산 쪽으로 들어가서 나무를 소나무를 하나 뽑아 가지고. 웩 하고 인제 불끈 나오더라는 겨. 그 힘 센 사람이 화나니까 뽑으면 나거든. 그걸 뽑아 가지고 그냥 확 휘둘렀다는 거여 그냥 막. 그 질(길)로 사람이 꽤 많은데 사람이 죄 내빼고 그래서 엉망이지 뭘. 그 사람은 그래 놓고 그 날 저녁에 자취를 감췄다는 거여. 거 어느 세력자인지 누군지 알 수가 있어? 모르니까. 그래 자취를 감춰서 그 뒤로는 통 소식을 아는 사람이 없다는 거여. 그런 얘기 그런 얘기를 들었어요.

# 모심는 소리

자료코드 : 09_05_FOS_20100716_LCS_IBD_0091
조사장소 : 충청북도 음성군 삼성면 덕정리 522-29번지 삼성왕족발보쌈
조사일시 : 2010.7.16
조 사 자 : 이창식, 최명환, 장호순, 김영선
제 보 자 : 이병두, 남, 69세
구연상황 : 조사자들은 전날 제보자 이병두와 전화통화로 제보자의 집이 있는 삼성면 양
덕리에서 만나기로 하였다. 조사자들이 삼성면 덕정리에서 점심을 먹을 때,
우연히 같은 장소에서 제보자를 만났다. 그 자리에서 바로 채록이 이루어졌
다. 조사자들이 제보자에게 예전에 모심을 때 소리를 요청하자 구연해 주었
다. 이 지역에서는 모 찔 때 소리는 없었고, 모 심을 때 소리를 하였는데 '엎
드려서 하니까 숨이 차서' 소리가 느렸다고 하였다.

어느방식 심어볼까
정조식을 심어볼까
병조식을 심어볼까
에라더려 못하겠네
오방갖춘 삿갓모를
늴리리가락으로 심어보세


# 묘 다지는 소리

자료코드 : 09_05_FOS_20100716_LCS_IBD_0092
조사장소 : 충청북도 음성군 삼성면 덕정리 522-29번지 삼성왕족발보쌈
조사일시 : 2010.7.16
조 사 자 : 이창식, 최명환, 장호순, 김영선

제 보 자 : 이병두, 남, 69세

구연상황 : 조사자가 운상하면서 부르는 소리와 묘 다지는 소리를 요청하자 제보자 이병
두가 구연해 주었다.

에헤이 달구(후렴)

여보시오 군정님네
이내한말씀 들어보소
인생이살면 한백년사나
한번왔다가 가는것을
정한이치로 알았건만
오늘이렇게 내가갈줄은
차마진정 몰라구려

그러니까 인제 그거를 그 무속, 무속 저기에서도 인저 많이 나오고 이
러거든. 그래서 오늘 가시는 ……

(조사자 : 예, 예.)

오늘가시는 영락전에
삼가명복을 빌어보세
못다살구 가시는영은
자손꽁(공)에다 점지하고
못다잡숫구 가는복을
자손꽁(공)에다 점지하고
세세원정 다풀어서
한을풀어서 한당짓고
원을풀어서 원당짓고
만년인퇴 일광직으로

극락생애로 가십소사

그래 인제 그렇게 하는 거야.


# 자진방아 타령

자료코드 : 09_05_FOS_20100716_LCS_IBD_0100
조사장소 : 충청북도 음성군 삼성면 덕정리 522-29번지 삼성왕족발보쌈
조사일시 : 2010.7.16
조 사 자 : 이창식, 최명환, 장호순, 김영선
제 보 자 : 이병두, 남, 69세
구연상황 : 조사자가 방아 찧으면서 불렀던 소리를 요청하자 제보자 이병두는 자진방아
타령이라면서 구연해 주었다. 이 소리는 경기민요라고 한다.

경기도로 여주이천 물방아가 제일인데
오곡백곡 잡곡중에 자차게만 찧어보세
에헤야 어허라 우겨라 방아로구나


# 노랫가락

자료코드 : 09_05_FOS_20100716_LCS_IBD_0101
조사장소 : 충청북도 음성군 삼성면 덕정리 522-29번지 삼성왕족발보쌈
조사일시 : 2010.7.16
조 사 자 : 이창식, 최명환, 장호순, 김영선
제 보 자 : 이병두, 남, 69세
구연상황 : 조사자가 노랫가락을 요청하자 제보자 이병두가 구연해 주었다.

(조사자 : 뭐 난봉가나 자, 저, 노랫가락 같은 건 안 배우셨습니까?)
노랫가락도, 인제 노랫가락도 …….

(조사자 : 예.)

　　충신은 만조종이요 효자열녀는 가가재라

　　화형제 낙처자하니 붕유유신 하오리라

　　우리도 성주모시고 태평성대를 누리리라

노래가락은 고렇게.


# 엮음 아라리

자료코드 : 09_05_FOS_20100716_LCS_IBD_0130
조사장소 : 충청북도 음성군 삼성면 덕정리 522-29번지 삼성왕족발보쌈
조사일시 : 2010.7.16
조 사 자 : 이창식, 최명환, 장호순, 김영선
제 보 자 : 이병두, 남, 69세
구연상황 : 조사자가 아라리를 요청하자 제보자 이병두가 구연해 주었다.

　　아리랑 아리랑 아라리요

　　아리랑 고개루 나를넘겨 주오

　　태산줄령(태산준령)험한고개 칡넝쿨 얼크러진가시덤불헤치고 시냇

　　물굽이치는골짜기휘돌아허덕지덕 허우당신님

　　그대를 찾아왔건만

　　그대는 본체만체 ○○무심

근데 이건 저, 높은 음으루다가 제대로 해야 되는데, 지금 술을 먹고
그래 가지구선.

　　(조사자 : 예, 예.)

# 궁초댕기

자료코드 : 09_05_FOS_20100716_LCS_IBD_0131
조사장소 : 충청북도 음성군 삼성면 덕정리 522-29번지 삼성왕족발보쌈
조사일시 : 2010.7.16
조 사 자 : 이창식, 최명환, 장호순, 김영선
제 보 자 : 이병두, 남, 69세
구연상황 : 조사자가 마지막으로 소리를 한 번 더 해주기를 요청하자, 제보자 이병두가
　　　　　궁초댕기를 하겠다면서 구연해 주었다.

　　　궁초댕기 풀어쥐고
　　　신고산 열두고개 단숨에 올랐네

　　　무슨짝에 무슨짝에 부령청진 간님아
　　　신고산 열두고개 단숨에 올랐네

　　　행년궁합(백년궁합) 못잊겠어
　　　가락지 죽절비녀 녹까지(노각이) 나았네(생겼네)

　　　무슨짝에 무슨짝에 부령청진 간님아
　　　신고산 열두고개 단숨에 올랐네


# 빠진 이빨 던지면서 부르는 소리

자료코드 : 09_05_FOS_20100501_LCS_CPY_0024
조사장소 : 충청북도 음성군 삼성면 천평1리 법평마을 대성로 205번길 2
조사일시 : 2010.5.1
조 사 자 : 이창식, 최명환, 장호순, 김영선
제 보 자 : 최필녀, 여, 84세
구연상황 : 이 빠졌을 때 했던 소리를 요청하자 제보자 최필녀가 구연해 주었다.

(조사자 : 아이들 키울 때, 아이들 키우면서 인제 아이들 이 빠질 때. 이 빠지면 지붕에 던지면서 하는 소리가 있잖아요?)

이렇게 비틀어서 하고, 실로 또 이렇게 해 가지고 지붕에 던지면서.

　　　헌이는 너갖고 새이는 나다고

이렇게 하고.

(조사자 : 예, 예, 예.)

권선운 자택에서의 구연상황

# 모래집 짓는 소리

자료코드 : 09_05_FOS_20100501_LCS_CPY_0025
조사장소 : 충청북도 음성군 삼성면 천평1리 대성로 205번길 2
조사일시 : 2010.5.1

조 사 자 : 이창식, 최명환, 장호순, 김영선
제 보 자 : 최필녀, 여, 84세
구연상황 : 어린 아이들이 모래 장난하면서 부르는 소리를 요청하자 제보자 최필녀가
구연해 주었다.

두덕아 두덕아 헌집은 너갖고 새집은 나다오

그러던가. 원 뭐라고 그러던데.

# 6. 소이면

증편 한국구비문학대계 ● 충청북도 음성군

# ▌조사마을

## 충청북도 음성군 소이면 갑산리

조사일시 : 2010.2.4

조 사 자 : 이창식, 최명환, 장호순, 김영선

갑산리 전경

  갑산리(甲山里)는 소이면 중남부에 위치하며 마을 뒷산에서 발원한 개천이 음성천으로 흘러든다. 저수지가 있어 경치가 아름다운 농촌 마을이다. 본래 충주군 소파면 지역으로 갑산 밑에 있어서 갑산이라 불렸다. 1914년 행정구역 개편 때에 갑산 1리, 2리, 3리를 병합하고 갑산리라 하여 음성군 소이면에 편입하였다. 정자안 남쪽에는 금봉산(481m)이 있고, 중탑골 북쪽에는 깍은댕이산이 있으며, 깍은댕이산 북쪽에는 두리봉이 있다. 갑산리 금봉산에서 발원하여 정자안 앞을 지나는 탑골천은 동녘에서 내려온 동녘천과 합류하고 다시 봉전리 옆을 흐르고 있는 바람골천을 합류하여 갑산천이 되오 한천(漢川)으로 유입된다. 중탑골에서 괴산군 소수면 수리로 넘어가는 장고개, 중탑골에서 충도리로 넘어가는 덕고개, 갑산리 남쪽에서 괴산군 소수면과 불정면으로 넘어가는 용고개(용현) 등이 있다. 정자안의 서남쪽에는 갑산저수지가 있다. 갑산리의 면적은 7.18km²이며, 93세대에 214명(남자 112명, 여자 102명)의 주민이 살고 있다. 동쪽은 중동리, 서쪽은 충도리, 남쪽은 소수면, 북쪽은 봉전리와 각각 접하고 있다. 주요 도로는 갑산리와 소이면 후미리 간 군도 5번과 군도 7번 등이 연결되어 있으며, 마을 북쪽 가까운 곳에서는 지방도 516번이 음성읍 평곡리와 연결되어 있다. 벼농사를 주로 하며, 인삼 등의 특용작물과 참깨, 콩, 과수 등을 재배한다. 자연마을로는 평촌(평촌말, 피전거리), 덕고개, 동녘(동역, 동촌), 정산(정산말), 정주안(정좌안, 정자안, 정자촌), 증탑골(정탑골, 중탑골, 정탑촌) 등이 있다. 문화 유적으로 권길충신문(權吉忠臣門)과 갑산리석탑(甲山里石塔), 안동 권씨 문중의 권제 부조묘가 등이 있다. 토성이 있는데 지금은 거의 유실되었고, 금봉산에는 말무덤이 있다. 1981년 충청북도가 주관한 도내 농악경연대회에서 1등을 수상하였고, 1983년 광주광역시에서 개최된 전국민속예술경연대회에서 음성거북놀이로 문화공보부장관상을 받았다.


## 충청북도 음성군 소이면 금고리

조사일시 : 2010.2.4
조 사 자 : 이창식, 최명환, 장호순, 김영선

　금고리(金古里)는 소이면의 중심부에 있다. 마을 앞으로 음성천이 흐르며 근처에 충도저수지가 있다. 전형적인 농촌 마을이다. 본래 충주군 사

금고리 전경

이포면 지역이었으나, 1914년 행정구역 개편에 따라 금정리, 원충리, 삼고리 일부를 병합하고 금정리와 삼고리에서 이름을 따서 금고리라 하여 음성군 소이면에 편입하였다. 김방골에서 삼고심이로 넘어가는 곳에는 독바우고개가 있다. 금장천, 삼고십이천 등의 소하천이 음성천으로 유입되고 있다. 독바우 밑에는 심상골, 우기미 앞에는 봇들, 뒤에는 뒷들, 남쪽에는 큰말들 등의 들이 있다. 우미기와 대장리 사이에는 음성천을 가로질러놓은 한들보가 있으며, 우미기 북쪽에는 독갑보(도깨비보) 등이 있다. 삼고심이에는 용바위가 있고, 삼고심이에서 충도리 가락구미로 넘어가는 곳에는 송고개가 있다. 금고리 면적은 2.93km²이며, 169세대에 400명(남자 199명, 여자 201명)의 주민이 살고 있다. 동쪽으로는 봉전리, 서쪽으로는 충도리, 남쪽으로는 국사봉, 북쪽으로는 대장리와 각각 접하고 있다. 주요 도로는 지방도 516번이 소이면 금고리에서 국가지원 지방도 49번과 분기된다. 벼농사를 위주로 하나 고추, 인삼 등의 특용작물도 많이 재배한다. 이외에도 콩, 감자, 고구마 등을 재배한다. 교육 기관으로 소이초등학교가 있으며, 자연마을로는 금정(김장골), 주막걸이(주막거리), 독바우, 삼고심이(三顧心里 : 삼고), 우미기(牛目 : 우목) 등이 있다.

## 충청북도 음성군 소이면 봉전리

조사일시 : 2010.2.4
조 사 자 : 이창식, 최명환, 장호순, 김영선

봉전리(鳳田里)는 소이면 중남부에 위치하며 마을 앞에는 음성천이 흐르고 있다. 본래 충주군 소파면에 속한 지역이었다. 1914년 행정구역 개편 때에 봉산(鳳山)4리, 5리, 저전리(楮田里)를 병합하여 봉산과 저전에서 이름을 따 봉전리라 하고 음성군 소이면에 편입하였다. 댁별 북쪽의 담안에는 10여 호가 살았으나, 경지정리로 마을의 터가 농경지로 변하였고, 댁별의 남쪽 안산들에는 조그마한 안산이 있었으나 역시 경지정리로 없어졌다고 한다. 바람골천이 봉전1리에서 발원하여 갑산천으로 유입되고, 댁별천이 봉전2리에서 발원하여 음성천으로 유입된다. 댁별 서남쪽에는 1955년에 축조된 봉산저수지가 있다. 봉전리의 면적은 3.68km²이며, 133세대에 281명(남자 156명, 여자 125명)의 주민이 살고 있다. 동쪽은 성본리, 서쪽은 태생리와 삼정리, 남쪽은 수태리, 북쪽은 삼성면 천평리와 각각 접하고 있다. 도로는 군도 7번과 5번, 면리도 202번과 120번 등이 교차하고 있어, 교통은 비교적 편리한 편이다. 벼농사를 위주로 하나, 복숭아와 고추 등도 많이 재배한다. 자연마을로는 댁별(저전), 봉산, 성마루(성종, 봉산오리) 등이 있다.

봉전리 전경

## 충청북도 음성군 소이면 비산리

조사일시 : 2010.7.1
조 사 자 : 이창식, 최명환, 장호순, 김영선

　비산리(碑山里)는 비석동(碑石洞)의 '비'자와 돈산리(敦山里)의 '산'자를 따서 지금의 이름이 되었다. 본래 충주군 사이포면 지역이었으나 1914년 행정구역 폐합에 따라 비석동·조도리·돈산리를 병합하여 음성군 소이면에 편입되었다. 돌뫼 동쪽에는 절바우가 있는 '절바우산'이 있고, 마타산 서쪽에는 가섭산(710m)의 줄기인 기운들산이 있다. 새말에서 돌미로 가는 곳의 모래재고개(사현 또는 사토현), 비선거리에서 음성읍 석인리로 가는 곳의 작은고개, 비선거리에서 석인리 원충이로 가는 곳의 큰고개 등이 있다. 비산천은 가섭산에서 발원한 한벌천 하류의 소이면 비산리 앞을 흐르는 하천으로 방죽안천·장자천·버들천 등의 소하천이 유입되고 있

비산리 전경

다. 또 하나의 비산천은 비산리 오랫말에서 발원하여 돌미를 거쳐 주덕으로 흐르고 있는데 오돌천·돌미천 등의 소하천이 유입된다.

비산리는 소이면의 북서부에 있으며, 면적은 $6.93km^2$이며, 238세대에 576명(남자 290명, 여자 286명)의 주민이 살고 있다. 동쪽으로 돈산리가 충주시와 경계를 이루고 있으며, 남쪽으로는 충도리, 서쪽은 한벌리, 북쪽은 충주시 신니면과 각각 접하고 있다. 경지 면적은 밭이 $0.48km^2$, 논이 $0.55km^2$ 등이다. 주민의 대부분이 벼농사를 위주로 하고 있으나 젖소 사육과 시설 원예 농업 등을 하여 소득을 올리고 있다. 특히 비산1리와 비산3리에서는 사과도 많이 생산하고 있으며, 돌뫼에는 1930년대에 금광이 있었다. 자연마을로는 비산1리에 비석, 방죽안, 주막, 비산2리에 음촌, 오랫말, 비산3리에 돌뫼, 주막걸이, 비산4리에 새말 등이 있다. 문화 유적으로는 민속광장과 민속박물관이 있고, 마을 북동쪽 뒷산 아래에는 미타사

(彌陀寺)가 있으며, 미타사 입구에는 고려 중기의 작품으로 추정되는 미타사 마애여래불상이 있다. 비선거리 서북쪽에 있는 방죽안 서쪽의 음애동(陰崖洞)은 조선 중종 때 좌참찬 이자(李耔)가 기묘사화로 파직되어 이곳에 살면서 골짜기의 암반석에 재실을 짓고 수업을 하였다고 한다.

## 충청북도 음성군 소이면 충도리

조사일시 : 2010.2.4
조 사 자 : 이창식, 최명환, 장호순, 김영선

충도리 전경

충도리(忠道里)는 소이면 서남부에 있는 마을로 청결고추와 인삼, 사과를 주로 재배하는 농촌 마을이다. 본래 충주군 사이포면에 속한 지역이었다. 1914년 행정구역 개편에 따라 도남리와 양전리, 삼고리, 원충리의 일부와 군내면 석인리의 일부를 병합하여 원충리와 도남리에서 이름을 따 충도리라 하고 음성군 소이면에 편입하였다. 충도 2리 아랫뱃돈늬 서북쪽에는 만적산이 있으며, 충도리에는 송고개, 길선고개, 덕고개, 충도리고개 등 많은 고개가 있다. 도한 방죽이, 덕산이, 앞들, 가락구미 등의 들이 있으며, 충도리에서 발원하는 상양천, 덕고개천, 하양천 등이 충도천에 유입되고 있다. 충도천은 충도리의 국사산(380m)에서 발원하여 도남, 웃뱃돈, 아래뱃돈, 가락구미 앞을 지나 완천(浣川)으로 유입되고 있다. 1943년부터 1946년까지 축조된 뱃돈저수지(소이저수지, 가락구미저수지) 등도 있다. 충도리의 면적은 9.948km²이며, 160세대에 350명(남자 175, 여자 175)의 주민이 살고 있다. 동쪽으로는 금고리, 서쪽으로는 원남면 구안리, 남쪽으로는 갑산리, 북쪽으로는 음성읍 석인리와 각각 접하고 있다. 도로는 군도 7번이 연결되어 있고, 음성읍에서 원남면 구안리로 통하는 면리도 149번이 충도리의 동부를 남북으로 관통하고 있다. 자연마을로는 가락구미(가락), 도남, 뱃돈, 산정말(산직말), 아래뱃돈(하양), 웃뱃돈(상양), 양달말, 응달말 등이 있다. 문화 유적으로 충도리 고분이 있으며, 영모사(永慕祠)와 조용하(趙用夏) 효자문, 평택임씨열녀문 등이 있다.

### 권영우, 남, 1940년생

주 소 지 : 충청북도 음성군 소이면 갑산1리 정주안마을
제보일시 : 2010.2.4
조 사 자 : 이창식, 최명환, 장호순, 김영선

권영우는 소이면 갑산1리 정주안마을에
거주하고 있다. 갑산리 토박이로 농사를 지
으며 현재까지 살고 있다. 마을 입구에 권길
장군 충신비가 있는데, 권길장군의 12대손
이라고 한다. 갑산리는 안동 권씨 집성촌이
다. 어려서는 자치기, 말타기, 기마전, 칼싸
움 등의 놀이를 많이 하였다. 신파놀이를 하
기도 하였는데, 심청전, 춘향전 등을 많이
하였다. 연습은 담배건조장에서 고구마 먹어가며 했다고 한다. 벼농사를
주로 하였으며, 인삼, 잡곡 등을 하기도 하고, 현재는 밤나무를 만평 정도
심어 관리하고 있다.

제공 자료 목록
09_05_FOT_20100204_LCS_GYU_0029 권길장군과 말무덤
09_05_FOT_20100204_LCS_GYU_0032 금봉산 죽실령의 유래

### 김의식, 남, 1939년생

주 소 지 : 충청북도 음성군 소이면 충도3리
제보일시 : 2010.2.4
조 사 자 : 이창식, 최명환, 장호순, 김영선

김의식은 충도3리에 거주하고 있다. 본관은 김해이며, 충도리 토박이다. 4남매를 두었으며, 농사를 지으면서 현재까지 살고 있다. 예전에는 소리를 많이 하였지만, 지금은하지를 않아 기억이 잘 나지 않는다고 한다. 논일 밭일 하면서 아라리를 주로 불렀다. 운상 하는 소리를 가끔 부르기도 하였는데, 특별한 사설로 한 것은 아니고, 여기저기서 조금씩 따다가 불렀다고 한다. 한때 회심곡을 배우려 했는데, 부인의 반대로 배우지 못했다. 조사자들이 갔을 때 마을 회의가 끝나고 뒤풀이를 하고 있었다.

제공 자료 목록

09_05_FOS_20100204_LCS_GUS_0035 모심는 소리
09_05_FOS_20100204_LCS_GUS_0036 논 매는 소리
09_05_FOS_20100204_LCS_GUS_0037 아라리(1)
09_05_FOS_20100204_LCS_GUS_0038 아라리(2)
09_05_FOS_20100204_LCS_GUS_0039 운상 하는 소리(1)
09_05_FOS_20100204_LCS_GUS_0040 운상 하는 소리(2)
09_05_FOS_20100204_LCS_GUS_0041 묘 다지는 소리


## 김인태, 남, 1922년생

주 소 지 : 충청북도 음성군 소이면 비산1리 비산마을
제보일시 : 2010.7.1
조 사 자 : 이창식, 최명환, 장호순, 김영선

김인태는 비산1리 비산마을에 거주하고 있으며, 비산리 토박이다. 선대에는 생극면에 살았고, 비산리는 할머니의 고향이다. 할아버지가 돌아가신 후 할머니가 3살 된 선친을 데리고 친정에 와 살면서부터 비산리가 고

향이 되었다. 7남매(3남 4녀)를 두었나, 맏
아들을 먼저 잃었으며, 부인도 10여 년 전
에 돌아가셨다고 한다. 일제강점기인 18세
에 군속으로 중국 가서 5년 정도 살았으며,
그 후 대동탄광에서 2년 동안 일을 하였다.
해방 후에는 서울소방서에 근무하였다. 그
러나 생계가 어려워 고향으로 돌아와 농사
를 짓기 시작하였다. 고향으로 돌아와 소이

면사무소에서도 2년 정도 근무하였다. 그러나 곧 6·25한국전쟁이 일어
나 전라북도 김제까지 피난을 갔다. 면사무소에 근무했기 때문에 마을에
있을 수가 없었다. 그 이후 마을로 돌아와 지금까지 농사를 짓고 있다.

제공 자료 목록

09_05_FOT_20100701_LCS_GIT_0019 비산리 색시무덤 유래

### 김현구, 남, 1940년생

주 소 지 : 충청북도 음성군 소이면 비산1리 비석마을
제보일시 : 2010.7.1
조 사 자 : 이창식, 최명환, 장호순, 김영선

김현구는 비산1리 비석마을에 살고 있다.
현재 마을 이장을 맡고 있다. 조사자들이 마
을회관에 갔을 때 어르신들과 함께 마을회
관 주변 공원을 청소하고 있었다. 서울이 고
향으로 6·25한국전쟁 때 비석마을로 피난
왔다가 정착하였다. 선친의 고향이 충주시
주덕읍 돈산마을이며, 비산4리에 고종사촌

이 살고 있어서 피난을 오게 되었다. 비석마을 뒤편에 있는 음애동에 살았었다. 이자(李耔)선생님께서 음애동으로 내려와 살았었다고 전한다. 마을과 관련한 유래를 묻자, 더 잘 아는 분이 있다며, 제보자 김인태를 소개해 주었다.

제공 자료 목록
09_05_FOT_20100701_LCS_GHG_0011 음애동 유래
09_05_FOT_20100701_LCS_GHG_0022 파리를 쫓아간 자린고비
09_05_MPN_20100701_LCS_GHG_0014 한 번에 되돌아간 돌부처
09_05_MPN_20100701_LCS_GHG_0021 돌부처를 잘못 건드려 길 잃은 마을 주민

## 남기수, 남, 1933년생

주 소 지 : 충청북도 음성군 소이면 갑산1리 정주안마을
제보일시 : 2010.2.4
조 사 자 : 이창식, 최명환, 장호순, 김영선

남기수는 소이면 갑산1리 정주안마을에 거주하고 있다. 원남면 상노리가 고향으로 갑산리로 이주한 지는 60여 년 정도 되었다. 6·25한국전쟁 나던 해에 이사를 왔다. 주로 농사를 지었으며, 운상 하는 소리로 부르는 초한가는 마을에 살던 어른들에게 배운 것이라고 한다.

제공 자료 목록
09_05_FOS_20100204_LCS_NGS_0027 운상 하는 소리
09_05_FOS_20100204_LCS_NGS_0028 묘 다지는 소리

## 정기용, 남, 1934년생

주 소 지 : 충청북도 음성군 소이면 갑산1리 정주안마을
제보일시 : 2010.2.4
조 사 자 : 이창식, 최명환, 장호순, 김영선

　정기용은 소이면 갑산1리 정주안마을에 거주하고 있다. 갑산리 토박이로 현재까지 농사를 지으면서 살고 있다. 갑산리는 음성군 거북놀이 전승 지역인데, 요즘은 사람이 없어서 거북놀이를 하기 어렵다고 한다. 거북놀이는 1980년대 재현되어 전국민속예술경연대회에 참가하였다. 그 이후 마을에서 간간이 유지하고 있다. 정자안마을과 평짓마을의 연방계장을 맡았었다. 거북놀이 상쇠 전수자이며, 마을에서 사물놀이 할 때도 주도적으로 상쇠역할을 한다. 심장수술을 한 후 소리를 많이 하지 않았다고 하나, 청이 좋고 신명이 많아 소리를 잘하였다. 논농사를 하면서 불렀던 소리는 생각이 잘 나지만, 거북놀이를 하면서 불렀던 소리는 잘 기억이 나지 않는다고 한다. 30여 년 전에 청주MBC에서 합창단과 함께 거북놀이 하면서 불렀던 소리를 부르기도 하였다.

제공 자료 목록
09_05_FOS_20100204_LCS_JGY_0018 모심는 소리
09_05_FOS_20100204_LCS_JGY_0019 논 매는 소리
09_05_FOS_20100204_LCS_JGY_0020 논 매는 소리(두벌매기)
09_05_FOS_20100204_LCS_JGY_0021 거북놀이 소리


## 조종금, 남, 1924년생

주 소 지 : 충청북도 음성군 소이면 봉전1리 성종마을

제보일시 : 2010.2.4
조 사 자 : 이창식, 최명환, 장호순, 김영선

조종금은 소이면 봉전1리 성종마을에 거
주하고 있다. 봉전1리 토박이로 농사를 지
으면서 현재까지 살고 있다. 일제강점기 때
인 19세에 일본으로 징용 가서 3년 동안 있
었고, 군대 생활을 3년 6개월 하였다. 그 외
에는 마을을 떠난 적이 없다고 한다. 봉전1
리 노인회장을 역임하였으며, 조사자들에게
마을 유래를 칠판에 써가면서 자세하게 설

명해 주었다. 꼼꼼하게 기록하는 습관을 지니고 있어서 보고 듣는 것을
항상 수첩에 정리한다. 예전에는 논매면서 소리를 많이 불렀는데, 선소리
는 해 보지 않았다고 한다.

제공 자료 목록
09_05_FOT_20100204_LCS_JJG_0002 산을 깎아 망한 오장자
09_05_FOT_20100204_LCS_JJG_0017 무학대사와 창엽문


### 조현득, 남, 1939년생

주 소 지 : 충청북도 음성군 소이면 금고2리
제보일시 : 2010.2.4
조 사 자 : 이창식, 최명환, 장호순, 김영선

조현득은 소이면 금고2리에 거주하고 있다. 본관은 순창이며, 금고리
토박이다. 8남매 가운데 막내이며, 자녀를 두 형제 두었다. 예전에는 먹을
것이 없어서 6살까지 엄마 젖을 먹고 컸다고 한다. 15세에 초등학교를 졸
업한 후, 농사를 짓기 시작하였다. 16세에는 음성장에 나무 팔러 다니기

도 하였다. 아버지는 태어난 지 8개월 만에
돌아가셨으며, 어머니는 제보자가 군대 제
대한 후 결혼을 하고 나서 돌아가셨다. 현재
는 고추 농사 천 평, 논농사 사천 평을 지으
면서 일 년에 150일 정도 산불 관리, 과수
원 잡초 제거 등의 일을 다닐 정도로 일을
많이 한다. 농사 못 짓는 노인 분들을 도와
주기도 한다.

어머니가 베 짜면서 불렀던 소리를 기억해 구연해 주었다. 소리는 예전
어르신들께서 불렀던 것을 듣고 기억하는 것이다. 어머니 아시는 분들이
집에 왔을 때 소리를 불러 주면 좋아하셨다고 한다. 다양한 소리를 알고
있었으며, 대체로 소리를 빠르게 불렀다. 마을에서 전승하는 이야기 또한
구연해 주었다. 복지회관 등 사람들이 모인 자리에서 '독도' 홍보를 많이
한다.

**제공 자료 목록**
09_05_FOT_20100204_LCS_JHD_0072 이성계와 삼고심이
09_05_FOT_20100204_LCS_JHD_0073 도깨비가 쌓은 도깝보
09_05_FOS_20100204_LCS_JHD_0044 논 매는 소리(두벌매기)(1)
09_05_FOS_20100204_LCS_JHD_0048 베 짜는 소리
09_05_FOS_20100204_LCS_JHD_0053 화투 풀이하는 소리
09_05_FOS_20100204_LCS_JHD_0056 논 매는 소리(두벌매기)(2)
09_05_FOS_20100204_LCS_JHD_0057 논 매는 소리
09_05_FOS_20100204_LCS_JHD_0060 베 짜는 소리
09_05_FOS_20100204_LCS_JHD_0062 아기 어르는 소리(1)
09_05_FOS_20100204_LCS_JHD_0063 아기 재우는 소리
09_05_FOS_20100204_LCS_JHD_0064 어기 어르는 소리(2)
09_05_FOS_20100204_LCS_JHD_0065 모래집 짓는 소리
09_05_FOS_20100204_LCS_JHD_0069 시집보내는 소리

09_05_FOS_20100204_LCS_JHD_0070 묘 다지는 소리
09_05_FOS_20100204_LCS_JHD_0071 운상 하는 소리
09_05_FOS_20100204_LCS_JHD_0076 샘 풀이하는 소리
09_05_MFS_20100204_LCS_JHD_0050 품바 타령
09_05_MFS_20100204_LCS_JHD_0051 대 풀이하는 소리
09_05_MFS_20100204_LCS_JHD_0052 말 풀이하는 소리


## 현점순, 여, 1931년생

주 소 지 : 충청북도 음성군 소이면 비산2리 돌뫼마을
제보일시 : 2010.7.1
조 사 자 : 이창식, 최명환, 장호순, 김영선

현점순은 비산3리 돌뫼마을에 거주하고
있다. 충주시 신니면이 고향으로 원남면으
로 시집을 갔다가 40여 년 전에 돌뫼마을로
이주해 왔다. 조사자들이 갔을 때 마을 회관
옆에서 나물을 다듬고 있었다. 일제강점기
에 초등학교를 졸업하였고, 남편은 10여 년
전에 돌아가셨으며, 자녀를 4형제 두었으나
맏아들을 일찍 잃었다고 한다.

제공 자료 목록
09_05_FOS_20100701_LCS_HJS_0002 다리 뽑기 하는 소리

# 권길장군과 말무덤

자료코드 : 09_05_FOT_20100204_LCS_GYU_0029
조사장소 : 충청북도 소이면 갑산1리 정주안마을 경로당
조사일시 : 2010.2.4
조 사 자 : 이창식, 최명환, 장호순, 김영선
제 보 자 : 권영우, 남, 71세
구연상황 : 갑산1리에서 민요채록이 끝나고 마을 주민들이 신종인플루엔자 예방접종을
　　　　　 받으러 보건소로 갔다. 미리 예방접종을 했기 때문에 보건소에 가지 않고 남
　　　　　 아 있던 권영우 제보자에게 이야기를 청하였다. 권영우는 권길장군과 말무덤
　　　　　 이야기가 있다면서 구연해 주었다.
줄 거 리 : 임진왜란 당시 경북 상주에서 판관으로 있던 권길장군이 있었다. 권길장군은
　　　　　 자신이 적과 싸우다 죽으면 시신을 못 찾을 것을 알았다. 그래서 미리 종에게
　　　　　 자신의 의복을 주어 보내면서 의관장을 치를 것을 당부하였다. 권길의 말대로
　　　　　 그의 시신은 찾을 수 없어 갑산마을 근처 능안이라는 곳에서 권길의 의관장
　　　　　 을 지냈다. 당시 나라에서는 권길의 공을 높이 사 갑산 주변 땅을 하사해 주
　　　　　 었다. 또 권길장군이 종에게 의관을 보낼 당시 타고 왔던 말이 있었는데, 그
　　　　　 말은 다른 사람들이 아무리 반겨도 옷을 내어 주지 않았다. 그런데 권길부인
　　　　　 이 마중 나오자 옷을 내어주었다. 그래서 그 말의 영특함을 높이 사 권씨 종
　　　　　 중에서 말무덤을 만들어 주었다고 한다.

우리 권길 ……. 저 할아버지는 나한테 십이대 되는 선조에요. 십이대.
(조사자 : 예.)

에, 거, 연, 연, 연, 연도는 뭐 정확하게 모르지만은, 상주에서. 에 그,
판관으로 계실 적에 그, 임진란이 일어났어요. 일어났는데, 에 자기는 벌
써 예언을 했다는 거여. 에 적군이 들어와서 싸우고, 에 된 것이 발굽 아
래 있으니. 그, 금방 전투를 하게 되니. 에, 나는 몸을 피할 길이 없어. 이
고을을 지키기 위해서 에, 장렬한 전사를 하겠다. 응, 이런 식으로 에…….

말, 말하자면 유언을 한 거지. 유언을 하구서, 에 그 후루 에, 왜군과 싸워 가지구. 그 인제 그 자기가 예언하기를 ……. 에,

"내가 전사하면 시체를 찾, 찾기 어려우니, 에 그, 의관, 의관장을 지내라."

그건 무슨 얘기냐 하면 옷을, 옷을 가지고 장사 지내는 얘기여. 옷 의(依) 짜(字). 그래 가지구 거, 싸우기 전에 자기가 그 속적삼을 싸 가지구. 에, 말(馬), 말안장에다 이렇게 해 가지구. 인제 종한테, 지금 말하자면 비서지. 에 그한테 시켜 가지고 에, 미리 이 저기……. 우리 종갓집이 이 근네(건너) 갑산이구라고 있어요. 거기 와 가지구,

"에 저, 내가 말한대로 시행을 하거라."

인제 이렇게 해 놓구서. 자긴 에, 그 싸움에서 인제 그 뭐, 고을을 지킨다고 그래야 그 전엔 무기가 있어 뭐가 있어, 그지? 거기서 인제 장렬하게 전사를 하셨는데. 에, 그 말씀대루 이 시신을 못 찾고, 에 그 옷을 가지구 에, 그 종중에서 그 장사를 지냈지요. 그런데 인제 여기에서 저 한 이키로(km) 들어가면 그 능안이라는 데가 있는데. 거기다가 에, 모셨어요. 그 시신이 없는 의관장으로. 그래 가지구 인제 비석도 목 짤린 거 마냥 비석을 그렇게 맨들어서 해 세우구. 어, 문인석이냐 문관석이냐 그게 있잖어. 그러카구서 막을 내렸지요. 그래서 인저 에, 그 전에 정부에서 인제 그 공을 기리기 위해서 사패지지라 그래서. 이 갑산에, 이 산을 거진(거의) 하사를 제 해 주신 거여. 그 저, 저 위에 능안이라는 데 땅하구 전답하구. 그래 가지구 현재 유지하고 있는 거여.

(조사자 : 그리고 그 권길장군의 그 말하고 관련된 말 무덤이 어디 있다는 이야기가 있던데?)

아 그렇지요.

(조사자 : 그 이야기도 좀 해 주셔요. 말무덤이요.)

그 인저 그렇게 와서 말이……. 인저 그 저기가 타고 왔을 꺼 아니여?

종이.

(조사자 : 예.)

타구서 종손집에 왔는데, 막 말이 막 말이 말을 못 해도 으흥거리구 저기하는데. 식구가 다 나와서 반겨도 저길 안 하더니. 그 할머니. 권길 그 할머니, 할머니가 나와서 반기니까. 그 말이 조용하게 있구서, 그 말안장에 가져온 그 의관을 그 줬다는 그 전설이 있어요. 지금 한 사백 년 넘었지, 응. 임진란이 일어났을 제가 천오백구십이 년인가 그게 나오잖어? : 요, 요기 가면 설명서에 다 있어요.

(조사자 : 그 권길 할머니가 부인을 말씀하시는 건가요?)

그렇지. 그렇지, 그렇지. 그래 가지구서 그 의관장을 모신 거요. 시신이 없는. 그래 인제 그 말을 그냥 둘 수가 없다. 그래 가지구서 그 유명한 지관한테 얘기해 가지구. 말무덤은 그 권, 권길 할아버지 묘하고는 달리. 고 인저 말하자면 사당 앞에 산. 거 거기서부터 저꺼지 한 십 리는 되는데

그 산을 전부 하사를 받은 거지. 그래 그 산 중턱에다가 말무덤을 해 놨는데. 우리 종중에서 한 십여 년 전에 그 저, 패를 해 세웠어요. 충마총이라 그래 가지고……. 거기가 면 제 읽어볼 수 있는데. 해마다 한 번씩 인제 제사는 안 지내도. 말한테 절을 하겄어, 뭐 그지? 그 인제 금초(벌초)를 해마다 한 번씩 꼭 해요.

(조사자 : 그 말무덤이 이 마을 안에 있나요. 어디쯤에 있나요, 말무덤이?)

권길충신각

산에 있어요, 산에. 여기서 갈래면은 힘들어. 여기서 건너다보이는 산 중턱에 있거든. 중턱에 있는데, 인저. 그래 이 충신문 앞으루 옮기면 어떠냐. 인제 이런, 이런 얘기가 오고 가는데. 그것도 역사성이 있기 때매 그때 모신데 거기 놔 두는 게 좋겠다. 그래 가지고 인저 에, 중년에, 거기 인저 말하자면 사람 모이(묘) 마냥 사초를 새로 하고. 거 충마총이라고 그 문안을 작성해서 거기 올려 가지고 비를 해 세웠어요.

(조사자 : 아 그러시구나.)

이만하게.

제보자 권영우의 구연상황

# 금봉산 죽실령의 유래

자료코드 : 09_05_FOT_20100204_LCS_GYU_0032
조사장소 : 충청북도 소이면 갑산1리 정주안마을 경로당
조사일시 : 2010.2.4
조 사 자 : 이창식, 최명환, 장호순, 김영선
제 보 자 : 권영우, 남, 71세
구연상황 : 권길장군과 말무덤이야기를 마치고 조사자가 마을 앞산인 금봉산의 유래를

물어보았다. 권영우는 특별한 유래가 없다면서 구연해 주었다.

줄 거 리 : 갑산리 마을앞 금봉산을 죽실령이라고도 한다. 그 산을 넘으면 바로 괴산이
다. 지금은 길이 없지만, 예전에는 괴산으로 넘어가는 소로가 있었다. 그 소로
를 닦은 사람이 중국 사람인데 고개 입구 바위에 금봉산 죽실령이라고 써서
금봉산 죽실령이라고 부른다.

(조사자 : 근데 그 절이 있는 산을 금봉산이라고 하잖습니까, 금봉산. 그
걸 왜 금봉산이라고 그러는 거죠, 그거는?)

글쎄 그 유래는 없는데. 저기 중국 사람이.

(조사자 : 예.)

에, 이쪽 산 밑에서 저 너머로 넘어가는 길을 닦았는데. 자기가 손
수 ……. 그러니까 한, 한 2메다(meter)는 안 되도 한 3메다(meter). 저기
한 1.5메다(meter)는 될 꺼여. 그래서 길을 자비를 들여 가지고 닦은 사람
이, 거기 인저 금봉산 죽실령이라 그래 가지구. 거, 바위 위에다가 그렇게
한문으루 새겨났어요. 금봉산 죽실령이라구.

(보조 제보자 : 고개에다가 해 났어요.)

근데 그 사람 이름이 지금 뱅뱅 도는데. 저, 정, 정운찬인지, 정운갑인
지. 거, 거 그 사람 이름이 있어. 거기, 거기 장등에 올라가면. 여기서
인제 그 장등을 넘으면 괴산 땅이에요. 그러니 거길 넘어 ……. 옛날엔 큰
길이 없고 왜 질러가는 길 있잖어. 그런 식으로 닦은 거지, 말하자면.

(조사자 : 글씨는 지금도 있습니까?)

예. 금봉산 죽실령이라고 인제 과히 크지 않은 돌에다가 이렇게 새겨서
거 박아났어요.

(조사자 : 마을에서는 그분을 중국 사람이라고 이야기 합니까, 그분을?)

그렇지. 중, 아니 중국 사람이 그, 그전에 했다고 인저 전설이 돼 있으
니까. 아니 거기 그렇게 써 있어.

금봉산과 죽실령

# 비산리 색시무덤 유래

자료코드 : 09_05_FOT_20100701_LCS_GIT_0019

조사장소 : 충청북도 음성군 소이면 비산1리 비석마을 소이로 41번길 12 경로당

조사일시 : 2010.7.1

조 사 자 : 이창식, 최명환, 장호순, 김영선

제 보 자 : 김인태, 남, 89세

구연상황 : 조사자가 제보자 김인태에게 각시무덤이 있느냐고 물어보자 비산4구와 비산 1구 사이에 있다면서 구연해 주었다.

줄 거 리 : 비산리 4구와 1구 사이에 산이 삐죽 나온 데가 있는데 거기에 지금도 각시 무덤이 있다. 예전에 후미리에 살던 여자가 친정에 가던 길에—시집을 가던 길일 수도 있다.— 쉬던 중 갑자기 죽게 되었다. 그래서 할 수 없이 그 자리 에 여자를 묻은 후 색시무덤이라고 부른다.

　(조사자 : 그 다음에 각시무덤이라고 하는 게 있었나요?)

각시무덤 있어요.

(조사자 : 아.)

어디 있냐면 요, 비산 이 지금 사구죠. 사구하고 일구 사이에 거 가면 거기 뭐야. 산이 삐쭉 나오는 데가 있어요. 거기에 색시바위가 뭐하냐면 ……. 여기 괴산 괴산댁에는 ……. 여자가 그때 후미리라는데 살다가. 거가 있었는데 거기서 오는 길인데. 거가 쉬었는데, 거서 죽었다 이거야.

(조사자 : 쉬었는데 왜 죽어요?)

아니 어 저, 저, 저, 말하자면 그 색시. 그 색시가 죽었으니까 할 수 없이 거기다 그냥 묻은 거여. 그래 갖고 거기 색시무덤이라 그런 것이 거기 있어요. 지금도 있어요, 그 묘이. 거 파 갔나?

(보조 제보자 : 몰르겠어요. 난, 난 그, 색시무덤이라고 난 몰라요.)

(조사자 : 색시무덤이라는 그 색시가 후미리에 살았던 색시인가요?)

여자가 후미리에 있었는데, 그 여자를 데리고 오는 중인데 거가서 죽어서 거다 그냥 묻은 거야.

(조사자 : 아 그러니까 그거네. 그러니까 예전에 후미리에 살았던 여자를 괴산에서 누가 시집을 …….)

시집을, 시집이 아니라 친정에 가는 건지 시집을 가는 건지 하여튼 몰라도. 가마 타고서 오는데 거가 쉬어 가는데, 거기서 죽었다 이거야. 그 죽은 걸 데려다 갈 수가 없으니 그냥 산기슭에다 묻은 거여. 그러니까 거기 색시바우다. 색시무덤이다.

(조사자 : 지금도 거기 무덤이 있고 …….) 무덤이 있는데, 지 …….

비산1리 경로당 구연상황

# 음애동 유래

자료코드 : 09_05_FOT_20100701_LCS_GHG_0011
조사장소 : 충청북도 음성군 소이면 비산1리 소이로 41번길 12 경로당
조사일시 : 2010.7.1
조 사 자 : 이창식, 최명환, 장호순, 김영선
제 보 자 : 김현구, 남, 71세
구연상황 : 비산1리 비석마을 경로당을 찾았을 때 제보자 김현구가 있었다. 제보자는 마
　　　　　을 이장으로 마을에서 전승되는 이야기를 비교적 잘 알고 있었다. 조사자들과
　　　　　이야기를 나누다가 마을 원로인 제보자 김인태를 모셔 와서 함께 구연해 주
　　　　　었다.
줄 거 리 : 비산리에 음애동이라는 곳이 있다. 음애동은 낙향한 선비에 얽힌 이야기가 전
　　　　　한다. 어떤 사람인지는 확실하게 모르지만 한 선비가 낙향해서 살았다고 해서
　　　　　생긴 지명이다. 그 선비는 정자를 지어 놓고 그곳에서 살았다고 한다.

　거, 거기가 이제 음씨가 살아요.

　(조사자 : 음씨요?)

　예, 음씨가 살아서 난 ……. 음씨가 살아서 음애동인지 알았더니, 그게 아니야. 음애동이라는 데가 인제 어, 낙사(낙향)를 해 가지고 오셔 가지고 거기서 계셨다고 그래던데.

(조사자 : 예, 예. 그 이자 선생님이, 아.)

그래, 난 음씨가 거기 살아서 음애동인지 알았더니 그게 아니더라고요.

(조사자 : 그게 아니고, 어떤 분인지는 모르세요?)

예.

(조사자 : 어떤 분이 낙향했는지?)

그게 지금 음성군에 가면 있을 텐데.

(조사자 : 예, 예, 예. 그분이 낙향하셔 가지고 음애동에서 사셨대요?)

예, 예. 거기, 거기에 에, 내가 인제 그래니까 정자마냥 지어 가지고.

(조사자 : 예, 예.)

아마 거기서, 아마 어, 기거를 하셨다고 그래, 그런. 이제 전설이지 뭐. 그게.


# 파리를 쫓아간 자린고비

자료코드 : 09_05_FOT_20100701_LCS_GHG_0022
조사장소 : 충청북도 음성군 소이면 비산1리 비석마을 소이로 41번길 12 경로당
조사일시 : 2010.7.1
조 사 자 : 이창식, 최명환, 장호순, 김영선
제 보 자 : 김현구, 남, 71세
구연상황 : 조사자가 음성에서 들었던 이야기를 요청하다가 자린고비 이야기를 아느냐
고 물었다. 제보자 김현구가 자린고비 이야기를 들은 적이 있다면서 구연해
주었다.
줄 거 리 : 음성군 금왕읍에 구두쇠로 소문난 자린고비가 살고 있었다. 자린고비가 된장
항아리를 여는데 파리가 앉았다가 날아갔다. 자린고비는 그 파리를 쫓아가서
잡았다. 그리고는 파리에 묻은 된장을 자기 입으로 빨아 먹었다. 그 자린고비
의 성이 조씨라고 한다.

(조사자 : 자린고비 이야기 뭐 이런 거.)

여기는 자린고비가 없고, 자린고비는 저 금왕에 있죠.

(조사자 : 어떤 얘기인지 들어 보셨어요, 금왕에? 자린고비가?)

(보조 제보자 : 여기는 뭐 ……..)

자린고비 얘기는 들어 봤는데 …….

(조사자 : 아시는 대로.)

아, 나도 그 얘기를 그 사람한테 들은 것이, 된장 항아리를 에 여는데 파리가 와서 날라갔디야. 그래 가지구 그 파리를 사뭇 쫓아가서 잡았데요.

(조사자 : 예, 예.)

그 된장을 빨아 먹었다고. 그래 그 가서 파리를 잡어 가지고 그 파리를 자기가 입으로 빨았다고 이런 얘기를 들었어요. [제보자 웃음] 근데 그거, 그 이상은 몰라요.

(보조 제보자 : 그 조서방네가 저 …….)

(조사자 : 아 그게 조 서방네 이야긴가요?)

예.

(조사자 : 자린고비 이름이 조씨인 건가요?) 예 조씨, 성이 조씨.


# 산을 깎아 망한 오장자

자료코드 : 09_05_FOT_20100204_LCS_JJG_0002
조사장소 : 충청북도 음성군 소이면 봉전1리 갑산로 143 경로당
조사일시 : 2010.2.4
조 사 자 : 이창식, 최명환, 장호순, 김영선
제 보 자 : 조종금, 남, 87세
구연상황 : 아침 일찍 소이면 봉전리경로당에 들렀을 때 제보자 조종금은 눈을 쓸고 있
        었다. 조사자들이 이야기를 들려주길 청하자 경로당으로 들어가 현 노인회장
        인 제보자 홍창기를 부른 후, 조사자들과 인터뷰가 시작되었다. 마을의 연혁

에 이어서 산을 깎아 망한 오장자 이야기가 있다면서 구연해 주었다.

줄 거 리 : 소이면 봉전마을 뒤에 오장자터라는 곳이 있다. 이곳에 오장자라는 부자가
살고 있었다. 오장자에게는 며느리가 한 명 있었는데, 집에 손님이 많이 와서
손등이 마를 새가 없었다. 그래서 지나가던 스님에게 손님이 오지 않게 해 달
라고 하니 스님은 동네에 있는 산을 깎으면 된다고 하였다. 그래서 며느리는
산을 깎았다. 그 후 오장자네 집에는 손님이 끊어지게 되었고, 결국 망하게
되었다. 현재 마을에 오장자 무덤이 있다고 한다.

여기 옛날 역살(역사), 노인들 얘기로는……. 에, 오장자터라고 있었시
오(있었어요), 여기.

(조사자 : 예. 오장, 오장자요?)

아, 오장자.

(보조 제보자 : 그래 너무 부자라 장자여, 장자.)

오장잔데……. 뭐, 조를 천 석을……. 오백 석을 했대요, 여기서. 옛날에
베(벼)루다 오백 석. 그랬는데.

(보조 제보자 : 조를 오백 석 했댄가.)

그랬는데, 그, 그러니까 인제 오장자 그 메누리(며느리)가. 하도 손님을
많이 오고. 해서 겨울이면 이 손등 마를 새가 없었디야. [이야기하면서 제
보자 자신의 손등을 문지르면서 설명함] 손등이 터져서.

(조사자 : 아.)

손님 접대 하느라고. 그래서 손이 하도 터지고 그래서 대사가 와서 "시
주 좀 하시오." 해니까. 나가서 쌀, 몰라 그때 또 얼마나 퍼다 줬던지. 이
바랑에다 좀 금, 듬직하게 집어 주, 줬대. 그러니까 뭐 아마 쌀마나 줬거
나 말거나 지금 뭐 그러는데 확실한 건 모르는데. 옛날 어른들 얘기가 그
게 나와요. (보조 제보자 : 쌀 한 말 줬다고 그러면 되지.) [제보자가 헛기
침하고 이야기를 함] 그런데 그 오장자 그 메눌, 자부가 말하기를,

"아이구 스님 나는 이렇게 손('手'의 의미) 이렇게, 손님을 많이 치러
가지구, 손이 터지구."

이래서. 지금은 이래 구루무(동동구루무)가 있지만 그전엔 뭐가 있어?

"손이 이게(이렇게) 터졌습니다." 하니까.

"아 그럼 걱정마시오."

그래 좀 나오라 그래서, 나갔더니 이 산을 좀 깎어(깎아) 나리라 그러더래.

(조사자 : 산을.)

(보조 제보자 : 집, 집 옆에.)

인제 산이 이렇게 됐시유. 이러, 이렇게 돼서 이 동네가 생긴 게 이렇게 나려와, 이렇게. 그러니까

"이걸 좀 깎어(깍아) 나려라."

이래 가주구. 그 전에 부잣집이니까 가래로다 산을 낮췄어. 삼(3)대도 안 가서메 망한 거여.

(조사자 : 삼대도 안 가서?)

안 가서. 그럴 수 밖이. 손님이 안 오고 그니까, (산을) 깎아나리니까 운수가 뒤직해 가니까(뒤집혔으니). 거기도 샘물이 지금 있는데 물이 유명해, 거 좋아요. 물 맛이.

(보조 제보자 : 근데 지금은 인제 다 폐쇄. 어, 지금은 저 뭐…… 지금도 샘은 있긴 있지.)

(조사자 : 그 산 이름이라던지 뭐?)

(보조 제보자 : 소, 소주골.)

소주골.

(조사자 : 그 산 이름이 소주골?)

(보조 제보자 : 오룡골이지, 오룡골.)

아니 소주골 나려…….

(조사자 : 아니 그 저, 오장자 저기 뭐야.)

아, 오장자터는 소주골 나려와서 오장자터가 있는기야. 그래 오룡골이야.

(조사자 : 소주골 거기가.)

거 산으로 나려, 능선으로 나려와 가지고.

(조사자 : 예.)

오, 그, 그 오장자터가 오롱골(오룡골)이야. 오롱골(오룡골). 오룡.

(조사자 : 오룡.)

응, 나, 저 다섯 오(五) 짜(字), 용 용(龍) 짜(字). 오룡골이여. [5초 정도 간격 후 조사자가 오장자에 대해 다시 물어봄]

(조사자 : 오룡골 살던 오장자가 그래서 망했네요?)

에, 산을 낮추는 바람에 망한 겨. [보조 제보자 홍창기의 웃음]

(보조 제보자 : 뭐 알어, 옛날부터 그냥…….)

그니까 그 대사도 훌륭한 분이고. 그래 가지구랄까 그랠까 같으면 거 아, 그거 알았으면 거 깎아 나리게(내리게) 하겠어?

(조사자 : 그런 이야기들을 어디서 들으셨어요?)

우리? 노인들 이야기하는 거?

(조사자 : 예, 예.) 아, 우리 어렸을 때부터…….

(보조 제보자 : 전해 내려오는 거죠.)

어른들한테. 유래가 된 거지.

(보조 제보자 : 옛날부터 유래로 전해 내려오는 거야. 그러니까 우리가 저게 그리고 또 저기도 있잖아요.)

어디?

(보조 제보자 : 또 오장자 그, 그 양반 산소.)

응, 산소 있어.

(조사자 : 거기 지금 비석도 있, 그냥 있구. 파서 쫌 윔겼지(옮겼지) 우리가.)

어?

(보조 제보자 : 쪼끔 옆으루다 윔겼잖아, 그 전에.)

윔긴 게 아니라 이 밑에 하나같다 있는 걸, 같다 누가 떠넘긴 걸.

(보조 제보자 : 어. 그때 우리 형님하고 몇 간(몇 사람이)이 해 가지고 그 장정들이 그걸, 장군석을 글루다 들어 올린 겨.)

(조사자 : 아. 장군석.)

응, 산에 있는데.

(보조 제보자 : 장군석 오장자 장군석이 지금도 있어.)

여기 있는데, 이것을 세월이 이렇게 되니까 임자도 없고 하니까. 원 나무꾼들이 그렇게 했던지, 그냥 나리 굴렸단 말이여. 산이 이렇게 나오는데 이렇게 여기 있었거든. 그 이 밑에 뚝 떨어졌는데, 나리 굴려서 ……. 이 동네 옛날 그 청년들이 우트게(어떻게) 올라갔는지 몰러. 장비도 없는데 목도로 해 올라갔는지.

(보조 제보자 : 한 이십 년 전만 해두, 거기 그 오장자터에 그 저기 뜨럭 싼 게 있었어. 근데 지금 다 이제 없어졌어.)

(조사자 : 지금 오장자터를 지금도 확인할 수 있나요?)

확인할 수가 있지. 가면. 그런데 인제 그.

(보조 제보자 : 저, 장군석은 그냥 있어요, 지금.)

모(묘)이는 있지. 인제 딴 사람이 쓴 모(묘)이가 있고. 그네 모이는 아니고, 딴 사람들이 모(묘)이 썼는데.

(보조 제보자 : 그걸 갖다가 거 갔다 논 건가?)

주춧돌이라고 해 가지고 큰 걸 이렇게 쌓아 놓고 그랬어.


# 무학대사와 창엽문

자료코드 : 09_05_FOT_20100204_LCS_JJG_0017
조사장소 : 충청북도 음성군 소이면 봉전1리 갑산로 143 경로당
조사일시 : 2010.2.4
조 사 자 : 이창식, 최명환, 장호순, 김영선

제 보 자 : 조종금, 남, 87세
구연상황 : 제보자 조종금은 마을 유래를 설명하다가 조선왕조 이야기를 아느냐면서 구
　　　　연해 주었다.
줄 거 리 : 무학대사와 정도전이 서울을 수도로 정할 때 외곽을 눈이 쌓인 자리까지로
　　　　하였다. 그래서 지금의 서울을 설울(雪鬱)이라고 하였다. 또한 창엽문을 지을
　　　　때, 조선왕조가 이십칠대에서 끝날 것을 알고 창엽(蒼葉)이라고 썼다고 한다.
　　　　창엽이라는 한자의 획수가 모두 이십칠 획이다.

　그리구 이조 오백년이라구 해서 ……. 어, 여기 서울에 와서 궁궐을 잡
을 때. 음, 무학대사하구 정도전이가 와서 지, 탄(터의 의미)을 한 거야.
그래서 청와대 때 가 봤는데, 거가 우리나라에서 남한에서 거가 일 번지
래. 제일 좋은 터랴. 그런데 왜 나쁘냐. 일본놈들이 와서 그 명산을 갖다
소, 쇠로, 쇠말뚝을 박아 가지구. 혈을 질러 놔서 발달이 적다는 거야. 그
래서 그때, 처음 질 때에는 설울이여. [경로당에 있던 칠판에 설울이라고
쓰면서 이야기함] 눈 설(雪) 짜(字). 설울. 울타리 울(鬱) 짜(字). 거 왜 그렇
게 지었느냐. 정도전씨하고 저, 무학대사가 이렇게 획(劃)을 쓰면 이런데.
어 성을 쌓는데, 여가 성을 싸야 하는데. 성 쌓을 연고가 안 난다 이거여.
그러니까 정도전 그 대감께서

봉전경로당 구연상황

"아이 좀 기다려 보자."

그래 가지고 겨울철이었던지 눈이 왔는데. 지금 서울 고대로, 고대로 성 싼 겨(쌓은 거야). 그래 설울이고. 이박사, 아니 저 이 대통령이 그 정도전하고 무학대사가 경복궁의 문 호, 문 이름을, 문 이름을 창엽이라고 지었어. [경로당 칠판에 창엽이라고 쓰면서 이야기함] 창엽. 내 손이 자꾸 떨리네. 잎새 엽(葉) 자(字). 창엽(종묘의 정문 이름임)으로 했단 말이야. 이게 무슨 뜻이냐. [창(蒼) 자의 획을 세면서 숫자를 셈] 하나, 둘, 셋, 넷, 다섯, 여섯, 일곱, 여덟, 아홉, 열, 열하나, 열둘, 열셋, 열넷. [다시 엽(葉)을 쓰면서 획을 세면서 숫자를 셈] 하나, 둘, 셋, 넷, 다섯, 여섯, 일곱, 여덟, 아홉, 열, 열하나, 열둘, 열셋, 열넷이 이게 십삼 개야. 그래서 요게 뭐냐면은 이게 십삼이지. 이게 훅수(획수)로 이렇게 되는데. 이성계 대통령서, 아니 임금님서부터 어……. 영친왕까지가, 아이 영친왕이래. 저 순종까지가 이십칠(창엽(蒼葉)을 한자 획수로 세면 이십칠 획이므로 이십칠이라는 의미임)대야. 이십칠에서 끝난 겨. 그러믄 무학대사하고 정도전 그 박사들이 어떻게 알므(알고) 그렇게 했느냐. 이조 임, 임금님들도 이 창엽이라는 뜻을 몰렀다(몰랐다) 이거야. 몰렀지. 알았으믄 무슨 예방을 했다던지 뭐라도 했을 텐데. 우트게(어떻게) 임금 대수를 가져다가 이십칠대에서 끝난다는 걸 하루 하……. 창덕궁에다 써 놨을 제는 그냥 대사지 뭐, 대사.

## 이성계와 삼고심이

자료코드 : 09_05_FOT_20100204_LCS_JHD_0072
조사장소 : 충청북도 소이면 금고2리 삼고심이마을 마을회관
조사일시 : 2010.2.4
조 사 자 : 이창식, 최명환, 장호순, 김영선

제 보 자 : 조현득, 남, 72세

구연상황 : 조사자들이 오전에 조사한 충도리 마을에서 금고리 삼고심이 마을에 있다는
제보자 조현득을 찾아갔다. 제보자를 찾기 위해 마을회관에 들렀을 때, 민화
투를 하고 있던 제보자의 부인이 전화 연락을 해 주었다. 조현득은 삼고심이
마을 토박이로 어려서부터 어머니와 마을 어른들에게 많은 소리와 이야기를
들었다고 한다. 조현득은 삼고심이의 지명유래를 안다면서 구연해 주었다.

줄 거 리 : 삼고심이는 태조 이성계가 월악산에 살고 있던 배극렴을 만나기 위해 세 번
찾아왔다고 해서 붙여진 지명이다.

옛날에 이성계가 ……. 저기 저 월, 월악산 아시죠? 월악산에 있는 그
개국공신 배극렴이라는 사람 만나러 왔다가. 이 삼고심이 이, 이 동네는
세 번 들어왔다고 그래 가지고. 그래 가지고 삼고심이라고 이름을 지고.
또 이 위에는 와이(Y) 자(字) 식으로 됐다고 그래 가지고 우목이라고 인저
그러고. 이 밑에는 우목이라고 있어요. 그래서 이성계가 왔다는, 왔다 갔
다는 거예요.

(조사자 : 아, 여기를요?)

어.


# 도깨비가 쌓은 도깝보

자료코드 : 09_05_FOT_20100204_LCS_JHD_0073

조사장소 : 충청북도 소이면 금고2리 삼고심이마을 마을회관

조사일시 : 2010.2.4

조 사 자 : 이창식, 최명환, 장호순, 김영선

제 보 자 : 조현득, 남, 72세

구연상황 : 조사자가 마을 앞에 있는 도깝보에 대해 아느냐고 묻자 제보자 조현득이 구
연해 주었다.

줄 거 리 : 마을에서 보를 만들기 위해 팔십 명의 마을 장정들이 수멍돌을 얹으려고 하
였는데 너무 무거워 얹지를 못하였다. 그런데 엮음 아라리 날 아침 일어나 보
니 도깨비들이 수멍돌을 옮겨 보를 완성해 놓았다고 한다. 그 이후 그 보를

도깝보라고 부른다.

도깝보

(조사자 : 그 다음에 요 마을에 도깝보라고 하는 게 ……)

어.

(조사자 : 도깝보.)

어.

(조사자 : 거기 얽힌 이야기가 있던데요?)

유래가 있는데 그게 인제 나도 들은 얘긴데. 보 막은 사람이 한 팔십 명 되는데. 인제 돌을 인제 전부들 쌓고 났는데. 수멍돌(보에 물을 가두어 두기 위해 막아 놓는 돌)이 워낙 커 가지고 사람 심(힘)으로는 들 수도 없는데. 아 밤에 인, 저 고 이튿날 보니까 돌을 갖다 났드래는 겨. 그 누가 갔다 났느냐니까 그걸 도깨비가 가져다 났다 그래. 그래 도깝보라 그런다는 거야. 지금 도깝보라고 그런다고 전부 다. 그래 그 얘길 들었어요. 도, 도깨비가 그래 저 갔다 났다고 도깝보.

(조사자 : 지금 그 보가 남아 있나요, 지금?)

남었는데, 다시 공사를 해 가주구. 공구리를 해 가지구 인저. 보는 있지. 다시 공구리 했는데. 그 돌, 옛날 두꺼운 돌은 이제 없으니까 저, 전부 공구리를 해 가지구.

(조사자 : 예.)

넓혀 가지고. 그, 어려서 ……. 그러고 도깨비가 ……. 난 보질 못했는데. 엊저녁에 비가 많이 왔는데, 우리 여기서 인자 불이 그냥 여기서 번쩍 저기서 번쩍 그래 가지구. 뭐 그거 불을 봤다 그러고 하는 사람도 있고. 또 어떤 사람은 솥뚜껑이 뭐 솥 안에 들어가 가지구 뭐 그랬다고 그래는데 그건 거짓말 같아 뭐 진짜라도 그래 도깨비가 이렇게 있는 데는 비, 비가 이렇게 있어 가지고. 그 저, 수수비 같은 거 그런 거 있으믄. 그 허깨비가 있다잖아. 허깨비. 그래 노, 노인네들은 도깨비를 봤다 그랴. 근데 나는 보진 못하고 얘기만 들었지 뭐. 그래 가지고

# 한 번에 되돌아간 돌부처

자료코드 : 09_05_MPN_20100701_LCS_GHG_0014
조사장소 : 충청북도 음성군 소이면 비산1리 소이로 41번길 12 경로당
조사일시 : 2010.7.1
조 사 자 : 이창식, 최명환, 장호순, 김영선
제 보 자 : 김현구, 남, 71세
구연상황 : 소이면 비산1리에 위치한 미타사에 얽힌 이야기를 물어보자 돌부처를 옮길 때의 일이라면서 제보자 김현구가 구연해 주었다.
줄 거 리 : 소이면 비산1리 비석마을 미타사 자리를 예전에 '절터골'이라고 불렀다. 그 곳에 돌부처가 물 내려오는 개울 가운데에 있었다. 그런데 비가 아무리 많이 와도 돌부처가 있는 자리는 물이 피해서 내려가곤 하였다. 한 삼십 년 전쯤 비산2리에 사는 한 사람이 자기 집으로 돌부처를 옮기려 하였다. 그러나 마을 주민들이 못 가져가게 해서 다시 올려다 놓았다. 그런데 내려올 때는 힘들게 옮겼던 것이 제 자리에 돌려놓을 때는 한 번에 되돌아갔다는 것이다. 현재 그 돌부처는 미타사 삼성각 안에 모셔 놓았다.

(조사자 : 미타사 관련해 가지고 마을 주민들이 이야기하는 거는 없나요?)

뭐, 무슨 이야기?

(조사자 : 거기 뭐, 불상의 손이 어떻게 됐다라고 하는 둥, 그다음에 뭐 부처가 어떻게 옮겨져 왔다는 거 이런 거.)

예, 그것이 인저 뭐 옛날에, 이게 이 지금 미타사 육십칠 년도에 이게 건립이 됐을 거예요, 아마. 육십칠 년도에. 근데 그 전에 절, 절 자리예요. 절터골이예요, 거기가. 절 자린데. 이, 돌부처님이 계셨데요, 거기에.

(조사자 : 아, 거기에요?)

예. 근데 이 또랑이 인저 고, 산에서 인저 비가 오면 물 내려오는 개울

이 있을 거 아니예요.

(조사자 : 예, 예.)

거 가운데가 이, 어떻게 돌부처님이 계시는데. 무슨 수해가 져도 거길 피해 가지고 물이 내려갔대야.

(조사자 : 아.) [제보자 웃음] 어, 그래 가지구서 내 그건 들은 얘긴데. 요 밑에 또 비산리이구에서요. 그 무슨 그 인저 옛날로 말하면, 뭐 그냥 돌팔이지 뭐. 그저 뭐, 그런 분들이 …… 동네 사람을 동원시켜 가지고 전부, 몇을 동원시켜 가지고 그걸 가서 모시고 갈라고 자기네 집으로.

(조사자 : 아, 집으로.)

에, 근데 그게 그 내려오는데. 힘들어서 간신히 여기 어디까지 왔는데. 어디까지 왔다는 거도 잘 지금 기억이 안 나는데. 그걸 인제 이 동네서 말려 가지고, 동네 사람 못 하게 해 가지고서. 도로 갖다 놓는 데는 한 번에 갔디야. 올라가는 데는 …….

(조사자 : 올라가는 데는?)

예, 예, 예. 그래 그런 말이 지금 그건 뭐 얼마 안 되는 거고. 그거는 뭐 지금 한 삼십 년 됐을가 그래요.

(조사자 : 그런 얘기가 있으세요?)

예.

(조사자 : 그거 말고 또 법당 자리에 예전에 돌배나무가 있었다는데 돌배 나무.)

예, 있었겠죠. 예, 그 이야기를 들은 것도 싶은데 …… [제보자 웃음]

(조사자 : 잘 기억은 안 나시고요.)

돌부처

# 돌부처를 잘못 건드려 길 잃은 마을 주민

자료코드 : 09_05_MPN_20100701_LCS_GHG_0021

조사장소 : 충청북도 음성군 소이면 비산1리 비석마을 소이로 41번길 12 경로당

조사일시 : 2010.7.1

조 사 자 : 이창식, 최명환, 장호순, 김영선

제 보 자 : 김현구, 남, 71세

구연상황 : 조사자가 미타사와 관련해서 들었던 이야기를 요청하자 제보자 김현구가 실제로 마을에서 겪은 일이라며 구연해 주었다.

줄 거 리 : 절터골에 돌부처가 있었다. 예전에 사람들이 나무하러 갔다가 지겟작대기로 잘못 건드리면 내려오질 못하고 산을 뺑뺑 돌았다고 한다. 실제로 마을에 한 사람이 실수로 돌부처를 건드려서 가족들이 찾으러 가서 데려왔다고 한다.

　그 옛날에는 나무를 하러 다녔잖아, 지게로. 그걸 어떻게 잘못 지게작대기로 이래 건드리면은 길을 잊어버린디야. (조사자 : 아.)

　내려오질 못하고 그냥 만날 뺑뺑 돌았데, 거기를.

　(조사자 : 예, 예, 예.)

　내 그런 소리를 들었어요.

　(조사자 : 아 나무하러 가 가지고.)

　예.

　(조사자 : 지게 작대기로 건드리면은 …….)

　지게작대기로 건드리던가 하여튼 뭘 어떻게 하면은 ……. 뭐, 그 사람이 ……. 그 뭐여, 형님보다 나이도 더 적은데.

　(보조 제보자 : 종립이라고 있어. 서종립이라고 그 아버지야. 그 아버지가 그런 거야.)

　나무를 지구서, 아 뺑뺑 돌았대요. 그래서 동네에서 찾으러, 가족들이 찾으러 가 가지고 데리고 왔데야.

　(조사자 : 그런 일이 있었어요?)

　그런 전설이 내려오는 ……. 그런 건 뭐 확실히는 몰라도 …….

# 모심는 소리

자료코드 : 09_05_FOS_20100204_LCS_GUS_0035
조사장소 : 충청북도 음성군 소이면 충도3리 웃벳돈마을 마을회관
조사일시 : 2010.2.4
조 사 자 : 이창식, 최명환, 장호순, 김영선
제 보 자 : 김의식, 남, 72세
구연상황 : 조사자들이 충도3리 웃벳돈마을회관에 도착했을 무렵, 마을회의로 마을 주
민들이 모여 있었다. 마을 이장에게 옛날 소리와 이야기를 들려줄 수 있는 주
민을 소개해 달라고 하자 제보자 김의식이 잘한다고 하였다. 토박이기도 한
김의식은 마을에서 유명한 소리꾼이었다고 한다. 조사자가 모를 심으면서 불
렀던 소리를 요청하자 기억이 잘 나지 않는다면서 구연해 주었다.

여기네 꽂고 저기다 꽂고
삼백줄 자리만 꽂어주소
아리랑 아리랑 아라리요
아리랑 고개로 넘어간다

꽃은 꺾어 머리에 꽂구
잎은 따서 입에나물고
아리랑 아리랑 아라리요
아리랑 고개로 넘어간다

충도리마을회관 구연상황

# 논 매는 소리

자료코드 : 09_05_FOS_20100204_LCS_GUS_0036
조사장소 : 충청북도 소이면 충도3리 웃벳돈마을 마을회관
조사일시 : 2010.2.4
조 사 자 : 이창식, 최명환, 장호순, 김영선
제 보 자 : 김의식, 남, 72세
구연상황 : 모심는 소리에 이어서 조사자가 논을 매면서 불렀던 소리를 요청하자 제보
자 김의식이 구연해 주었다.

굴려라 굴려라 괭이만털털 굴려라
에헤이 어여라 어기여차 헤이야
굴려라 굴려라 괭이만털털 굴려라

# 아라리(1)

자료코드 : 09_05_FOS_20100204_LCS_GUS_0037
조사장소 : 충청북도 소이면 충도3리 웃벳돈마을 마을회관
조사일시 : 2010.2.4
조 사 자 : 이창식, 최명환, 장호순, 김영선
제 보 자 : 김의식, 남, 72세
구연상황 : 조사자가 옛날에 불렀던 소리를 요청하자 제보자 김의식이 아라리를 구연해
　　　　　주었다.

　　　　오늘해는(오늘은) 여기서 놀고
　　　　내일해는(내일은) 어디를 노나
　　　　산천에 간님을 생각을 말고
　　　　차라리 내가죽어 잊어나 볼까
　　　　아리랑 아리랑 아라리요
　　　　아리랑 고개로 넘어간다


# 아라리(2)

자료코드 : 09_05_FOS_20100204_LCS_GUS_0038
조사장소 : 충청북도 소이면 충도3리 웃벳돈마을 마을회관
조사일시 : 2010.2.4
조 사 자 : 이창식, 최명환, 장호순, 김영선
제 보 자 : 김의식, 남, 72세
구연상황 : 아라리 구연에 이어서 조사자가 다른 소리를 요청하자 제보자 김의식이 사설
　　　　　이 다른 아라리를 구연해 주었다.

　　　　아주까리 동백은 왜아니 여나
　　　　큰애기 몽클아래로 태어나 났다

# 운상 하는 소리(1)

자료코드 : 09_05_FOS_20100204_LCS_GUS_0039
조사장소 : 충청북도 음성군 소이면 충도3리 웃벳돈마을 마을회관
조사일시 : 2010.2.4
조 사 자 : 이창식, 최명환, 장호순, 김영선
제 보 자 : 김의식, 남, 72세
구연상황 : 아라리 구연에 이어서 조사자가 운상할 때 하는 소리나 묘를 다질 때 하는
소리를 요청하자 제보자 김의식이 운상 하는 소리를 조금 하겠다면서 구연해
주었다.

명사십리 해동화야 꽃진다고 설워마라

어허 어허

나는간다 나는간다 북망삼천 나는간다

어허 어허

잘있거라 잘있거라 너를두고 나는간다

어허 어허

어제오늘 성턴(성하던)몸이 저녁나절 병이들어

어허 어허

인삼녹용 약을쓴들 약기운이나 이즐쏘냐(있을 것인가)

어허 어허

처녀(무당 의미)불러 굿을한들 굿덕이나 이즐쏘냐(있을 것인가)

어허 어허

잘있거라 나는간다

어허 어허


잘 있거라 했으면 그만이여.

# 운상 하는 소리(2)

자료코드 : 09_05_FOS_20100204_LCS_GUS_0040
조사장소 : 충청북도 소이면 충도3리 웃벳돈마을 마을회관
조사일시 : 2010.2.4
조 사 자 : 이창식, 최명환, 장호순, 김영선
제 보 자 : 김의식, 남, 72세
구연상황 : 조사자가 운상하면서 빨리 갈 때 부르는 소리를 요청하였다. 제보자 김의식
        은 사설은 따로 없다며 요령을 흔들면서 "어허이 어하"라고 메기면 "어허이
        어하"라고 받는다면서 구연해 주었다.

(조사자 : 그리고 그 나머지 소리에서는 이렇게 길게 갈 때, 빨리 갈 때
이렇게.)

예.

(조사자 : 빨리 갈 때는 기냥 염, 이렇게 앞소리 한 번 메기면 그냥 빨
리빨리 하잖아요. 그 소리는 주로 어떤 걸로 하셨어요?)

그거는 인제 요량만 흔들고.

(조사자 : 예, 글쎄 ……..)

(보조 제보자 : 어허 어허 그냥 그러는 거지.)

    어허이 어하

(조사자 : 빨리빨리 가는 거죠. 그걸 소리로 그냥 해 보세요.)

    어허이 워하
    어허이 어하
    어허이 워하
    어허이 어하

# 묘 다지는 소리

자료코드 : 09_05_FOS_20100204_LCS_GUS_0041
조사장소 : 충청북도 음성군 소이면 충도3리 웃벳돈마을 마을회관
조사일시 : 2010.2.4
조 사 자 : 이창식, 최명환, 장호순, 김영선
제 보 자 : 김의식, 남, 72세
구연상황 : 운상 하는 소리 구연에 이어서 조사자가 회를 다지면서 불렀던 소리를 요청
하자 제보자 김의식이 메기고 청중들이 받으면서 구연해 주었다.

에헤이 달구

에헤 달구

이산천 잡을적에

에헤 달구

어느풍서(풍수) 잡었는가

에헤 달구

자녀일생 명당일세

에헤 달구

에헤이 달구

에헤 달구

이산저산 주령잡아

에헤 달구

이곳이 명당일세

에헤 달구

○○○○ ○○가소

에헤 달구

한라산 주령잡어

에헤 달구

경상도를 을러(올러)와서

에헤 달구

에헤이 달구

에헤 달구

[소리를 길게 늘어뜨리면서 마무리함]

에헤이 달구

에헤 달구

에헤이 달구

에헤 달구

# 운상 하는 소리

자료코드 : 09_05_FOS_20100204_LCS_NGS_0027

조사장소 : 충청북도 소이면 갑산1리 정주안마을 경로당

조사일시 : 2010.2.4

조 사 자 : 이창식, 최명환, 장호순, 김영선

제 보 자 : 남기수, 남, 78세

구연상황 : 제보자들의 거북놀이소리 구연이 끝나고, 마을 풍속 등을 이야기하던 중 조
사자가 마을에 상이 났을 때 상여 나가면서 불렀던 소리를 요청하였다. 그러
자 청중들이 제보자 남기수가 잘한다고 하였고 이어서 구연해 주었다.

어허허하 에헤이요호

인제가면 언제오나

어허허하 에헤이요호

○○○○날 일러주오

어허허하 에헤이요호

여보시오 군중님네

어허허하 에헤이요호

이내말씀 들어보소

어허허하 에헤이요호

일낙같은 이내몸에

어허허하 에헤이요호

태산같은 병이들어

어허허하 에헤이요호

찾나니 냉수로다

어허허하 에헤이요호

부르나니 어머니요

어허허하 에헤이요호

허릴없는 이내몸은

어허허하 에헤이요호

북망객이 되겠구나

어허허하 에헤이요호

북망산천 멀다하더니

어허허하 에헤이요호

대문밖이 북망일세

어허허하 에헤이요호

(조사자 : 그다음에 어, 중간에 "놓자" 하고 외나무 건너갈 땐 좀 빨라지잖아요. 빠른 소린 어떤 소리 하셨어요?)

빨리하다가 달라지는 건 결과적으론 멀리 갈라면 "어하 어하" 하구선. 하구 빨리 지나가잖어. 저기 뭐 선소리도 메기지 않고 그냥 짝소리로 ……. "어하" 하구 아주 빨리 가는 거야.

(조사자 : 그리고 산에 올라갈 때는 잡아끌잖아요. 그럴 땐 어떤 소리를 해요? 그때도 "어쌰 어쌰" 하면서…….

# 묘 다지는 소리

자료코드 : 09_05_FOS_20100204_LCS_NGS_0028
조사장소 : 충청북도 소이면 갑산1리 정주안마을 경로당
조사일시 : 2010.2.4
조 사 자 : 이창식, 최명환, 장호순, 김영선
제 보 자 : 남기수, 남, 78세
구연상황 : 운상 하는 소리에 이어서 조사자가 묘를 다지면서 부르는 소리에 대해 물어 보자 제보자 남기수가 구연해 주었다. 청중들은 "에헤 달구"로 받아주었다. 구연이 끝나고 남기수는 노인정에서 어르신들에게 배운 소리라고 하였다.

(조사자 예, 달구 한번 해 보세요. 이제 회다지. 여기는 몇 쾌, 칠 쾌까지 했나요?)

어?

(조사자 : 칠쾌까지 했어요, 옛날에 …….)

(보조 제보자 : 아니, 옛날엔 …….)

(조사자 : 삼쾌 했어요, 삼쾌?)

아녀 여긴 딱 세 번만 했어.

(조사자 : 한번 해 보셔요. 회다지 소리 한 번.)

아이, 그거 뭐.

(조사자 : 후렴은 어떻게 해야 돼, 후렴은? 우리 어르신 옛날에 …….)

"에헤 달구" 이렇게 했지.

(조사자 : 이걸 다 같이 한 번 하시고 어르신 한 번 메겨 보세요.)

　　　　에헤 달구

한강수 생긴제는(때는)

에헤 달구

오자서에 청년이요

에헤 달구

자리하던 백이숙제

에헤 달구

청춘명년을 일렀건만

에헤 달구

수양산 아사하고

에헤 달구

말잘하던 수진장이

에헤 달구

육국제왕을 다달래도

에헤 달구

염라대왕을 못달래어

에헤 달구

출동세우나 두견성에

에헤 달구

슬픈혼백이 이아닌냐(아니냐)

에헤 달구

이래 가지구 끝날 적에. [다 같이 길게 늘어뜨리면서 끝나는 소리를 함]

에헤 달구

# 모심는 소리

자료코드 : 09_05_FOS_20100204_LCS_JGY_0018
조사장소 : 충청북도 소이면 갑산1리 정주안마을 경로당
조사일시 : 2010.2.4
조 사 자 : 이창식, 최명환, 장호순, 김영선
제 보 자 : 정기용, 남, 77세
구연상황 : 갑산1리(정주안마을)는 음성거북놀이 전승마을이다. 조사자들이 미리 마을
　　　　　이장과 연락을 하고 구연 자리를 마련하였다. 정주안마을에 도착했을 때 제보
　　　　　자들이 모여서 기다리고 있었다. 제보자들은 모두 음성거북놀이보존회 회원
　　　　　이다. 조사자가 음성거북놀이 자료집에 수록된 모심는 소리 사설을 보고 불러
　　　　　달라고 요청하자 제보자 정기용이 구연해 주었다. 나머지 제보자들은 소리를
　　　　　받아 주었다.

아리랑 모 심는 노래 하래요.

　　아리랑 아리랑 아라리요
　　아리랑 에일사 어라리야

그럼 인제 여기서 후렴이로다가 …….
(조사자 : 후렴 어떻게 되는 거죠?)
거기 또 그거 했죠. 이게 인제 우리 시방한 건 나 한 거는 인자. 복창하
는 거지.
(조사자 : 아 복창을요?)
예. 그럼 인저 또 고 다음에 인제 또 딴 거를 하잖어. "여기", 이건 논
메는 소리네. [제보자 정기용이 소리를 하고 청중들이 받음]

　　여기꼽고 저만치꼽아도 삼백줄자리루만 꼽아주게
　　아리랑 아리랑 어러리요 아리랑 에일사 어러성아
　　명사십리 해당화야 꽃진다고 설어를마라
　　아리랑 아리랑 아라리요 아리랑 에일사 어럴성아

의사마다 병곤친다면

["에이 씨 잘 안 된다."라고 말한 후 이어서 부름]

북망산천은 왜생겼나
아리랑 아리랑 아라리요 아리랑 에일사 어렁성아
우리인생 한번가면 다시오기 어려워라
아리랑 아리랑 아라리요 아리랑 에일사 어렁성아
시들새들 봄배추는 찬이슬오기만 기다린다
아리랑 아리랑 아라리요 아리랑 에일사 어렁성아
옥에갇힌 춘향이는 이도령오기만 기다린다
아리랑 아리랑 아라리요 아리랑 에일사 어렁성아
이팔청춘 소년들아 백발보구 웃질마소
아리랑 아리랑 아라리요 아리랑 에일사 어렁성아
옥에갇힌 춘향이는 이도령오기만 기다린다
아리랑 아리랑 아라리요 아리랑 에일사 어렁성아
우리도어젠날로 청춘이었는데 오늘날 백발이되었네
아리랑 아리랑 아라리요 아리랑 에일사 어렁성아

그만 하지 뭐 인제.

갑산리 정주안경로당 구연상황

# 논 매는 소리

자료코드 : 09_05_FOS_20100204_LCS_JGY_0019
조사장소 : 충청북도 소이면 갑산1리 정주안마을 경로당
조사일시 : 2010.2.4
조 사 자 : 이창식, 최명환, 장호순, 김영선
제 보 자 : 정기용, 남, 77세
구연상황 : 모심는 소리 구연에 이어서 조사자가 논을 매면서 불렀던 소리를 요청하자
제보자 정기용이 구연해 주었다. 마을 사람들이 소리를 받아 주었다.

에에헤라 방아호

에에헤 방아호

이방아가 뉘방안가

에에헤 방아호

강태공의 주작방아

에에헤 방아호

명사십리 해당화야

에에헤 방아호

꽃진다구 설워를마라

에에헤 방아호

에에헤라 방아호

에에헤 방아호

우리인생 한번가면

에에헤 방아호

다시오기가 어려워라

에에헤 방아호

에에헤라 방아호

에에헤 방아호

에

[소리를 길게 늘어뜨리면서 부름]

에헤이
우후후후
에라
방아호
이후후후

이거 인제 다 삼을 때 하는 소리지.


## 논 매는 소리(두벌매기)

자료코드 : 09_05_FOS_20100204_LCS_JGY_0020
조사장소 : 충청북도 소이면 갑산1리 정주안마을 경로당
조사일시 : 2010.2.4
조 사 자 : 이창식, 최명환, 장호순, 김영선
제 보 자 : 정기용, 남, 77세
구연상황 : 처음 부른 논 매는 소리에 이어서 두벌 매는 논 매는 소리라고 하면서 제보
　　　　　자 정기용이 구연해 주었다.

어하 올러를 가세야
어하 올러를 가세야
어하 올러를 가세야
어하 올러를 가세야

(조사자 : 그리고 논 매기 소리 같은 경우는 여기는 두벌만 매습니까?)
초하고 두벌하고. 아니, 세벌을 했는데.

(조사자 : 세벌은 어떻게 했어요?)

세 번도 그냥 이걸로 했어요.


# 거북놀이 소리

자료코드 : 09_05_FOS_20100204_LCS_JGY_0021
조사장소 : 충청북도 소이면 갑산1리 정주안마을 경로당
조사일시 : 2010.2.4
조 사 자 : 이창식, 최명환, 장호순, 김영선
제 보 자 : 정기용, 남, 77세
청　　중 : 8인
구연상황 : 모심는 소리와 논 매는 소리에 구연에 이어서 조사자가 거북놀이하면서 불
　　　　　렀던 소리를 요청하자 제보자 정기용이 소리를 메기고 청중들이 받으면서 구
　　　　　연해 주었다.

"어하 둥둥 거북님아"

하고 이렇게, 뚱땅뚱땅 이렇게 했는데. 이게 다 미쳐야 한 잔 먹어서,
미쳐야 하는 거야.

(조사자 : 그래도 다 같이 한번 해 보셔요. 우리 어르신 한 번 메겨 보
셔요.)

　　　　어하둥둥 거북님아
　　　　어하둥둥 거북님아
　　　　거북님아 거북님아
　　　　어하둥둥 거북님아
　　　　동해바다 용왕님의
　　　　어하둥둥 거북님아
　　　　거북님아 거북님아

어하둥둥 거북님아

천년거북 거북님아

어하둥둥 거북님아

동해바다 용왕님의

어하둥둥 거북님아

충청북도 음성군의

어하둥둥 거북님아

험한길을 오시느라

어하둥둥 거북님아

고생많이 하셨습니다

어하둥둥 거북님아

거북님의 은덕이면

어하둥둥 거북님아

나라님의 만수무강

어하둥둥 거북님아

거북님이 돌보시면

어하둥둥 거북님아

오곡백과가 풍년일세

어하둥둥 거북님아

어하둥둥 거북님아

어하둥둥 거북님아

[제보자들의 웃음과 박수]

# 논 매는 소리(두벌매기)(1)

자료코드 : 09_05_FOS_20100204_LCS_JHD_0044
조사장소 : 충청북도 소이면 금고2리 삼고심이마을 마을회관
조사일시 : 2010.2.4
조 사 자 : 이창식, 최명환, 장호순, 김영선
제 보 자 : 조현득, 남, 72세
구연상황 : 조사자들이 오전에 조사한 충도리 마을에서 금고리 삼고심이 마을에 있다는
제보자 조현득을 찾아갔다. 제보자를 찾기 위해 마을회관에 들렀을 때, 민화
투를 하고 있던 제보자의 부인이 전화 연락을 해 주었다. 제보자 조현득은 삼
고심이 마을 토박이로 어려서부터 어머니와 마을 어른들에게 많은 소리와 이
야기를 들었다고 한다. 조사자가 논을 매면서 불렀던 소리를 요청하자 어렸을
때 들었다면서 논 매는 소리를 구연해 주었다.

제보자 조현득의 구연상황


(조사자 : 또 두벌매기 할 때는 어떻습니까?)
그 인제.

어와후리차 대호리야
어와후리차 단오리야

먼데사람은 듣기나좋게

곁에사람은 보기나좋게

일락서산에 해는지고

월출동락에 달솟는다


인제 그 이듬할 제 이렇게 …….

(조사자 : 손으로 빨리 나가는 거죠?)

그렇죠.


# 베 짜는 소리

자료코드 : 09_05_FOS_20100204_LCS_JHD_0048

조사장소 : 충청북도 소이면 금고2리 삼고심이마을 마을회관

조사일시 : 2010.2.4

조 사 자 : 이창식, 최명환, 장호순, 김영선

제 보 자 : 조현득, 남, 72세

구연상황 : 논 매는 소리 구연 후 제보자 조현득은 어렸을 때 어머니가 불렀던 소리라
면서 구연해 주었다.

그라고 옛날 그 우리 어머니가 만날 그 베 짜고 하는 소리인데. 그거
한번 해볼까요?

(조사자 : 예.)


베틀다리는 양네다리

큰냉이다리는 양두다리

잉아때는 세면대요

눌림때는 독신이라

비걸이는 육형제요

성님성님 사춘성님

고추짐치 호호하고

나박김치 새보마다

도레도레 조석방아

황금같은 코끼리는

앞문놓고 뒷문놓고

칠성간에 받쳐놓고


## 화투 풀이 하는 소리

자료코드 : 09_05_FOS_20100204_LCS_JHD_0053

조사장소 : 충청북도 소이면 금고2리 삼고심이마을 마을회관

조사일시 : 2010.2.4

조 사 자 : 이창식, 최명환, 장호순, 김영선

제 보 자 : 조현득, 남, 72세

구연상황 : 조사자가 재미있는 소리를 요청하자 제보자 조현득은 예전에 마을 어르신들
에게 자주 불러 주었다면서 구연해 주었다. 이 소리를 부르면 마을 아주머니
들이 춤을 추고 했다고 한다.

정월 속속에 들은 정은

이월 매중에 맹서하고

삼월 사구라 산란한 마음

사월 흑싸리 흩어놓고

오월 난초에 놀든 나비

유월 목단에 춤을 추고

칠월 홍돼지는 홀로 누워

팔월 공산을 구경 하니

구월 국화는 꽃이 피어

시월 단풍위에 뚝 떨어지네

오동리 석달 설한 풍에

백설만 날려도 임에 생각

구시월 새단풍에

낙엽만 날려도 임에 생각

앉었으니 임이 오나

누웠으니 잠이 오나

독수공방 홀로 누워

신세한탄을 하는 구나

얼씨구나 기화자 좋네

아니 아니 아니

노지는 못하니라

아니 아니 아니

쓰지는 못하니라

　옛날에 인저 우리 어머니가 인저 그 ……. (제보자 자신이) 신명이 많아
지면, 마을 그 아주머님들이 많이 모이면 인제. 내가 이런 노랠 해 주면
이제 할머, 아주머님들이 춤을 막 추고 그랬어요.


## 논 매는 소리(두벌매기)(2)

자료코드 : 09_05_FOS_20100204_LCS_JHD_0056
조사장소 : 충청북도 소이면 금고2리 삼고심이마을 마을회관
조사일시 : 2010.2.4
조 사 자 : 이창식, 최명환, 장호순, 김영선
제 보 자 : 조현득, 남, 72세

**구연상황**: 조사자가 논을 매면서(두벌매기) 불렀던 소리를 다시 요청하자 제보자 조현득
이 구연해 주었다.

아까 그 두벌매기 단호리야, 그거 한 번만 더 조금 해 보셔요.

어화 후리차 대호리야
먼데 사람은 듣기나 좋게
어화 후리차 단호리야
여보시오 농부님들
어화 후리차 대호리야
일락서산에 해는 지고
어화 후리차 대호리야
우리가 살면은 몇천년 사냐
어화 후리차 대호릴세

인제 이 이래 가지고 인제…….
(조사자 : 계속 나가죠?)
어 그라면…….
(조사자 : 마지막에 어떻게 합니까? 고, 마지막에 "후 ……" 하는 게 있
잖아요?) [아주 느리게 부름]

어하 후리차 대호리야

그라죠.
(조사자 : "후 ……" 뭐 그러는 거 있잖아요?)

어우.

[아주 느리게 부름]

어하 후리차 대호리야

[논매기가 끝날 때 하는 소리]

이후후후 후후후후


# 논 매는 소리

자료코드 : 09_05_FOS_20100204_LCS_JHD_0057
조사장소 : 충청북도 소이면 금고2리 삼고심이마을 마을회관
조사일시 : 2010.2.4
조 사 자 : 이창식, 최명환, 장호순, 김영선
제 보 자 : 조현득, 남, 72세
구연상황 : 조사자가 다른 사설의 논 매는 소리를 요청하자 제보자 조현득이 구연해 주
　　　　　었다. 두레할 때 불렀던 소리라고 한다.

　그래 그거 할 때도, 논 맬 때에도.

에헤라 방아호
잘두 하시네 잘두 하시네
에헤라 방아호
우리네 농부님 잘두 하시네
에헤라 방아호
먼데 사람은 듣기나 좋게
에헤라 방아호
곁에(곁에) 사람은 보기나 좋게
에헤라 방아호
잘두 하시네 잘두 하시네
우리네 농부님 잘두 하시네

여 북을 '땅땅' 쳐 가면 하면 뭐, 사람이 뭐 한 다랭이서 뭐 삼십 명씩 공동 두레를 하는데. 그러면 서른두 명이 와 가지고 저, 논을 매는데 그냥 이만치 양쪽 가에 가면서 하면 접주리라 해. 양쪽 접주리에 가면 가에만 찍는 사람이 있어 가지고서 그냥 금방금방 논을 매고 그랬었어. 두레루.

# 베 짜는 소리

자료코드 : 09_05_FOS_20100204_LCS_JHD_0060
조사장소 : 충청북도 소이면 금고2리 삼고심이마을(마을회관)
조사일시 : 2010.2.4
조 사 자 : 이창식, 최명환, 장호순, 김영선
제 보 자 : 조현득, 남, 72세
구연상황 : 조사자가 제보자 조현득에게 어머니에게 들었던 재미있는 소리를 불러 달라고 하자, 조현득이 구연해 주었다. 이 소리는 어머니가 베를 짜면서 불렀던 소리였다고 하였다.

(조사자 : 그 어머니가 군소리 같은 걸 많이 하셨으면 좀 재밌는 이야기, 노래를 많이 하셨을 텐데? 좀 이렇게, 아주 이렇게 뭐랄까 친근하고 이런 노래를 많이 하셨을 텐데.)

그 노래는 인제 옛날 노래하고 인저 유행가라고 전부 들어서 배운 거지.

(조사자 : 어머니한테 배운 노래를 더 해 보셔요.)

어머니한테 고작 배운 노래는 베틀가, 그 인제 그건 했고.

(조사자 : 했고.)

[소리의 사설을 말로 설명함] 인제 "팔라당팔라당" 지금 고거 했는데. 홍갑사댕기 인제 고운 때도 아니 묻어 사주가 왔네. 그 저기 지지배(여자) 못된 건 갈보가 되고, 인저 머시매(남자)못 된 건 ······.

(조사자 : 예, 그걸 소리로 해 보셔요.)

예?

(조사자 : 그걸 소리로 해 보세요.)

팔라당팔라당 홍갑사댕기
고운때도 아니묻어 사주가 왔네
지집애 못된건 갈보가 되고
머시매 못된건 건달이 된다
요노무 지지배 행실마라(봐라)
돈없는 백건달 찔찔맨다
열두색 무명에 팔복치마
입었다 벗었다 다떨어진다

이, 이 바지가 있는데. 열, 아홉세는 ……. 열두세는 바, 바지 구녕이 엄청 잔거여(작은 거야). 그러니까 무명이 엄청 굵게 나오는 거지. 이게 그 노래하고 내 가만히 보니까 틀림이 없어요.

(조사자 : 그 좀 전에 그 팔라당팔라당 그 소리 제목이 뭐에요?)

제목도 없고 그냥, 그냥 들은 거죠.

(조사자 : 예, 팔라당.)

예. 어, 팔라당. 그래 베틀, 그 인저 그게…….

(조사자 : 베 짜면서?)

어.

(조사자 : 어머니께서?)

예, 베 짜믄서.

(조사자 : 예, 예.)

# 아기 어르는 소리(1)

자료코드 : 09_05_FOS_20100204_LCS_JHD_0062
조사장소 : 충청북도 소이면 금고2리 삼고심이마을 마을회관
조사일시 : 2010.2.4
조 사 자 : 이창식, 최명환, 장호순, 김영선
제 보 자 : 조현득, 남, 72세
구연상황 : 조사자가 아기를 어르면서 불렀던 소리를 요청하자 제보자 조현득이 구연해
　　　　　주었다. 어렸을 때 많이 들었는데 잘 기억이 나지 않는다고 한다.

그거 애들 저기 할 적에 저, 저기 달개고(달래고) 할 적에 …….

(조사자 : 예.)

그거 어려서 들었긴 들었어요. 살광(실광) 밑에 파묻었다가 새앙쥐를
만나 가지고 다 먹었다고. [제보자 웃음]

(조사자 : 소리 조금만 해 보셔요, 그걸.)

근데 그게 소리가(소리로는 잘 안 된다)는 별로 안 나고 그거 말을 지
어서 하는 건데.

　　　새앙쥐야 새앙쥐야
　　　살광밑에 파묻은걸

[제보자 웃음]

　　　방아틀을 파묻었더니
　　　생쥐가 다까먹고는
　　　먹을거 없구나

근데 그 노래가 생각이 안 나네요.

# 아기 재우는 소리

자료코드 : 09_05_FOS_20100204_LCS_JHD_0063
조사장소 : 충청북도 소이면 금고2리 삼고심이마을 마을회관
조사일시 : 2010.2.4
조 사 자 : 이창식, 최명환, 장호순, 김영선
제 보 자 : 조현득, 남, 72세
구연상황 : 조사자가 아기 재우면서 불렀던 소리를 요청하자 제보자 조현득이 구연해 주
         었다. 이 소리는 예전에 유성기를 통해서 들었던 소리라고 한다.

　　　은자동아 금자동아
　　　금을주면 너를사랴
　　　은을주면 너를사랴
　　　자장자장 우리애기 잘도 잔다

　　그래, 그. 그 저, 그거 저기 유성기가 있었어요. 옛날 유성기가 있을 때
들었어요. 그게.


# 아기 어르는 소리(2)

자료코드 : 09_05_FOS_20100204_LCS_JHD_0064
조사장소 : 충청북도 소이면 금고2리 삼고심이마을 마을회관
조사일시 : 2010.2.4
조 사 자 : 이창식, 최명환, 장호순, 김영선
제 보 자 : 조현득, 남, 72세
구연상황 : 조사자가 아기 어르는 소리를 다시 요청하자 제보자 조현득이 구연해 주었다.
         이 소리는 어렸을 적 제보자의 어머니가 불렀던 소리라고 한다. 제보자의 어
         머니는 괴산 문광면에서 시집와서 오남 삼녀를 키웠다고 한다.

　　　둥기둥기 둥길세
　　　둥기하고도 잘하네

칠기청산에 보배둥

나랏님전 충성둥

부모님전 효자둥

형제간에는 우애둥

둥기둥기 둥기야

이궁둥이로 논을살까 밭을살까

둥기둥기 잘하네

잘하구두 사네


# 모래집 짓는 소리

자료코드 : 09_05_FOS_20100204_LCS_JHD_0065
조사장소 : 충청북도 소이면 금고2리 삼고심이마을 마을회관
조사일시 : 2010.2.4
조 사 자 : 이창식, 최명환, 장호순, 김영선
제 보 자 : 조현득, 남, 72세
구연상황 : 조사자가 어렸을 때 모래 장난하면서 하던 소리를 물어보자 제보자 조현득이
구연해 주었다.

두딕아 두딕아 뭐하니

집짓는다

빨리빨리 지어라

어서어서 지어라

빨리빨리 지어라

두딕아 두딕아 밥먹었니

안직 안먹었다

두딕아 두딕아 뭐하니

잠잔다

# 시집보내는 소리

자료코드 : 09_05_FOS_20100204_LCS_JHD_0069
조사장소 : 충청북도 소이면 금고2리 삼고심이마을 마을회관
조사일시 : 2010.2.4
조 사 자 : 이창식, 최명환, 장호순, 김영선
제 보 자 : 조현득, 남, 72세
구연상황 : 조사자가 다른 소리를 요청하자 제보자 조현득은 마을 어른이 하는 소리를
　　　　　들어서 알고 있다며 구연해 주었다.

　　　　열다섯살먹어 시집을가니
　　　　첫째낭군 이별하고
　　　　두째낭군은 ○시할을○갈제
　　　　홍금에청금을 다버리고
　　　　종로네거리 승마가시니
　　　　참외도싸고 수박도싸고
　　　　청산봉안에 밤대추싸고
　　　　황해도구월산 썩은배싸고
　　　　또한골목을 승마하시니
　　　　우리배 탈자식은
　　　　요동아 복동아
　　　　아차 아하차 이렇구나


# 묘 다지는 소리

자료코드 : 09_05_FOS_20100204_LCS_JHD_0070
조사장소 : 충청북도 소이면 금고2리 삼고심이마을 마을회관
조사일시 : 2010.2.4
조 사 자 : 이창식, 최명환, 장호순, 김영선

제 보 자 : 조현득, 남, 72세

구연상황 : 조사자가 묘를 다지면서 불렀던 소리를 요청하자 제보자 조현득이 구연해 주
었다.

에헤 덜구

먼데사람은 듣기나좋게

에헤 덜구

이자리가 무슨자리냐

에헤 덜구

전국에서는 제일가는

에헤 덜구

팔도장사가 나올곳이고

에헤 덜구

외무부장관도 나올것이고

에헤 덜구

내무부장관도 나올것이고


# 운상 하는 소리

자료코드 : 09_05_FOS_20100204_LCS_JHD_0071

조사장소 : 충청북도 소이면 금고2리 삼고심이마을 마을회관

조사일시 : 2010.2.4

조 사 자 : 이창식, 최명환, 장호순, 김영선

제 보 자 : 조현득, 남, 72세

구연상황 : 묘 다지는 소리에 이어서 조사자가 운상하면서 부르는 소리를 요청하자 제
보자 조현득이 구연해 주었다.

(조사자 : 그다음에 상여 소리 중에 옛날 대도둠 같은 거도 하잖아요?
그럴 때 주로 부르는 노래, 상여 소리.)

상여 소리 인제 저기해서 인제 선소리 메기는 사람 있고 인저.

(조사자 : 예, 받는 사람이 있어요.)

[바로 받는 소리를 알려줌]

　　어허 어허

[잠깐 설명을 하고 이어 소리를 시작함] 인제 그러면 저 회심곡이.

　　명사십리 해동화야
　　어화 어허
　　꽃진다구 설워마라
　　어허 어허
　　봄(눈)이녹는삼월 봄이되면
　　어허 어허
　　꽃은피어 만발하고
　　잎은피어 만성할제
　　에헤이 에헤이
　　필연많은 초로같은 우리인생
　　에헤이 에헤이
　　한번가면 그만이라
　　어허 어허
　　아버님전 빼를(뼈를)타고
　　어허 어허
　　부처님전 불을타고
　　어허 어허
　　칠성님께 명을타고
　　어화

모질도다 모질도다

이내말씀 모질도다


# 샘 풀이하는 소리

자료코드 : 09_05_FOS_20100204_LCS_JHD_0076

조사장소 : 충청북도 소이면 금고2리 삼고심이마을 마을회관

조사일시 : 2010.2.4

조 사 자 : 이창식, 최명환, 장호순, 김영선

제 보 자 : 조현득, 남, 72세

구연상황 : 조사자가 거북놀이를 할 때, 지신밟기 같은 소리를 했느냐고 묻자 제보자 조
현득이 구연해 주었다.

(조사자 : 그 고사반, 그래 거북놀이 같은 경우에 남의 집에 들어가 가
주 빌어주고 그러잖아요? 어. 지신밟기 같은 노래.)

그 노래는 모르고 인저 풍물 쳐 가지고 막 그러는 ……. "뚫어라 뚫어
라 샘구녕 뚫어라 뭐 물 주시오 물 주시오" 막 그라죠.

(조사자 : 예 샘 노래, 샘굿노래. 그거 조금 해 보셔요, 소리를 조금만.)


물주시오 물주시오

조상님들 물주시오

뚫어라 뚫어라

샘구멍 뚫어라

뚫어라 뚫어라

물주시오 물주시오

조상님들 물주시오


막 또 그라죠, 그게.

# 다리 뽑기 하는 소리

자료코드 : 09_05_FOS_20100701_LCS_HJS_0002
조사장소 : 충청북도 음성군 소이면 비산3리 충청대로 2031번길 26 경로당
조사일시 : 2010.7.1
조 사 자 : 이창식, 최명환, 장호순, 김영선
제 보 자 : 현점순, 여, 80세
구연상황 : 조사자들이 돌뫼마을을 찾았을 때, 경로당 옆에서 제보자 현점순이 나물을 다
듬고 있었다. 마을 지명에 대해서 물어보자 옛 마을 이름이 돌미라고 하였다.
이어서 어렸을 때 불렀던 소리를 불러 달라고 요청하자 현점순은 다리 뽑기
하는 소리를 구연해 주었다.

이거리 저거리 갓거리
천두 만두 두만강

그리고 하, 아 뭔지 있는데 몰르겠네. (조사자 : 하하, 예 어릴 때 많
이 ……. 짝, 짝발리 소양강 이렇게 하진 않으셨나요?) 예, 오리 짐치 사례
육이 끝인데.

제보자 현점순의 구연상황

# 품바 타령

자료코드 : 09_05_MFS_20100204_LCS_JHD_0050
조사장소 : 충청북도 소이면 금고2리 삼고심이마을 마을회관
조 사 자 : 이창식, 최명환, 장호순, 김영선
조사일시 : 2010.2.4
제 보 자 : 조현득, 남, 72세
구연상황 : 조사자들이 오전에 조사한 충도리 마을에서 금고리 삼고심이 마을에 있다는
제보자 조현득을 찾아갔다. 제보자를 찾기 위해 마을회관에 들렀을 때, 민화
투를 하고 있던 제보자의 부인이 전화 연락을 해 주었다. 조현득은 삼고심이
마을 토박이로 어려서부터 어머니와 마을 어른들에게 많은 소리와 이야기를
들었다. 조현득이 품바 타령을 할 줄 안다면서 구연해 주었다. 한국전쟁 이후
불렀던 소리라고 한다.

일짜나한자나 들구(들고)보니

일선에가신 우리낭군

제대하기만 기다리구

두이짜를 들구(들고)보니

이승만씨가 대통령

장면박사가 부대통령

삼짜한자나 들고보니

삼천만의 동포들이

평화하기만 기다린다

사짜한자나 들고보니

사십(40)먹은 중노인이

노무대가 웬말이냐

오짜한자나 들고보니

오만명에 중공군이

압록강을 건너다가

비행기폭격에 맞아죽었네

육짜한자나 들고보니

육십(60)먹은 상노인이

호맹이자루가 웬말이냐


이거는 그 당시에 난리나고 이래 가지고.

(조사자 : 예.)


## 대 풀이 하는 소리

자료코드 : 09_05_MFS_20100204_LCS_JHD_0051
조사장소 : 충청북도 소이면 금고2리 삼고심이마을 마을회관
조사일시 : 2010.2.4
조 사 자 : 이창식, 최명환, 장호순, 김영선
제 보 자 : 조현득, 남, 72세
구연상황 : 제보자 조현득이 품바 타령에 이어서 어렸을 때 친구들이 부르던 소리라면서 구연해 주었다.

원주네읍내는 우등대

괴산읍내는 괴월대

충주읍내는 탄금대

방안에 실광대

핵교(학교)마당에 국기대

마당가에는 바지랑대

뜨렁밑에는 흙우대

방안에 실광대

절둑거리는 푼부대

행상밑에 연초대

애들주머니 곰방대

으런(어른)주머니 담배대

그건 인제 그, 우리 친구들이 그 어려서 인저 그 하는 걸 내가 여 들었 죠. 그런데서.

(조사자 : 예.)


# 말 풀이 하는 소리

자료코드 : 09_05_MFS_20100204_LCS_JHD_0052
조사장소 : 충청북도 소이면 금고2리 삼고심이마을 마을회관
조사일시 : 2010.2.4
조 사 자 : 이창식, 최명환, 장호순, 김영선
제 보 자 : 조현득, 남, 72세
구연상황 : 조사자가 육담이 들어가는 재미있는 소리가 있느냐고 묻자, 제보자 조현득이
　　　　　구연해 주었다.

(조사자 : 그리고 육담. 좀 이렇게 음담패설 들어간 소리, 재밌는 건 없 나요?)

그래 뭐, 저는 저 노래해는 옛날 고 이런 거. 그래.

짐승만못한 김일성아

모조리죽이는 모택동아

죽으러오는 중공군아

쓸데없다 스타린(스탈린)아

미리아는 미군들이
재주좋은 제트기로
곳곳이찾어를 가서
폭격하여나 다죽인다
얼씨고좋다 기화자좋네
아니아니 아니
노지는 못하리라

# 7. 생극면

증편 한국구비문학대계 ● 충청북도 음성군

# ▋조사마을

## 충청북도 음성군 생극면 방축리

조사일시 : 2010.7.10
조 사 자 : 이창식, 최명환, 장호순, 김영선

방축리 전경

　방축리(防築里)는 방죽이 있어 '방죽말'·'방축말' 또는 '방축동'이라 하여 붙여진 이름이다. 본래 충주군 생동면 지역이었으나 1906년에 음성군에 편입되었고 1914년 행정구역 폐합에 따라 야곡리 일부를 병합하고 방축리라 하여 생극면에 편입되었다. 수리산(605m) 밑에는 능안이 있고, 서쪽으로 약 2km 떨어진 곳에는 방축말이 있다. 방축말 동쪽에 함박골과 쇠죽골, 함박골 남쪽에 구리올, 구리올 위쪽에 웃골, 능안 서쪽에 능안골 등의 골짜기가 있다. 방축천이 방축리 415번지에서 방축리 219번지로 흘러 응천으로 유입되고 있다. 방축말의 북쪽에는 강장골, 뒤에는 뒷들, 뒷들 북쪽에는 소뎅이, 동쪽에는 쇠죽골, 앞쪽에는 앞들, 서쪽에는 진사리 등의 들이 있다. 방축리는 생극면 북부에 위치하며, 면적은 2.48km²이고, 88세대에 222명(남자 118명, 여자 104명)의 주민이 살고 있다. 동쪽은 감곡면 상평리, 서쪽은 송곡리, 남쪽은 차평리, 북쪽은 감곡면 원당리와 각각 접하고 있다. 경지 면적은 밭이 0.25km², 논이 0.70km² 등이며, 주민의 대부분이 벼농사를 위주로 경작하고 있으나 한우 사육도 많이 하고 있다. 자연마을로는 방축말·능안·정미소거리·아랫말·웃말·담사리 등이 있다. 문화 유적으로는 방축말에 민해준 효자각이 있어 음력 9월 9일에 마을 주관으로 제사를 지내고 있다. 그리고 수리산 아래에는 권근·권제·권람의 삼대 묘소가 있다. 능안에는 안양공 권반을 봉안한 사우와 도통사라는 사찰이 있다.


## 충청북도 음성군 생극면 차평리

조사일시 : 2010.7.10
조 사 자 : 이창식, 최명환, 장호순, 김영선

차평리(車坪里)는 수레의산 밑에 있는 들이라서 '수레들' 또는 '차평'이라 불린다. 본래 충주군 생동면에 속해 있던 지역이었으나 1906년 음성군에 편입되었다. 1914년 행정구역 개편에 따라 말마리 일부를 병합하여 차평리라 하고 생극면에 편입되었다. 차평1리 새터 동쪽에는 왁바실산(막발산)이 있고, 차평1리 골말 동남쪽에는 음달말산이 있으며, 세고개, 서낭당 이고개 등의 고개가 있다. 차평2리에는 넓은 두들기번던이 있다. 수리산에서 발원하는 차곡리의 차곡리천은 서류하여 차평리에서 차평천이 되어 응천에 유입되고, 차평리에서 발원하는 두들기천 또한 응천에 유입된다.

차평1리 새터 동쪽에는 유신저수지가 있다. 차평리는 생극면 면 소재지에서 북쪽으로 4km 떨어진 곳에 있으며, 동쪽으로는 차곡리, 서쪽으로는 송곡리, 남쪽으로는 신양리, 북쪽으로는 방축리와 접하고 있다. 차평리는 2개의 행정리로 이루어져 있으며, 차평1리의 중말·새터·골말, 차평2리의 본말·양재·담사리 등의 자연마을이 있다. 196가구, 489명(남자 258명, 여자 231명)의 주민이 살고 있다. 경지 면적은 밭 0.51km², 논 0.60km² 등이며 벼농사와 복숭아, 포도, 수박, 인삼 등을 재배하고 있는 전형적인 농촌 마을이다. 문화 유적으로는 차평2리 담사리에 있는 1592년에 건립된 김선경 처 성주이씨 열녀문과 1893년에 건립된 이구령 충신문 등이 있다. 생리에서 군도 20번이 국도 3호선에서 분기되어 차곡리 건너말을 거쳐 차평리로 연결되어 있다. 차평2리 담사리에서 분기되어 차평2리 본말로 연결되는 군도가 있으며 신양리 새천이에서 세고개를 넘어 차평2리 본말로 연결되는 면리도 209번이 있다.

차평리 전경

### 박석돌, 여, 1931년생

주 소 지 : 충청북도 음성군 생극면 방축리
제보일시 : 20100710
조 사 자 : 이창식, 최명환, 장호순, 김영선

박석돌은 방축리에 거주하고 있다. 조사
자들이 갔을 때 분뇨처리장 문제로 마을 주
민들을 만날 수 없었는데, 때마침 경로당에
마을 주민 몇 분과 함께 있었다. 방축리에서
태어나 방축리에서 결혼해 살았다. 서울 올
라가 몇 년 살기도 하였지만, 6 · 25 한국전
쟁이 일어나 다시 내려와 현재까지 농사를
지으면서 살고 있다. 5남 2녀를 두었으며,
남편은 목공 일을 하였다. 마을에 있는 권근 묘소에 얽힌 이야기를 구연
해 주었다. 권근 묘소와 관련한 이야기는 마을 주민들 대부분이 알고 있
다고 한다.

제공 자료 목록
09_05_FOT_20100710_LCS_BSD_0021 권근 묘소와 수리산 못

### 우재권, 남, 1936년생

주 소 지 : 충청북도 음성군 생극면 차평1리
제보일시 : 2010.7.10
조 사 자 : 이창식, 최명환, 장호순, 김영선

우재권은 차평1리에 거주하고 있으며, 본관은 단양이다. 충주시 살미면

이 고향으로 선대조 때부터 살미면에서 살았다. 1982년 충주댐 건설로 인해 40대 중반에 음성군 차평1리로 이주해 와 현재까지 살고 있다. 농사를 주로 지었다. 살미면에서는 논맬 때 주로 소리를 불렀으나, 너무 오래되어서 기억이 잘 나지 않는다. 또한 경운기 사고로 다친 이후 몸이 좋지 않은 일을 할 수 없다고 한다. 조사자가 옛날 소리를 요청하자, 다리 뽑기 하는 소리, 아라리 등을 일부 구연해 주었다.

제공 자료 목록
09_05_FOS_20100710_LCS_UJG_0005 다리 뽑기 하는 소리


### 황월주, 남, 1933년생

주 소 지 : 충청북도 음성군 생극면 차평리
제보일시 : 2010.7.10
조 사 자 : 이창식, 최명환, 장호순, 김영선

황월주는 차평리에 거주하고 있다. 조사자들이 차평리를 갔다가 나오는 길에 마을 입구 버스정류장에서 이재규씨와 함께 만났다. 들일을 나갔다가 잠시 쉬는 중이라고 하였다. 마을 지명 유래를 비롯한 이야기 몇 편을 들려주었다. 황월주는 차평리에서 일평생 농사를 짓고 살았다. 차평리가 들은 넓지만 예전에 천수답이었기 때문에 빗물만

가지고 농사를 지었다. 항상 물이 부족하다 보니 농사가 잘되지를 않았다.

그러다가 일제강점기에 저수지를 만든 이후부터 농사가 잘되었고, 풍족하게 살았다고 한다.

**제공 자료 목록**
09_05_FOT_20100710_LCS_HWJ_0011 차평리 열녀 성주 이씨
09_05_FOT_20100710_LCS_HWJ_0015 권근 묘소와 수리산 못

# 권근 묘소와 수리산 못

자료코드 : 09_05_FOT_20100710_LCS_BSD_0021
조사장소 : 충청북도 음성군 생극면 방축리 방축길 54 방축리노인회관
조사일시 : 2010.7.10
조 사 자 : 이창식, 최명환, 장호순, 김영선
제 보 자 : 박석돌, 여, 80세
구연상황 : 조사자들이 방축리 노인회관을 찾았을 때, 제보자들이 모여 있었다. 권근 묘
소를 팔 때 이야기를 물어보자 제보자 박석돌이 구연해 주었다.
줄 거 리 : 권근 묘소를 팔 때 일이다. 지나가던 도사가 그 자리에 왕겨를 놓고, 수리산
에 가서 파라 하였다. 도사의 말대로 수리산을 파니 왕겨가 거기로 갔다. 그
래서 지금도 권씨들이 삼 년에 한 번씩 수리산 못을 청소한다.

(조사자 : 권씨 묘 잡을 때, 풍수 잡을 때.)

아.

(조사자 : 도사 이야기가 있던데 혹시 들어 본 적 없나요?)

도사 얘기, 도사 얘기 있지.

(조사자 : 예,)

거 도사 뭐 저, 국, 모이(묘), 산소 팔 적에. (조사자 : 예, 예.) 어떤 대사
가 와 가지구

"여기 파지 말구 저 수리산에 가 파라." 그랬대요.

(조사자 : 예, 예.)

그래 거기, 여기다 왱결(왕겨를) 능구(넣고).

(조사자 : 예, 왕겨, 예.)

어. 그 수리산에 가서 연못을 파라고.

(조사자 : 예.)

그럼 이 왱겨(왕겨)가 거길 갈 거라 그랬대. 그 다 들은 소리여.

(조사자 : 아.)

[청중들 웃음] 그러니께 거기가 파니께는 그 애기루는 거기를 갔대요. 왕겨가.

(조사자 : 왕겨가.)

왱겨(왕겨)가 거길 갔대.

(조사자 : 예.)

그래 갖구 시방두 삼 년인가 만큼 그 못, 연못을 쳐요.

(조사자 : 아, 사, 권씨들이?)

권씨들이 쳐요.

(조사자 : 음, 거기를 안 치면 물이 일로 차기 때문에?) 그래는 음, 인제 이체(이치)겠지, 뭐.

(조사자 : 아 그런 이치.)

권근의 묘

# 차평리 열녀 성주 이씨

자료코드 : 09_05_FOT_20100710_LCS_HWJ_0011

조사장소 : 충청북도 음성군 생극면 차평리 음성로 1908 버스정류장

조사일시 : 2010.7.10

조 사 자 : 이창식, 최명환, 장호순, 김영선

제 보 자 : 황월주, 남, 78세

구연상황 : 조사자들이 차평리에서 나오려고 할 때, 마침 마을 입구 버스정류장에 제보
자들이 쉬고 있었다. 조사자가 차평리에 있는 성주 이씨 열녀문에 대해서 물
어보자 제보자 황월주와 이재규가 구연해 주었다.

줄 거 리 : 임진왜란 때 왜군 대장이 인물이 좋은 여자를 보고 젖을 만졌다. 그 여자는
칼로 자신의 젖을 베어 버렸다. 그래서 열녀비를 세워 주었다고 한다.

(보조 제보자 : 이거는 저기 저 ······.)

(조사자 : 예.)

(보조 제보자 : 그 뭐, 뭐여 저 ······. 왜, 왜, 왜놈, 왜놈, 왜놈 대장이 여
자 저, 젖을 만져 가지고 드럽다고 그걸 베어 내군졌다고 그런 얘기를 하
는 거야. 그거.)

장교지.

(조사자 : 어.)

인제 일본놈 장교.

(조사자 : 예, 예.)

군인 장교가 와서, 그 여자가 인물이 좋으니까. 그 젖을 만졌어.

(조사자 : 예.)

젖을 만지니까. 이, 칼로다가 그냥 젖을 베어 내 버린 ······.

(조사자 : 아.)

그래 열녀야.

(조사자 : 그래서 인제 열녀비를 세워줬다는 거죠.)

야.

(조사자 : 옛날 임진왜란 때 있었던 일이고.)

예, 예. 임진왜란.

(조사자 : 어.)

성주 이씨 열녀문


# 권근 묘소와 수리산 못

자료코드 : 09_05_FOT_20100710_LCS_HWJ_0015

조사장소 : 충청북도 음성군 생극면 차평리 음성로 1908 버스정류장

조사일시 : 2010.7.10

조 사 자 : 이창식, 최명환, 장호순, 김영선

제 보 자 : 황월주, 남, 78세

구연상황 : 조사자가 권근 묘소를 쓸 때 이야기를 들은 적이 있느냐고 묻자, 제보자 황월
주가 구연해 주었다.

줄 거 리 : 권근 묘소를 팔 때 일이다. 마침 도사가 아이를 데리고 그곳을 지나갔다. 도

사는 아이에게 묘 파는 곳에 가서 물을 얻어 오라고 시켰다. 아이가 물을 얻으러 가니 묘를 파던 사람이 아이에게 자초지종을 묻고, 도사를 잡아오게 하였다. 도사에게 이 자리에서 무슨 물이 나오느냐고 하였으나 땅을 좀 더 파자 진짜 물이 솟았다. 묘를 파던 사람은 도사에게 물이 빠지는 방법을 알려 달라 하였고, 도사는 광중에 왕겨를 한 가마니를 펴 놓고, "수리산 상봉에 못을 파면 물이 올라갈 것"이라 하였다. 도사의 말대로 하니 물과 함께 왕겨가 수리산 못으로 딸려 올라갔다. 그래서 그 자리에 권근의 묘를 쓸 수 있게 되었다고 한다.

(조사자 : 그 권근 묘소를 쓸 때.)

예.

(조사자 : 그 풍수 얘기가 있던데 혹시 들어보신 적 있나요? 그 이야기가 재미있던데.)

(보조 제보자 : 거기 뭐 파니까 물이 나오니까. 저 수리산 가서 못을 파라.)

가, 가만있어. 그 자초지정부터 해서 …….

(조사자 : 예, 예, 예.)

(보조 제보자 : 못을 파라 그러니까.)

(조사자 : 예, 여기)

어느, 어느 도, 어느 도사가 거길, 그 인제 마을. 그 인제 그 양반이 정승 아니여.

(조사자 : 예, 예.)

그래 정승의 산, 산을 파느라고 인제 산을 개간하느라고 이렇게 인제 막 파는데. 언내(어린애)는 표주박을 줘 가주구서 보내면서

"가서 물 좀 떠 와라." 이래는 겨.

(조사자 : 예, 예.)

"저 샘 파는 데 가서 물 좀 떠 와라."

이래는 거여. 아 그래, 아 정승이 산소자리를 파는데. 어떤 아이가 오더

니 물 좀 달라고 그런단 말이여. 그러니까,

"아 이놈이 엄청 방정맞은 놈이냐."

해 가지고 설라무네.

"이놈 잡아, 다반(대반) 잡으라고."

그래 인제 잡아서 묶어 놓고

"너 이놈 어, 우째 물을 달래는 거냐." 그러니깐.

"아 우리 대사님이 저기서 ……."

(조사자 : 예, 예, 도사님이, 그러니까 스승님이.)

도사님이 저 이렇게 물을 떠 오라고 내놓은 거라고. 그러니까

"아 그래, 도사를 잡아오라고."

그래 대반 잡아다 거다 엎어 놓고,

"너, 여그 물이 나오, 물이 나느냐고."

"요 우짜 정승의 자리를 파는데 물을, 물이 나오다니 무슨 말이냐고."
그러니까.

"아 조금 더 파 보라고."

그래 더 파니까 그냥 물이 콸콸 솟아. 막 솟는다 이거지.

(조사자 : 예 그렇죠. 묘자리에서 갑자기 …….)

야. 뭐 물이 솟으니까 물이 그득(가득) 광중이로 그득(가득) 실리니까.

"이거는 그럼 너 이거 물 나오는 거는 알고 법만 알고, 물 빼는 방법은
모르느냐." 그러니깐.

"그러면 저 수리산, 수리산 그, 뭐, 상, 무슨 상봉에 가서 거기서 못을
파면은 물이 글로 올라갑니다."

이거여. 아니 뭐 이상하다, 물이 여기서 그러니깐 수리산 꼭대기로 올
라간다는 얘기는 엄청나지. 그런데 거기를 가서 참 못을 파니까. 그래

"우뚱게(어떻게) 그 물이 이리 딸리는 걸 우뚱게(어떻게) 아느냐."

하니까.

"왕겨 한 가마니를 여기다 피어 달라." 이거야.

(조사자 : 예.)

왕겨 한 가마니 그냥 물에다 쏟았는데 그 왕겨가 거기로 딸려 올라갔다는 거야. 그러니까 이쪽엔 물이, 물자리가 없어진 거죠? 아이, 조금도 없어지구.

(조사자 : 어, 그래서 묘를 쓰게 됐다는 얘기죠?)

예, 그래서 묘를 썼다 해요.

차평리 입구 버스정류장 구연상황

# 다리 뽑기 하는 소리

자료코드 : 09_05_FOS_20100710_LCS_UJG_0005
조사장소 : 충청북도 음성군 생극면 차평1리 노인정
조사일시 : 2010.7.10
조 사 자 : 이창식, 최명환, 장호순, 김영선
제 보 자 : 우재권, 남, 75세
구연상황 : 조사자가 차평리 노인정을 찾았을 때 제보자 우재권이 혼자 있었다. 어렸을
때 다리 뽑기 놀이 하면서 불렀던 소리를 요청하자 구연해 주었다.

이거리 저거리 갓거리
천두 만두 두만두
오리 짐치 소양 강

제보자 우재권의 구연상황

# 8. 음성읍

## ▌조사마을

### 충청북도 음성군 음성읍 소여리

조사일시 : 2010.7.1

조 사 자 : 이창식, 최명환, 장호순, 김영선

소여리 전경

소여리(所餘里)는 본래 음성군 근서면(近西面) 지역으로서 '소렷골' 또는 '소여'라 하였는데, 1914년 행정구역 개편에 따라 산양티·주천·내동·대촌·선가동·족지곡 등을 병합하여 소여리가 되었다. 1956년 7월 8일 음성면이 음성읍으로 승격되었다. 사면이 300~500m 내외로 이루어져 있어 대체로 지형이 높다. 이들 사이에는 농경지가 발달해 있는데, 소여천이 이 지역에 농업용수를 공급하고 있다. 소여리는 음성읍의 중앙부에 있다. 면적은 5.19km²이며, 163세대에 447명(남자 240명, 여자 207명)의 주민이 살고 있다. 동쪽은 읍내리와 용산리, 서쪽은 감우리와 동음리, 남쪽은 초천리와 신천리, 북쪽은 감우리·용산리와 각각 접하고 있다. 주요 농산물로 품질이 좋은 인삼과 복숭아를 재배하여 농가 소득을 올리고 있으며, 이외에도 벼·고추·참깨·감자·고구마·콩 등을 재배하고 있다. 자연마을로는 기름태·산양재·새터·성가마골·수릿내·안골·족지골·웃말·큰말 등이 있다. 주요 도로로는 북쪽의 금왕읍에서 음성읍을 지나는 국도 37호선이 마을을 지나고 있으며, 이외에도 도림말에서 남쪽의 강당말을 지나 삼생리와 연결된 도로가 있다.

# ▮ 제보자

## 김영모, 남, 1930년생

주 소 지 : 충청북도 음성군 음성읍 소여1리 수릿내마을
제보일시 : 2010.7.1
조 사 자 : 이창식, 최명환, 장호순, 김영선

김영모는 음성읍 소여1리 수릿내마을에
거주하고 있다. 수릿내마을은 음성읍과 금
왕읍을 이어주는 길이 있었다. 소여리 토박
이로 10대째 살고 있다. 그 윗대에는 진천
군 선가동과 음성군 대소면 성본리에 살았
다고 한다. 현재 마을에서 가장 나이가 많으
며, 마을 지명유래에 대해서도 잘 알고 있
다. 밭농사로 밀, 보리, 콩 등을 재배하였다.
1남 5녀를 두었으며, 현재 부인과 단둘이 살고 있다.

제공 자료 목록
09_05_FOT_20100701_LCS_GYM_0026 수릿내 유래

# 수릿내 유래

자료코드 : 09_05_FOT_20100701_LCS_GYM_0026
조사장소 : 충청북도 음성군 음성읍 소여1리 음성로 368번길 112 김영모 자택
조사일시 : 2010.7.1
조 사 자 : 이창식, 최명환, 장호순, 김영선
제 보 자 : 김영모, 남, 81세
구연상황 : 음성읍 소여리 수릿내마을에 도착해서 토박이 어르신 댁을 찾았다. 마침 집에 있었던 제보자 김영모를 만나 마을에서 내려오는 이야기를 들을 수 있었다. 김영모는 마을 지명 유래와 죽담 등의 풍습을 설명해 주었다.
줄 거 리 : 수릿내마을로 들어오는 입구에 부자가 살았다. 그 부잣집에서 술을 해서 항상 마을에 술이 흘렀다. 그래서 주천(酒川) 또는 수릿내라 하였다. 또 그 부잣집에서는 술 찌개미를 집 앞에 있는 바위에 버렸다. 그래서 그 바위를 '지검이바우'라고 한다. 지금도 그 부자가 살던 터에는 기와가 나온다.

(조사자 : 어르신, 그 이 마을이 수릿내 마을이잖아요. 수릿내마을.)

수릿내, 여 유래가 있는데요.

(조사자 : 그거 좀 얘기 좀 해 주세요. 왜 수릿내라고 그래요?)

저기, 저 괴목 큰 거, 올라오다 있는 그, 거짝 …….

(조사자 : 아, 괴목, 예, 예. 느티나무.)

그짝, 어. 느티나무 있는 그 짝에 밭 있지.

(조사자 : 예, 예.)

그 밭에 부자가 살았어요.

(조사자 : 아.)

부, 그 지금도 그, 기와가 나와요, 기와 거기.

(조사자 : 지금도요?)

옛날 기와가.

(조사자 : 예.)

그 옛날에 전부 이거 놋그릇 있잖아?

(조사자 : 예.)

놋그릇에서 녹이 나오면 거 가서 그 놈(기와)을 캐다가 빻아서 가루를 맨들어 가지고 ……. 지금은 또 그, 그 닦는 저거, 세제가 많아서 그라지만 ……. 그 지와깨미라고 그래서 그놈을 갈아 가지고 인저 놋그릇을 닦는 거여.

(조사자 : 기와깨미.)

응, 기와깨미. 그래 인제 거기서 부자가.

(조사자 : 예.)

술을 해 먹고서 고기(거기) 요, 조, 들어오다 다리 있죠.

(조사자 : 예, 예.)

여기 들어오다 다리.

(조사자 : 예, 예.)

거기 큰 돌, 돌이 하나 빠, 그러니까 빠, 미끄러져 빠졌어. 그게, 거가 지검이바우여.

(조사자 : 지금이바우.)

응, 그 집에서, 그 부잣집에서 술을 해 먹구서, 그 지검이바우 거, 거 갔다 쏟아내 버린다고 해서 지검이바우.

(조사자 : 아, 예, 예. 지검이바우, 술 찌꺼미.)

응, 술 찌꺼기.

(조사자 : 예, 예.)

그래서 그 놈을 거 갔다 ……. 옛날엔 인제 소도 없고 그러니까 그놈을 거 갔다 버, 버렸는데 퇴비가 좋고 하니까 거 갔다 버리고. 으레 술을 해서 막걸리 짜 먹으면은 거 갔다 버리고 해서 거가 지검이바우여. (조사

자 : 예, 예.)

　그래 술이 흘러서 내, 술 주(酒) 자.

　(조사자 : 예.)

　술 주 자, 내 천(川) 자. 그래서 주천(酒川)이여, 주천. 여가 주천. 그런데 샘 천(泉) 자를 쓰면 안 맞아요.

　(조사자 : 왜요?)

　어? 이 술이 흘러서 내가 돼서 수릿낸데.

　(조사자 : 예, 아, 그래서 수리내.)

　응.

　(조사자 : 예, 예, 예.)

　글(그걸) 샘 천 자를 쓰면 …….

　(조사자 : 안 맞죠?)

　안 맞는 겨, 글자가.

　(조사자 : 예, 예, 예.)

수릿내 부자가 살던 터

# 9. 원남면

증편 한국구비문학대계 ● 충청북도 음성군

## ▌조사마을

### 충청북도 음성군 원남면 마송리

조사일시 : 2010.2.3
조 사 자 : 이창식, 최명환, 장호순, 김영선

마송리 전경

마송리(馬松里)는 원남면 중남부에 있는 마을로 지대 대부분이 완만한 구릉성 지형으로 이루어져 있으며, 남쪽에는 백마산이 자리하고 있다. 남쪽에서 북쪽으로 작은 하천이 흐른다. 본래 음성군 남면에 속한 지역이었으나, 1914년 행정구역 개편에 따라 송오리와 마피동리 일부를 병합하여 마피동리와 송오리에서 이름을 따 마송리라 하고 원남면에 편입하였다. 마송리 면적은 4.39km²이고, 159세대에 369명(남자 186명, 여자 183명)

이 살고 있다. 동쪽은 주봉리, 서쪽은 보천리, 남쪽으로는 괴산군 사리면, 북쪽은 보룡리와 경계를 이루고 있다. 남동쪽에는 백마산이 있으며, 송오리에서 괴산군 사리면 노송리로 넘어가는 곳에는 송오리고개, 주봉리로 넘어가는 곳에는 내동고개 등이 있다. 마송천은 백마산 동북쪽 주봉리에서 발원하여 서쪽으로 흘러 보천리와 조촌리 등을 지나 초평면 초평천으로 유입되고 있다. 마송리에서 마송천으로 유입되는 소하천으로는 오미도랑천과 샘터천이 있다. 송오리의 서쪽에는 송오저수지와 삼마상들이, 서북쪽에는 염부득들이, 북쪽에는 건너머들 등이 있다. 자래바위의 남쪽에는 수채들이, 동북쪽에는 요골들이, 북쪽에는 장성이들 등이 있다. 주민의 대부분이 벼농사 위주의 농업을 하며, 고추 재배를 한다. 자연마을로는 간대(샘터), 매봉재(약전), 바랑골, 벌말, 자라바우, 송태, 염소바우, 오미(오산) 등이 있다. 주요 도로는 서부로 청주~음성 간 국도 36호선이 남서 방향에서 북동 방향으로 지나고, 군도 14번이 분기되어 삼용리와 연결되고 있다. 면리도 201번이 보천리 보촌역에서 마송리로 연결된다. 문화 유적으로는 평촌에 김기화 유허비가 있고, 오미에는 1968년 고씨 문중에서 세운 고용진(高庸鎭)효자문과 1940년에 고원희(高元熙)가 세운 법화사라는 절이 있다. 또한 오미마을 서남쪽에는 화강암으로 만든 3개의 장승이 나란히 서 있는데, 조선 숙종 때에 무관 고증면이 지방수호의 상징으로 세웠다고 전한다.


## 충청북도 음성군 원남면 문암리

조사일시 : 2010.2.3
조 사 자 : 이창식, 최명환, 장호순, 김영선

　　문암리(文嵓里)는 원남면 서남부에 있는 마을로 본래 음성군 원서면의 지역이었으나, 1914년 행정구역 개편 때에 눌문리 일부와 팽암리를 병합

문암리 전경

하여 눌문리와 팽암에서 이름을 따서 문암리라 하고 원남면에 편입하였
다. 복한 동북쪽에는 종지봉(389m)이 있고, 복한에서 보천리 도람말로 가
는 곳에는 백마령고개(240m)가 있다. 복한의 남서쪽에는 복한저수지가 있
고, 방죽안으로 가는 곳에는 중고개가 있다. 송곡 뒤에는 솔개봉이 있고,
송곡에서 조촌리 골안으로 넘어가는 곳에는 부기재(부기테)고개가, 사오
랭이에서 괴산군 도안면으로 넘어가는 곳에는 세고개 등의 고개가 있다.
문암천은 범말에서 시작된 범말천과 송곡(솔개울)에서 발원한 솔개울도랑
천을 합류하여 흐르고 있다. 범말의 서쪽에는 모답돌이 있고, 북쪽에는
장배미들이 있다. 시오랭이에서 백마령까지를 가실터길이라고 부른다. 문
암리의 면적은 5.86km²이고, 168세대에 390명(남자 196명, 여자 194명)
의 주민이 살고 있다. 동쪽은 백마령 건너 괴산군 사리면, 서쪽과 남쪽은
괴산군 도안면, 북쪽은 보천리와 각각 접하고 있다. 주요 도로는 누구리

에 왕복열차가 통과하는 문암기차터널과 4차선 도로가 통과하는 문암터널이 있다. 국도 36호선이 문암3리에서 군도 1번과 분기된다. 또한 문암리의 시오랭이에서 김법골을 거쳐 복호에 이르는 면리도 203번이 남북방향으로 관통한다. 주민의 대부분이 벼농사 위주의 농업을 하며, 비닐하우스에서 각종 과일과 채소를 재배하고 있다. 문암리는 충청북도 비닐하우스 재배의 근원지이다. 자연마을로는 송곡(송골, 솔개울), 김법골(금법), 팽암리(팽개바위), 사오랭이(사오랑), 복헌(伏虎), 누구리(눌문), 도랏말, 벌말(평촌), 서당말, 신작로말, 안말 등이 있다. 교육 기관으로 문암초등학교가 있으며, 문화 유적으로 순흥안씨열녀각이 있다.

## 충청북도 음성군 원남면 보천리

조사일시 : 2010.2.3
조 사 자 : 이창식, 최명환, 장호순, 김영선

보천리 전경

보천리(甫川里)는 원남면 중심부에 있는 면 소재지다. 인구수는 지대 대부분이 완만한 구릉성 지형으로 이루어져 있으며, 두타산의 한 줄기가 마을 북서쪽을 감싸고 있다. 마을 북쪽에는 작은 하천이 흐르고 있다. 조선 시대에는 음성현 원서면에 속하였고 보냇가에 자리하여 보내 또는 보천이라 불렸다. 주막촌인 보천점이 번성하여 가촌을 이루어 4일과 9일에 장이 열렸고, 1920년부터 충북선 개통으로 번성하였으나 1970년대에 들어와 음성읍내장으로 흡수되었다. 1914년 행정구역 개편 때에 조촌리 일부를 병합하여 보천리라 하고 원남면에 편입하였다. 보천리의 면적은 4.57km²이고 148세대에 345명(남자 281, 여자 164)의 주민이 살고 있다. 동쪽은 마송리, 서쪽은 조촌리, 남쪽은 백마산, 북쪽은 보룡리 등과 각각 접하고 있다. 도로는 국도 36호선이 통과하고, 지방도 515번, 군도 3번, 면리도 214번이 분기된다. 주로 벼농사를 하나, 인삼과 고추 등을 재배하고, 축산업으로 젖소도 사육하고 있다. 주요 기관으로는 원남면사무소의 소재지로서 파출소, 우체국, 농업단위조합, 보천역 등이 있다. 자연마을로는 시장(장터, 주막거리), 양짓마을(양촌), 개미산(개산) 등이 있다.

## 충청북도 음성군 원남면 조촌리

조사일시 : 2010.2.3
조 사 자 : 이창식, 최명환, 장호순, 김영선

조촌리(助村里)는 원남면 서남부에 있는 마을로 본래 음성군 원서면의 지역이었으나, 1914년 행정구역 개편에 따라 야동, 동막골, 곡내, 덕현, 설매, 하리, 기리, 양촌, 삼기동을 병합하여 조촌리라 하고 원남면에 편입하였다. 조촌리에는 두루봉(349m), 국사봉(410m), 삼봉산(200m), 문수봉, 연산, 바다골산 등이 있으며, 삼용리로 넘어가는 곳에는 덕고개가 있다. 조촌리에서 발원하는 골안천, 매곡천 등이 마송천으로 유입되고, 배터골

조촌리 전경

천, 무수도랑천 등은 초평천으로 유입되고 있다. 또한 조촌리에는 아랫말바우, 아랫사랜다리, 우림배, 웃골아우, 설매들, 안산들, 구버니들, 배터골, 삼바골, 새들, 아래새들, 웃새들 등의 들이 있다. 조촌리는 동쪽으로는 보천리, 서쪽으로는 삼용리, 남쪽으로는 종지봉, 북쪽으로는 덕정리와 경계를 이루고 있다. 조촌리는 3개의 행정리로 이루어져 있으며, 야동(풀무골), 골안(谷內洞), 덕고개(德峴), 동막골(東幕谷), 설매(雪海), 세고개(삼치, 삼), 아랫말(下里), 양달말(陽村), 황새말, 흐리실(기리 : 紀里, 문촌) 등의 자연마을이 있다. 주요 도로는 군도 23번이 연결되어 있고, 면리도 214번이 조천의 자연마을들을 연결한다. 벼농사와 함께 고추, 인삼 등을 주로 재배한다. 조촌3리에는 태교사(泰喬祀)가 있다. 1744년(영조 20) 김문용으로부터 주자(朱子)의 영정을 기증받아 주씨 문중에서 문곡영당이라 칭하고 사당을 창건하고 서원을 개원하였다. 이후 대원군의 서원 철폐로 폐원되었다가 1893년 재건되어 사당 명칭을 태교사라고 하였다. 조촌1리에는 조선 숙종 때 효자 정한철 묘소가 있다. 풀무골에는 대장간이 있었다. 덕고개에는 조촌초등학교가 있었으나 학생 수가 감소해 1992년 폐교되었다.

### 고분남, 여, 1946년생

주 소 지 : 충청북도 음성군 원남면 조촌2리
제보일시 : 2010.2.3
조 사 자 : 이창식, 최명환, 장호순, 김영선

고분남은 원남면 조촌2리에 거주하고 있
다. 조사자들이 갔을 때 경로당에 모여 이
야기들을 나누고 있었다. 때마침 한기선의
손자가 있어서 아기 어르는 소리, 아기 재
우는 소리 등을 중심으로 어려서 놀이하면
서 불렀던 소리 등을 채록할 수 있었다.

제공 자료 목록
09_05_FOS_20100203_LCS_GBN_0050 다리 뽑기
하는 소리
09_05_FOS_20100203_LCS_GBN_0062 방아깨비 부리는 소리

### 김순임, 여, 1916년생

주 소 지 : 충청북도 음성군 원남면 보천2리 양짓말
제보일시 : 2010.2.3
조 사 자 : 이창식, 최명환, 장호순, 김영선

김순임은 보천2리 양짓말에 거주하고 있
다. 본관은 안동이며, 청원군 북이면이 고향
이다. 15세에 시집을 와서 6남매(4남 2녀)를
두었다. 남편은 55세에 돌아가셨으며, 현재

둘째 아들이 마을 이장을 맡고 있다. 논농사와 밭농사를 주로 지었으며, 길쌈을 많이 하였다. 시어머니는 시집온 지 4년 만인 19세에 돌아가셨다고 한다.

제공 자료 목록

09_05_FOS_20100203_LCS_GSI_0001 만고강산


### 김종녀, 여, 1938년생

주 소 지 : 충청북도 음성군 원남면 조촌2리

제보일시 : 2010.2.3

조 사 자 : 이창식, 최명환, 장호순, 김영선

김종녀는 원남면 조촌2리에 거주하고 있다. 맹동면이 고향으로 시집와서 5남매(2남 3녀)를 두었다. 농사를 지으며 살아오고 있다. 조사자들이 갔을 때 경로당에 모여 이야기들을 나누고 있었다. 때마침 한기선의 손자가 있어서 아기 어르는 소리, 아기 재우는 소리 등을 중심으로 어려서 놀이하면서 불렀던 소리 등을 채록할 수 있었다.

제공 자료 목록

09_05_FOS_20100203_LCS_GJR_0048 다리 뽑기 하는 소리

09_05_FOS_20100203_LCS_GJR_0054 풍감 묻기 하는 소리

09_05_FOS_20100203_LCS_GJR_0063 모래집 짓는 소리


### 김종묵, 남, 1929년생

주 소 지 : 충청북도 음성군 원남면 마송1리 평촌마을

제보일시 : 2010.2.3
조 사 자 : 이창식, 최명환, 장호순, 김영선

김종묵은 원남면 마송1리 평촌마을에 거주하고 있다. 마송리 토박이로 군대 갔다 온 것을 제외하고는 밖에 나가 생활한 적이 없다. 논농사를 비롯하여 서숙, 보리 등 잡곡 농사를 지으며, 현재까지 살아오고 있다. 15세에 결혼하였으며, 6남매(2남 4녀)를 두었다. 조사자들이 찾았을 때 마을 회의가 끝나고, 뒤풀이 중이었다.

제공 자료 목록

09_05_FOT_20100203_LCS_GJM_0025 목이 잘린 별암마을 자라바위

### 반기춘, 여, 1939년생

주 소 지 : 충청북도 음성군 원남면 조촌2리
제보일시 : 2010.2.3
조 사 자 : 이창식, 최명환, 장호순, 김영선

반기춘은 원남면 조촌2리에 거주하고 있다. 서울 영등포가 고향으로 시집와서 4남매(2남 2녀)를 두었다. 농사를 지으며 살아오고 있다. 조사자들이 갔을 때 경로당에 모여 이야기들을 나누고 있었다. 때마침 한기선의 손자가 있어서 아기 어르는 소리, 아기 재우는 소리 등을 중심으로 어려서 놀이하면서 불렀던 소리 등을 채록할 수 있었다.

제공 자료 목록

09_05_FOS_20100203_LCS_BGC_0040 아기 어르는 소리

09_05_FOS_20100203_LCS_BGC_0042 아기 재우는 소리(1)

09_05_FOS_20100203_LCS_BGC_0046 아기 재우는 소리(2)

09_05_FOS_20100203_LCS_BGC_0053 다리 뽑기 하는 소리


## 반채권, 남, 1927년생

주 소 지 : 충청북도 음성군 원남면 마송1리 양암마을

제보일시 : 2010.2.3

조 사 자 : 이창식, 최명환, 장호순, 김영선

반채권은 원남면 마송1리 양암마을에 거주하고 있다. 본관은 광주이며 마송리 토박이다. 농사를 지으며 현재까지 살고 있다. 일제강점기에 선친께서 보내 주지 않아 보통학교 다니지 못하고 사립학교에 4년 다녔다. 그 후 오미강당 1년, 한문서당 2년을 다녔다. 15세에 결혼을 하여 5남매(4남 1녀)를 두었다. 17세 이후부터 농사를 지었다. 부인은 먼저 돌아가셨다. 마을에서 풍수를 36년 정도 봐 주었다. 조사자들이 찾았을 때 마을 회의가 끝나고, 뒤풀이 중이었다.

제공 자료 목록

09_05_FOT_20100203_LCS_BCG_0017 소문난 효자 김기화

09_05_FOT_20100203_LCS_BCG_0018 윤장사와 말무덤

09_05_FOT_20100203_LCS_BCG_0021 장등을 잘라 망한 개미산마을

09_05_FOT_20100203_LCS_BCG_0022 도깨비가 쌓은 도깝보

09_05_FOT_20100203_LCS_BCG_0027 백마산 말무덤과 윤장사

## 서정훤, 남, 1933년생

주 소 지 : 충청북도 음성군 원남면 문암4리
제보일시 : 2010.2.3
조 사 자 : 이창식, 최명환, 장호순, 김영선

서정훤은 문암4리에 거주하고 있다. 달성
서씨로 17대째 문암리에서 살고 있다. 밭농
사와 논농사를 지었으며, 현재 노인회장을
맡고 있다. 마을에 서당이 있었는데 '문암서
당'이라고 불렀다. 그때 다니면서 불렀던 교
가를 기억하고 있었다. 모를 심을 때 소리를
부르지 않았으나, 논을 맬 때는 소리를 불렀
다고 회상하였다. 그러나 너무 어려서 보았
기 때문에 기억이 나지 않는다고 한다.

제공 자료 목록
09_05_FOT_20100203_LCS_SJH_0008 백마가 나온 백마령
09_05_FOS_20100203_LCS_SJH_0015 아라리

## 이부원, 여, 1929년생

주 소 지 : 충청북도 음성군 원남면 문암4리
제보일시 : 2010.2.3
조 사 자 : 이창식, 최명환, 장호순, 김영선

이부원은 문암4리에 거주하고 있다. 강원
도 주문진읍이 고향이며, 19세에 문암리로
시집을 왔다. 주문진에 있을 때는 일제강점
기라 일본 노래를 많이 불렀으며, 그 일부를

기억하고 있었다. 5남매(2남 3녀)를 두었으며, 맏아들과 함께 살고 있다. 맏아들이 현재 문암리 이장이다. 남편은 벌써 돌아가셨다고 한다.

제공 자료 목록
09_05_FOS_20100203_LCS_IBW_0010 아기 재우는 소리
09_05_FOS_20100203_LCS_IBW_0012 다리 뽑기 하는 소리
09_05_FOS_20100203_LCS_IBW_0014 아라리

## 최창규, 남, 1935년생

주 소 지 : 충청북도 음성군 원남면 조촌2리
제보일시 : 2010.2.3
조 사 자 : 이창식, 최명환, 장호순

최창규는 원남면 조촌2리에 거주하고 있다. 본관은 전주이고, 조촌리 토박이다. 조촌리는 전주 최씨 집성촌이다. 10대 후반부터는 청주에서 생활하였고, 30대부터는 대학에서 근무하였다.

제공 자료 목록
09_05_FOT_20100203_LCS_CCG_0036 안개 덕분에 몽고군을 피한 할머니
09_05_FOT_20100203_LCS_CCG_0039 전주 최씨 중시조 최유경

## 한기선, 여, 1952년생

주 소 지 : 충청북도 음성군 원남면 조촌2리
제보일시 : 2010.2.3
조 사 자 : 이창식, 최명환, 장호순, 김영선

한기선은 원남면 조촌2리에 거주하고 있다. 조사자들이 갔을 때 경로당

에 모여 이야기들을 나누고 있었다. 때마침 한기선의 손자가 있어서 아기 어르는 소리, 아기 재우는 소리 등을 중심으로 어려서 놀이하면서 불렀던 소리 등을 채록할 수 있었다.

제공 자료 목록
09_05_FOS_20100203_LCS_HGS_0058 성주풀이

# 목이 잘린 별암마을 자라바위

자료코드 : 09_05_FOT_20100203_LCS_GJM_0025
조사장소 : 충청북도 음성군 원남면 마송1리 마송일로 81 평촌경로당
조사일시 : 2010.2.3
조 사 자 : 이창식, 최명환, 장호순, 김영선
제 보 자 : 김종묵, 남, 82세
구연상황 : 조사자가 마을이야기를 요청하자 별암마을에 있는 자라바우에 얽힌 이야기가
　　　　　있다면서 제보자 김종묵이 구연해 주었다.
줄 거 리 : 원남면 마송리 별암마을에 자라바위가 있다. 예전에 한 스님이 마을로 시주
　　　　　를 왔는데 마을 주민들이 그를 쫓아버렸다. 화가 난 스님은 마을 한복판에 있
　　　　　던 자라바위의 머리를 지팡이로 내리치고 도망을 갔다. 그래서 자라바위의 머
　　　　　리가 없다고 한다.

　글쎄 인제 전설이니까, 우리가 인제 어른들한테 들은 얘기란 말이여.

　(조사자 : 예, 해 보세요.)

　뭐냐면 그 자라바우(자라바위) 바우(바위)가 현재 그 동네 복판에 있었
대요. 지금 동, 자라바우라는 동네. 별암이라는 동네 복판에 있었단 말이
에요.

　(보조 제보자 : 그 저기, 그전에는 저 이차선 갔지. 이차선에, 이차선이
이렇게 갔을라면 요기 한 집이 있었다고.)

　그려.

　(보조 제보자 : 저기, 고인수씨라고. 그 양반들 집인데, 그 양반 행랑채
밑에 요기 있었어, 요기.)

　예 거기 있는데.

　(보조 제보자 : 근데 인제 이게 사차선이, 이게 도로가 넓히는 바람에

그게 묻힐 것 같으니께. 그걸 해서 동네에서 이제 이, 지금 사차선 가장세 이루 갖다가 놨어요.)

(조사자 : 그 얘기해 보셔요.)

글쎄, 인제 어른들 말은 그렇게 이야기하거든요. 여, 거기는 고씨네가 전부들 사는데, 고씨네가 사는데. 그 인제, 어느 날 중이. 예전에는 참 여, 뭐 '중치고 사람'이라는 말이 있잖아요. 중은 사람을, 저기로 취급도 안 했었단 말이에요, 예전에는. 그런데 이제 동냥을 하러 왔는데. 예전에 중 들이라는 건 다 동냥하러 이렇게 거, 해서 짊어지고 와서 동냥을 달라고 그라니까로네. 그 거긴 뭐

"예이 이놈, 네깟 놈이 뭐 사람이 같은 사람 뭐하러 가졌느냐, 가라."

이래서 그냥 쫓아 보냈대요. 그러니까 그 중이, 그러니까 지금 말하자면 그 중이 다 그래도 모 좀 예전 얘기 말마따나 도사나 이런 사람이 댕기지요, 뭐. 나오다가 그 중이 지팡막대기로, 원, 나오다가서라면은 에, 이 놈들 못쓸 놈들이라고 말이지. 자라바우 그 자래(자라). 이렇게가 자래(자라)라는 건 앞이 이렇게 들려 있잖아요. 그게 그 바우가 거기, 거 그렇게 되어 있었대요. 그러니까 그 단장 막대기로 그걸 냅다 후려 때리니까 모가지가 뚝 뿐질러져서 어, 그래서 내뺐다는 거에요, 중은. 그래서 허, 전 설이 그렇게 해 나려오지요. 뭐 우리가 본 것도 아니고 뭐.

(조사자 : 그 뒷얘기는 들은 게 없나요? 그 목이 어디가 있다든가.)

목, 그러니까 거기다 목 떨어진 건 주서다 내꼰졌을(내버렸을) 거예요, 예전에. 그거 뭐 그리 크게 관심 없으니까로매. 그거 그렇게 했다는 그런 전설이 있어요.

(조사자 : 그 자라바우가 목 떨어지고 나서 그 중한테 못 되게 했던 집 이 어떻게 됐다든가 이런 얘기는?)

뭐, 그런, 그런 얘기는……

# 소문난 효자 김기화

자료코드 : 09_05_FOT_20100203_LCS_BCG_0017
조사장소 : 충청북도 음성군 원남면 마송1리 마송일로 81 평촌경로당
조사일시 : 2010.2.3
조 사 자 : 이창식, 최명환, 장호순, 김영선
제 보 자 : 반채권, 남, 84세
구연상황 : 음성향토사연구회의 소개를 받아 제보자 반채권과 마송리 경로당에서 만나기
로 약속을 하였다. 조사자들이 갔을 때 마을회의가 있었고, 반채권을 중심으
로 이야기를 채록할 수 있었다.
줄 거 리 : 음성군 원남면 마을회관 옆에 김기화 효자비가 있다. 예전에 그 부친이 병이
들었는데 꿩을 먹고 싶다고 하자 꿩이 집 안으로 날아 들어왔다. 또 잉어를
먹고 싶다고 하자 잉어가 들어와 부친에게 대접할 수 있었다. 그만큼 김기화
가 효자였다고 한다.

(조사자 : 여기 김기화 선생님 효자비가 있지 않습니까?)

예, 예.

(조사자 : 어떻게 그 효자비를 세우게 됐는지 전해져 내려오는 이야기가
있나요?)

아, 그 아버지인가, 형? 아버지인간(아버지인가), 아버지라지. 아버지가
인저 병이 들었는데. 병이 들었는데, 그 저 비석에는……. [생각이 나지
않는지 8초 정도 틈이 생김] 그 아이고, 그 앓는 이가 꿩이 먹고 싶다고
그래서 꿩이 밖, 저기 뭐여. 집이루다 날라들어 와서 저기하구. 또 잉어,
동지섣달에 잉어. 또 잉어를 먹었으면 좋겠다고(좋겠다고) 그래서루다가
잉어를 어와 또 그, 들어 왔구. 동지섣달에.

(조사자 : 예.)

그래 그런 사적비가 여 비에, 비문에 써 있어요.

(조사자 : 이 부근에 인물과 관련된, 호랑이가 이래 도와줘 가주 효자
된 이야기도 있던데요.)

예, 그, 그 집 얘기유.

(조사자 : 아, 그래요.)

야.

김기화 효자비

# 윤장사와 말무덤

자료코드 : 09_05_FOT_20100203_LCS_BCG_0018

조사장소 : 충청북도 음성군 원남면 마송1리 마송일로 81 평촌경로당

조사일시 : 2010.2.3

조 사 자 : 이창식, 최명환, 장호순, 김영선

제 보 자 : 반채권, 남, 84세

구연상황 : 음성군 원남면 마을회관 옆에 있는 김기화효자비 관련 이야기를 마치고, 조사
자가 마을 뒷산인 백마산에 대한 이야기가 있는지를 묻자 제보자 반채권이
구연해 주었다.

줄 거 리 : 원남면 마송리 마을 뒤에 백마산이 있다. 예전에 백마산 중턱에 있는 굴에서
백마가 나왔다. 백마는 주인을 찾다가 이미 주인이 죽었다는 것을 알고, 현재
보천역 앞에 가서 떨어져 죽었다. 그 자리에 말무덤이 있었다고 한다. 백마의
주인은 파평 윤씨 집안의 윤개천이라는 사람이다. 윤개천이 역적으로 몰려 죽
을 때 맞아서 피를 흘리면 그 피를 먹고, 뼈가 튕겨 나가면 도포에 집어넣었다.

때리는 사람이 왜 그런가를 물으니 부모에게서 물려받은 것을 정신이 있는 이상 버릴 수 없다고 하였다. 윤개천이 죽은 후 역적이 아니라는 것이 판명되어 나라에서 개천고을의 원을 시켰다고 한다. 그래서 윤개천이라고 부른다.

여기가 저기, 저기, 저 남쪽에 저, 높은 산이 백마산인데요. 그 중턱에 굴이 있지요, 인저.

(조사자 : 굴이 깊습니까?)

예?

(조사자 : 굴이 깊어요?)

아니 그래 집지는(깊지는) 않아요. 그래 인제 어려서 거기 들어가 보면, 납작 엎드려 왜 겨(기어)들어가 보면 이렇게 일어서덜(일어서질) 못해요. 그 옛날에는 높았었다는데. 지금, 지금은 뭐 제 메워가지고서 지금은, 지금 우리네가 들어가도 꼿꼿이 일어서질 못해요. [5초 정도 간격] 그래서 여가 마송린데. 옛날에 거기서, 그 굴에서 말이 나왔대요, 말이. 말이 나왔는데. 그 말이 인제 주인공을 찾아 돌아댕기다가서는, 주인이 벌써 죽었다고 이제 세상을 떠서 죽었다고 하니께. 그 말이 저 보천역 앞에, 거기 가서 말은 죽었다네요. 유월에. 거기 가서 죽어서 거기가 말무덤이라고 그라는 겨, 여기서는.

(조사자 : 말무덤이 지금도 있나요?)

몰르, 없어졌지 뭐. 벌써 햇수로 한 삼, 한 삼백 년, 한 사백 년 전 얘기니까 뭐 없어졌지 뭐. 그래서 그 말 마(馬) 자(字) 하고 여기 송호리가 소나무 송(松) 자(字)걸랑요. 그래, 그래서 마송리가, 그래서 여기가 마송리가 됐다는 거야.

(조사자 : 그럼 말이 찾아갔다는 주인이 혹시 장수라고 하는 그런 이야기가 있지는 않나요?)

그 저기가 저, 이 사리면 매바우라는 데가 파평윤씨들 그 사는 덴데. 윤개천이라는 분이 그 말의 주인분이었었다네. 윤개천. 죽은 뒤에 개천골을 지켜서 그래 윤개천.

(조사자 : 윤개천이라는 분이 그 말의 주인이었답니까?)

그, 그 옛날에 그 인저 장사였었는데. 옛날에는 그 헤이한 집에서 그런 장수가 나믄 역적으로다가 몰아 가지고 죽였다는 거야. 그, 그 윤개천 이 양반도 몰려서, 역적이라고 몰려서 죽는데. 그 이제 나라에서 붙들어다가 서래 인제 저 쇠도끼로다가 막 패서 저기 하는데. 피가 나오면 피를 핥어 먹고 또 뼈가 튕겨 나오믄 도포 속 소매에다 저기, 뼈를 주서 넣고, 왜. 그래서 그 인저 패대는 사람이,

"그 우째(어째서) 피를 핥어 먹고 뼈를 우째 소매에다 집어넣는 원인이 어디에 있느냐." 그래닝께로다가.

"내가 정신이 있는 이상 우리 아버지 어머니 혈육을 타고 난 사람이 어 떻게 뼈를 내버릴 수가 있느냐."

이거야. 그래 그 소리, 그 소리를 해 가지고서 그 효자라고 그래 가지 고서 죽은 뒤에 그, 개천골을 지켰다는 거여. 그 말의 주인공은 거, 그 양 반이라는 거지 인저. [5초 정도 간격]

(조사자 : 이름을 개천, 그러니까?)

아니 개천골 이름, 골 이름이지. 그 양반의 이, 함자는 몰른다구.

(조사자 : 아, 이름은 몰르구, 성은 윤이구요?)

윤이구, 파평 윤씨

(조사자 : 아, 파평 윤씨. 그러니까 파평 윤씨 장사가 있었는데, 나라에 서 역적으로 죽이고.)

예.

(조사자 : 그 때 뭐 인제⋯⋯.)

그래서 인제 그 베고쟁이에 빼를(뼈를) 도포 속에다 주서 넣고 피를 핥 아 먹고 이라니께로다가. 그래

"왜 그렇카느냐." 그러니께.

"아이, 부모님 혈육을 타고난 사람이 어찌 종신(정신)이 있는 동안 내버리 수가 있느냐."

그래 가지고서는. 효자라구. 역적이 아니다 그래 가지고 죽은 뒤에 개천골을 시켰다네요.

(조사자 : 아, 죽은 뒤에.)

예.

(조사자 : 개천골을 시켰다.)

야, 증, 증.

(조사자 : 직, 직, 그러니까 직위를 주었다는 거네요. 개천골이라는.)

예.

(조사자 : 그리고 그 후에 인제 백마가 나왔는데.)

그렇지요. 그 후에 백마령.

(조사자 : 어, 저 백마골에서.)

예, 백마령.

(조사자 : 그 백마가 윤장사가 없으니까.)

예.

(조사자 : 저기.)

죽었다는 거예요.

(조사자 : 보천역, 보천역요. 그 앞에 가서 죽었다.)

거기에 인제 우리는 몰르는데 거기를 말무덤이라고 여기서 그라는 거예요.

(조사자 : 동네 이름이 말무덤이 있나요? 거기도 그럼?)

그건 저기 뭐여, 거기 정류장 앞에 장등인데.

(조사자 : 장등요.)

응, 장등인데 거기 가 보면 무덤 같은 것도 없다고 인제. 한, 한 오륙, 오륙백 년 전이니께. 뭐 벌써 풍마하고 인제 해서 없어졌지 뭐.

백마산

# 장등을 잘라 망한 개미산마을

자료코드 : 09_05_FOT_20100203_LCS_BCG_0021
조사장소 : 충청북도 음성군 원남면 마송1리 마송일로 81 평촌경로당
조사일시 : 2010.2.3
조 사 자 : 이창식, 최명환, 장호순, 김영선
제 보 자 : 반채권, 남, 84세
구연상황 : 마을과 관련된 이야기를 하고 나서 제보자 반채권은 자신이 들었던 마을 주
변 이야기라면서 구연해 주었다.
줄 거 리 : 원남면 보천리에 개미산이라는 마을이 있다. 가산이라고도 하는데, 예전에 동
네가 크고 부자(富者)가 살고 있었다. 어느 날 중이 왔는데 시주는 하지 않고
학대를 하였다. 중은 돌아가서 풍수를 배웠고, 후손들이 개미산 마을에 다시
왔다. 그리고 마을을 둘러싸고 있는 개미산 장등을 자르면 더 부자가 될 것이
라고 하였다. 마을 사람들은 장등을 잘랐고 그 후에 마을이 망하게 되었다고
한다.

그러면 인제 이, 여기 부근의 동네 유래두 좀 얘기 해두 되겠네요. 여기 보철리(보천리). 클 보(甫) 자(字), 내 천(川) 자(字) 보철리(보천리) 개미산이라는 동네가 있다고. 개미산. 개미산 동네가 지금 그 가산이라고 지금 그라는데. 거기가 동네가 그전엔 크고 부자두 살아있었구. 인제 그렇다는 기여 인저. 그런데 어느……. 중이 와서로다가 동냥을 달라고 그라니께. 동냥을 안 주고 학대를 했다는 기유, 그거. 그래 가지구서는 그 중이 인제 어디. 가서, 지가서를(풍수를 의미함) 배워 가지고서는. 거 개미산 장등이(산등성이가) 요렇게 나려와서 동네 앞에꺼진 와서 장등이 돌려 쌓었다는데. 한 번은 그 중의 그 손들이, 중의 손들이,

"아, 여기는 이 장등이 여, 여 이걸 짤르면 잘 될 낀데 우째(어째서) 이걸 안 짤르고 있느냐."

구 그래 가지구서. 인제 그 장등 끄트머리를 짤랐다는 데. 거, 거, 그라구서는 그 동네가 시원찮아졌다는 이야기야.

개미산마을

# 도깨비가 쌓은 도깝보

자료코드 : 09_05_FOT_20100203_LCS_BCG_0022
조사장소 : 충청북도 음성군 원남면 마송1리 마송일로 81 평촌경로당
조사일시 : 2010.2.3
조 사 자 : 이창식, 최명환, 장호순, 김영선
제 보 자 : 반채권, 남, 84세
구연상황 : 조사자가 마을에 도깨비와 관련한 이야기가 없느냐고 묻자 제보자 반채권은
　　　　　도깝보가 있다면서 구연해 주었다.
줄 거 리 : 음성군 음성읍에서 소이면 쪽으로 흘러가는 물길에 도깝보라고 하는 것이 있
　　　　　다. 예전에는 그 물길에 장마만 져도 물이 넘쳤다. 그래서 도깨비와 친한 사
　　　　　람이 방축을 쌓아달라고 도깨비에게 부탁했다. 도깨비는 알았다고 하면서 모
　　　　　래로 보를 만들어 주었다. 다시 쌓아달라고 도깨비들에게 요청하자, 도깨비들
　　　　　은 메뚜기 술을 해 달라고 하였다. 메뚜기 술을 주었고 도깨비들은 하룻밤 사
　　　　　이에 바위로 보를 쌓아 주었다. 그래서 그 보를 도깝보라고 한다.

　도깨비 얘기 뭐.

　(조사자 : 예, 부자 된 이야기.)

　그 인제 전설 같은 건 인제 더러 들었죠, 인제. 저, 음성 시내에서 소이
쪽으로다 나리갈라면(내려가려면). 음성서 한 십 리 나려가믄. 거 산이 양
쪽이 산이 요렇게 있는데, 걸로다가 나리가는 데. 거기가 도깝보라는 거
야, 도깝보. 옛날의 도깝보.

　(조사자 : 예, 예. 보인데, 도깝보.)

　보인데.

　(조사자 : 도깨비보다.)

　어, 도깨비. 그래 왜 도깨비보냐 하믄. 거기가 인제 음성이 여, 이 행태
여기 물도 죄(모두) 글루(거기로) 나리가니께로다가. 장마만 지면 물이 엄
청 많지 뭐. 아 그래 쪼끔 장마만 져도 저, 뭐 물이 많아 가지고 방차가
툭 터지고, 툭 터져 나가고 그라는데. 그래 도깨비 친한, 거 사람이 있어
가지구서.

"거, 느가(네가) 도깨비면은 좀 못, 여기를 방차를 좀 튼튼히 해 줄 수 없느냐." 그래니깨로다가.

"해 줄 수 있다."

고 그라더라는 겨. 도깨비가. 그래 가지구선 근데

"그럼 해 달라구."

그라니깨로다가. 해 줬는데 보니께. 모래로 용하니 긁어모았더래는 겨. 도깨비가, 도깨비들이. 근데

"아 이렇게 해선 안 된다."고.

"아주 돌을 갔다가(가져다가) 아주 역천지무극(별유천지(別有天地) 별세계)입니다 이렇게 해 달라."

고 그래서. 그 담에 그 도깨비들이 메뛰기 술(메뚜기 술)을 좋아한다데요. 메뛰기 술(메뚜기 술), 메뛰기(메뚜기).

(조사자 : 메뛰기 술(메뚜기 술).)

벼에 메뛰기(메뚜기).

(조사자 : 아, 예, 예.)

"메뛰기 술(메뚜기 술)을 좀 해 달라."

그래서 메뛰기술(메뚜기술)을 해 줬는데. 그거 술을 먹구서 하루 저녁에 그 바우이(바위)를, 돌을 갖다가서 했는데. 그게 아주 유천지무극(＋별유천지(別有天地) 별세계를 의미)이라는 겨 그게. 그게 지금까지도 도깝보 그라는데. 지금이야 인저 기계가 좋고 이라니께로다가 뭐……. 해(보를 만들었다는 의미) 가지구서, 지금도 지명은 거가 도깝보라고, 도깝보.

(조사자 : 도깝보요?) 도깝보.

# 백마산 말무덤과 윤장사

자료코드 : 09_05_FOT_20100203_LCS_BCG_0027

조사장소 : 충청북도 음성군 원남면 마송1리 마송일로 81 평촌경로당

조사일시 : 2010.2.3

조 사 자 : 이창식, 최명환, 장호순, 김영선

제 보 자 : 반채권, 남, 84세

구연상황 : 조사자가 제보자 반채권에게 백마산에 얽힌 이야기를 다시 들려주길 요청하자, 백마산 백마굴에서 나온 백마와 그 말의 주인인 윤개천 이야기를 구연해 주었다. 이야기 중간 부제보자인 김종묵이 부연 설명을 하였다.

줄 거 리 : 매바우 윤씨가 아들 삼형제를 낳았다. 첫째는 낳자마자 실광에 올라앉아서 죽였고, 둘째는 선반 위에 올라앉아서 죽였다. 셋째인 윤개천은 윗목에 가서 앉았기에 죽이지 않았다. 그러나 윤개천은 백마산 뒤에 있는 높은 바위를 오르내릴 정도로 장사였다. 그래서 관에서는 윤개천을 역적으로 몰아 죽였다. 윤개천은 죽을 때 몸에서 피가 나면 핥아먹고 뼈가 튕겨 나가면 도포 속에 넣었다. 때리는 사람이 그 이유를 묻자 부모님의 것을 함부로 버릴 수 없기 때문이라고 하였다. 때리는 사람이 감동해서 윤개천이 죽은 후에 개천고을 수령을 시켜서 이름을 윤개천이라 하였다. 그 후 백마산 백마굴에서 백마가 났는데 윤개천이 죽은 것을 알고 보천역 앞에 가서 죽어 그 자리가 말무덤이라고 전해진다. 그 외에도 마을 주변에는 말무덤이라고 전해지는 곳이 더 있다고 한다.

(조사자 : 백마령 말입니다, 저기가 백마령 아닙니까?)

(보조 제보자 : 예, 백마령이라 그래요.)

저기가 고개가 백마령이라 그러고 여가 백마산 백마굴 이렇지.

(조사자 : 아 저기는 백마령, 여기는 백마산 백마굴.)

그 인저 백마령은 백마산에서 쭉 나려온, 해서 고개 령(嶺) 자(字), 그게 백마령이라 그라는 겨.

(조사자 : 또 다른 데 백마산, 백마굴이 있고 백마령이 있구요?)

그렇지.

(보조 제보자 : 백마령이 있지.)

백마령은 고개 령(嶺)자, 그래 백마령이라고 그라는 거야.

(조사자 : 뭐, 백마에 얽혀 있는 이야기는 없습니까?)

(보조 제보자 : 그, 얽혀 있는 이야기는 고대(방금 전에) 얘기한 그거야.)

(조사자 그 얘기를 다시 한 번만, 아까 너무 시끄러워서 잘 안 들렸어요. 장수부터 해서, 장수가 어떻게 됐다는 겁니까?)

그 저게 윤개천이라는 이가, 그 전에 그 집이 저기 매바우 윤씨네가 이, 저기 행교(향교) 출입두 잘 못 했다는 기요. 옛날에 거 이 행교(향교) 출입두 못하는 이들은, 그런 집이서로다가(집에서) 뭐. 장사라던지 뭐 이상한 사람이 나믄 시기해 가지구서. 몰아대 가지구 역적으로 몰아대 가지구 죽였다는 기여. 그건 아주 십상팔구로다가 그건 아주…… . 그래서 인제 그 인제 자초시종을 얘기를 하믄. 그 윤개처르, 개천이라는 이가 시째(셋째) 아들인데. (윤개천의 부모가)그 큰아들을 낳으니께, 그 저 실광 가에 가서 널름 올라 앉드라는 겨.

(조사자: 아, 실광이요?)

어, 방에서 이렇게 인제 출생을 하니까 실광 가에 가 널름 올라앉드라는 겨. 그래 '아 이런 사람이 나면 우리 집이 역적에 몰려서 죽는다.'고. 그래서 대번 죽였다는 거여 인저.

(조사자 : 아 아버지가?)

아버지가 그냥. 그라고 또 둘째 아들을 또 나니께루다가 그런 저 선반에 가서 널름 올라 앉더라는 겨.

(조사자 : 아 첫째아들은 실광, 둘째는 선반.)

그래서 둘째 아들도 또 죽였다는 기여 그래. 시째(셋째) 아들은 낳으니께. 이 윤개천이를 낳으니께, 저 웃묵(윗목)에 가서 앉드라는 겨. 그래 '설마 웃묵에 가 앉는 게 어떠랴.' 하고서루다가 그냥 그 내비뒀는데. 그거 장사는 장사드래요. 그 백마산 그 절에 가믄(가면) 그 절 뒤에 그 바위가 있는데. 바우(바위) 위에 바위가 이렇게 얹혀 있는데, 절 마당에서 이렇게 보믄 아마 백 질(길)은 못 돼도 아마 한 오십 질(길) 아마 되지?

(보조 제보자 : 삼십 메다(meter)? 오십 메다(meter)? 아마 그렇게 될 거야.)

(조사자 : 엄청 큰 바위네요.)

바위 위에 바위가 여 얹혔으니께, 뭐 이렇게. 걸 볼라면 인제 바싹 고개를 제끼고 이렇하고 보는 기라고 그냥. 게, 거 바위에 가서 용을(힘을) 냅다 쓰면, 그 절 마당에서 용을 냅다 쓰믄(쓰면) 그 바위에 가 올라앉고 올라앉고 그러더란 거야.

(조사자 : 예.)

그런데 이제 그런 장수가 나니께로다가, 아니나 달라. 이제 그전에도 그 인제 잘난 사람, 지금 저 여당이니 야당이니 해 가지고서로다가 시기해 가지고서. [오로대] 해 가지고서로 있다가 역적으로다 몰려서 왜 윤개천이 그 질(길)으로 붙들려 가서. 인제 맞아서 죽는데. 글쎄 피가 이렇게 나오면 피를 혓바닥으로다가 핥어 먹고, 뼈가 튀겨나오면 도포 주머니에다 주서 넣고 이러더라는 기여. 그래 그 패대는 사람이 "우째 그 피를 핥어 먹고 뼈를 도포 속에다 주서 넣느냐." 그랑께로다가.

"아니 아직 정신이 있는 이상 우리 어머니 아버지 혈육을 타고났는데 어터게(어떻게) 그냥 내비릴 수가 있느냐"

고. 그래 그 소리에 고만 감동이 돼 가지구서. 역적이 아니라 효, 효자라구. 이리기(이렇게) 추측이 돼 가지고서. 그래 죽은 뒤에 개천골을 지졌다는(시켰다는) 거야. 옛날에는 그 죽은 뒤에 그 인저, 지금은 뭐. 죽은 뒤에는 뭐 그 아버지. 지금은 암만 아들이 장관을 했어도 아버지 지금 대, 뭐여, 장관 안 씨긴다(시키다)고. 옛날에는 아들이 장관이믄은 아버지도 장관이라구.

(보조 제보자 : 삼대추, 삼대추증이라고 그래요, 그게. 그 법이 삼대추증이라고 법이…….)

평촌경로당 구연상황

삼대추중 저기……. 그래 가지구서……. [5초 정도의 공백 후 조사자가 이야기를 유도함]

(조사자 : 그 후에 인제 말이 또 났단 얘기죠?)

그래, 그래고서는 그 양반 죽은 뒤에 인제 여 백마산 굴에서 백말이 인 제 나왔는데. 나와서 돌아다니고 보니께 방방이 돌아다니면서 뛰면서 보 니께로다가 그 자기 주인 거기 없단 말이여. 그래니깐 그래 아 말은 여기 가 인제 말무덤이라고 그라는데. 그 그게 인제 전설이지 뭐. 누가 봤어야 지 뭐. [3초 정도의 공백]

(보조 제보자 : 말무덤이 어디 있는데, 말무덤이 어디 있는데?)

보천역 앞에 그 장등에 거기가 말무덤이라고 그라는 겨여 그냥.

(보조제보바 : 그래 또 그 전에 저 너머 거기는?)

글쎄 그런데 그 저.

(보조제보바 : 거 동굴 거가 말무덤이라고…….)

그 말무덤이 저 너머 저 뭐, 오리골?

(보조 제보자 : 어둔골.)

어, 어둔골?

(조사자 : 저 보천역 말고도 저쪽에 말무덤이?) 또 있다는 기지.

(조사자 : 몇 군데 또 있나 봅니다.)

(보조 제보자 : 모르지 거껀, 여기도 말무덤이라 그러는데.)


# 백마가 나온 백마령

자료코드 : 09_05_FOT_20100203_LCS_SJH_0008
조사장소 : 충청북도 음성군 원남면 문암4리 충청대로 297번길 19-2 경로당
조사일시 : 2010.2.3
조 사 자 : 이창식, 최명환, 장호순, 김영선
제 보 자 : 서정훤, 남, 78세
구연상황 : 문암4리 서당마을에 경로당을 찾았다. 조사자들이 옛날 소리와 이야기를 요청하자 제보자 서정훤이 백마령 유래를 설명해 주었다. 현재 마을에서는 백마가 나왔다는 것 외에는 서사 구조를 지닌 이야기는 전승하지 않는다.
줄 거 리 : 음성에서 증평으로 넘어가는 고개를 백마령이라 하고 백마령이 있는 산을 백마산이라고 한다. 보천에 굴이 있는데 그 굴에서 예전에 백마가 나왔다고 한다. 그래서 백마령의 지명이 유래되었다고 한다.

(조사자 : 아까 백마령 얘기 좀 다시 해 주세요. 이 고개를 백마령이라고 하는 건가요? 바로 앞에 보이는 저기 저 산을.)

저기, 저기, 저 산이 백마, 백마산이유.

(조사자 : 저 보이는 저 산요?)

야, 백마산이유.

(조사자 : 거기에 백마가 났다는 그 이야기 다시 한 번만 해 주십시오.)

백마가 인저 여기 이쪽으로는 굴이 없어요. 저쪽으로 저, 보천 저쪽으로다가 있는데. 거기 가면 굴이 있어요. 우리도 가 봤어.

(조사자 : 아, 굴이요?)

예, 있어유.

(조사자 : 그 굴이 어떻게?)

아니 저, 지, 지하.

(조사자 : 예.)

땅에서 이렇게 굴이 뚫펴서(뚫려서) 인제 거기서 (백마가) 나왔다. 유래가, 유래지. 뭐, 나온 것도 누가 본 사람도 없고 들은 사람도 없어.

(조사자 : 그 굴에서 백마가 나왔다고요?)

응, 그려.

(보조 제보자 : 백말을. 그런디 뭐, 우리네들은 모르지. 뭐 나이가 많아도.)

아, 저 우리 있을 적에 전, 전설이지.

(보조 제보자 : 우리보다 더 옛날 노인네들이나 알지.)

우리가 현재 본 사람은 없으니까.

(조사자 : 아 그래서 저 고개를 …….)

그래, 아 저 산이 백마산인데. 그래서 여 꺼지 백, 저기 주령 아녀. 그러니까 백마, 백마령이라 그라는 거여.


# 안개 덕분에 몽고군을 피한 할머니

자료코드 : 09_05_FOT_20100203_LCS_CCG_0036
조사장소 : 충청북도 음성군 원남면 조촌2리 원중로 417번길 3 경로당
조사일시 : 2010.2.3
조 사 자 : 이창식, 최명환, 장호순, 김영선

제 보 자 : 최창규, 남, 76세

구연상황 : 음성향토문화연구회의 소개로 조촌리 경로당에서 제보자 최창규를 만났다. 조촌리는 전주 최씨 집성촌이다. 조사자가 집 안에서 전해 내려오는 이야기가 있는지 물어보자 최창규는 십삼대조 할머니 이야기라면서 구연하였다.

줄 거 리 : 제보자 최창규의 십삼대조 할머니가 몽고군이 쳐들어왔을 때, 산봉으로 피신하였다. 몽고군들이 산꼭대기까지 쫓아 왔는데 갑자기 안개가 껴서 잡히지 않았다. 그 후 내려와 아들을 낳았는데 그 아들이 효행을 많이 해서 효자 정문을 받았다고 한다.

십삼대조 할아버지가 여기서 인제 사시다가 고거 인제 설화가 될 수 있어요. 그, 그 할머니가 임신을 했는데. 에, 저 오랑캐 놈들이 쳐들어왔을 적이가 있어. 그게 무슨 전쟁인진 모르지만 응. 몽고군들이 찾아, 쳐들어왔을 적에 인제 이 양반이 피난을 할려고. 요기 가면 삼, 산봉이라는 데가 있어.

(조사자 : 산?)

산봉.

(조사자 : 산봉.)

그거를 인제 그냥 구전을 해다, 해 내려오다 보니까. 삼, 석 삼(三) 자(字), 삼봉(三峰)이라고도 그러고. 생산한다는 산(産) 자(字), 산봉(産峰)이라고도 그라고. 그 봉우리가 있는데. 거기루다가 인제 그놈들을 피해서 올라갔는데. 고, 고 얕은 산이지만 산꼭대기까지 따라올라 오니까 꼼짝없이 잽히는 건데. 말하자면 꾸며내서 낸 설화지.

(조사자 : 예.)

에이, 왜 그, 적군들이 잡으러 올라오는데 고 산 꼭대기에 구름이 짝 끼더랴. 지금도 그럴 수 있지, 안개가 끼고 그러면. 그래서 그 저 큰 나무 밑에 가서 웅크리고 숨어 있었더니 못 찾고 그냥 지나갔대. 그래서 그 양반이 내려와서 낳은 아드님이 나한테 십이대조가 되는데. 그 양반이 거, 효행을 많이 했어. 그래서 효자 정문도 받고 그란 양반이 계셔.

제보자 최창규의 구연상황

# 전주 최씨 중시조 최유경

자료코드 : 09_05_FOT_20100203_LCS_CCG_0039

조사장소 : 충청북도 음성군 원남면 조촌2리 원중로 417번길 3 경로당

조사일시 : 2010.2.3

조 사 자 : 이창식, 최명환, 장호순, 김영선

제 보 자 : 최창규, 남, 76세

구연상황 : 조사자가 제보자 최창규에게 집안에서 전해 내려오는 이야기를 요청하자 구
연해 주었다.

줄 거 리 : 전주 최씨 중시조인 평도공 최유경은 이성계가 북벌할 때 군수참모격으로
참전하였다. 최유경은 이성계가 위화도에서 회군할 것을 미리 알고 돌아와 우
왕에게 그 사실을 말했다. 조선이 건국되자 최유경은 벼슬을 내놓고 진천에
있는 막내아들과 함께 살았다. 그런데 이성계는 최유경을 쓸 만한 인재라고
생각해서 서울 도성을 만드는데 건축총책임자로 임명하였다. 최유경은 서울
외곽의 성, 남대문, 전주의 풍남문 등을 만들었다. 그리고 그의 여섯 아들이

모두 현달했다고 한다.

우리 평도공할아버지가 이성계가 북벌하자고 그랬잖어.

(조사자 : 예.)

북벌해 가는데 위화도에서 이성계가 회군을 했잖어. 그거 기미(이성계가 역성혁명을 할 것을 알아챘다는 의미). 그때에 우리 평도공할아버지가 아마 군수참모쯤 돼 가지고 따라갔었던 모냥이여(모양이야). 근데 그 기밀을 알고서 대반 돌아가서 우왕한테 그걸 고했단 말이야, 어.

"거 이성계란 놈이 회군할라고 그런다."

고. 그러니까 이제 최영장군을 시켜 가지고서. 거 이성계를 칠려 그러는데, 최영장군이 이성계를 당할 수 있어? 못 당하잖어. 그래 가지구서 그놈이 이겨 가지구서 돌아와 갖고 이성계가 그냥 꼴심을 쓰고, 어 이런 거 아녀, 그치? 근제 인제 최영장군도 죽여 뻐리고. 근데 인제 거기서 어, 위화도에서 회군한다는 걸 와서 임금님한테 얘기를 하고 고자질한 거지. 그러고서 이 냥반이 벼슬 싹 내놓구서 진천 와서 사셨어. 진천에 막내아들 있거든. 감후공이라고. 그래 진천 와서 사시다가, 촌에 와서 사니까 이제 이성계가 가만히 싹수를 보니까 조게 충신이거든. 응. 아 그래, 전쟁 동안에 망할 거 뻔연히 알면서 그 큰 세력한테 배반을 하고 내려왔으니까. '쓸 만한 양반이다.' 하구서 몇(몇) 번을 인제 회유를 시킬려고 애를 썼지. 그래 인저 나중에, 할 수 없이 목은 선생하고. 인제 이색 선생하고 울, 울면서 통사정을 한 겨. 이색은 안 변했거든. 사뭇 그, 이쪽에 벼슬 안 했단 말이여. 그래 인제 목은 선생하고 만내 갖고 통곡을 하고 울면서 할 수 없이 가서, 어.

"가야 되겠다."

하면서 올라갔어. 안 올라가면 죽는 거니까. 그 올라가서 인제, 에 지금으로 말하며는 인제 그 저 건축총감독이여, 어. 서울시 도성을 맨드는 데

총감독을 맡아서 한 겨, 어. 그래 갖고 남대문도 그 냥반이 짓고, 남대문 상량문 보셨잖어, 못 봤어? 남대문 상량문이 그 양반이 책임자여. 그리구 저 서울 외곽 성 쌓은 것도 그 양반이 다 쌓은 거고. 전주 가 가지고서 전주 풍남문 맨든 것도 그 양반이 한 거고. 그래서 조선에 인제 태조 밑에 가서 일을 한 겨. 근데 인제 우리는 ⋯⋯. 그 불사이군(不事二君) 아니다 그러는데. 불사이군(不事二君)이 아닌 건 아니지. 근데 전 임금 때에 벼슬을 내놓고서 진천 와서 전부 퇴직하고 나왔었다. 그런데 인제 하도 임금이 볶아 제끼니까 할 수 없이 올라가서 도와준 거다. 그런데 뭐 남이야 어디 그렇게 얘기하나. 그래 가지구서 인제 그 양반 아들이 여섯인데, 여섯 분이 다 현달했지, 예.

# 다리 뽑기 하는 소리

자료코드 : 09_05_FOS_20100203_LCS_GBN_0050
조사장소 : 충청북도 음성군 원남면 조촌2리 원중로 417번길 3 경로당
조사일시 : 2010.2.3
조 사 자 : 이창식, 최명환, 장호순, 김영선
제 보 자 : 고분남, 여, 65세
구연상황 : 조사자가 다리를 헤면서 부르는 소리를 요청하자 제보자 고분남이 다른 제
보자들과 함께 다리 뽑기 놀이를 하면서 구연해 주었다.

이거리 저거리 대청거리
얼마 살다 죽도 밥도
못 을어 먹는
등신 가마타래 탕

제보자 고분남의 다리뽑기하는소리

# 방아깨비 부리는 소리

자료코드 : 09_05_FOS_20100203_LCS_GBN_0062
조사장소 : 충청북도 음성군 원남면 조촌2리 원중로 417번길 3 경로당
조사일시 : 2010.2.3
조 사 자 : 이창식, 최명환, 장호순, 김영선
제 보 자 : 고분남, 여, 65세
구연상황 : 조사자가 방아깨비를 잡아서 놀릴 때 부르는 소리를 요청하자 제보자 고분남
이 구연해 주었다. "아침방아 쩌라, 저녁방아 쩌라"를 계속해서 반복한다고
한다.

어 이렇게 하는 겨.

　　아침방아 쩌라
　　저녁방아 쩌라
　　아침방아 쩌라
　　저녁방아 쩌라

(보조 제보자 : 그거 밖에 몰러.)
나도 그거 밖에 몰라.
(보조 제보자 : 계속 그렇게 해는 겨.)


# 만고강산

자료코드 : 09_05_FOS_20100203_LCS_GSI_0001
조사장소 : 충청북도 음성군 원남면 보천2리 양짓말길 60 경로당
조사일시 : 2010.2.3
조 사 자 : 이창식, 최명환, 장호순, 김영선
제 보 자 : 김순임, 여, 95세
구연상황 : 원남면 보천리에 예전 소리를 잘하는 할머니가 있다는 얘기를 듣고 보천리
경로당을 찾았다. 마침 마을 회의가 있는 날이어서 마을 사람들이 모여 있었

다. 할머니 방에서 5~6분의 할머니와 함께 구연자리가 마련되었다. 조사자들이 예전 소리를 해 달라고 제보자 김순임에게 요청하자 예전에 '만고강산 소리책'에서 보았다면서 구연해 주었다.

만고강산 유람하고(유람하고)
일봉래 이방장과 삼영주가 아니냐
죽장짚고 풍월실어 봉래산 구경갈제
격포(경포) 동정 고령명월을 귀경하고(구경하고)
천간정 낙산사와 총석정을 귀경하고(구경하고)
단발령을 얼른넘어 봉래산을 올러
천봉만학 부윤궁은 하늘위에 솟어(솟아)있고
백은폭포 급한물은 은하수를 기울인듯
선경일시니 분명쿠나 때는마처(마침) 모춘이라
붉은 꽃 푸른잎과 나는나비
우는 새는 춘광춘색을 자랑하고
봉래산 좋은경치 지척에나 던져두고
못본지가 몇핼러니 다행이나 당도하니
옛일이 새로워라 어화세상 벗님네야
상전벽해 웃지마소 꽃진다고 지을수가(지겠느냐)
서산에 지는해는 양류사로 잡어매고
동경에 걸린달은 계수로 머물러라

고렇게 뱎에(밖에) 몰라요.
(조사자 : 이 제목이 뭐에요 할머님?)
만고강산 그 책에 전해, 소리책에 나온 거 그거 보고선 해요.

제보자 김순임의 구연상황

# 다리 뽑기 하는 소리

자료코드 : 09_05_FOS_20100203_LCS_GJR_0048
조사장소 : 충청북도 음성군 원남면 조촌2리 원중로 417번길 3 경로당
조사일시 : 2010.2.3
조 사 자 : 이창식, 최명환, 장호순, 김영선
제 보 자 : 김종녀, 여, 73세
구연상황 : 조사자가 제보자들에게 다리 뽑기 놀이를 하면서 불렀던 소리를 요청하였다. 제보자 고분남, 반기춘, 김종녀, 한기선 등이 서로 다리를 엮어 앉으면서 다리 뽑기 하는 놀이를 재연하면서 다리 뽑기 하는 소리를 불러 주었다. 제보자 고분남의 소리가 끝나자 제보자 반기춘이 마을마다 다리 뽑기 놀이를 하면서 부르는 소리는 다 다르다며 제보자 김종녀에게 불러 보라고 하였다.

(보조 제보자 : 아니 아줌니 해봐. 동네 동네마다 어릴 적 클 때 다 달라.)

(조사자 : 다 달라, 해 보시라 이 말이지.)

이거리 저거리 밭거리
전두 만두 두만두

역두 역두 전라두

전라감사 죽어야

하랭이 타랭이

뭔 자네 목을메

증산 고두레 짱


## 풍감 묻기 하는 소리

자료코드 : 09_05_FOS_20100203_LCS_GJR_0054

조사장소 : 충청북도 음성군 원남면 조촌2리 원중로 417번길 3 경로당

조사일시 : 2010.2.3

조 사 자 : 이창식, 최명환, 장호순, 김영선

제 보 자 : 김종녀, 여, 73세

구연상황 : 조사자가 어렸을 때 풍감 묻기 하면서 불렀던 소리를 요청하자 제보자 김종
녀가 다른 제보자들과 함께 재연하며 불러 주었다.

풍감 묻자

누구를 줄까

누구를 주느냐

풍감 묻자

누구를 주나

여기를 줘야지

찾아봐라


## 모래집 짓는 소리

자료코드 : 09_05_FOS_20100203_LCS_GJR_0063

조사장소 : 충청북도 음성군 원남면 조촌2리 원중로 417번길 3 경로당

조사일시 : 2010.2.3

조 사 자 : 이창식, 최명환, 장호순, 김영선

제 보 자 : 김종녀, 여, 73세

구연상황 : 조사자가 모래집 지으면서 불렀던 소리를 요청하자 제보자 김종녀가 구연해 주었다. 옆에 있던 청중들도 함께 불렀다.

  (조사자 : 이 두꺼비 이 저 모래 이렇게 하면서 두드리면서 하는 노래 있잖아요.)

  응 그거는.

  두덕아 두덕아
  네집 져줄게
  내집 져다구

# 아기 어르는 소리

자료코드 : 09_05_FOS_20100203_LCS_BGC_0040

조사장소 : 충청북도 음성군 원남면 조촌2리 원중로 417번길 3 경로당

조사일시 : 2010.2.3

조 사 자 : 이창식, 최명환, 장호순, 김영선

제 보 자 : 반기춘, 여, 72세

구연상황 : 제보자 최창규와 인터뷰가 끝나고 옆에 있는 할머니 방에서 제보자들을 만났다. 제보자들 가운데 아이를 데리고 온 사람이 있었다. 조사자가 마침 아이를 안고 있던 제보자 반기춘에게 아이를 어를 때 부르던 소리를 요청하자 구연해 주었다.

  불아 불아 불아야
  한다리 들구(들고) 불어라

두다리 들구(들고) 불어라

불무 딱딱 불어라

[청중의 웃음]

제보자 반기춘의 아기어르는소리 구연상황


# 아기 재우는 소리(1)

자료코드 : 09_05_FOS_20100203_LCS_BGC_0042

조사장소 : 충청북도 음성군 원남면 조촌2리 원중로 417번길 3 경로당

조사일시 : 2010.2.3

조 사 자 : 이창식, 최명환, 장호순, 김영선

제 보 자 : 반기춘, 여, 72세

구연상황 : 아기 어르는 소리에 이어서 조사자가 아기 재울 때 부르는 소리를 요청하자
제보자 반기춘이 구연해 주었다.

자장 자장 워리 자장

우리 아강(아기) 잘두 자네

우리아가는 꽃방석에서 자는데

남이(남의)아가는 개똥밭에서 자누나

자장 자장 워리 자장

우리 아가 잘두자네

먹구 자구 먹구 놀구

먹구 자구 먹구 놀구

자장 자장 워리 자장


# 아기 재우는 소리(2)

자료코드 : 09_05_FOS_20100203_LCS_BGC_0046
조사장소 : 충청북도 음성군 원남면 조촌2리 원중로 417번길 3 경로당
조사일시 : 2010.2.3
조 사 자 : 이창식, 최명환, 장호순, 김영선
제 보 자 : 반기춘, 여, 72세
구연상황 : 아기 재우는 소리에 이어서 조사자가 다시 요청하자 제보자 반기춘이 구연
해 주었다.

잼 잼 잼 잼

곤지 곤지 곤지 곤지

잼 잼 잼 잼

곤지 곤지 곤지 곤지

도리 도리 도리 도리

먹구 자구 먹구 놀구

우리 아강(아가) 잘두 자네

먹구 자구 먹구 놀구

우리 아강(아가) 잘두 자네

우리 아가는 꽃방석에서 주무시는데

남이(남의) 아가는 개똥밭에서 자누나

자장 자장 워리 자장

우리 아강(아가) 잘두 자네


## 다리 뽑기 하는 소리

자료코드 : 09_05_FOS_20100203_LCS_BGC_0053

조사장소 : 충청북도 음성군 원남면 조촌2리 원중로 417번길 3 경로당

조사일시 : 2010.2.3

조 사 자 : 이창식, 최명환, 장호순, 김영선

제 보 자 : 반기춘, 여, 72세

구연상황 : 조사자가 다리를 헤면서 부르는 소리를 요청하자 제보자 고분남, 김종녀에 이어서 제보자 반기춘이 구연해 주었다.


이거리 저거리 갓거리

천두 만두 구만두

쫙 벌려 소양강

오리 김치 장두 칼


## 아라리

자료코드 : 09_05_FOS_20100203_LCS_SJH_0015

조사장소 : 충청북도 음성군 원남면 문암4리 충청대로 297번길 19-2 경로당

조사일시 : 2010.2.3

조 사 자 : 이창식, 최명환, 장호순, 김영선

제 보 자 : 서정훤, 남, 78세

구연상황 : 제보자 이부원의 아라리 구연에 바로 이어 제보자 서정훤이 아라리 소리라며

구연해 주었다.

> 정선 아리랑 물레방아는
> 사시삼철(사시사철) 물을안고 도는데
> 우리집낭군님은 날안고돌줄을 왜몰러

그거지.


# 아기 재우는 소리

자료코드 : 09_05_FOS_20100203_LCS_IBW_0010
조사장소 : 충청북도 음성군 원남면 문암4리 충청대로 297번길 19-2 경로당
조사일시 : 2010.2.3
조 사 자 : 이창식, 최명환, 장호순, 김영선
제 보 자 : 이부원, 여, 82세
구연상황 : 원남면 문암4리 서당마을에 경로당을 찾았다. 조사자들이 옛날 소리와 이야기를 요청하자 제보자 서정환의 백마령 유래에 대한 설명과 문암서당 노래로 구연이 시작되었다. 그러다가 옆에 앉아 있던 제보자 이부원에게 아기 재울 때 불렀던 소리를 해 달라고 하자 아기 재우는 소리를 구연해 주었다.

> 자장 자장 우리 자장
> 우리 애기 잘도 잔다
> 멍멍 개야 짖지 마라
> 꼬꼬 닭아 울지 마라
> 우리 애기 잘돌아(잘도) 간다(잔다)

그랬지, 뭐.

# 다리 뽑기 하는 소리

자료코드 : 09_05_FOS_20100203_LCS_IBW_0012

조사장소 : 충청북도 음성군 원남면 문암4리 충청대로 297번길 19-2 경로당

조사일시 : 2010.2.3

조 사 자 : 이창식, 최명환, 장호순, 김영선

제 보 자 : 이부원, 여, 82세

구연상황 : 앞의 소리에 이어서 조사자가 다리를 헤면서 불렀던 소리를 요청하자 제보자
　　　　　 이부원이 구연해 주었다.


　　　이거리 저거리 갓거리

　　　곤두 만두 구만두

　　　짝 바로 기만두

　　　도리네 짐치 장뚝발

　　　모개밭에 독수리

　　　칠팔월에 무수리

　　　동지섣달 뱀 꽁


　[청중들의 박수]




# 아라리

자료코드 : 09_05_FOS_20100203_LCS_IBW_0014

조사장소 : 충청북도 음성군 원남면 문암4리 충청대로 297번길 19-2 경로당

조사일시 : 2010.2.3

조 사 자 : 이창식, 최명환, 장호순, 김영선

제 보 자 : 이부원, 여, 82세

구연상황 : 제보자 이부원은 고향이 강원도 주문진이라고 하였다. 조사자가 고향에서 들
　　　　　 었던 소리를 요청하자 이부원이 아라리를 구연해 주었다.


　　강원도 노래는 뭐.

(조사자 : 예.)

　　꽃본 나비야 물본 기러기
　　참아봉접이지만('탐화봉접'을 의미함)
　　나비가 꽃을보구서 고양(그냥) 지날쏘냐

그거지 뭐.
(조사자 : 정선아라리다, 그죠?)
거 아리랑이지요.
(조사자 : 예.)

문암4리 경로당 구연상황

# 성주풀이

자료코드 : 09_05_FOS_20100203_LCS_HGS_0058
조사장소 : 충청북도 음성군 원남면 조촌2리 원중로 417번길 3 경로당
조사일시 : 2010.2.3

조 사 자 : 이창식, 최명환, 장호순, 김영선
제 보 자 : 한기선, 여, 59세
**구연상황** : 조사자들이 제보자 한기선에게 소리를 요청하자 구연해 주었다. 청중들이 박
수를 치면서 함께 불러 주었다.

낙영성(낙양성) 십리허에 높고낮은 저무덤은

영웅호걸이 몇몇대냐 절세가인이 그누구냐

우리네인생은 한번가면 저모양이 될터이니

에라 만수 에라 대신이야

■ 엮은이 소개

**이창식** 동국대학교 사범대학 국어교육과를 졸업하고 동 대학원 국어국문학과에서 문학박사 학위를 받았다. 현재 세명대학교 미디어문화학부 교수로 재직 중이다. 문화창조연구원장, 한국공연문화학회 회장, 문화재위원 등을 역임하였다. 주요 저서로는 『충북의 민속문화』, 『충북의 구전민요』, 『한국의 유희민요』, 『전통문화와 문화콘텐츠』 등이 있다.

**최명환** 세명대학교 한국어문학과를 졸업하고, 강원대학교 대학원 국어국문학과에서 문학박사 학위를 받았으며, 한국외국어대학교 대학원 글로벌문화콘텐츠학과에서 박사과정을 수료하였다. 현재 강원대학교 사회과학연구원 전임연구원으로 있다. 주요 저서는 『충북 민속문화의 길잡이』, 『강원도 산간문화』, 『양리 사람들의 삶과 문화』 등이 있다.

**장호순** 세명대학교 한국어문학과를 졸업하고, 충북대학교 대학원 국어국문학과 박사과정을 수료하였다. 주요 논문으로는 「민요 '너리기펀지기' 전승과 활용」 등이 있다.

**김영선** 세명대학교 한국어문학과를 졸업하고, 동 교육대학원에서 교육학석사 학위를 받았다. 주요 논문으로는 「마고할미와 다자구할머니 설화의 전승양상」 등이 있다.

증편 한국구비문학대계 3-6
충청북도 음성군

초판 인쇄 2015년 12월 1일
초판 발행 2015년 12월 8일

엮 은 이 이창식 최명환 장호순 김영선
엮 은 곳 한국학중앙연구원 어문생활사연구소
출판기획 김인회

펴 낸 이 이대현
펴 낸 곳 도서출판 역락
편     집 권분옥
디 자 인 이홍주

주     소 서울시 서초구 동광로46길 6-6(반포4동 577-25) 문창빌딩 2층
등     록 1999년 4월 19일 제303-2002-000014호
전     화 02-3409-2058, 2060
팩     스 02-3409-2059
이 메 일 youkrack@hanmail.net

값 41,000원

ISBN 979-11-5686-260-4 94810
      978-89-5556-084-8(세트)